内蒙古文学重点作品创作工程

看北疆锦绣中
——内蒙古脱贫攻坚纪事

高明霞　等／著

远方出版社

图书在版编目（CIP）数据

看北疆锦绣中：内蒙古脱贫攻坚纪事 / 高明霞等著. -- 呼和浩特：远方出版社，2023.12

ISBN978-7-5555-1589-0

Ⅰ.①看… Ⅱ.①高… Ⅲ.①报告文学－中国－当代 Ⅳ.①I25

中国国家版本馆 CIP 数据核字 (2023) 第 227651 号

看北疆锦绣中——内蒙古脱贫攻坚纪事
KAN BEIJIANG JINXIU ZHONG NEIMENGGU TUOPIN GONGJIAN JISHI

著　　者	高明霞　等
责任编辑	于丽慧
封面设计	曹可馨
版式设计	王改英
出版发行	远方出版社
社　　址	呼和浩特市乌兰察布东路 666 号邮编 010010
电　　话	（0471）2236473　总编室　2236460　发行部
经　　销	新华书店
印　　刷	内蒙古爱信达教育印务有限责任公司
开　　本	787 毫米 ×1092 毫米　1/16
字　　数	360 千
印　　张	27.75
版　　次	2023 年 12 月第 1 版
印　　次	2024 年 6 月第 1 次印刷
标准书号	ISBN 978-7-5555-1589-0
定　　价	68.00 元

如发现印装质量问题，请与出版社联系调换

序　言

　　内蒙古位于祖国北疆，广袤无垠的草原、葳蕤茂密的森林、浩瀚辽远的大漠、纵横千里的阴山组成内蒙古多姿多彩的地理风貌。千百年来，各族人民在此繁衍、生息，丰富着绵历之久、镕凝之广的中华文化。文学传承，生生不息。源远流长的内蒙古文学，在牧野上传唱，在群山中回响，点亮了祖国北疆一盏盏温暖的生命明灯。

　　进入新时代，在习近平新时代中国特色社会主义思想的指引下，内蒙古文学工作者坚持深入生活，扎根人民，把澎湃的现实生活、昂扬的时代精神、丰富的经验和情感提炼造型。人、生活、岁月在他们笔下是砥砺行进的历史，是绵厚的家国之爱，是浓烈的人间烟火。一批批贴近时代、贴近人民、贴近大地的现实题材作品带着生活之感、时代之悟和人民之思传向全国。

　　为进一步加强文学的组织化程度，推出更多高品位的优秀作品，培养更多高素质的文学人才，内蒙古自治区党委宣传部牵头，内蒙古文联、内蒙古作协组织推进"内蒙古文学重点作品创作工程"，汇集内蒙古众多优秀作家作品，努力推动内蒙古文学事业繁荣发展。该工程坚持以精品奉献人民，在宽广的世界视野中描绘中华民族精神图谱，部分入选该工程作品荣获鲁迅文学奖、全国少数民族文学创作"骏马奖"、全国精神文明建设"五个一工程"奖、内蒙古自治区文学创作"索龙嘎"奖、内蒙古自治区精神文明建设"五个一工程"奖等，为满足人民文化需求、增强人民精神力量做出积极贡献。

伴随习近平总书记代表党和人民的庄严宣告，中国人民踏上了实现第二个百年奋斗目标的新征程。内蒙古大地焕发出前所未有的活力，人民创造历史的伟大实践为文学提供了丰沛的源泉和广阔的天地。讲好内蒙古故事，发出富有影响力和感染力的声音，创作出不负时代、不负人民的优秀作品，这是一个作家的光荣与梦想，也是推动内蒙古文艺蓬勃发展，汇聚建设亮丽内蒙古的精神力量。

"内蒙古文学重点作品创作工程"入选作品，以无数真切的、鲜活的声音，书写着属于这个时代的、有质地的、有温度的内蒙古故事。这些作品从内蒙古脱贫攻坚的现实课题中来，从当代内蒙古的发展进步和人们的精彩生活中来，以体现精神高度、文化内涵和艺术价值相统一的书写，为无数创造历史的人们立传。

破浪前行风正劲，奋楫扬帆正当时。衷心希望内蒙古文学工作者以深邃的历史眼光和宏阔的现实视野，倾听内蒙古从历史走向现在、走向未来的脚步声，创作一批见历史之大势、发时代之先声的优秀作品，展现新时代中国共产党和中国人民再创中华文化新辉煌、书写中华民族新史诗的文化自信和历史雄心；希望内蒙古文学工作者更加珍爱文学、诚实写作，记录内蒙古人民在建设美好内蒙古的奋斗姿态，把新的灵魂、新的梦想注入文学，努力为铿锵内蒙古书写新时代的史诗。

薪火传承，旗帜高扬。在习近平新时代中国特色社会主义思想的指引下，期待内蒙古文学工作者担当使命，以浩瀚的文学弘扬中华优秀传统文化，展示内蒙古文学弦歌不辍、日新又新的文化活力；

期待更多的读者在文学世界中感受辽阔大地上的人文情怀,感受内蒙古文学的独特魅力;期待内蒙古文学在中华文学版图上绽放出绚烂的光辉。

内蒙古文联党组书记、主席　冀晓青

引

脱贫攻坚,是中国人给世界呈现的一次改变。当粮食问题成为全世界共同关注的问题,人的尊严就变得更有"颗粒感"。吃上一口热饭,就能换来最为纯粹的笑容。喝上一顿肉汤,就能给贫瘠的肠胃最坚实的温暖。在"全面建成小康社会"的愿景之下,"两不愁三保障"就成了各级干部向党中央、向人民的庄严承诺。

作家,记录下这个经天纬地的改变,既必要又艰难。

其必要性在于,作家本来就是人类精神史的书写者,无论是每个个体充满特性的悲欢离合,还是具备共性的情感共融,都可以在悲悯的情怀中被涵宥、被诠释。传递悲悯,就是作家的特长;艰难性在于,近年来,主旋律题材尽管被挖掘得较为充分,也不断被中国作家采用并撰写或演绎,但能提炼素材的独到之处并写出传奇风致的作家并不太多。一个重要的原因是,当作家深入故事发生地去再现故事的时候,他总会发现"想当然"的书写与破碎的故事素材之间的裂纹——理想与现实仿佛是一对天敌。的确,中华大地,可歌可泣的传奇不胜枚举,然而在表达时,最终落脚点依旧是人,也必须传释人的气象、人的品格、人的血脉。而人,毫无疑问是难以被透彻认识的。

成为人，是一件极其幸福但又悲壮的事。刻在阿波罗神殿上的那句警言"人啊，认识你自己"还在闪闪发光，孔子说的"吾日三省吾身"也并没有随着流水逝去，哈姆雷特的"生存还是毁灭"依旧继续敲打出命运的锣音。然而，人总在数次寻找中迷失，而在迷失中又努力寻找着自我。作家是大写的人，他必须在苦难或幸福面前依旧保持审慎和理性，必须在呻吟和欢笑面前依旧背抵着墙壁却直视前方。作家也是小写的人，他在写故事时不免会深陷其中，直至透支自己的热情和书写对象融为一体。

我们的每一次书写，都在选择献祭自我，最终成全世界的精彩。

脱贫攻坚是一次自上而下、自下而上的全民行动，它的普遍性较为突出，但各个地区又有其特殊性。就内蒙古而言，绝大部分地区脱贫的目标不在于"吃不愁、穿不愁"，而在于"如何保障"。内蒙古地广人稀，不同地域发展又存在一定程度的不均衡性，因此，就更加要求扶贫干部工作的灵活性，难度也自然升级了。

从巍巍的金色兴安到万物葱茏的锡林郭勒，从风景胜地呼伦贝尔再到怡人的乌兰察布，从红色赤峰再到魅力鄂尔多斯，团队成员们跋山涉水，只为在复杂的山水中寻找人间常道。从扶贫办领导到驻村干部，从致富的企业家再到脱贫的农牧民，我们在人群中穿梭，力争还原一个个人物真实且感人的形象，也在一次次访谈和调研中寻找那些永恒的信念。

本书分为帮扶篇、奋斗篇和憧憬篇，顾名思义，分别指向的是过去、现在和未来。

"帮扶篇"中，写的主要是扶贫干部如何帮扶脱贫对象的故事，有帮也有扶。对于有毅力、有决心者，帮助即可。对于无力改变现状或习惯于现状者也同样不能弃之不顾。扶贫路上，一个也不能少。因此，必须扶起来，然后让他走下去。这里既有扶贫的故事，也有济穷的故事。贫，古语里更多指物质的匮乏，针对"贫"者的帮扶相对来说更为容易，但短期见效不代表长期有效，如何保证可持续的"脱贫"也是难题；穷，则更针对精神的困顿，让人扼腕的是，很多扶贫对象往往让人有"穷途末路"之感，他们即便被帮被扶，也很难短期内拥有进取之心。扶贫济穷，不仅要通过物质上的帮扶，还要"扶智"，从而根本上舒缓或解决"穷"的问题。

"奋斗篇"中，本团队成员书写了多位新时代下的好青年、好干部，他们有的初出茅庐，还带着象牙塔的优雅之气，但一转身，裤管里就塞满了泥巴。有的扎根基层多年，默默无闻、任劳任怨，脱贫攻坚又给了他们更多的舞台，也给了他们更多的压力，他们在压力之下依旧有条不紊地工作着。实际上，在大时代背景下，每一个个体何足道哉？然而正因为有了忘我的、赤诚的情怀，才会让小溪会成江海，磅礴大气。他们身后，有组织的支持，有百姓的支持，自然，也有爱他们的人更多的付出……

"憧憬篇"，是我们团队为无数扶贫干部献上的一首浪漫又温馨的情歌，也是努力通过自己的笔触描绘的"稻梦星空"未来应有的模样。袁隆平院士有"禾下乘凉梦"，我们亦有新农村、新牧区的建设梦。我们小心翼翼地迎接这个时代，它充满着复杂的色彩、迅捷的变化以及浓烈的想象意味，我们也正热泪盈眶地拥抱这个时代，因为有太多的可能等着被一一确认，有太多的突破等着我们迈出脚步。是的，时间对我们而言，永远是那么克制而又理性，但风浪在前，要么迎上去，要么只能被侵袭。

现代诗人徐志摩有一首诗《我不知道风是在哪一个方向吹》，结尾处道明了内心的困惑和无助："我不知道风是在哪一个方向吹/我是在梦中，/黯淡是梦里的光辉。"也许，帮扶、奋斗、憧憬的背后依旧有困惑，依旧也会无助，但目光灼灼，所到之处定是阳光。

如果说，脱贫攻坚带给百姓的是"获得感"，那么我们团队想带给读者的是"生命感"。横亘在不同篇目的作品中，是作家对人的关心以及人和人之间也许并不奔放但却绵密的爱。作者，用勤奋而灵动的文字，努力撬动因冷漠或习惯结成的坚冰。作者书写这一段难忘的记忆，不仅只是让读者记住它或者他们，其实是想让这些人、这些文字也成为阳光下的风景。风景是要被照亮的、被欣赏的，等着你一页一页地翻开。

慢慢走，欣赏吧！

鄢冬

2022.9.20

目录

帮扶篇

乌兰察布深韵 /4

这一片红色的热土 /36

李郡的山村和她的孩子 /53

绰尔河流水淙淙 /87

绿水青山再扬帆 /119

金鸡之冠雄鹰飞 /145

林西县的温暖记忆 /153

敖汉旗农民讲习所 /180

阿鲁科尔沁草原扶贫掠影 /197

老骥驰骋勇奋蹄 /213

奔小康的路上 /225

奋斗篇

端上红色旅游的饭碗 /238

溢香的山茶 /254

土地的回响 /273

一个人改变一个村 /290

苹果富硒富人生 /300

"老万微语"背后的脱贫故事 /318

崛起在那片黑土地 /330

被星星围住的阿丽玛 /348

憧憬篇

魅力乌审 /371

抱上"金鸡"捡"金蛋" /401

陈共和王雅茹的幸福生活 /411

后　记 /431

帮扶篇

·帮扶篇·

进入脱贫攻坚的话题后,"工作队""第一书记"这两个概念随着那些感人的故事和人物,有了温度,有了分量,浸透着泪水,荡漾着笑声。"扶贫工作队""驻村第一书记"十几年奋斗在战贫第一线,与乡亲们建立了胜似亲人的情感联系。我们所到的乡村,都有第一书记风尘仆仆的身影,村民们开口必谈工作队,说起第一书记时前面都加上"我们的……"。那些事、那些人,让我们感动不已。扶贫干部们把工作的村庄当成了家,把老百姓当成亲人,带领老百姓摆脱贫困,走向富裕之路,在老百姓心目中树立起共产党人全心全意为人民服务的高大形象。

我们接触的扶贫干部是千万扶贫工作队伍中可数的几个人,他们的故事是无数感人事迹中的几朵浪花。走访时,这些扶贫干部的讲述流露着对老百姓诚挚的关爱,那是日积月累的真情,真情中有几分自豪和荣耀。一位年过五旬的县级领导说:"我从政的最后几年,能在脱贫战线贡献力量,为父老乡亲谋福利,比当多大的官都值。"一位年轻的女干部说:"等我老了,可以自豪地告诉孩子们,我参加过脱贫战役,作出了一些贡献,获得了荣誉,没白活。"

乌兰察布深韵

刘金梅

北纬39°37′~43°28′、东经109°16′~114°49′的中国正北方，内蒙古自治区中部，有一块面积5.45万平方千米的土地，它的名字叫乌兰察布。乌兰察布是蒙古语，翻译成汉语，叫红山口。乌兰察布，北部与蒙古国有长达100多千米的边界线；南部与山西省交界，当年山西商人一路向北，和蒙古国、俄罗斯做生意的必经之地，也是中原地区人口外迁经山西走关外的第一站。因此，乌兰察布各旗县的农村牧区，有大量的山西人后裔，就像东北三省有数量众多的闯关东的山东人的后代一样。过了红山口，就是后草地，那里天高地阔、土地肥美，总会有一口吃的，饿不死人，这是一百年前北向逃难人的希望和梦想吧。一百年后，草场退化、农耕区干旱少雨、人口膨胀等众多因素导致当年走西口人的后代聚集地乌兰察布市11个旗县市区中，有8个国贫旗县、2个区贫市县。2013年底，乌兰察布市常住人口约212.3万人，其中建档立卡的贫困人口达29.1万人，占乌兰察布常住人口总量的0.14%，占内蒙古自治区贫困总人口的1/5。部分地区如商都、化德、察右中旗、察右后旗等旗县，成为国家级贫困连片旗县，丰镇市、凉城县，成为自治区级贫困市县。

乌兰察布，成为内蒙古自治区脱贫攻坚的主战场。

其实，早在2011年国家颁布实施《中国农村扶贫开发纲要（2011—2020年）》，提出将提高扶贫标准，加大投入力度，把连片特困地区作为主战场，把稳定解决扶贫对象温饱、尽快实现脱贫致富作为首要任务后，乌兰察布市就开始全面布局、狠抓落实。2014年1月6日的乌兰察布市政府工作报告中，明确提到了为民办好10件实事：一是对自治区贫困线以下、不具备生产条件和丧失劳动能力的农牧民，发放1500元现金补贴。二是为全市32万户低收入农牧民每户提供1吨取暖用煤。三是提高大病患者的医疗费用报销比例和医疗救助水平。城镇职工当年医疗费用总额超过5万元的、城镇居民和参合农牧民当年医疗费用总额超过3万元的，属于政策范围内的个人自付部分再报销50%。同时，对其中符合医疗救助条件的低收入群体，在上述报销比例的基础上由民政部门再救助10%。四是对当年新入学的3000名普通高等专科以上农村牧区贫困家庭大学生，在校期间每人每年救助1500元；对当年新入学的1000名普通高等专科以上城市低保家庭大学生每人一次性救助3000元。五是对已经在教育主管部门备案、纳入统一管理的农村牧区幼儿园，实行幼儿免费入园。六是把2014年作为"社区场所建设年"，完成全市59个300平方米以下社区综合服务场所改造，其中新建场所面积达到650平方米以上。七是实现中心城区重点餐饮单位食品安全电子追溯和重点药品零售企业在线监控。每个旗县市区新创建食品安全示范街1条、示范学校食堂1家，食品生产加工、销售、餐饮示范店和药品示范店各5家。八是对全市2175户农村牧区危土窑全部拆除并新建砖瓦房，完成2.5万户以上农村牧区危房改造。九是中心城区及旗县市城关镇小街小巷硬化、亮化覆盖率由80%提高到90%以上。十是在农村牧区布设惠农取款服务网点500个，解决农牧民取款难、用卡难问题。为百姓办实事具体化、数字化，执行落实起来就有据可查。

脱贫攻坚的集结号吹响，乌兰察布市加大人力物力的投入，想办法找出路，调动一切可利用资源，引领贫困地区走出泥淖。经过多年奋斗，截至2020年3月，乌兰察布市8个国贫旗县、2个区贫市县全部退出贫困序列，贫困人口由2014年的29.1万人下降到0.24万人，贫困发生率从14.54%下降到0.12%。数字的改变，是手指敲击键盘的劳动量；数字背后，是乌兰察布市脱贫攻坚收官年——2020年的5786名驻村干部入村入户摸底排查、查漏补缺的劳动成果，是多年坚守在乡村的干部群众想办法、找出路、甩开膀子干活、用尽心思谋出路的汗水结晶；是各级领导全力以赴、殚精竭虑地全身心投入和各种社会力量、爱心人士的鼎力相助且资源共享后的壁垒打通；尤其是，脱贫致富的主角、农村牧区的贫困户们，对明天充满希望，愿与命运抗争并踏踏实实劳动，精益求精谋划后的物质和精神的双重回报。2020年，乌兰察布市信心满满地说："我们做到了，扶贫对象解决温饱；我们做到了，一部分人走向富裕；我们做到了，虽然过程千难万阻；脱贫、致富，我们做到了。"

也是在国家颁布实施《中国农村扶贫开发纲要（2011—2020年）》后的2013年，党中央国务院出台意见，要求每个贫困村都要有驻村工作队。十八大以来，全国累计选派驻村工作干部300多万，村里常驻干部70多万。内蒙古自治区31个国贫旗县26个区贫旗县，3681个贫困嘎查村，实现了驻村工作队对建档立卡贫困村的全覆盖。全国300多万名驻村工作队员，8年的乡村工作，除了摸底排查建档立卡，他们已经成为农村和城镇连接的纽带和桥梁。在做好本职工作的基础上，驻村工作队每一位队员的任何一次哪怕极其微小的努力，都会对所在乡村产生影响。这些影响包括小到生活习惯，如倒垃圾上公厕、教村民微信支付；大到乡村文化建设的引领，如摈除陋习、适应新媒体文化传播及网络在线交易的生活新方式。驻村工作队8年的乡村工作，到底会给未来乡村带来多大的影响，目前尚不可预测。但是，驻村工作队员因为年龄、阅历、工作态度、工作方式的差异性，呈现出不同的群体特质，他们对所在乡村的影响和改变，会各有侧重。他们中涌现出一批主动出击、百折不挠、立志改变现状的有心人。

一、脱贫攻坚一线的"老后生"们

他们不再年轻，人生最美好的年华已然逝去，重新回到乡村，仿佛回到过去，回到儿时的希望和梦想中；重新回到乡村，他们的热情被再次点燃，他们的斗志空前高涨。他们已有的生活阅历助推实践操作，他们所释放的能量，或大或小，或强或弱，却足以照亮前程。这里所说的前程，不是他们自己的前程，而是所在村庄的前程，是千千万万穷困地区普通百姓的前程。哪怕有一个人，因为驻村工作队员的努力得以改变命运，他，就是他们的灯塔；如果有成千上万的人，因为他们的努力而改变命运，他们，就真的是光，是暖，是大海和星辰。这群点燃自己、照亮别人的人，他们是奋斗在脱贫攻坚一线的即将退休的"50后""60后"们，用当地方言讲："一群'老后生'们，他们深情满怀，他们一片丹心。"

二号村喜挪穷窝 三应坊村返贫上访

常汉璋，国家统计局乌兰察布调查队工业科科长。2018年，统计局对业务分工调整优化，规模以下工业抽样调查业务由国家调查队移交地方统计局。干了十多年工业调查的老科长常汉璋完成工作交接,被派驻到丰镇市隆盛庄镇三应坊村,担任驻村工作队队长兼第一书记,开展驻村扶贫工作。

从110国道转丰兴路,四月的北方天高地阔。虽然还没到草长莺飞的季节,田地里已经有牛羊在行走,有农人在劳作。一排排开始返青的白杨树后,有青瓦灰墙的村庄显现。不同于低矮散落的农家院,有一处房屋排列整齐,如同整装待发的士兵。随行的同事说,这就是整村搬迁的二号新村,是三应坊十二个自然村中,吃不上水、收入最差的自然村。

"停车,下去看看。"常汉璋应答着同事,语气急迫。

三应坊村是乌兰察布市统计局的定点帮扶单位,2016年起,就有同事常驻该村。乌兰察布市政府所在地集宁,离隆盛庄87千米。汽车先经过二号新村,再到三应坊,继续南行,到丰镇市隆盛庄镇,西南方向再行78千米,到丰镇市。这一次,常汉璋队长要常驻三应坊村,他自己没开车,搭同事的顺风车。

"常科长,我们是不是得先去隆盛庄镇政府报到?"

"按程序,应该先去丰镇市政府扶贫办报到吧,小张?"

"那……我们,到底去哪儿?"

"二号新村!这不,到了二号新村了嘛,下车!"

二号新村房舍整齐,联排独院,村中间的马路宽阔平坦,路边新种植了白杨树,还都是小树苗,没长成气候,已经泛出绿意,在四月的劲风中,身躯略显羸弱。房舍很新,走动的人却不多。除了大风刮过黄土地的声音,没有鸡鸣,也没有狗吠,这让人纳闷。常队长一行走走停停,到了村子的最南端。村南有公共设施、圆盘水泥桌和长条水泥凳,都是固定死了的。一张水泥桌上有画好的象棋棋盘,另一张桌上有画好的围棋棋盘。没人下棋,也没人坐水泥凳。几位老人或蹲或站,正在院墙下背风处晒太阳。有生人来,老人们也不动地方,只是侧过脸,七嘴八舌,提高嗓门,回答着常队长的疑问。

"来不了哇,养着牛呢。牛往哪里圈?饲料在哪里存?切饲料的铡草机、粉碎机往哪儿搁?尽说你的了,这房子,人住是好,干干净净、暖暖和和的,可牛咋办?你说说,牛咋办?"

"正好分到了边户,才叫命好。后生,你看,西把边儿,那院墙外,拾掇拾掇,新盖了个牛棚草料房。牛赶过来了,这人,也就能住安生了,两全其美。你再瞅瞅,中间那房子,人能住,牛拴哪儿呀?干脆,一咬牙一跺脚,不养牛了,为了个舒服嘛。啥?不信我的话?自己瞅瞅去,你去丈量丈量、比画比画,看能回转过来几头牛!"

常汉璋在二号新村转了一圈儿,推开几家已经入住的大门,新砖砌地的甬道直通正房入户门。甬道两边新翻的小块土地,已经施了肥撒下种子,能想象到夏秋时节的花团簇锦,或者黄瓜西红柿茄子的果实累累。更多的人家,大铁门紧闭,锁头都生锈了,少有人行走活动的痕迹。常汉璋说,去二号旧村。

汽车在坑坑洼洼的黄土路上走过。北方的四月,天干风燥,汽车掀起的尘土飞扬,像一条土龙在原野上蠕动。养牛大户赵友元接待了常汉璋。他说:"改善生活,谁不想?你瞅瞅,这村里,这路,连个下脚的地方都没了。到处都是牛粪、羊粪。这还是春天,雨水少,还算干净。夏天你再来,这来来回回的,就在泥糊糊粪水里走。得穿雨靴,不穿,鞋子里汤汤水水的,老婆家门也不让进。没办法哇,村里人养着牛羊呢,出出进进的,就这一条路,不走不行哇。咋不回新村住?想回呢哇,这些牛咋办?新村新家,院子小,回转不开,没牛棚、没羊圈、没放饲料的地儿哇。"

"有了牛棚,有了羊圈,有放饲料的地儿,这剩下的村民,就都迁到新村住了?"

"那可不。二号村缺水,我们饮牛、洗涮,都得担水,可不容易了,哪有新村方便呀,水龙头一拧,自来水哗啦哗啦流,也不费力气。"

"行!你等着,等我的口信!"

赵友元笑了:"你谁呀?说话这口茬窝,可真够大的。"

同行的同事小张赶紧解释:"我们是三应坊扶贫工作队的。这是我们队长,常汉璋。我姓张。"

"常队长呀,你要能把牛棚、草料房这大事儿解决了,你指东我不朝西。我可是个实诚人,就等你的信儿了。"赵元任握着常汉璋的手,一直送到他们出村。

没等去镇政府报到,常汉璋就找到了眼前要解决的当紧事儿。新村建起来了,村民搬不过来,就像一朵烟花,好看是好看了,抓不到手里,时间久了,难免心生怨气。常汉璋最怕活儿干不利索变成滚刀肉。干一件是一件,不能贪多嚼不烂有始无终,这是他的工作方式,也是他的原则和底线。常汉璋开启沟通和协调工作模式,在二号村新村旧村之间来回跑,又跑隆盛庄镇,跑丰镇市脱贫办公室,把内蒙古自治区驻丰镇市脱贫攻坚总队、乌兰察布市驻隆盛庄精准扶贫督导组等上级领导,一一请到移民新村实地调研。经过一系列调研、开会讨论、表决通过、具体操作执行,最终结果是,在二号村移民新村增加资金,集中建设草料场、圈栏,解决养殖专业户的后顾之忧。

移民新村集中建设草料场、圈栏,也为三应坊村建设养牛基地,提供了可以借鉴的样本。现在,养牛基地有30多头牛,也为其他村子的村民提供肉牛托养、收购销售等服务,合计有40多头牛。

集中养牛比起单门独户养，节省场地也节约人工，卫生防疫也能跟得上，省得家家户户都操心，有劳动力没劳动力都受累，村民们可放心了。常汉璋略微有点得意地说："塞翁失马焉知非福，坏事儿变好事儿了呢。"

二号自然村整体搬迁移民了。其实三应坊村，也是一个重度贫困村。贫困村的最大特征，是因病致贫、因残致贫率高。一场大病拖垮一家人，花光所有积蓄甚至负债累累不说，因陪护放弃生产失去生活来源的情况，也屡有发生。2018年，三应坊村已经退出贫困户的8人联合上访，有因大病复发再次致贫的，有劳动力不足生活不下去的，也有只想不劳而获懒得劳动等、靠、要的。

能咋办？解决呗！有啥诀窍？实地考察，软磨硬泡。常汉璋一个村、一个村走访，一户一户人家谈话。每到一户人家，他也不把自己当外人，脱了鞋盘腿坐在人家的热炕头上，自带一大缸子普洱茶，一边喝，一边唠家常。

"我说大妹子，看着你比我小，叫你大妹子，没错吧？"

"没错，领导咋会错呢。"

常汉璋看这势头不对，调转身子，瞅着趴在炕桌上写作业的七八岁的小女孩，说："这孩子，长得灵巧，字儿写得真不赖！爸爸妈妈呢？"

"跟着工程队，跑工地去了。她爸是泥瓦工，她妈给人家筛沙子呢。"女主人看孙女害羞不敢说话，常汉璋又夸赞自己的孙女，语气中有了一丝丝自豪。

"都是重苦力，不容易呢。"

"谁说不是呢。庄户人家，除了力气，还能有个啥。他大走了，临了临了，住院欠下一屁股债，不做苦力拿啥还人家。"

"你是说老掌柜的吧，走几年了？"

"三年，三年多……"

女主人自知说漏了嘴，想补救，想解释，又不好意思再张嘴。

常汉璋吸溜一大口茶水，说："三年多，十多万，也还差不多了，还有种地收入……有这么勤快、舍得花力气的儿子儿媳妇，这么乖巧聪明的孙女，大妹子，你家日子，一定越过越红火，越过越兴盛呢。"

从村民家里出来，常汉璋知道，这一户人家的问题基本解决了。去其他农户家也是一样，他先问问老人的儿子在城里的打工情况，帮着留守儿童检查作业，也不摆事实也不讲道理，就是唠闲嗑，唠着唠着，就有六户认同了村委会的摘帽子决定。其余两户，确实是家里劳动力打工造成工伤，一时间家庭困难没有任何经济来源，被重新识别为贫困户。

"咱自己就是打小在村里长大的，再回到村里，端不起那个架子来。咱自己也是农民的儿子，了解农民。农民的问题，说到底就是不了解、不明白、想不通的问题，实际上就是沟通不畅的问题。你给他好好说，掰开了揉碎了说，解释清楚了。人都是要脸面、有尊严的，在村子里生活不容易。农民，其实是最好说话、最能体谅别人不容易的人。村子里能有多少大事儿呀，无非就是禁牧、确权和土地争议的那些事儿。你好好说，给争议双方来回解释，不要把自己当成个干部什么的，就当自己是个中间人、调停人，没啥解决不了的大事。老一辈人实在想不通，沟通不了，不是还有子女嘛，年轻人好沟通，都能解决，都能落实，就看你有没有耐心。"常汉璋这么解释自己的工作。

"如果，让你继续留在村里工作，你愿意吗？"我笑着问他。

"愿意，我愿意啊。这都三年了，习惯了。回原单位，都该退居二线了，无非是喝喝茶、看看报纸，也没什么具体的工作让咱干了。咱自己是在农村出生的人，现在还不老，有的是力气，也有些经验。留在村里，跑跑腿，为父老乡亲们当当中间人，帮他们解决一些生活上的实际困难，我乐意呀！"

我愿意，我乐意。这样子的倾情承诺，令人心动。基层需要干部，为那些退而不休的、有经验、有能力、有体力的干部找到一处可以发挥余热的平台，两厢都情愿的事，有什么不可以的呢？！

督导班子投身一线纪律检查责任到户

对于下沉到基层的工作人员来说，他们的日常工作中没那么多惊心动魄的事，既不会一波三折也没什么戏剧性。基层工作，需要的是耐心、是细致、是尽责；是"跑断腿、磨破嘴"；是心平气和、不言放弃。白元胜，集宁职业学院的教授，后勤处副处长，2016年下乡，到四子王旗鸡胡图乡，当扶贫纪律检查督导组组长。郝平乐，四子王旗人大办公室主任，鸡胡图乡扶贫纪律检查督导组副组长。两位都是踏踏实实干具体活、做具体事的普通工作人员。白元胜中等身材，长相敦厚，学校工作的底色赋予他耐心、细致、敏于观察也善于总结的工作作风，说起话来条分缕析，摆事实、讲道理，一口气能把工作阐述得清清楚楚、明明白白。不需要提问，他知道你关注什么、关心什么，有一种你听我细细道来的从容和笃定。郝平乐慈眉善目、乐观平和、善于思考、勤于动手，像是一位家庭中的贤内助，端茶倒水间的只言半语，有提示、补充讲述和穿针引线的作用，俩人配合默契，仿佛一对老夫妻。大家见过面寒暄落座，白组长双手护住一只超大容量的保温杯，仿佛备好了课，开启了他的讲述模式，语速不急也不缓。

"要说这扶贫工作，好做，也不好做。说好做，第一，要做到"一清二白"，即底数清楚，政策明白，措施明白。第二，要让农民'两不愁三保障',即不愁吃不愁穿,住房保障、医疗保障、教育保障。政策不用你操心,已经制定好了;措施你脑子里要清楚、心里要明白;重要的是,你是抓落实的,落实过程中会遇到各种情况,所以要有创造性落实的能力。扶贫队员们的基础工作,首先是摸底,是统计。挨家挨户串串门子,唠唠家常,用点心、用点力,脑袋记不住用纸、用笔,好记性不如烂笔头,回去再整理汇总,咋就能闹不机密呢。腿勤、嘴勤、手勤,基础工作没多少诀窍,就是一个"勤"字。说不好做,是因为村子里的生活习惯是凡事儿都说个大概,收入支出都是自家的,用不着那么仔细算计,也不用跟人汇报。现如今留在村子里的老人多,这些习惯,一时半会儿也改不了了。这就会出现一种情况:你今儿去问,他们给你一个答案,明儿再问,又是另一个答案。你问:'您老知道自己种了多少地,今年有多少收入?'他答:'年年就那些地,地还会生娃不成?收入,也没多少,有个万数多吧。'你问:'那万数多多少?一万五?一万九?'他回答:'噢,差不多。反正就那么多,每年也差不了千儿八百的,咱也没记过账,有收入,也有花销,春天买种子,还贷了款呢。'万儿八千、千儿八百,这就是村子里的计数方式。我们督导组队员是要入户的,抽查是我们工作的一部分,就是怕有漏报错报的。一旦发现失误,我们负责纠错、改正。碰上一两个用万儿八千、千儿八百计数的村民,就要多跑很多路。再比如,去贫困户家里,碰到上了年纪的,他也欢迎,说:'你经常来,我知道。'我们要是追问。他答:'你谁呀?啊呀,想不起来了。反正你来过,我知道你,面熟得很。''面熟,想不起来了,你肯定来过'这样的回答还算是好的。我常驻鸡胡图乡三年了,之前,也是一个月来一次,来一次一定是为了入户。贫困户家庭,就没有没去过的,去的也不止一次两次,他们就是记不住。换我也一样，年纪大了，记性差了，没办法的事儿。这几年的教育扶贫政策好，但凡是贫困户家庭，都给补贴。如果有上大学的本科生，一次性给4万元，相当于一年1万。如果家里有上学的专科生，给3万。如果有上高中、职高的学生，一天按15元给，一年按270天算，住宿另补贴500元；上小学的，每天给7元钱。这么说吧，除非是你不想念书，现在就没有念不起书这一说了。有些贫困户，他记不住这些数字。补贴过，知道给了，给了多少，他记不住。我们去抽查，就会有出入。驻村工作队员也委屈呀，明明登记过了，补贴过了，也签过字了，忘了。怎么办？就得多跑，多问，再查原始资料。"

"详细核实呗。"郝组长一边添水，一边接了一句。

"是是是，好在，结果都是好的。2019年10月，市政府开始抽调验收，验收结果：贫困发生率、错退率2%，群众满意度高。老百姓那是真心感谢政府呀。"郝组长说。

纪检工作说容易也不容易，没那么难，就是细碎，对不对老郝？你就说郝组长吧，人大的工作也一大摊子呢，两头跑，起早贪黑地跑。有时候三更半夜的，都睡下了，临时通知有会，他就得爬起来，跑回去准备。你也看见了，我们鸡胡图乡这一截子土路，弯弯绕绕的，也不好走呢。话说回来，老郝本乡本土的，还是比我有优势。我是从最初的半脱产到全职干。从2017年起，到现在，三年了。我们四子王旗已经脱贫了，脱贫不脱产，工作一直延续到现在。我个人，按年龄，去年就该退休了，一直没办手续。我们学校说，先把这里的工作完成，善始善终吧。我在这儿几年了，熟悉了，换别人，还得从头开始。要说困难，是个人生活和工作不能兼顾，人在异地嘛。我人在鸡胡图乡，半个月、一个月回一次家。家在集宁，老家在凉城。咱这年龄，上有老下有小的，家里想指望我的事儿也多。儿子找工作、结婚，老母亲年岁大了需要照料。去年我老母亲在老家病逝，老伴儿住院做手术，都指望不上我。这些，都是我亏欠她们的。要说，我不出差不下乡，每天在他们眼皮子底下晃，也改变不了啥。可就是这些七七八八的家务事，我不在现场，没在老母亲的病床前，哪怕伺候一天，自己这心里……算了，不说这些了，鸡毛蒜皮的。和我们内蒙古31个国家级贫困县脱贫、26个自治区级贫困市县脱贫、全国近1亿人口解决温饱问题相比，真不算啥。"

"我高兴，我是脱贫攻坚战场上的一员；教了一辈子书，除了教导学生，我还参与了一亿农民能吃饱、穿暖、有房住、有医疗服务的整个过程，我自豪，觉得不白活一回。2021年，国家开启乡村振兴战略，依我看，难点在后续产业的发展上。我个人认为，应该鼓励大学生回乡，鼓励资本返回家乡。人有了，钱有了，就没啥是咱中国人做不成的。明天可期待，未来更可期待！"

王占山双喜临门　村干部用心服务

化德县位于内蒙古中部、乌兰察布市东北部，北部和锡林郭勒盟镶黄旗相连，西部、南部连接商都县，东北与河北省康保县接壤。地形西北高东南低，山地、丘陵、川地相间，呈现出"远看是山，近看是川"的壮美景观。每年七八月的盛夏季节，人们习惯去锡林郭勒大草原看云，去呼伦贝尔大草原吸氧，鲜有人知，乌兰察布化德县，有未被开发过的天然牧场，有连绵起伏的草地，有望不到边际的嫩绿，有白云垂挂的山丘，有状若奔马的云雾。如果，恰逢落日前后，汽车在草原上疾驰，太阳在云雾间出没，天地间或浓或淡的金黄和绿翠，洗刷着人的视域。如果，恰巧雨后，空气湿漉漉的，无意间调高了金黄和绿翠的饱和度，伸出手去，落日余晖穿透手掌，指缝间呈现透明的红、皱染的黄、稠密的绿。人的心境，顷刻间会色彩斑斓，或者澄澈透明。美景冲刷心情会在瞬间发生；仅凭美景，却不一定能养活斯人。截至2017年，化德县在册人口16.37万，其中城镇人口3.66万人，农村人口12.71万人，农村常住人口5.09万人。在册人口中不足一半常住，另外半数以上外出务工，留下来的村民，平均年龄在60岁以上。我们去化德县长顺镇向阳村采访养牛专业户，54岁的王占山，还算一个壮劳力。

王占山的住房坐北朝南、独门独院，是北方农村常见的院落户型。正房三间一开两进，中间堂屋是入户门，进门处有灶台，正对入户门设置隔断，里面堆放杂物，东边一间房是主人的起居间。一般人家的西边房间，是孩子的起居间。王占山家堂屋和西边房间没有贯通，另外开了门，和西厢房连接，做了贮藏粮食和草料的储藏间。王占山两口子在大门口迎接我们，经过坐西朝东的猪圈、牛棚、机器房、储藏间，一直把我们让进正房里屋的热炕头上坐。他自己立在大衣柜前乐呵呵的，来回搓手，媳妇进进出出忙着端茶倒水。

村主任张立行介绍他家情况："王占山，也54了。兄弟姊妹五个，他行三。老母亲27岁时得了肺结核，下不了地，干不了重活。后来，俩姐姐出嫁了，俩弟弟外出打工，他留家里了，侍候父母。去年老母亲离世，活到81岁，也算高寿了。这两年政策好，占山养牛的毛收入，比他打工的弟弟们只高不低。占山这小日子，是真的翻起来了。这不，今年就有媳妇了。媳妇叫周占桃，和占山同岁，人也好着呢。现在这小日子过得，有滋有味儿的。对不对占山？对不对，兄弟媳妇？"

"对对对，对着了。"王占山赶紧接过了话头，"我叫王占山，贫困户，种着30多亩莜麦，还养牛。今年莜麦收成好，莜麦的秸秆雇人打了捆，拉回来了。牛饲料有了，冬天不愁了。"

"还提你的秸秆。牛没个饥饱，你也不看着。"王占山的媳妇周占桃快人快语，她抢过丈夫的话题，语气娇嗔，埋怨中满是深情。

王占山拍了拍媳妇的手，仿佛在告知对方，少安毋躁，我先说，你别急。媳妇把手一甩，明摆着不买王占山的账。她说："咋回事儿呢，他这个人吧，可闷呢。前几天，一头3岁母牛，刚生过小牛犊子，吃撑了。我觉着呀，就是撑死了。眼瞅着母牛3天不吃草，也不着急。我说你去请医生吧，他耳朵上了锁，就是听不见。那天也巧，下了点小雨，下午5点多钟，我还在外面放牛，他的电话就来了，我就想着没啥好事儿，肯定死了。一头牛2万多，2万多呀。牛死了，他不让卖，心疼，每天朝夕相处着，有感情。他把牛放冰柜里，说是等冬天肉价涨起来再卖。我知道他那点花花肠子，心疼归心疼，但家里那老式冰柜，也放不了多少肉呀。再说了，冰柜是他表弟更新换代淘汰下来的，制冷也不好。我就去找张主任，还有乡亲们，让他们帮衬着分肉、卖肉。第二天，下大雨了，连泥带水的，光顾着给大家分肉卖肉了，没注意到，小牛犊子不见了，又去找牛犊子。你说说，这一来一去的，一头母牛一头小牛，损失有多大？要不我说呢，他这人，就是个闷葫芦。"

"闷葫芦会过日子，能吃苦，还孝顺，上哪儿找这样的好人去？"张立行截住了周占桃甜蜜的埋怨，说："咱们占山一根筋，媳妇有了，日子富了，整天嘴都咧着，合都合不上。养牛、种地，使不完的力气。他呀，一根筋，只对你一个人好，弟妹，我看你是享福的命呀。"

"他对我好，我知道呀。"周占桃语气里满是娇嗔。

"那不就对了嘛！"张立行说。

"你问问他，我对他咋样，我对他，不好吗？"周占桃一副得理不饶人的样子。

"啊呀,都好都好,你的好,我心里记着呢。"王占山赶紧表白。

这可是当众撒狗粮,是在农村里不常见的夫妇互动,大家都笑了。

从王占山家出来,去看他的牛群。下午5点多的太阳金灿灿的,给山、给村庄、给每个行走中的人都镀上一层光环。通往村后草场的土路很窄,路边有野韭菜花盛开着,有小蓝蝴蝶在飞。我和村主任张立行走在最后,关于王占山和周占桃,他还有话说:"要说这人好,也得命好。新来的分管扶贫的冯县长听说了我们村有个孝顺后生,专门跑过来,跟占山结成了帮扶对子。这冯县长是个好县长,话少腿勤,隔三岔五来,帮他联系人工、盖草料棚、联系银行、办贷款、买牛犊子、买铡草机……这人呀,开始走顺字儿了,那好运气是挡也挡不住。拿去年举例:占山又买了14头牛,西门德尔小牛,买的时候不到8000块钱,7000多一点,到了冬天,年底的时候,一头牛就能卖1.4万~1.5万,这中间的差价,6000多就出来了。今年,他一下子卖了8个小牛犊,一头1.2万,你算算,这就有十来万了吧。买牛时用了银行帮扶小额贷款,第一次贷了5万,3年后,指定还上了,还完银行贷款,挣的钱,那可就是纯利了,比在城里动泥工,动弹一天歇三天的,强太多了。"

"去城里也不见得都是动泥工吧?我有有稳定收入扎下根来的。"

"那倒是。刘老师,你知道我之前在城里干什么?也在你们呼市打工,呼市水文勘察院,打井,一个月挣6000多,也不少了。打井也是技术活儿,就是时间短,一年也就3个多月有活干,不长久。2015年村里换届,镇长召唤,兄弟们也是一个电话一个电话地催促，下半年我也没啥活儿干，就跑回来了。竞选上任，赶上脱贫工作要劲儿的时候，修整旧房子，清理整顿村容、村貌，修路、修建幸福院，村子里人手也不够，每天都是脚打后脑勺地忙。拆旧房、盖新房，有些人家儿女不在，在外面打工呢，回不来，老的说不敢做主，就得等儿子回来商量。但不能一直等，有期限管着呢，我就想办法。一个村碰上这么两三户，车轱辘话说着，车轱辘营生做着，可是有的说、有的做了。脱贫攻坚，要求入户。上面不要求，村民也得来找我。都是些老人，七老八十的，下雨了，房子漏了，来找我，我不去谁去？赶上我正好不在，去县里开会，他们就一趟趟找，不断给我打电话。散会了，我就赶紧往回跑，我就赶紧去修。实在忙，腾不开手，我就雇人去。不那么忙的时候，我们几个村委亲自修。自己干活儿，省钱。村委会总共五个人，全上手。两个女同志也得上手。能上房上房，不能上房，和泥、提水，干些不重的活。上面有要求了，以后，村委会向服务型干部转型，就是以服务为主，做真正的公仆。"

"他们的子女呢，为什么不叫子女回来？这都是家务活呀。"我问。

"子女嘛，住的也是有远有近。有的住咱们化德县城、集宁市区，算近的，有个头疼脑热的，一个电话就催回来了。子女在广州深圳，还有在国外的，靠电话能催回来？除非有了灾灾病病，要花大钱、出大力了，才会叫他们子女回来。也不能说针尖儿大点事都叫子女吧，远亲还不如近邻呢，这也是我们村委会分内的事儿。乡里乡亲的，谁还没个老的时候呢。"

"房子漏水、牛羊跑丢了，这些都是小事儿。对于一家一户来说，一年未必遇到一次，村子里住户多，你家一件事儿他家一件事儿，叠加起来，也够你们忙活的！"

"没办法呀,村委会的职责,就是处理些鸡毛蒜皮的事儿。村里,70%的人口,都是70岁以上的老人;80岁以上的,有30多个,还基本能自理。说是能自理,需要人搭把手的事儿也多着呢——咳,话说回来,回村里住,空气好、烦心事儿少、出把子力气的事儿多,用你们城里人的话说,就当是锻炼身体了,你说对不?"

这是玩笑话,也是村干部的觉悟。我心里满是感动,认真看了看一旁同行的村主任。张立行头发花白,身材偏瘦,身板儿挺直,像一颗白杨树一样挺拔硬朗,显出一种坚定且倔强的气势。他是乌兰察布市化德县长顺镇向阳村的党支部书记,2015年回村,经过推荐、选举,当选为向阳村的村主任,是村一级基层干部从组织者向服务者转型的践行者。

丰镇隆盛庄镇三应坊村驻村工作队长兼第一书记常汉璋,四子王旗鸡胡图乡扶贫纪律检查督导组组长白元胜、副组长郝平乐,化德县长顺镇向阳村的党支部书记村主任张立行,以及接受过我们采访的乌兰察布市档案局抽调到丰镇市官屯堡乡口子村任驻村工作队长的冯小青、官屯堡乡口子村党支部书记李彦,丰镇林业局抽调到黑土台乡点青庙村任驻村书记的王烨,他们都是奋战在乌兰察布广袤土地上的筑梦人,他们用半生蓄积的工作经验和累世叠加的热爱,为脱贫攻坚战奉献着浓情和汗水。

二、脱贫攻坚一线的小伙子

一年多的乡村采访,接触到几位"90后"驻村第一书记、村主任、扶贫队员,他们沿袭传统,又不因循守旧;他们激情四溢,而又脚踏实地;他们明明知道自己弱小,却又使出浑身解数。他们的态度是,尽心尽力;他们的目标是,改变,从小事做起,从我做起。这一切,源于脱贫,源于扶贫,源于人心中的一份善念和爱。

抓铁有痕为少年

内蒙古自治区乌兰察布市四子王旗鸡胡图乡距离旗所在地乌兰花镇20多千米，乌兰花镇距离呼和浩特市100多千米，半农半牧区，干旱少雨，在外打工的人多，留在村里务农养殖的人少。2019年8月的一天，鸡胡图乡罕见的一场大雨，从下午一直下到晚上。三合泉村村委会留守的几个干部，开玩笑说刚刚入户回来的巴书记被浇成了落汤鸡。这时候，驻村第一书记房磊的电话响了，是三合泉村所属的二道沟自然村一位周姓村民打来的，他家闺女又不见了。房磊一边在电话里安慰对方，一边找雨披、手电，手势催促外两位同伴往外走。巴书记衣服还没换好，看见房磊躬身弯腰从单人床下给他找干鞋呢，说："不找了不找了，一次两次都是个湿，省得洗两双鞋。"然后，他倒掉运动鞋里的水，套在还没干的脚上出发了。

4个人2辆汽车在草原的泥泞路上前行。雨水不停，雨刮器不停，车却得走走停停。任何一个低洼背阴处，即便不是很大的一块石头，远光灯的缥缈加无规律飘动的连绵雨水，都会给人一个错觉：那是一个人，是周家的女儿，是患有抑郁症经常性离家出走的周栓兰。每一次，他们都跑过去确认——现实情况是，草原上的石头太多了，草原上高高低低的陡坡慢坡太多了，没有一处，躲藏着1990年出生的女子周栓兰。房磊和巴书记决定分头行动，巴书记往乌兰花方向，房磊往反方向。后半夜，雨停了，路更不好走。过砂石路，过泥土路，再过草地，汽车车胎和轮毂之间集满了杂草泥沙；行到上坡处，油门踩到底，车轱辘只是在空转，跑不出几米远。天快亮了，在另一个叫讨吃号村的一户人家的牛棚里，房磊看到了蜷缩成一团、瑟瑟发抖的周栓兰。

"我们就像没头的苍蝇,瞎转悠,整整转悠了一宿才找到。"

乌兰察布市四子王旗教育体育局下派驻村干部房磊讲述起雨天寻人的事儿,有点不好意思,好像在为自己没有在短时间内寻到人感到内疚。事实是,2018年10月下乡的三合泉村第一书记房磊也是1990年生人,也出生在农村,和周栓兰同龄。房磊的个子不高,微胖,敦敦实实的,像一枚小钢炮。他说话语速快、逻辑性强,没有废话。他说的话就像一篇简短大气的发言稿,清清爽爽,和他的人一样精神。他言简意赅地说完寻找周栓兰的事儿后,补充说,他能理解周栓兰的苦楚、同情周家的处境,他把周栓兰想象成他老家的同学或发小。每一次周家求助,他都会有求必应。

"她是经常跑,我们是经常找,现在都习惯了。周栓兰还有个该上六年级的孩子,叫周杰。周杰厌学,不想去学校,也不听人劝。你说他,开导他,他不吭声,一扭头就跑了,跑到山坡上,一个人抱个手机,玩游戏,谁都叫不回来。我是教育体育局派驻的扶贫干部。教育扶贫是我们的本职工作,解决周杰的上学问题,成了我的心病。"

房磊为了让周杰重返校园,使出浑身解数。周杰所在的二道沟村,一共才9户人家。要不是周栓兰的病时好时坏,他们也不会留在村里。村子里没有和周杰年龄一般大的孩子,和周栓兰年纪相仿的,也没一户。房磊开车去周杰上学的小学,打听到一个和周杰关系还算不错的同学,找到这位同学的家长。等到孩子们放学,房磊又把他们父子拉回二道沟村周杰的家里。

周杰看到同学来,挺高兴的,给同学炫耀他的游戏积分。同学的父亲明白自己的任务,把兴致勃勃的周杰拉到自己跟前,开启教导模式:"周杰呀,你咋能每天抱个手机玩游戏呢?你得上学读书呀,你个小生瓜蛋子,不好好念书,长大了放羊呀莫非?听大爷的话，得好好念书，得上学，听见没？你看看你妈，你妈这样了，她还指望着你养老送终呢。你不好好念书，将来，咋养活你妈……"

房磊试图阻止这位父亲的训诫。周杰早跑出去了，房磊催促周杰的同学去追周杰。这个孩子犹犹豫豫地出了门。很快，周杰的同学回来了，啥也没说，只是摇头。

这可咋办呀——这孩子才六年级，不能就这样辍学了。到他懂事了，想上学了，一切可都晚了。房磊睡不着觉，躺在床上跟媳妇念叨。媳妇开玩笑说："雇个家教呀！一对一辅导，可别落下功课耽误了学业……"房磊是因为送学生和家长才得空回家一次，他不敢和媳妇硬碰硬，只能玩笑着说："要不，你去做他的家教？凭你的学识和才干，一定能让我们周杰不落功课、迎头赶上。"

周一去三合泉村上班，房磊去村委会点了个卯，直接开车到了大阳坡自然村。大阳坡村有位退休的民办教师，叫逯银平。房磊向逯银平老师说明来意，逯老师很爽快地答应了。

一辈子的老教师了，听说有孩子辍学在家，他很着急。房磊给我们讲述了逯老师给周杰补课的过程。从大阳坡村到二道沟村，2千米左右的路程。逯老师每天过来，有时候骑自行车来，有时候步行。他每天准时给周杰一对一补课。逯老师真的很认真、很敬业，先是和周杰一块儿玩，逐步渗透着讲点知识，直到周杰不那么反感他了，才正式上课。刚开始，逯老师留的作业少，也容易完成，大部分时间是玩儿着学，慢慢加量，逐渐增加难度。周杰爱玩游戏，他就陪周杰玩，逯老师也让周杰陪他玩填字游戏、下军棋。我有时候也过去看看，心想，这不行呀，不能总是让逯老师奉献呀，逯老师年龄大了，民办教师的退休金也没多少。日久天长的，逯老师也没这个义务非得来给周杰当家教。我跑回单位，找我们局长，说了周杰的情况，也说了逯老师的情况。我们局里经过讨论，决定解决帮扶老师的帮扶工资问题，每个月1000元，周六日正常休息。"你不知道刘老师，解决了逯老师的薪酬问题，我的心情，就像是雨后的彩虹，那个美呀，人一下子就松快了。令人欣慰的是，经过逯老师的一对一补课，周杰逐渐愿意和人交流，也能独自完成作业了。我又跑回旗里，找到第五小学的校领导们，跟他们交流了周杰的情况。第五小学同意周杰的入学申请，一并解决吃饭、住宿问题。也就是说，周杰的吃、住，一律由第五小学免费提供。2019年9月1日，周杰正式到第五小学六年级上学。2020年9月1日，周杰就该上初一了。我呀，希望他懂事后，因为没有错过，能更加珍惜生活。"

"这小周杰，蛮有福气的，遇到了你。"我感慨着，打断了房磊的讲述。同为教师，又是年过半百的老教师，我太知道一个人命运发生转折的重要性了。身为人师，你使出浑身解数、哪怕拼尽全力，如果能改变一个人的命运，那也是值得的！"我说。

而我们的脱贫攻坚，是要扭转亿万人的生活轨迹，不能不说是一个浩大的工程，也是一个伟大的创举！"房磊跟着我感慨。他可能觉得这句话有点文绉绉的，羞涩地笑了笑，赶紧说："我喝口水。"

知道房磊这个人，了解他做过的事儿后，我定好和房磊见面聊天的时间——2020年5月2日，地点：内蒙古四子王旗鸡胡图乡乡政府办公楼二楼办公室。房磊知道我们的来意后，也不寒暄客套，直奔主题。

"只要你用情、用心、用力，就没有解决不了的问题。我们是来扶贫的，目的明确。群众的困难、群众的诉求，一一帮他们解决了，工作任务也就完成了。关于扶贫工作，上级的政策执行到位，该落实的项目落实了，该落实的资金落实了，执行政策不要有偏差，提高群众的满意度，我觉得，这个工作就不难做。"年轻的房磊如是说。这是他的工作体会，也是他的工作原则。他总是随身携带一台笔记本电脑，随时记录工作日常、调整数据报表、上报上级机关需要的每一份材料。三合泉村每一户村民的情况就在他的电脑里，也在他的心里。

"三合泉行政村地处四子王旗忽鸡图乡南部，占地面积100平方千米。辖14个自然村，户籍人口570户1747人，其中常住人口181户375人。耕地面积1.9万亩，林地面积2.11876万亩，其中公益林面积1.8849万亩。主导产业以种、养殖业为主。2017年，三合泉村被识别为深度贫困村；2019年，退出贫困村行列。2014年以来，共识别贫困户117户264人，脱贫117户264人，其中已脱贫（享受政策）97户212人，已脱贫（不享受政策）20户52人。截至2019年年底，贫困发生率降低至0%。贫困户按致贫原因分：因病致贫26户56人，占22.3%；因学致贫18户57人，占15.3%；因残致贫：13户30人，占11.1%；缺技术25户54人，占21.4%；缺资金7户15人，占6%；自身发展动力不足17户35人，占14.5%；缺劳力11户17人，占9.4%。三合泉村共有残疾人96人、五保户14人、低保户245户365人（贫困户67户117人）。建立慢性病档案共51户61人，其中，贫困户慢性病37户43人。村"两委"班子成员5人，平均年龄55岁；驻村工作队5名，平均年龄45岁。三合泉村共产党员支部委员会共有党员46名，下设3个党小组，流动党员11名，占比24%；党员年龄结构为35周岁以下3名，占比6.5%；35~60周岁20名，占比43.5%；60周岁以上23名，占比50%；学历层次为初中及以下学历5名，占比10.9%，大专及以上学历4名，占比8.7%。党龄30年以上党员13名，50年以上党员2名。三合泉村村委会占地2亩，砖混结构办公用房11间，建筑面积350平方米，院内硬化2000平方米，修建公示栏1处，配套办公设备，安装多媒体，安装健身器材，配备文化室、活动室、卫生室等设施。"

就像是说相声《报菜名》一样，房磊一口气报出有关三合泉村的相关数据，喘一口气后，说："我喝口水。"

我们都笑了。

"你，学什么专业？这记忆力，棒棒哒！"

"数学。"

"怪不得！"大家异口同声感慨，"学数学的，记忆力就是好。头脑好过电脑，所有资料都存储着，不用开机，也不担心死机，可以随时提取、随时修正。"

"还好吧。我刚来的时候，也什么都不知道呢，都是一点一点积累的。我呢，也是在农村出生的人。我的老家在赤峰市喀喇沁旗。我们那儿三面环山，自然条件好。要说这东西部农村，还真是有差异的。环境、基础条件，都有差异。我虽然是在农村出生、农村长大，但种地、生产、养殖这些，真正接触也不多，那都是大人们的事儿，多少知道点儿，也是只知其一，不知其二。现在下乡，干了村干部，才知道村里生活真的不容易。三合泉村这边，水资源严重缺乏，发展任何项目都受制约，不可能引进大型企业，也不太可能大规模发展养殖业。去年年景好，收入高一点。年景不好，靠天吃饭，收入都不能保证。种植、养殖，都不太好开展。三合泉村里登记人口有570户1747人，留在村里的有181户375人。这意味着什么？意味着近1/5~1/4人口都外出打工。留在村里的，不是残疾人，就是老年人。50岁左右的村民都很少很少。因此，想发展产业、搞个体养殖，人力资源这一块，就受到限制。生活环境倒是挺好的，天高地阔，空气清新，也没污染。三合泉村就没去养老院、幸福院的老人。去年有一个去了，又回来了。"

"为什么?"

"我们村的危房改造都已经完成,都住新房子了,60岁以上该有的低保,也都有了。一个人住,自由自在的,多好。不想去幸福院,也怕给别人添麻烦。我顺便给你科普一下吧。低保不是按年龄申报的,它是最低保障金,是经过核算的。低保分四个等级,80岁以上身体不好的,A级每月补贴375元,我们村有5人;70岁以上的老人,或者是患有大病、癌症或者因病有大额支出的,B级每月补贴310元;C1级,每月补贴220元,C2级每月补贴145元。"

"感谢科普,你可真是数学老师!房磊呀,你们三合泉村离乌兰花也不远,一周才回一次家,不觉得亏欠媳妇吗?"

"我就这么个急性子。以前的工作有假期、有周末,还能陪陪媳妇。自打下乡,就没周末了。我们的规定是五日四夜,本地驻村工作队员可以回家过周末的。我不行啊,我习惯工作往前赶、不想拖,总感觉一拖,就没影儿了。媳妇还年轻,来日方长,以后殷勤点,能找补回来。其实,我亏欠的,是父母。2018年10月6日,我被选拔上,10月8日上岗。2018年11月,我母亲查出癌症,中晚期。我连夜开车1000多千米,赶回去,安顿安顿,一两天的时间,再赶回来。我妈劝我,刚刚接手新工作,不能给人家耽误了。我想留,她生气,撵我走。不瞒你说,截至今天,我总共回去过两趟。去年4月,我爸没了,心肌梗死。我连夜赶回去,也没见上面,又连夜赶回来。我只回去待了一整天。我们那地方,和这边不一样。这边,人没了,会放个5~7天。我们那边的习俗是头一天晚上没,第二天早上就埋了,只能放一夜。我和我哥,开车,走夜路,没见着,挺急的,回去,人已经埋了,入土了。我俩谢过帮忙的亲戚,住了一宿,开车,又跑回来。我妈不让我俩多住。"

房磊说这些时,心中的痛不能直接宣泄,变得语无伦次。在急促简短的词汇下，是他拼命压抑着的情绪。我们只是安静地听，不打断，也不提问，任凭静默无限蔓延。我明白他内心的伤痛，也感同身受。农村出来的娃娃，刚刚入职，才开始挣钱，稍微有点能力，能回报父母了，子欲养而亲不待……那种痛楚，非语言可以描述。我选择尊重，尊重这个才30岁的大男孩儿的自我克制和自我控制。未来的路很长，父母的教诲，才是他一路前行的动力所在。静默过后，房磊又喝了一口水，打破了这让人窒息的沉默。

"家庭变故，作为个人，无能为力。直到现在，我都没办法接受，接受不了。其实，这才是我最难的时候，这辈子，没法弥补，弥补不了。"

他双手握紧了茶杯，频繁喝水，又急匆匆转移话题。我想，这不是因为他性子急，而是因为，它过不去！已经发生了的心碎和伤痛，它过不去呀！现在脱贫工作正在攻坚验收阶段，他是没时间悲情，也顾不上反刍。

"我们工作上最大的困难，是村民的自主动力不足。这也是我们扶贫工作中经常说到的一个词——内生性脱贫。可话又说回来，你让村里留下来的60岁以上的村民们，焕发第二春，再来创新创业，也不太现实。60岁是退休年龄，是到了该颐养天年、含饴弄孙的年龄了呀。要说脱贫，早已经解决了。"两不愁三保障"一达标，都做到了，没有做不到的。去年的标准是人均纯年收入3600元，今年是4000元。房子、医疗、教育都解决了，饮水问题也解决了。下一步，是农村牧区的振兴问题。必须让有文化、有眼光、有能力、有体力的年轻人返乡，才有可能实现振兴。

这个年轻人的评价，切实而中肯。诚如房磊所言，新农村建设，需要新鲜血液的回流，或者是输入。

踏石留印在乡村

2019年9月7日起，内蒙古自治区乌兰察布市察右后旗大六号乡丰裕村，迎来了有史以来最热闹的一天。丰裕村举办了庆祝中华人民共和国成立70周年暨大六号镇第二届农民丰收节活动。天高地阔，彩旗飘扬，大喇叭里循环播放着以唢呐为主的民乐版《庆丰收》《喜丰收》、打击乐《丰收锣鼓》等，舞台前用本地特产土豆、大白菜、倭瓜、洋葱等摆好巨大的"农民丰收节"字样，把节日气氛烘托到了极致。丰收节既是庆典也是展示，有极具特色的文艺演出，有农特产品展销，也有百家宴形式的厨艺现场比赛。二人台、小品你方唱罢我登场；搓莜面鱼鱼、卷莜面窝窝，赛的是谁的速度快；我家养着洋绣球，你家庭院有牡丹，各自搬出花卉来，看看谁家开得艳。展示的人喜气洋洋，看展的人流连忘返。奶奶是不上台，"奶奶上台搓莜面，不比你台上的杨大妈差。那杨大妈双手才搓八根，奶奶年轻的时候，双手能搓十根，不信？不信回家，奶奶给你搓莜面去"。孙女撒娇："奶奶，那我不上学了，回村里跟你学搓莜面哦。"

"回来呀，可一定要回来，大学一毕业就回村来，咱丰裕村就等着你们回来呢。"

祖孙俩回头一看，奶奶笑了："呀呀，是小刘书记啊。我家乖孙女胡咧咧，她要是有你一半的能耐，我才叫一个放心呀。"

"您老的意思，这小闺女学习不好、没能耐？我看您呀，是门缝里瞅人——把人看扁喽！对不对，小妹妹，大学毕业，还回我们丰裕村，行不？摇头不算点头算，一言为定哦。"

和祖孙俩搭讪唠嗑的是时任乌兰察布市察右后旗大六号乡丰裕村的党支部书记刘龑，是本次丰收节的创意策划操作执行以及各个环节的主要劳动力。换句话说，丰裕村能有今天，离不开曾经来丰裕村做帮扶工作的前后几任党支部书记，刘龑是其中之一。

刘龑，1991年生人，硕士研究生学历。2015年9月，在察右后旗财政局工作。2016年3月，挂职大六号乡丰裕村任村主任助理。2017年1月，调入察右后旗公安局工作。2017年3月，再次挂职大六号乡丰裕村任第一书记，开始马铃薯良种培育。2018年，正式任职丰裕村党支部书记，利用建成的7座日光温室大棚和29座脱毒网室大棚搞马铃薯良种繁育，并开始规模化生产马铃薯。以"一名党员结对一户贫困户"的模式经营，既完成丰裕村脱贫任务，又领着村民奔小康。2019年12月31日，丰裕村在《中央农村工作领导小组办公室 农业农村部中央宣传部 民政部 司法部关于公布全国乡村治理示范村镇名单的通知》中被认定为"全国乡村治理示范村"；2021年11月，被民政部办公厅确认为"全国村级议事协商创新实验试点单位"。当然，以上国家级荣誉都是后来认定的，我们去丰裕村采访时，正是刘龑埋头苦干、搞大棚育种、合作投资、创办杂粮基地的创业初期。丰裕村的村民们说起自己的年轻书记，也是各有各的说法。

"小刘刚来，我想着，念过书的孩子，不熟悉农民、不了解农村，跑跑腿打打杂，应该能行。后来慢慢发现，这孩子思路清楚、做事情有板有眼的，能力强，还皮实，点子多、能抓落实，真的是让人另眼相看呢。"时任村委会主任景明，讲述了他对刘龑的看法。

"小刘书记来，给我们开会，说要搞合作经济。我心想，又闹合作社呀。没 想到小刘书记用投影机器，把字投在屏幕上，告诉我们，啥是个合作经济，合作经济咋个搞法，过程中可能遇到的问题，解决的方法，我们会有哪些好处。说得头头是道，听得我一愣一愣的，那叫个心服口服。"村民李翠兰说，头一年还半信半疑、稀里糊涂地跟着干了；今年，心甘情愿、死心塌地，就是要跟着刘书记干！"

"以前，觉着咱们岁数大了，心下有那个想法，也没那个力气，没个奔头了。每天起来，东墙下晒晒太阳，西墙下唠唠家常，且等着瓜熟蒂落老来归西呢。来了个小刘书记，说要合作，说是要大家合起力来一起干，好像也没费多大力气，还挣到了钱。这是2000块钱，过几天，我还能分到这个数（摆出一个巴掌的手势）。"村民石美75岁了，胡子都笑歪了。他还美滋滋地说，拿到这么多钱，能过个好年啦。

"2017年，我从包头回来，主要是想搞种植。这几年，我从500亩、900亩，一直发展到现在的1400亩，有压力，也有奔头。总的来说，成功背后还是得靠政府的支持，给我们机具补贴、种植补贴、贷款扶持等。"丰裕村种植大户杨俊福总结自己的致富经，唏嘘嗟叹，有着十二万分的感慨。

刘龑挺高兴的，这就是他想要的结果呀：老百姓有饭吃有钱花，还能致富。但是，他说高兴的时候少，费脑子琢磨的时间多，作为丰裕村的带头人，不能光想着当下，还得想着以后。

刘龑说："村里年轻人少，念过书、有知识、有能力的更少。既然来村里工作了，带回来一些新理念、新想法，算是责无旁贷吧。能把所学的知识运用到实践中，也是我们十多年求学的奋斗目标呀。难道将知识留着，带到坟墓里去不成？再说了，现在这时代，知识更新多快呀，不怕新，只怕更新！我现在犯愁的是，如何建立起长效机制，让丰裕村的发展有可持续性。这才是关键中的关键。"

"首先，村务公开。这也是上级党组织反复强调的。建立起长效的监督管理机制,让老党员和群众做监督责任人,保证村集体的钱花在刀刃上。其次,成立专项基金。用村集体收入的20%成立基金会,针对不同的弱势群体展开定向资金积累。比如,针对伤病人员、贫困户、五保户、学生、村民,成立专项基金,专人管理,保证弱势群体的权益。最后,成立分红机制。目前丰裕村的贫困户,每人每年可以分红拿到2000元,非贫困户每人每年可分红拿到1000元,学生每人每年可领取2400元的生活补贴。农村总有坐吃等要的人,经村委会协商后规定:完全劳动力,必须出够20个工时才可以得到分红;半劳动力,出够10个工时可以得到分红;未形成劳动力或已经丧失劳动力的,不需要出工就能分红。这也算是一种制度吧,就是想让那些'懒'人无漏洞可钻。这些条条框框也在磨合中,逐步修改逐步完善吧,一下子也想不了那么周全。先人有言,要想服众,制度先行。每个条条框框都磨合完善了,我也能腾出时间和精力琢磨其他事儿了。"

"还是说说你的个人生活吧。不用我问,看业绩就知道你付出了多少心血、多少汗水,太不容易了。"我这么提议,其实是掺杂了一点私心的。这么年轻,谁不贪玩呢,如何平衡工作和家庭这个世纪难题,我特别想知道刘冀的应对方法。

刘冀挠头,呵呵乐。

"个人生活,没啥说的。结婚了,没孩子。媳妇肯定抱怨呗。抱怨归抱怨,我还是得来上班。有时候她就跑过来,看我真是忙,帮我收拾收拾我那'狗窝',给我洗衣服,就又回去了。她说脏得像个'狗窝'。这些年,她也习惯了。我们说是"90后",其实也都30岁了,也该到我们担起责任施展自己的才华和抱负了。"

"所以,先挂职当助理,再次挂职当第一书记,最后正式任职丰裕村党支部书记,你是奔着长远来的。县财政局公务员,多少人羡慕的工作呀。你瞄准了丰裕村，看好丰裕村，你对丰裕村的愿景和规划，让我看到了你的'野心'！"我被刘夔的一段话感染得心潮起伏。

"这来都来了，就是想做点实事。还没展开手脚，到点了。下乡时间到了，还不得继续申请呀？"刘夔反问，也是反诘。我是有编制挣工资的，我希望，他们更多的'90后''00后'们，也能没有后顾之忧，在乡村这个大舞台上施展拳脚，大展宏图。"刘夔望向远处说出自己的期盼。

丰裕村精准扶贫、村民合作种植养殖、引进村企合作、开办自己的特色产业，那是一步一个脚印，踏踏实实地走在奔小康的路上。丰裕村着力宣传自己，拿出最具竞争力的特色产品，他们取得了成绩，但还有很长的路要走。丰裕村的未来规划是，美丽乡村农业示范园三区两基地，即有机种植采摘区、农牧产品加工贸易示范区、生活休闲区、教育培训实验基地、摄影采风基地。丰裕村的奋斗目标是，物质生产与生活休闲并重，经济增长与精神追求齐飞。丰裕村的业绩，丰裕村的规划，丰裕村的诗意定位，都离不开领头羊啊。

刘夔，本科金融专业，研究生阶段学习区域经济，部队服役期间做过文书。他思路清晰，口齿伶俐，借助于电脑、网络，以及新媒体公众号工作，效率高、宣传效果好。他用PPT图解自己的想法，驾轻就熟；用沙盘直观地呈现丰裕村的前世今生以及未来规划，一目了然。谈及新农村建设中农村干部的老龄化问题时，刘夔忧心如焚。察右后旗大六号乡丰裕村在刘夔的努力下，走过脱贫，走进小康，正在走向共同富裕的道路上。希望内蒙古自治区乌兰察布市有更多像刘夔一样的年轻人；希望刘夔的小伙伴们，能得偿所愿、心想事成！未来的乡村美丽蓝图，定会在他们的手中描绘，并在他们的手中落地完成！

  四子王旗鸡胡图乡三合泉村驻村第一书记房磊、察右后旗大六号乡丰裕村党支部书记刘夔，以及我们采访过的丰镇扶贫办办公室主任杨广义、铺路村党支部书记祝海涛等驻守在脱贫攻坚一线的年轻人，你们是时代的弄潮儿。因为你们的热情和努力，乡村正在发生改变；因为你们的坚守和耕耘，乡村才能追赶上现代文明的脚步。千千万万个房磊、刘夔、杨广义、祝海涛们，希望你们将中华优秀传统文化发扬光大；希望你们能开拓进取，让我们中华儿女，在新的时代里焕发光彩；时光不老，五千年中华文明，绵延不老！

这一片红色的热土

董一鸣　高明霞

1947年5月1日,中国共产党领导的内蒙古自治政府在兴安盟王爷庙成立,王爷庙因此更名为乌兰浩特,即"红城",她是内蒙古的红色文化圣地。

兴安盟的现代历史变迁,与中华人民共和国的发展进程息息相关,红色文化基因深深植根于兴安大地。兴安红色的土地上走出无数革命志士,仅笔者所了解的突泉县六户镇大屯村和平屯当年就有18人投身革命队伍。他们是抗日战争和解放战争的英雄,也是社会主义建设事业的骨干力量。

进入工业化、城市化建设阶段,因兴安盟受到其特殊的地理位置的制约,处于内蒙古自治区的边缘地区,加之大型工业少、基础设施投资少,传统的农牧业生产基本处于靠天吃饭状态,1600万亩的耕地,多数是旱坡地,水浇地不足500万亩。曾经光荣的兴安盟,成为内蒙古自治区贫困率最高的地区,拥有10.5万贫困人口。贫困,成为兴安盟的基本标识,是大兴安岭南麓集中连片特困地区。

党和国家关怀着为中国革命做出过重大贡献的老区人民。如何让兴安盟"摘贫帽""拔穷根",如何让百姓摆脱贫困共同富裕起来?各级党委政府案上一再"把脉问诊",探讨"对症下药"的方案。自1986年以来,自治区和兴安盟党委和政府,制定了各种扶贫政策,不断加大扶贫力度。1994年《国家八七扶贫攻坚计划》颁发后,自治区党委、政府做出帮扶兴安盟的重大决策部署,确定并延长了自治区各厅局定点帮扶工作任务。2011年国务院将兴安盟纳入大兴安岭南麓集中连片特困地区,全盟6个旗县市,阿尔山市、扎赉特旗、科右前旗、科右中旗和突泉县为国贫旗县,乌兰浩特市为区贫旗县。兴安盟成为国家和自治区脱贫攻坚的主战场。

2006年,对于当时贫困的兴安盟来说,是一个翻身的幸福之年。这一年,内蒙古自治区党委、政府决定,为彻底解决兴安盟的贫困局面,因地制宜、因时施策,组织自治区137个直属机关、企事业单位,帮扶兴安盟贫困区域中的21个苏木乡镇,137个嘎查村加快脱贫步伐。自治区的137个厅局级单位在帮扶工作中不仅仅是送钱、送物、送项目,还立足于扶本、扶人、扶智。党的十八大以来,各厅局企事业单位累计投入帮扶资金50.68亿元,其中定点帮扶资金17.29亿元,延伸帮扶资金33.39亿元。据2006年时任内蒙古自治区直属机关工委副书记叶占魁介绍:"帮扶工作伊始,各帮扶单位就形成了'3521'的产业扶贫工程新思路,即通过3年的帮扶,使贫困户实现人人3亩水浇地、5个羊单位基础母畜、2亩经济林或生态林,每个贫困户有1名实用技术明白人或外出打工人员。在抓好农田基本建设、扶持春耕生产的同时,结合实际实施了养畜、造林、住房改造、捐资助学等项目。"内蒙古自治区各厅局企事业单位累计投入帮扶资金50.68亿元,其中定点帮扶资金17.29亿元,延伸帮扶资金33.39亿元。通过倾力帮扶,被帮扶嘎查村贫困人口年人均纯收入由1510元提高到10066元。尤其是一些有实力的厅局企事业单位按照"点面结合、规划先行、项目带动、突破瓶颈"的要求，在抓好点上帮扶项目的同时，充分发挥行业部门优势，创造性地开展延伸帮扶工作，使关系兴安盟发展的一些全局性、根本性问题得到一定破解。

这是一场前无古人的减贫实践，这是一幕改天换地的扶贫影像——兴安盟2015年底的4.85万贫困户、10.5万人已全部实现脱贫，贫困发生率从9.5%减少到0%；建档立卡贫困户年人均纯收入由2015年底的2855元增加到2020年的12517元，贫困人口从2014年底的64116户184804人减少到2020年初的727户1705人，贫困发生率由16.5%下降到0.15%。6个贫困旗县市、602个贫困嘎查村全部摘帽出列，这是兴安盟数万名扶贫干部倾注心血、挥洒激情交出的最令人满意的扶贫"成绩单"。

15年的帮扶历程，为兴安大地带来了日新月异的变化，带来了脱贫致富的勃勃生机：农业基础设施建设得到加强，农牧业生产条件明显改善，主导产业发展，农牧民稳定增收……帮扶单位不仅在项目实施、款物投放上给予大力帮扶，还通过实施教育培训，带来了信息、技术和旺盛的人气，使贫困群众的思想观念、生产生活方式发生了根本的转变。一枝一叶总关情，多年来，各厅局企事业单位正副厅级领导共深入帮扶点865次，帮扶队员的足迹遍布兴安盟的贫困乡村。他们用真情和汗水践行着庄严的承诺。

在一系列产业扶贫到户扶持政策的强力推动下，兴安盟各旗县市全面盘活了农村资源，打通了乡村振兴发展之路，在全面培育"米菜果油糖、猪禽马牛羊"十大扶贫产业的基础上，重点突出"两米两牛一旅游"发展，实现产业施策全覆盖和贫困户收入逐年增长，贫困户年人均纯收入由2015年底的2485元增加到2019年底的

8425元。全盟累计培育区域公用品牌15个,"三品一标"累计获证企业137家、产品297个,兴安盟牛肉、羊肉、小米和溪柳紫皮蒜获批国家地理标志品牌。"兴安盟大米"品牌估值超过180亿元。

"为什么我的眼里常含泪水,因为我对这土地爱得深沉……"梦想的种子一旦播入沃土,就会落地生根,开出绚烂的花,结出丰硕的果。予人玫瑰,手留余香;真情扶助,功德无量。内蒙古人不会忘记,兴安人民更不会忘记……

一、科尔沁草原的枫叶红了

科尔沁草原,最美在秋天,秋天最美是那一片火红的五角枫。我们来到科右中旗采访。五角枫在辽阔的原野上争奇斗艳、姹紫嫣红,如一簇簇高举的火炬点燃了这片美丽神奇的土地,也点燃着科右中旗25.5万各族儿女新时代火红的日子。

作为国家广电总局推荐的22部脱贫攻坚重点剧目之一,《枫叶红了》以科右中旗脱贫攻坚事例为原型,讲述了驻村第一书记韩立带领群众脱贫摘帽的动人故事,反映了中华文化的丰富内涵和中华儿女栉风沐雨攻坚克难的奋斗历程。

剧中主人公第一书记韩立的故事原型是2015年从科右中旗交通运输局选派到双榆树嘎查的驻村第一书记韩军。虽然主人公原型是韩军,但是,电视剧里的脱贫故事是近年来科右中旗选派的809名驻村干部深入12个苏木镇173个嘎查开展扶贫驻村工作的总集合。电视剧中的每一个人物、每一个故事、每一个细节,都是这些扶贫一线第一书记的奋斗影像。

沿着电视剧的主线,我们深入科右中旗大地上采访,深切感受到科右中旗在脱贫攻坚中发生的天翻地覆的变化,尤其是自治区厅局帮扶之后,硕果累累。

2011—2020年，内蒙古自治区党委宣传部对口帮扶科右中旗巴彦呼舒镇乌逊嘎查、西日嘎嘎查。跨越千里，只为"老少边穷"地区脱贫致富，自治区宣传部倾尽9年的时光。9年里，乌逊嘎查、西日嘎嘎查由曾经的"穷乡僻壤"蜕变成今天的"美丽乡村"。基层党支部战斗堡垒作用突显，基础设施逐步完善并发挥作用，生态环境建设力度不断加大，文化体育活动促进了乡风文明向上向善，集体经济破题起步、持续发展；9年里，这片土地上留下了自治区党委宣传部领导及干部们的足迹、汗水和真情，这份沉甸甸的关怀与帮助，使乌逊嘎查和西日嘎嘎查正朝向"产业兴旺、生态宜居、乡风文明、治理有效、生活富裕"的新时代场景拼搏奋进，全力建设农牧民群众幸福生活的美好家园。

乌逊嘎查，一个贫困嘎查的"脱贫样本"。

乌逊嘎查位于巴彦呼舒镇所在地西25千米处，辖乌逊、何家两个艾里（蒙古语意为"自然村"），嘎查总土地面积4.62万亩，共257户863人。2017年时，这里还是一个有60多户贫困户的典型贫困嘎查。2020年，这个嘎查不仅实现了整村脱贫，还有了产业支撑。昔日的贫困村，成为远近闻名的脱贫样板村。

走进乌逊嘎查，迎面是齐整的树木、干净的街道、簇新的民居。这是乡村吗？恍惚中仿若走进了旅游小镇。

陪同我们的乌逊嘎查第一书记刘国福笑着说，前些年，乌逊嘎查非常落后，自治区党委宣传部来到这里帮扶，成立嘎查集体合作社，大力发展养殖业，拉动集体经济发展，引导农牧民种植黑木耳……多元化产业帮扶惠农利民，让这片土地焕发了勃勃生机。从此，农牧民的思想观念、生产方式、居住环境、饮食习惯发生很大的改变，精神面貌、村风民风焕然一新。2018年10月，嘎查贫困户全部脱贫。

2018年，乌逊嘎查荣获科右中旗创建幸福家庭示范单位、新时代农牧民素质提升工程示范嘎查、兴安盟"改变生活从庭院做起"专项行动美丽庭院示范村、兴安盟文明村镇等荣誉称号。

"草原绣娘"的"指尖经济"

喜鹊图案的手提包，绣有牡丹花的抱枕，昂首奋蹄的俊马壁挂，几何花纹的蒙古袍……这些出自科右中旗的极富现代感的刺绣产品，登台巴黎，亮相深圳，打入国内外市场。

近年来，科右中旗将传统的蒙古族王府刺绣，打造为重要产业扶贫项目，有效带动贫困农牧民增加收入，"绣"出了乡村振兴美好前景。

王府刺绣起源于清代，是科右中旗图什业图王府世袭传承的一种蒙古族传统手工艺，自治区级非物质文化遗产。

2016年以来，科右中旗图什业图王府刺绣产业大力传承中华优秀传统文化，将发展图什业图王府刺绣作为推进"草原巾帼脱贫行动"的重要抓手。心灵手巧的"绣娘"们用手中的多彩丝线将美丽的科尔沁草原、优秀的传统文化、对美好生活的向往绣进一件件色彩斑斓的绣品里，成功地推动了当地特色产业的发展，使蒙古族刺绣扶贫产业真正成为脱贫奔小康的"金钥匙"。

乌逊嘎查积极发展蒙古族刺绣产业，打造蒙古族刺绣产业村，目前建有一处占地面积4000平方米、建筑面积300平方米的乌逊嘎查蒙绣产业实训基地，一次可容纳60人开展集中培训。同时，结合新时代文明实践示范户建设工作，将10户开展订单刺绣的示范户，通过农家小院进行串联，集中打造成为刺绣产业示范带。红砖小路、小拱门、农家菜园，还有绣娘们舞动的针线，尽情展现浓浓的传统文化气息和纯朴的乡村生活。

在开展订单刺绣工作中，注重发挥刺绣志愿服务队的作用，通过定期举办村级刺绣培训班，积极组织妇女参加旗、镇两级刺绣培训班，宣传动员嘎查妇女利用闲暇时间从事订单刺绣，增加家庭收入。自2017年3月开展订单刺绣工作至今，乌逊嘎查先后有500多人次参加刺绣培训、考核、评级，现有的65名成熟绣娘中，一级绣娘7名、二级绣娘43名、三级绣娘15名，年人均收入提高2000~8000元不等，最高的个人收入年达到2万元。

依托旗级"大学生创业就业扶贫服务协会"采取的"协会下订单、免费供原料、绣工接订单、计件算收入"模式，妇女们不需要投资本钱，只要投入足够的耐心和细心就能用双手耕耘技能、获得收益。嘎查刺绣志愿服务队每周按时派志愿者到旗刺绣车间领取面料、织线、花色样式，同时将验收合格后的织品交给车间，折算价格。平常的日子里，绣娘们三五一堆围坐在一起，在志愿者的指导下，讨论针脚、颜色，为创造幸福生活而努力奋斗的气息感染着彼此。如今，乌逊嘎查的绣娘们能够绣出40多种花鸟鱼虫的图案，订单累计达到8000多件。妇女们通过学习刺绣技能，不仅增加家庭收入，而且促进了邻里和睦的沟通与交流；不仅"绣"出了乌逊嘎查近百名"技能型妇女"，而且走出了一条传承优秀传统文化、拉动农牧民群众增收致富的好路子，促进乡风文明建设。

蒙古族刺绣带头人王金莲就是其中一位。王金莲家的墙壁上挂满她的绣品，有代表五畜兴旺的犄纹，有象征福寿吉祥的蝙蝠纹，有吉祥如意寓义的云纹，有表达感谢党的好政策的"感恩花"……件件精美。

为什么要学习刺绣？王金莲告诉记者，4年前，她的丈夫出了车祸，家里顿时窘困起来。为了补贴家用，她干完自家地里的农活后，还要去帮别人种地、放羊。微薄的收入在付完丈夫的医药费后所剩无几。此外，王金莲还要供孩子上学，她为此偷偷掉眼泪。后来，她家被纳入了建档立卡贫困户。2017年，科右中旗组织绣娘培训班，她积极报名参加。勤奋和悟性让她脱颖而出，成为旗里的一级绣娘，也成为村（嘎查）里绣娘们的"师傅"。

刺绣为她带来了可观的收入，成为全家脱贫致富的关键。2017年，通过制作刺绣半成品，王秀莲就赚到1万元；2020年，王秀莲的刺绣收入突破4万元，一家人的生活终于迎来了质的改善。随着产业帮扶、易地搬迁政策，他们住进了砖瓦房，丈夫的身体渐渐好转了，孩子大学毕业顺利就业，全家终于实现脱贫。对于这个家庭来说，刺绣的意义已经远远超过其本身的价值。

在科右中旗还有很多像王金莲这样的绣娘。白喜荣也是其中一位。记者见到白喜荣时，她正坐在家中的炕上聚精会神地做刺绣。几年前，白喜荣的爱人患脑血栓，丧失劳动能力。照顾爱人和两个孩子的重担落在她一人肩上。为了给爱人看病，她向邻居、亲戚借过钱，日子过得很艰难。

2017年，白喜荣加入乌逊嘎查妇女手工刺绣工作室。心灵手巧、勤奋好学的白喜荣很快就成为一级绣娘。更为可喜的是，她的作品《芍药绽放》作为"国礼"走出国门送给了马耳他驻华大使。

第一书记刘国福介绍说："白喜荣还搞了种养殖，是贫困户的榜样。"2018年，在扶贫干部的帮扶下，白喜荣养了9头猪、6只羊，年底卖了3头猪崽，直接收入3000多元。从建档立卡贫困户到自力更生脱贫户，白喜荣是乌逊嘎查的一个缩影。

扶贫工作的"新型集体经济发展模式"

自治区党委宣传部投入帮扶产业资金125万元，在帮扶科右中旗乌逊嘎查的过程中，探索出一个"党支部+合作社+贫困户+集体经济"的新型集体经济发展模式，这一新型的综合发展模式在兴安盟乃至全区得以推广。

科右中旗乌逊嘎查宝力根高勒成立了种养殖业专业合作社，大力发展养牛业、开展订单农业，拉动嘎查集体经济发展。合作社由嘎查党支部牵头，党员起带头作用，带动村民走集体产业发展之路。合作社占地面积3.3325万平方米，建棚圈1080平方米，建储草棚500平方米，秸秆转化厂510平方米，青贮窖1920立方米。现有农牧民入股户95户、注册资金达500万元。

合作社主导的产业方向是养殖基础母牛、育肥牛。目前，合作社存栏规模为160头牛（包括繁育的仔畜），带动巴镇地区4个嘎查的建档立卡贫困户77户181人入股分红，分红资金为每年17.1万元。2018年，嘎查集体经济破题起步收入达到6万元。同时，宣传发动农牧民种植黑木耳、订单豆角，积极发展庭院经济，鼓励妇女利用闲暇时间缝制刺绣产品，增加家庭收入。扶持嘎查建档立卡贫困户39户105人种植黑木耳发展庭院经济，引导农牧民群众试种订单豆角13户、11.5亩，亩均增收4000元。这种庭院经济产业扶持方式，投入资金小、劳动强度低、种植技术好掌握，大大提振了群众脱贫致富的信心。

记者走进李田宝家宽敞干净的新房里。他正端坐在炕沿一角，静静倾听着曲调悠扬的"好来宝"："农牧民素质提升工程、双书记例会制度……"

46岁的李田宝曾是建档立卡贫困户，因病致贫，妻子患再生性障碍贫血，他一边劳动一边照顾妻子，生活拮据。2017年底，李田宝将3.5万元产业扶贫资金入股（嘎查集体）专业合作社，每年按照股金12%分红，生活开始有了质的提高。同样入股的还有白喜荣等47户贫困户。"合作社有4个嘎查76户、181个建档立卡贫困人口入股。"乌逊嘎查书记张宝玉说。合作社发展养殖业的同时还流转农户耕地开展订单农业。2019年，嘎查里39户参与订单农业，其中贫困户11户，1700亩耕地种植了订单高粱、玉米等，推进嘎查调整农业种植结构。

乌逊嘎查探索"党支部+合作社+贫困户+集体经济"模式，成为带动贫困户脱贫致富的好抓手。在刘国福看来，贫困户入股合作社，既能保障基本家庭收入，还能解放劳动力，发展特色产业和庭院经济。

在产业扶持下，2019年村民李田宝种了20亩果树，3年后便可上市销售。他说："我们家还种了2亩订单豆角，收入2000多元，还有4000多元分红。"翻看李田宝家的账单：全家享受低保等救助资金7800元，两个孩子上学享受每年12870元的教育补助……

2018年，按照科右中旗发展"半亩菜、一亩果、2口猪、20只禽"的"四小产业"庭院经济要求，乌逊嘎查通过以奖代补、金融扶持、品种改良等推进措施，带动有劳动力的贫困户实现产业二次覆盖。

2020年，乌逊嘎查扶持建档立卡贫困户39户105人发展庭院经济，大大提振了村民们脱贫致富的信心。

自治区宣传部的帮扶由点及面，由浅入深，从"输血"到"造血"，真正做到了"智志"双扶。自帮扶初始，便陆续派出5批50多人次的工作组到扶贫点进行至少一个星期的调研。这些驻村干部与村民同吃同住，对全嘎查323户农牧民逐家逐户进行排查、征求意见、了解民情民意，与村民结下了深厚的情谊。

枫林草原，英雄马镇。蒙格罕山巍峨耸立，霍林河水奔腾不息，61641.3公顷的五角枫生态旅游景区风景如画，彰显科右中旗浓郁的地域之美，更成为科右中旗旅游的黄金品牌。

二、温都苏巴图——根系西日嘎嘎查

2011年自治区党委宣传部的外宣处处长温都苏巴图来到了西日嘎嘎查蹲点扶贫。在这之前他已在巴彦淖尔市苏木贵力斯台嘎查扶贫5年了，本应回到自己的工作岗位。西日嘎嘎查作为自治区的一个重点帮扶地，几年来起色不大，脱贫任务艰巨。温都斯巴图主动要求留下来，再打一场攻坚战。温都苏巴图，从科尔沁草原上走出来，大学毕业后因品学兼优被分配到自治区党委工作，担任过宣传部文艺处副处长、外宣处处长。蒙古语"温都苏"的意思是"根"，"巴图"的意思是"坚实"，他在兴安盟的10年扶贫经历证实了这个名字的意义。

西日嘎嘎查位于巴彦呼舒镇西15千米处，地处山川之间。传说，这里曾经是"棒打狍子，瓢舀鱼"的富庶山林地。如今，那条叫乌力吉木仁的河无影无踪，另一条叫西拉沐伦的河留下一条铺满砾石的河道。嘎查共208户649人，有贫困户93户249人，嘎查遭遇连续7年干旱，50户人家被迫常年在外打工维持生计，近5.3万亩土地牧场仿佛在黄尘中昏昏欲睡。

温都苏巴图来到西日嘎嘎查的第一件事是调研，他掌握了嘎查的各方面情况后向党委提供了详细的调研报告。自治区党委宣传部确定了"农牧结合，以养为主，为牧而农"的帮扶思路，帮助嘎查发展畜牧业，还制订了《内蒙古党委宣传部关于帮扶兴安盟科右中旗西日嘎嘎查工作规划》和年度扶贫发展规划，为西日嘎嘎查发展画出了长远的宏伟蓝图。

帮扶初始，温都苏巴图从农牧民群众关心的民生热点入手开展工作，利用宣传部协调调配的资金，首先解决危房改造，新建99户，维修房屋180户，让农牧民群众住有所居；同时，为260户农牧民全面维修改造自来水管网，确保饮水安全。张振国和老伴居住的破土房已有50年房龄，时时面临着房倒屋塌的危险。温都苏巴图看在眼里、急在心上，多次建议他们老两口到旗福利院去安度晚年，可是他们恋着"老窝"，不愿意走。下雨天，温都苏巴图专门跑到他们家来查险，安置他们住在村委会。危旧房修建款下来后，他为张振国夫妇修建了40平方米的新砖房。他们感慨万千地说："我们以为这辈子就在这老房子里交代了，不塌就行了，没想到天上真的会掉馅饼。"老伴乌仁其木格逢人便夸："我们住进新家，全靠自治区领导，全靠温都苏巴图啊，他们是好人！"

危旧房修建完成后推进村容村貌建设，温都苏巴图又开始实施街巷硬化工程。他协调施工单位在村里铺设了15千米水泥路，修建院墙8000多米，种植各类绿化树种7000余株，种植花草50余亩，绿化面积约达到200亩；实施农网改造工程，架设线路8千米，变压器3台。经过协调，他在村里新建了800平方米的卫生院，并配齐医疗设备，为农牧民群众看病就医提供了良好的条件。

第一笔产业帮扶资金到位后，温都苏巴图为村民们购买了1014只基础母羊和优良种羊作为"扶贫羊"，按照贫困户每口人3只羊的标准分配，为92户农牧民新建棚圈，并和村民们签订协议：3年内保证不杀、不卖，并达到90%以上的接羔率。第二批引进优质基础母羊1300只。他用两批共2400多只"扶贫羊"发展起养殖大户，通过抓典型、做示范，推广饲草料加工和使用技术，鼓励扶持牧民发展现代畜牧业，并新建占地面积8万平方米、可容纳20户规模的养殖小区，建设9600平方米的嘎查集体养羊基地，配套建设了棚圈、青贮窖、药浴池等设施，建成日产10吨的颗粒饲料加工厂。2015年，这里牧业年度大小畜总头数达到2万头，彻底消灭了"无畜户"，人均年收入超过6000元。一系列举措为促进肉羊养殖业健康持续发展提供了保障,西日嘎嘎查建立了全旗第一个"科学养羊示范基地"。

温都苏巴图出生在贫苦的牧民家庭,他深知如果没有读书求学这条路,贫困地区孩子的命运很容易重复父辈的境遇,要做好扶贫工作,就要保证贫困户儿童不辍学。2013年,自治区党委宣传部领导向温都苏巴图推荐了北京一家高尔夫俱乐部的"北京小鸟爱心基金会"。他带着西日嘎嘎查的资料和学校的录像,风尘仆仆地赶到北京,见到了俱乐部老总吕昌盛。一场球赛后,吕总将温都苏巴图推向主席台,让他介绍此行的目的。汉语并不十分流利的温都苏巴图诚恳地介绍西日嘎嘎查的情况,在大屏幕上展示录像。起初,在场的人不太相信这个"化缘"人,这些有钱的高尔夫会员们不吝啬,但遭遇一些打着慈善旗号行骗的人后戒备心强了。当吕总介绍了温都苏巴图的身份和他的扶贫工作经历后,掌声经久不息。"我捐一万""我捐两万""我捐五万"……掌声过后是节节高升的捐助数目。高大敦实的温都苏巴图泪眼婆娑。那天,是温都苏巴图儿子的生日,他在从北京开往乌兰浩特的火车上接到妻子的电话,妻子和儿子的遗憾、他的愧疚都因为这个好消息而被冲淡,儿子说这个礼物太有意义了。温都苏巴图带着与俱乐部成员们签署的协议回到嘎查,和党支部、村委会和校领导共同制定了救助条例。2013年9月1日,西日嘎嘎查的男女老少都身穿节日盛装,一大早来到村委会院里,等候"北京小鸟爱心基金会"的代表莅临。热烈的欢迎仪式后,吕昌盛将会员们捐助的87.34万元送到112名贫困学生手中,贫困户儿童上学问题得到基本保障。这一天,是西日嘎嘎查的盛大节日,泪水和笑声在每个人脸上荡漾。牧民白斯日古楞说:"为了供两个孩子上大学,几年来家里值钱的东西全部变卖,还借了银行贷款、民间高利贷10多万元,当我把捐助给两个孩子的4万元钱抱在胸前时，都不敢相信眼前发生的事情。"

孩子们受教育有了保障，成人的再教育问题又提到了温都苏巴图的工作日程。多少年扶贫工作的经验教训告诉他，精神脱贫是社会主义新农村建设长治久安、可持续发展的根本。除了天灾人祸，农牧民甘于现状、不思进取、文化素质低下，也是贫困落后的一个重要症结所在。提高农牧民的文明程度，改变其精神面貌，焕发其自强自立的意识是振兴乡村的一堂必修课。

在自治区宣传部领导的支持下，温都苏巴图争取了资金，买来电脑、音响、演出服、扬琴，成立了嘎查"玛拉沁艺术团"。艺术团的第一场演出在嘎查村新建的7000平方米的文化广场上的小舞台上。有的村民高兴地说："过去闲下来没什么娱乐，年轻人三五成群不是赌博就是酗酒，如今咱每天晚上都会聚集在文化广场上跳广场舞、演唱乌力格尔、打门球，娱乐、锻炼两不误，生活越来越滋润了！"为了改变嘎查群众根深蒂固的"靠天吃饭"的传统思想观念，改变"等、靠、要"的懒汉习惯，提高群众致富本领，温都苏巴图陆续组织嘎查村民代表去外地参观、考察、开眼界。

2016年，温都苏巴图的扶贫工作得到上级的扶持，他决定进一步着力巩固提升基础设施建设，扩建了巴镇到西日嘎嘎查的道路，实现了黑色路面全线贯通；修建了6米宽的主水渠桥涵；争取到小流域治理项目资金500多万元，用于防洪综合治理；又新建300平方米的多功能文化活动室，添置了灯光、乐器、桌椅等设备，开办"格格日乐讲堂"，向村民推广普及农牧业科技知识，宣传党和政府的方针政策；维修了420平方米的嘎查办公室，新建880平方米的幸福院，可容纳22户住户；修建了590平方米的集办证大厅、民政所、劳动保障所等多种功能为一体的综合办公场所，还修建了230平方米的浴池和4处公共厕所。

清凉的甘泉从扶贫井中喷薄而出，滋润了碧波荡漾的标准化农田，滋润了百姓的心田；平坦的水泥路仿佛玉带通村连户，连接着希望，连接着幸福，伸向远方；一排排整齐的路灯像一队队士兵，守卫着乡村的夜晚，守护着甜美的梦乡；一座座宽敞明亮的砖瓦房，装点着新农村新生活，让今后的每个冬天不再寒冷；安全饮水工程，让农牧民像城里人一样喝上了放心的自来水；文体广场，让老百姓像城里人一样有了健身娱乐的好去处……

西日嘎嘎查成为全旗新农村新牧区建设的典型示范嘎查。中国扶贫网向全国推介了西日嘎嘎查的美好景象。

温都斯巴图还特别关注了女村民的文化活动，在嘎查推行创建自治区级精神文明建设示范工作。三八妇女节，举办庆祝三八妇女节"美好家庭""好媳妇"评选暨文艺演出等活动，由西日嘎嘎查全体居民打分评比，选出"美好家庭"和"好媳妇"，通过树立先进典型，使广大农牧民群众自觉倡导科学、文明、健康的生活方式，不断提高文明程度和自身素质。

抓好基层党组织和党员队伍建设，让西日嘎有一支永不撤离的战斗堡垒，是扶贫工作中最可靠的"造血"工程。自治区党委宣传部倾力援建，科右中旗委、政府和兴安盟盟委、公署大力支持的"西日嘎村史馆"工程成为温都苏巴图的一项重要任务。他竭心尽力、协调安排，用最快的速度建起了300平方米的展馆，向人们展示着西日嘎的昨天与今朝。作为西日嘎嘎查党支部的一块阵地，村史馆激励着干部和党员"不忘初心、牢记使命"，记住历史，展望未来，带领村民们走向富裕强国之路。

村史馆志中这样写道：

"历史，是岁月的记忆和存储。

村史，是村庄变迁的时光留痕与真实见证。"

走进村史馆，就走进了西日嘎的过去，一同回顾过去的沧海桑田，回忆和保护好属于西日嘎的村庄记忆；走进村史馆，就是走到了西日嘎的现在，一同留住西日嘎的乡愁，感悟政策惠民为村庄带来的诸多改变；走进村史馆，就是走向了西日嘎的美好未来，传承西日嘎人不断拼搏的精神，共同奔向美好未来，实现伟大的幸福梦。

温都苏巴图先后被评为"感动兴安盟人物""自治区直属机关优秀共产党员"和"全国社会扶贫先进个人"。他说："我在扶贫点上'扎根'10年，源自组织的重托，源自工作的连续，更源于贫困群众的期待。"

温都苏巴图从2006年"扎根"于兴安盟科右中旗，先在贵力斯台嘎查，后转战西日嘎嘎查，他的10年春秋献给了兴安盟科尔沁草原。温都苏巴图所在的两个乡村都脱贫了、变美了。他红润的脸庞变得黑黝黝的、长出许多皱纹，他浓密的黑发里夹杂着丝丝白发。10年扶贫路，从呼和浩特到科右中旗30多万里云和月，从不惑之年进入知天命之年。扶贫工作结束了，他告别了第二故乡科右中旗，那里的"胡尔奇"（说唱艺人）自发创作《都兰哥哥》表达老百姓的感恩之情。这首蒙古语说唱曲在兴安盟传唱着。"都兰"，蒙古语，意为"温暖"。

> 那乡村贵力斯台嘎查
> 可与呼和浩特不同啊
> 冷暖不均匀
> 保重您的身体呀，都兰哥哥……
>
> 在最困难的时候

为我们呕心沥血

我们的都兰达日嘎（干部）啊

祝愿您，永远平平安安……

·帮扶篇·

李郡的山村和她的孩子

高明霞

　　李郡当选内蒙古自治区"人民满意的公务员"的消息传来，她脸上露出羞涩的红晕，浓密的眼睫毛闪动着，挡不住眸子里的湿润。比她还激动的董金梅揶揄道："你不是不看重名利吗？去年选上了自治区优秀共产党员，这又选上自治区模范公务员了，瞧这快蹦高的架势不像你啊！"李郡反驳道："我有困难时，你同情我，帮助我；我有了好事，你开始打击我了，还是好姐妹吗？"董金梅哈哈大笑，给自己的闺蜜递上一杯咖啡。醇香的咖啡氤氲着浓浓的友情，李郡的笑容沉醉在初秋的夜晚，我们静静地聆听董金梅讲述李郡扶贫的故事。

　　董金梅是突泉县乌兰牧骑队长，说话办事干巴溜脆，天生一副好嗓子，一上台浑身是戏，是她给我们引荐了李郡。说起李郡来，董金梅滔滔不绝，声情并茂。坐在她身旁的李郡反而像一个安静的听众，面带羞涩地微笑，但从她心灵深处焕发出来的力量形成了一个强烈的气场，吸引着在场的每一个人。很难想象眼前这位性情温润的女子身上有这么大的能量，她作为扶贫干部从县机关走进山村后所经历的那些事情是很好的小说素材,如果做戏剧影视作品可以发掘出许多看点。

李珺出生在突泉县六户镇大屯村。大屯村坐落在突泉县北、大兴安岭南麓浅山区,东、北、西三面环山,位于村西的山人,被称作"阿布达林扎拉嘎",山形方正如柜子,故得此蒙古语名,汉语叫"柜子山";位于村东头的山被称作"巨力很",因形如心脏,故得此蒙古语名,意思是"心"。村周围还有大黑山、狐仙堂山等,李珺生来与山结缘。古人云:"山韫玉而辉,水怀珠而川媚。"在镇小学当教师的父亲给女儿取名"珺",希望她成为一块美玉,不枉山水之养育。

诸多媒体对李珺的宣传报道都称她为"扶贫妈妈",她的故事首先要从收养贫困户孩子说起。

一、李珺的孩子

2014年3月,在突泉县妇联副主席岗位上工作了1年零7个月的李郡被派驻双山村担任驻村第一书记。乡村工作,李郡不陌生,但扶贫对她来说是一个新的难题,朋友们劝她三思而后行。向来不怕难的李郡这时心里七上八下,真有些担心像前面的驻村干部那样施展不开拳脚。

双山村距县城只有15千米,距兴安盟政府所在地乌兰浩特市不到120千米,距吉林省白城市不足200千米,这样的交通位置意味着村子里的人非常方便走出去寻找生机。全村有180户人家,贫困户105家,在册人口576人,常住人口大多数是老弱病残,他们仿佛被城市遗弃,也被乡村遗忘,躲藏在山的角落、固守着贫穷和麻木。扶贫对双山村的大多数人而言仿佛是人家天空上的云彩,不指望在这块儿土地上下雨。怎样改变双山村的面貌,突泉县委和县政府采取了许多措施，经过一段时间的调研，最后认定选择得力的驻村书记是关键，于是，具有丰富农村工作经验、踏实、有魄力的李郡成为领导一致认可的人选。面对周围人的各种议论，李郡不服输的劲头上来了，她接受了"第一书记"的头衔，毅然向双山村走去。

李郡第一次进入村子时惊呆了。她出生在农村，1996年从兴安盟农牧学校毕业后在乡镇工作了15年，走过许许多多的村庄，但眼前双山村的境况大大超出了她的想象。坑坑洼洼的村路上鸡鸭猪狗随意溜达着，低矮的土坯房几乎湮没在路两边堆积的垃圾、随便堆放的秸秆中。一阵风吹来，塑料袋、脏纸片在半空中飘舞，李珺感觉自己是在垃圾场找人家。村干部对着李郡一脸不屑，认为妇联是清水衙门，上级派妇联干部扶贫不过是做做样子，不会带来什么实惠，况且这个长着娃娃脸的女人，浑身上下没有一处能和"第一书记"应该有的魄力沾边。李珺走进村民家里，老乡不冷不热的，算是客气，有人干脆说："扶贫干部，不就是来镀金、等提拔嘛！"

最初的冷遇没有让李郡却步，她不理会村干部难看的脸色，让他们带着自己一家一家地认门做自我推销，通过闲谈与乡亲们拉近距离。

接下来遇到的事情更让李郡心惊。村西边一间快要倒塌的土房子似乎没有人住，但院子里的狗吠声引起了她的注意。村干部对李郡美说："这家没救了，没法进去。"李郡执意进屋，看见一个男孩子飞似的跳出窗户，三两下爬到树上，动作出奇的灵巧敏捷。屋子里，四壁被多年的烟尘熏染成黑色，房顶有一块儿露天，地上堆着东一摞西一摞的破烂，炕上铺的地板革布满了大大小小、形状各异的窟窿，灶台上一口电饭锅里冷饭上插着几双筷子，却没有饭碗。炕上躺着一个行动迟缓的老头，炕边坐着的中年女人眼神呆滞，长时间没有梳洗过的头发板结成了毡片。面对这样的一家人，李郡真不知道如何和他们交流。

这是李郡收留婷婷和辅正姐弟俩故事的开头。

那个跳出窗户爬上树的男孩子叫王辅正,他父亲因糖尿病突发低血糖去世,母亲患有间歇性精神病,爷爷身患各种老年疾病。从父亲去世的那天开始,辅正再不说话了。人们把他当成了哑巴孩子,认为这孩子的脑子八成也坏掉了。李郡了解了辅正家的情况后,母亲的慈爱、女性的同情与悲悯、妇联干部的职业素养、第一书记的责任感,各种力量撞击着她的心灵,她暗下决心一定要帮助这家人、救助辅正。但怎样救助,李郡心里没底,回到家里后辗转反侧,一闭上眼睛就是梦魇一般的情景。

李郡再次来到辅正家,事先她有意让同行的人站在窗前,以防孩子溜走。李郡进了屋子,试图接近辅正,没想到他看到窗口有人挡着便一头扎进灶坑里,来了个"鸵鸟藏"。看着孩子这个样子,李郡强忍着泪水不知道如何是好,突然,对面墙上一行工整清秀的字跳进了她的眼帘:"爸爸我想你。"李珺从村干部那里了解到这是辅正同母异父的姐姐婷婷写的,婷婷在镇里上小学。

一个星期天,李珺带着女儿来到辅正家里。辅正家的狗在村子里出名的厉害,它只认家人,和自己的小主人一样拒绝外人接近这个人们不待见的家庭。李郡给辅正姐弟买了些零食和学习用品,同时准备了几根火腿肠,先打通狗狗这道关口,顺利地进了家。婷婷正在洗衣服,李郡和女儿一边帮她干活,一边聊天,悄悄地走进了婷婷的心里。婷婷本名刘婷,自幼失去父亲,后来母亲和继父在打工时认识,重新组成家庭给了她短暂的安稳生活;12岁那年,她再次遭遇失去父亲的打击。母亲受刺激后得了精神病,爷爷行动越来越不方便。靠着亲戚的接济,她勉强维持了一年学业。她希望靠努力学习改变弟弟和母亲的命运,但靠亲戚朋友的接济终归不是长久之计。婷婷哭着告诉李珺,就要开学了,住宿费扣伙食费都还没有着落。她的爷爷和妈妈去讨要租种他家地的租金,一个行动不利落的七旬老人、一个头脑不是很清醒的精神病人,可想讨要租金的难度。婷婷哭,李珺心里疼痛难忍。这个比自己女儿小一岁的女孩儿,同样是含苞待放的豆蔻年华,被浓重的愁云笼罩,消瘦黯淡的脸庞失去了女孩子应该有的光泽。李珺鼓励她一定要坚持学业,告诉她只有努力学习才是她唯一的出路。扶贫工作的其中一条是让贫困户的孩子享受教育补贴,除了免除学杂费还有生活补助,爷爷和妈妈可以享受贫困户低保补贴。李珺的话一出口,婷婷噙满泪水的眼里放出一丝亮光,就在她微微一笑的瞬间,李珺的泪水再也忍不住了。

整个暑假期间,每逢周末李郡都要带着女儿到辅正家,一方面是想让女儿辅导婷婷的学习,另一方面也想让女儿感受一下同龄人的另一种生活状况、培养女儿的爱心。两个女孩子成了好朋友,辅正家的狗见到李郡不再狂吠。一段时间后,辅正家的卫生情况有了很大改观,但两个孩子的学业问题一直困扰着李郡。建卡后,婷婷上学的费用有了着落,但能不能进入一所教学质量好的初中,决定她能否彻底改变自己的命运。辅正依旧躲避李郡。不打开他的心扉,就不知道他的出路在哪里。

这天,李郡来到辅正家,她对婷婷说:"你跟我去县城上初中,就住在我家,和姐姐一块儿生活学习。"婷婷愣住了,她不相信自己的耳朵。李郡用更坚定的口气再一次重复了自己的决定。婷婷笑了。

李郡带着婷婷回到家里,一进门就和家人宣布:"没来得及和你们商量,我把婷婷领咱家了,以后她就是咱家的孩子。"李郡的女儿当然不反对,她喜欢婷婷,妈妈常年在乡下,家里有了一个小伙伴，她很开心。李郡的丈夫褚海军并没有表示惊奇，收养、帮助有困难的孩子对他们家来说这不是第一次，家里另外两间卧室的上下床就是给收留的孩子们准备的。婷婷转学到县里学校读书后，李郡一家对她格外体贴。后来，李郡的女儿上大学后，李郡又把自己的侄女接来和婷婷同住。婷婷格外珍惜这仿佛是从天而降的幸福，学习成绩不断上升。

　　董金梅叭叭地讲，李珺时而插话补充纠正。李珺告诉我们，收养、帮助贫困户的孩子，不是一件容易的事。有些孩子受不了管束，中途回去就再也叫不回来。坚持到这些孩子能够自理不知道要经历多少磨合，不理解的人说三道四也让人心里难受。

　　"不理解的人是少数，大多数人还是支持我的，金梅给了我很大的帮助，组织上也很支持我，特别是消防救援大队教导员刘博昊在关键时刻帮了大忙。"

　　曾经为了应对和解决妇女工作遇到的各种难题，李郡自修了心理学。针对辅正的情况，她翻阅各种心理学书籍，寻找打开孩子心结的钥匙，并和婷婷商量帮助弟弟的措施。第二个周末，李郡没有让婷婷回家，按照提前商量好的办法，让她给弟弟打电话，电话接通了，传来一声清脆的童音，李珺欣喜之极，急忙喊，"辅正啊，我是你李姨……"，话筒传来"嘟嘟"的忙音，再三拨打，就是没人接应。下个周末，李珺继续留下婷婷，她们一起等候辅正打电话过来。一个小时过去了，又一个小时过去了，眼看半天时间就要过去，婷婷有些着急，两个星期没回家，不知道家里人怎么样了。李珺安慰婷婷家里一切都有了安排，当务之急是帮助弟弟走出来。话虽这么说，李珺心里还是没底，后悔上星期犯了急性子。墙上的时钟滴答滴答地走着，家里人都不作声，不知道过了多长时间，婷婷的电话响了，但接起来后对方不作声。婷婷按照李珺的嘱咐连声呼叫弟弟，突然，放置免提的话筒响起辅正的话音："婷婷，你咋不回家啊？我想你了！姐，我在家等你！"，婷婷说："你来李姨家吧，咱们包饺子，然后咱们一起回家。"辅正还是说："你回家吧，姐。"放下电话，李珺拉上婷婷和女儿直奔双山村。这个细节是李珺讲给我们听的。她描述当时的情景时反复说辅正的声音干净脆生，说话字正腔圆。她怕我们不信，补充说，辅正虽然不说话，但一直没有放弃听广播的习惯，他家有个不知已经多少年的小收音机，它是他唯一接触外界的通道，所以听会了很标准的普通话。进村后，婷婷费了点周折最终把辅正拉上车。但车刚开，辅正就闹着要下去，李珺任凭他闹腾坚持开出一段路后停下车让他自己走回去。辅正不傻，前不着村后不着店，只好听姐姐的劝上了车。就这样，李珺连哄带罚把心怀恐惧的辅正拉到自己家。

这天，辅正是在十分紧张的状态下度过的，他没有拒绝李珺准备好的新衣服，在婷婷的指导下洗澡、换衣、吃饭，表现得特别乖，就是不说话，也不和别人对视。第二天，李珺送他们姐弟回家，辅正悄悄告诉姐姐："买点米吧，家里没有米了。"到了粮店，辅正直接提溜起一袋50斤的大米放在车旁。这袋子米看上去比他的体重还要重。李珺拉着他们进商店买了点小吃和玩具，之后在街上兜了一圈。车行驶到醴泉广场时速度慢下来，辅正的目光被那些滑轮滑的孩子们深深吸引，眼睛里露出好奇。从后视镜观察他的李珺嘴角挑起，两个酒窝溢出了喜悦，她摁响车载音乐播放器，歌声伴着他们驶向双山村：

太阳出来罗嘿，喜洋洋罗郎罗，……
生活一天一个样，人人心里有方向，……
太阳出来喜洋洋，明天更比今天靓，……

从县城回来后辅正见李珺不再躲了，但绝不靠近，仍然保持沉默。怎样才能让他彻底走出自我封闭的世界？怎样才能让他续上学业？一时的喜悦过去后，李珺再次被百结愁肠纠缠。正在一筹莫展时，刘博昊的出现在关键时刻发挥了决定性作用。

与李珺和董金梅交谈后的第二天，我们随李珺到双山村实地探访，在村里走东家进西家。村民们看见李珺，大老远就开始打招呼，热情得不得了。我们沾光成了老乡家的座上宾。刚从从园子里摘来的柿子、黄瓜真好吃。最好吃的是沙果，酸酸甜甜的。辅正家歪脖子老树上挂着红亮红亮的果实，守护着获得新生的家院。新盖的房子里面家具一应俱全，实在想象不出昔日的光景。董金梅带队下乡演出回来后顾不得卸妆便安排我们与刘博昊见面，救助辅正的故事又多了一个讲述人，其实他也是故事中的关键人物。

那是一次县直属机关干部大会，会开始前刘博昊无意间看到一些人围着李珺在打听辅正的情况，大家纷纷帮她出主意，气氛挺热烈。会议结束后，刘博昊特意和李珺打招呼做自我介绍，表示可以帮助她，李珺喜出望外。

又是一个周末，寂静的双山村沸腾了，2辆消防车、30多名消防员在刘博昊的率领下轰隆隆地进了村，响亮的整队报名声从村头传到各家。最先跑出来的是一帮孩子们，欢呼雀跃地看热闹，大人们陆陆续续赶过来加入清理垃圾的队伍中。辅正远远地尾随着消防员跑来跑去。刘博昊有备而来，他和李珺带着几个人和李珺专门来到辅正家清理院子，趁机给辅正送上了书本、玩具和各样小吃，设法和孩子套近乎。辅正对那些玩具喜爱不已，露出抑制不住的笑容。

又过了一段时间，辅正家的新房子盖好了。刘博昊带着他的队员们赶过来拆老房子，辅正拿着电动机枪对一个消防员比画。消防员看了看枪，从兜里掏出10元钱，告诉辅正去买电池。辅正回来后，把剩下的钱还给了消防员，消防员不收，他快速把钱放在地上。周围的孩子看到这一幕羡慕不已，辅正脸上写满得意。刘博昊趁热打铁，问孩子们："你们想去我们消防队看看吗？"孩子们异口同声地喊："想！"刘博昊当场拍板下个星期天来接他们，还特别强调："去的人找辅正报名，辅正统计好人数，告诉你们李阿姨。"又补充道，"没在辅正那儿报名的，我们不接待！"顿时，孩子们讨好的目光投向辅正。多少年了，辅正没有被人们正眼看过，万万没想到消防员叔叔让他有了当孩子头儿的机会，小脸涨得通红。

刘博昊和他的队员们，把欢迎辅正他们的事准备得漂漂亮亮。那天，消防队派车接来了双山村的孩子，消防员们在院里列队迎接，一阵阵的掌声，一声声的"欢迎，欢迎"，李珺拉着辅正的手走在最前头。孩子们参观了消防应急大队的展板，听了叔叔们讲解消防安全知识，观摩了叔叔们的救急演练，还和叔叔们吃了一顿丰盛的午餐。临别时，刘博昊继续给辅正鼓劲，说："今天你们得感谢辅正，是他组织你们来的，你们沾了他的光，以后你们再想来，就和辅正说。只要辅正打电话，我随时就去接你们。"话音未落，孩子边拍手边喊："谢谢辅正，谢谢辅正……"

这一天，是李珺工作日记里一篇最美的华章。辅正在李珺家见到姐姐，不再回避他人，一五一十地述说今天的一切，李珺借机搭腔也得到了回应。他表达了三个心愿：长大后当扶贫干部，做李书记那样的人；以后也要让妈妈和爷爷住上暖和的大房子；坐飞机上天看地上的样子。李珺告诉他：这些都不难，但必须上学，没文化哪个愿望也实现不了。两个小姐姐在一旁加油鼓劲，辅正终于点头。晚饭后，李珺继续开导辅正："辅正，你来县里上小学，就上褚叔叔教书的那个学校，住在李姨家，每天和姐姐在一起。你看，扶贫款到位后新房子不是很快就盖起来了嘛，过段时间把里面装修一下，冬天爷爷和妈妈就不会冷了。等你上了学，好好上体育课，我给你买一双轮滑鞋，你看广场上那些孩子们滑轮滑多带劲啊！咱们把体格练得棒棒的，有知识、有本事，将来干啥都是好样的。"

李珺在县第一小学为辅正办理了入学手续，之后找到辅正的姑姑，说服她领走老爷子，把辅正的妈妈送到乌兰浩特市治疗，病情好转后又安排在县安养院。康复后，可以适当地做些零活，每月都有些进项。李珺把这家的事情安排妥当，解除了婷婷和辅正的后顾之忧。

第二年夏天，李珺带着孩子们乘坐飞机到阿尔山，圆了辅正的一个梦想。谁知，一个假期过去后，辅正的心理问题出现反复，爷爷去世，加之他学习比较吃力，开学后不愿回学校。那些天，李珺吃不下饭，一睡着就做噩梦，多少次喊着辅正的名字惊醒。经过李珺夫妇、他们的女儿和婷婷的共同努力，再次唤醒辅正，他回到学校，自信心有了进一步增强。

李珺抽空把辅正家的房子装修了一下，买了些日常生活用品。虽然这家人目前不在一起，但不能让孩子们心里没有根。一个周末，李珺带着孩子们回到村里，把炕烧得暖暖和和，把屋子收拾得豁豁亮亮，姐弟俩高兴得合不拢嘴。那天晚上，两个孩子话特别多。临睡前，婷婷给弟弟使了个眼色，两人从外屋端来一盆热水放在炕边，拉过李珺不由分说给她脱下袜子，四只小手把她的脚摁在盆里轻轻地揉搓，所有的感激之情都在这柔软的小手上跳跃，一股暖流涌向李珺的心田，眼泪止不住一串串地流下来。她为了这两个孩子不知掉过多少泪，这次流出的泪水热热乎乎的。

刘博昊告诉我们："我以前不认识李珺，帮她就是冲着她收留无亲无故的贫困人家的孩子，这可不是一般人能做到的。没有人帮辅正，他们家就完了，她做的事情很了不起。扶贫不是一个人的工作，我们都有一份责任。"一次他和几个朋友吃饭聊天，说到"扶贫妈妈李珺"，有人说风凉话，他站起来拍了桌子，质问说这话的人："你为贫困户干什么了？你遇到这样的孩子能收养吗？你认为碰见有困难的人绕着走的是好干部吗？"说完，他转身离去。刘博昊身上有典型的军人气质。他结实挺拔、浓眉大眼、说话办事利落精悍，有一股东北人的仗义，这一连串的诘问，言辞犀利，不愧是多年在部队从事政工的领导。

李珺的周围站着许多像董金梅和刘博昊一样的好人，他们自发建立了一个"贫困儿童捐助会"，用各种方式帮助有困难的农村孩子们。李珺先后收养双山村五个孩子，除了婷婷和辅正，还有尹兰月、党瑞琪、党雨彤等因贫辍学的孩子。在大家的共同努力下，这些孩子不但得到了国家相应的教育补贴，而且获得社会多方捐助。"扶贫妈妈"带动了一批关心救助贫困儿童的人士，在贯彻落实"两不愁三保障"政策的过程中，为保障义务教育注入不可低估的力量。

二、李珺的双山村

"扶贫妈妈"李珺赢得了双山村干部和群众的爱戴，比收养帮扶贫困儿童更艰巨的任务是改变双山村的面貌，带领全村人脱贫，这个过程考量了她的爱心、毅力和智慧。

2014年3月初，山风料峭，等待李珺的不仅是双山村村民的冷漠，还有村里村外随处堆积着垃圾、不少人家处于贫病交集的状况、好多撂荒农田以及基本瘫痪的党支部和村委会。有人说双山村没治了，派李珺来这里工作是领导的无奈之举，一个年轻的妇联女干部，能改变这个村的面貌当然可歌可泣，改变不了也在情理之中。但李珺不这么看，她认为这是组织对她的莫大信任，既然组织上委以重任就只能干好，不能中途撂挑子。"第一书记"当时对李珺而言也是个新鲜概念。怎样做呢？她在互联网上查找"第一书记"这个词条。小岗村沈浩的事迹给她点亮了一盏灯，让她认识到第一书记的责任关乎党和国家建设强国的伟大目标。李珺在多年的工作中总结出一个道理：基层工作千头万绪，但根本上是做好群众工作。如果没有群众的主动性，个人的能力再强大也白搭。她了解山村人的性格，说简单吧，你说一千句，他们会有一万句话反驳你；说复杂吧，却倔强得只认一个理：来真格的，干实事。三八妇女节那天，李珺从县妇联申请了一点钱，买了纱巾和扇子，让村妇联主任出面组织庆祝活动。虽说这次活动很冷清，但动起来就好，李珺决定先把"三把火"烧起来。

第一把：清明过后，李珺发动村民治理村子的卫生，清除垃圾。村口最大的垃圾堆消失了，后来平整成一个小广场。村民们乘凉、聊天、跳广场舞、扭秧歌有了地方。村子的外部环境改善了，各家各户的卫生问题也提上了议事日程。

第二把：通过入户访问，基本摸清了村里各户人家情况，李珺向县扶贫办争取了5000元救助款，先扶持10户贫困户搞养殖。最受益的是哑巴陈昌林，不仅得到扶贫补贴养了几十只羊，还享受到了低保。其他有慢性病的村民也享受到了医疗补助。

第三把：解决辅正家的旧房改建问题。李珺经过一番努力，得到了县住建局、民政局、妇联等单位的共同支持。10月份天冷之前，辅正家60平方米的新房竣工。

雁群高飞头雁领。整顿党支部和村委会，建立具有带头作用、让老百姓信服的基层领导组织，是彻底改变双山村面貌的长远之计。李珺先找"两委"干部个别谈心摸清他们的心思，之后组织党员和干部上党课，明确"两委"干部职责，要求党员主动为群众做好事，在村建设中发挥示范作用。首先彻底改变不讲卫生的陋习，干部和党员以身作则，带头清理家院和门口的垃圾。她和村干部们举行了"乡村治理从庭院做起，积分争星"活动，通过评比积分树立标杆户，达标的人家有奖励。这个措施后来被兴安盟委作为社会主义新农村建设项目在全盟推广，成为对接乡村振兴的一个重要内容。

再细说双山村东头那个垃圾场。这里堆积着全村的生活垃圾、秸秆、装修废品等。春天气温升高后，村里飘散着刺鼻的味道。清明节之前，李珺挨家挨户做工作，她每天骑着电动车拿着喇叭高调宣传动员。清明节后动工，一直干到5月中旬。这一个多月，李珺没有回过家，并争取到上级单位和消防队的帮忙，出动四轮小卡车和铲车，终于彻底消灭了这个长在村头的"赘瘤"。突泉镇领导闻讯来到双山村，他们不敢相信昔日几乎被垃圾掩埋的村子这么短时间里发生了如此大的变化，回去后奖励每家一辆价值300多元的垃圾车。这对村民们来说，无异于天上掉馅饼。老天爷也爱凑热闹，那年夏天，突泉县下起了多年未见的暴雨，山洪顺着山沟倾泻。被垃圾堵塞的河道幸亏提前疏通了，否则不知多少房屋和庄稼会被洪水淹没，村民们想起来都后怕，由衷地感谢李珺并称赞她有先见之明。

村里一个爱写点小诗小散文的兰艳春对我们说："你们知道那个垃圾场有多少个年头儿了吗？清理到最下面时，出现一张日历，大家一看是2002年的。"当初不知谁家无意留下一份证据，向大家昭示了这个垃圾堆的年龄。经过13年日积月累，难怪它长成一座小山。

兰艳春继续说："人家李珺来了没多长时间就搬走了。"

李珺乐了："大家一起搬走的呀，我又不是大力士。"兰艳春说，如果李珺没来双山村，这个垃圾山肯定搬不走。

这些事，说大不大，说小不小，在村民们看来却都是实实在在的好事，一件件记在心里，让人心服口服。用他们的话说："这个女干部别看岁数不大，可不是白吃豆包的主儿，好人，好干部！"

村子的面貌有了改变，接下来更重要的目标是怎样让村民们富裕起来、让村民们手里钱。双山村共有6320亩耕地，坡地多，80%的地种玉米。由于这里干旱少雨、抗旱条件差，绿豆等高价值杂粮种植仅在20%左右。那年玉米价格下跌了50个百分点，农民收入大幅度下降，尤其是105户贫困户的日子更是雪上加霜。针对这种情况，李珺经过一番调研后做了个大胆的决定：成立农民专业合作社，贫困户和丧失劳动力的人组织起来"抱团取暖"，将各户土地集中托管，采取合作社与企业联姻的方式，同内蒙古尚德维康有限责任公司签约建立联合关系，根据市场需求，合作社种谷子，公司保底收购。如果市场价上涨，公司按市场价收购。第二年虽然又是旱年，双山村老百姓的收入却提高了。

为了进一步扩大农副产品的销售额，提高村民们的经济收入，李珺启发大家通过微信群在村里做小买卖，张家的豆包卖给李家，李家的小鸡卖给王家。村里经济小循环让大家尝到甜头。之后，李珺帮村民把农副产品往县里推销，钱来得更多了。2016年春节前，她带领村民们炒葵花子、蒸黏豆包，然后拉到县政府门前，在手机群里吆喝，各单位的人纷纷下楼购买。这下子，双山村的瓜子儿和黏豆包成了抢手货，预订的人络绎不绝。这年，双山村的春节格外热闹祥和，冰冷消极的情绪在焰火爆竹声中消失了，沉寂的山村有了春天的活力，村干部和村民们都喊李珺"来家过年吧"！

2年的扶贫工作期满，李珺主动申请继续留在双山村。党中央《关于打赢脱贫攻坚战的决定》发布后，她更加意识到第一书记职责的分量和意义，何况双山村作为她的阵地不应该就此卸甲。组织上同意了她的申请，并给她增加了新的头衔"突泉镇党委副书记"，分管党务和扶贫工作。

李珺快马扬鞭，走访了全镇41个村，与1326名党员、2205个贫困户建立联系，找到制约突泉镇农村发展的症结。她将双山村的成功经验向全镇辐射：先抓带头人，建立具有战斗力和公信力的党支部、村委会。在县党委的统一部署下李珺重点抓柳河村党支部建设，规范"三会一课"制度，开展多样化的主题党日活动，制作了"党员活动卡"，记载干部和党员为群众服务的内容，形成一套切实可行的考核机制。柳河村干部和党员带头宣讲"我致富，我光荣，我奋斗"，并推出了老党员、老军人、老模范、老教师、老干部"五老"宣讲活动。在党组织建设中，柳河村64岁的老支书田成林看到了方向，再次焕发青春。在村党支部改选中，他全票当选支书。党建引领，激活一池春水，深度贫困的柳河村有了活力，为脱贫致富夯实了基础。2018年，柳河村党支部成为突泉县先进示范党支部。

在双山村手机销售的基础上，李珺在突泉镇探索运用"互联网＋"思维模式扩展销售渠道。为了汲取先进经验，她和村干部代表赴浙江省取经，回来后，从双山村开始实验推广，先建立起"双山村农家小店"。李珺把自己花钱买的180双拖鞋上传至网络，让180户建立账户先免费购买，作为线上购销操作培训。网络销售渠道打开后，大家把自家猪肉、笨鸡、黏豆包、煎饼、玉米等农副食品在网上销售，形成了整合调配农家产品的平台，批量销售产品，再通过白马物流公司将商品送到客户手里。"双山村农家小店"开得风生水起，生意越做越大。村民庭院的水果和蔬菜装进合作社社员共同编织的小篮子售卖后，"农家水果篮""农家蔬菜蓝"成了品牌，白菜、萝卜、大葱等冬储菜成了城里饭店和居民的抢手货。东北人的饭菜离不开酱，各种口味的瓶装酱也闯入市场。"双山村农家小店"开张第一年就收入3多万元。为了促进农家妇女居家就业，李珺多方协调，将"唐人家居"手工业引进村里，成立了手工制品扶贫车间，59个贫困户妇女加入车间，当年54户脱贫。

2017年，内蒙古自治区电商扶贫现场会在双山村召开，这个昔日背着骂名的山村扬眉吐气，村民们的胸脯挺了起来，每个人的脸上都洋溢着自豪的笑容。双山村作为龙头，突泉镇的各村都被纳入网络销售产销链条中，开通多方面产销渠道；各村剩余劳动力组织在一起成立手工扶贫车间，妇女和弱劳力在家门口就可以就业，一年后人均年收入达到6000元。突泉镇实现了基本脱贫，摘掉了落后的帽子。

李珺成了双山村和突泉镇的主心骨，她的心紧紧贴在突泉镇的每一个乡村，村民们从她身上感受到党的扶贫政策的威力，看到了一心为民的党员干部的品格。获得自信和力量的双山村人摩拳擦掌，决心在李珺书记的带领下大步向前奔。

李珺的工作成绩证明突泉县领导班子当初的决定是正确的，一块璞玉经过磨砺散发光彩。上级领导所看重的是她脚踏实地、不达目的不罢休的韧劲，是她润物细无声的工作作风中所蕴涵的智慧和魄力。

就在双山村和突泉镇扶贫工作取得显著成绩、辅正和婷婷的学业有了起色时，李珺接到上级新的任命：任太平乡人大主席。辅正怎么办？他很依赖李姨和储叔，学习处在爬坡阶段，万一有个闪失恐怕前功尽弃。褚海军深知李珺的忧虑，为了妻子的扶贫事业，为了辅正能健康成长，他当机立断从县一中调去太平庄小学任教，担任辅正所在班级的班主任，让两个姑娘住校。

突泉镇要求上级留下李珺，双山村的人含着眼泪送她一程又一程，一再嘱咐她："快点儿回来，你是我们的书记。"我们去双山村访问时，村里人还在重复，"李珺是我们的书记，是我们村的人"，那份真情着实让人感动。

三、李珺的大青山村

2019年，又是春天，李珺走马上任，褚海军携辅正到太平乡插队安家。

太平乡的上访数居全县之首，又一块难啃的硬骨头摆在李珺面前。

李珺来到太平乡稍事安顿，先建立了全乡21个村的微信群，公示自己的身份、职责、电话、微信。不到一个星期就有600多人与她取得联系，她每天接受9000多条信息，另有许多私信。现代化的工作方式使李珺能够便捷地联系群众，快速广泛地掌握舆情，进而结合实地走访有针对性地解决问题。经过李珺2个月的努力，一些积压的上访问题得到妥善解决，老百姓诉求渠道和解决问题的渠道畅通了，李珺的工作走向正常轨道，她对全乡也有了基本了解。李珺认准一个道理：各乡村有各乡村的问题，但许多问题的根就一个字"穷"，脱贫是安民之本。李珺发现大青山村由于没有第一书记，好多工作难以推进，拖住了太平乡的后腿。因此，她又做了一个挑战自己的决定：向上级申请兼任大青山村第一书记。

大青山村地处丘陵地带，有326户人1180人，比双山村多近一倍，在突泉县算得上是个大村庄。这个村的状况和当时的双山村差不多，又穷又乱，贫困户81户158人，是全乡贫困人口最多的村。

2019年的双山村旧貌换新颜,而青山村依旧顶着一顶"落后"的帽子,在外面的名声是"三多":赌博的人多、服刑的人多、单亲家庭多。之前来过的几任扶贫干部,投入很多精力却收效甚微。李珺坚信没有人心甘情愿当落后分子、过苦日子,只要扶贫干部把老百姓当亲人,实实在在地干事,让人们从心里信服,就没有解决不了的难题。再说,她作为模范共产党员,认为自己就应该走在前面,主动挑重担,有党和国家的扶贫政策做后盾,有一支强有力的扶贫工作队伍相互助力,有上级领导和各方面社会力量的支持,有多大的难题也可以解决。李珺给自己打足了气,向领导提出了申请:"青山村前几任扶贫干部都努力了,有了一些基础,咱们不应该半途而废,我去当第一书记,再努一把力,试试看。"领导从她平静的语气中感受到她内心涌动着的一股激流。如果说当初派她去双山村是有点"试试看"的意思,那这次对她就是充满信任,进入脱贫攻坚关键时刻,需要的就是这样的干部。县委书记出于对干部的爱护,提醒李珺,她是县里树立的典型人物,评上了兴安盟优秀共产党员和先进工作者,到一个问题复杂的村子当第一书记是有风险的,万一工作中有闪失,造成不好的影响,那对她会非常不利,让她再慎重考虑。

明知山有虎,偏向虎山行。李珺下定决心当青山村的第一书记,不干出个样子不罢休。担任太平乡人大主席2个月后,她再次挑起"第一书记"的重担,6月19日走进大青山村。

大青山村,又是一座有故事的山村。我们跟随李珺到大青山村参观,想看看她驻村一年半后这里发生了哪些变化。

我们走在村里的街道上,干净整齐自不必说,意外的是每一条街不论大小都有路牌和路灯,"智慧路""文明路""康乐路""团结路"等等。贯穿村南北最长的是一条柏油路,叫"青山路"，贯穿村东西最宽的路叫"君子路"。村庄很安静，初秋的阳光正好，家家庭院里的树上挂满红宝石般的沙果、翡翠般的冬枣，架上垂吊着一串串绿玛瑙和紫玛瑙般的葡萄，叫上名和叫不上名的各种花争奇斗艳，火红的鸡冠子花竟然有一尺来长，带着贵族气质的月季花与带着乡土风格的大丽花和谐共生，昔日的菜园子变成了花圃。庭院深处，农家必有的菜畦也很有观赏性，芥菜疙瘩成双成对地拱出地面，翠绿的樱子在微风中摇曳，大白菜、青椒、西红柿等蔬菜与鲜花相媲美，各美其美，美美与共。

　　李珺要接待一个上访人员，她让我们随意溜达。我们走走看看，一直走到村东头。村外，玉米、高粱、大豆地一片片地向山坡延伸，铆劲地争丰收。村周边起起伏伏的山，哪座是大青山，这个叫大青山的村庄名从何而来？

　　我们就这样漫步遐想，折回村里想找个人家聊一聊。有一家院大门没有关，从门口看见屋里一对老夫妻坐在窗户前沐浴着阳光，两人头挨得很近，好一幅祥和图景，吸引我们径直走进去。老两口十分热情，老头儿端上来葡萄、沙果等时令水果。这对老夫妻看上去六十来岁，丈夫爱笑不爱说话，妻子爱说爱笑。我们进来之前，妻子正在一片藏蓝色底布上绣蝴蝶，丈夫坐在她对面聚精会神地观赏妻子的手工，夫妻的恩爱没有丝毫作秀，显然这是他们的日常生活状态。这个绣娘叫张殿华，从小和母亲学会了刺绣和剪纸，她的手艺在全县都有名气，县里推荐她参加兴安盟组织的"王府刺绣大赛"，因为膝关节有毛病走路不方便放弃了。她把素色的旧衣裤拆成一块块的，坚持每天绣花、绣蝴蝶。同行的刘金梅老师的丈夫是美术教授，她耳濡目染对这类工艺品颇有见地，称赞张殿华的蝴蝶绣得特别好。张殿华来了兴致，从柜子里翻出她的作品，一一讲解。她说自己打小就喜欢蝴蝶，和母亲学刺绣后着迷一样地看蝴蝶，观察到蝴蝶飞动和采花时的样子没有一次是一样的，心里飞出了蝴蝶绣出来就像真的。聊天的话题从刺绣说到村子的路名，张殿华说："你们要是头两年来可不是这样子，是人家李珺书记带着大家伙收拾出来的，不容易呀！屯里整干净了，也漂亮了。李书记把大家叫到一起，说学城里人，给街啊道啊起名，再挂上牌子。"

"这些名是谁起的？"

"都是俺们屯子的人，你一句我一句，挑好听的往出整。要想把日子过好，就得文明、团结、和谐、健康嘛。"

"为什么叫君子路呢？"

"这不冲着李珺起的嘛，有人提议屯子的主路叫李珺路，李珺不同意，说来说去就叫君子路了。李珺让我们都要像君子那样做文明人，我们心里的君子就是李珺。"

张殿华特别感激李珺，她腿不好，李珺给她联系了盟医院做膝关节置换手术，但新农合报销额度小，难以支撑手术费用，李珺正在为她争取低保医疗补助，这样可以享受80%的公费医疗。

之前的青山村是什么样？一年多的时间里发生的巨大变化是怎么得来的？其实我们心里特别想知道的是这些问题。

李珺来到青山村的第一天，和村委会干部们交谈时来了一个老头，他不进门，从门外上下打量李珺。

"哪儿来的？干部不都一样嘛，又来装样子，待一段时间就走了，少说这说那的！"

"老爷子，你怎么知道我装，以后你看我表现再下结论，好吗？"李珺说。

"少啰唆，我早看透了！"老头儿撂下一句更生硬的话，拂袖而去。这个老头姓陈，是个硬茬，没人敢惹。

没几天，李珺和老陈头又在村民微信群里遭遇，不知道老头对啥事不满意,用脏话开骂,李珺发信劝阻,老陈头发飙:"你别装了,你一个小小的人大主席,有啥了不起,再大的领导来了我也这么说!"李珺压着火,耐心地讲道理,老陈头的态度才有些缓和,说:"好吧,我看看你怎么做,如果证明我错了,我给你道歉。"老陈头的态度其实是当时大多数村民的态度。李珺开始走家入户时面对的是一张张的冷面孔,村干部不冷不热的表面应对,有的村干部带她进户访问时提前发信告诫村民不要乱说话,或者把她带到哑巴家、痴呆病人家,好多人提前得知李书记去他们家就马上躲出去,来个"空城计"。在村里碰见的村民都装作没看见她。双山村开头的情节在青山村重演,工作更难推进。

李珺要来村民花名册,自己走访,为了方便联系群众,坚持吃派饭。村委会看大门的老大爷说:"这个李书记,谁家门也敢进,谁家饭也敢吃。"

从大青山村直达县城的路是一条几十年的老土路,走起来颠颠簸簸、暴土扬长的。李珺走访村民时,有人用这条路考她:"你不是干实事嘛,那把这条路修好给我们看看!"李珺每天往返这条路,心里也有了打算。她费了些周折,联系到采石场老板宋璟明,动员他投资20多万元,将这条20千米坑坑洼洼的土路修成了平坦的砂石路,可是这条路的长度距离老百姓的信任还差得很远。

一天,李珺走入一家。这家有一个年近七旬的老太太,满脸的不友好,地上跑着两个孩子,大的十五六岁,小的也就是一岁多点。炕上坐着一个十六七岁的女孩,怀里还抱着个不足周岁的孩子,她直直地看着李珺,流露出强烈的渴望。老太太找借口躲开了,这女孩脱口说:"你救救我吧,我饿,我的奶不够孩子吃。"李珺再问,她却什么也不说了。李郡问村干部,没人正面回答,只能在走访各家时套话,一点点地了解这家的情况。真相清楚后,李郡的心在滴血。女孩真名叫白雪，父母离婚后母亲带她改嫁到青山村。没过几年，她母亲突然病故，她改用母亲的名字在村里落户。从此，"白雪"不再属于她，学业中断了，呵护她的爷爷也离世了。后来，白雪遭到老太太儿子的强暴，怀孕期间养父遇车祸身亡，她只能屈从强奸她的男人苟且偷生，成了两个孩子名义上的继母。她刚生下孩子，男人因为房地产纠纷被判刑。老太太性格乖戾，有暴力倾向。处在绝望中的白雪看到李珺的那一刻发现了活下去的希望。

李珺找到司法机关申请司法援助，四方打听白雪的亲属，先找到了她远在200多千米以外的姨母。李珺找机会给白雪出主意，让她做好准备后随时予以解救。7月1日，正在县里参加全盟表彰大会彩排的李珺接到白雪的电话，她立马联系一辆出租车赶到大青山村接上白雪，怕老太太日后找麻烦，中途又为她换了另一辆车。到县城后，李珺给白雪一通换洗，帮她换了电话卡，派车把她送到了姨母家。白雪走得慌忙，没带身份证和孩子的防疫证，之后李珺去老太太家借口帮她找人取出了有用的证件捎了过去。

李珺讲完这个故事后微笑着说："说实在的，我很后怕。当时我就是可怜这个无辜的孩子。她命咋那么苦呢？明明有个好名字不能叫，用了个老里老气的名，受那么多欺负。我不救她，她死了咋办呢？做了这么多年的妇联工作，救助妇女儿童成了职业本能。"我们笑她当时的做法挺像谍战片情节，她眼角闪动着泪光，说："扶贫工作，很多时候真的是斗智斗勇，不动点心思不行。"那天庆祝七·一表彰大会彩排，李珺中途退场，领导询问时她找了个借口遮掩，怕领导担心。后来，白雪的事情进展很好，司法救助款和低保相继办理下来，李珺通过检察院的监督为她办理了一个专门账户，按月发放生活费，后来又联系到白雪的亲生父亲，让他亲自告知老太太白雪的下落。

村里有个人外号"二锅"。这人一贯豪横,里里外外占便宜,故得此名。"二锅"承包了村外的草场,乘机私自开荒种地,听说新来的第一书记挺厉害,心里不踏实,只要喝了酒就打电话试探虚实。一天中午,白天黑夜忙了好几天的李珺在村委会凳子上刚睡着,"二锅"就打来电话说酒话,李珺压了电话,"二锅"不停地拨打,李珺一气之下把他拉黑了。没想到,他换了个电话又打了进来,李珺训了他几句。这下惹出了麻烦,"二锅"一个电话告到了纪委,纪委把这事反馈给李珺。李珺约"二锅"在村委会见面,他上来搭腔:"李书记啊,你多大啦?"李珺故意说自己56了,她以为"二锅"不过50出头,"二锅"笑了:"你哪有56,人家都说你40多岁,可厉害呢。我57了,比你大多了。"这一回合李珺没占上风,但缓解了紧张气氛。李珺诚恳地道歉,之后用各种方式开导他,"二锅"从此心服口服,心甘情愿地支持她工作。

就这样,李珺在青山村打开了一些局面。她在走访的过程中,意识到村里乱象的根源在干部身上。老陈头的坏脾气就来自对干部的不满,他不信任所有干部的态度是大家的普遍心态。想彻底解决问题就得整顿党支部和村委会。从哪里下手?李珺在思索。

一天早晨,李珺刚到村委会,一辆出租车开到村委会院门停下来,两个人抬下一个人将其撂倒后急忙开车离去。这个躺在地上的人半死不活,脸上布满伤痕和血迹,手里攥着个塑料袋,里面装着一沓子医疗费单据。李珺指挥大家把这人抬到村委会门房的炕上,买来吃的东西,叫来大夫输液。这个人叫刘凤明,患有先天性轻度智障,在一个牧村放了20多年马,从马背上摔伤后,因为没有户口,没办理合作医疗保险,不能继续治疗。他父母早已去世,有两个外甥都是哑巴。雇主多次和村主任交涉刘凤明的事情,村主任一直推脱，现在把难题推给了李珺。

李珺了解到当年刘凤明的父母把地抵债给了张洪德家，债务早已抵清。2004年农村土地政策调整后，张洪德享受的粮食补贴等款项应该属于刘凤明。李珺与张洪德经过几番争辩，用法律和道理说服他拿出了2004—2019年期间刘凤明应得的3000多元，并敦促村主任给刘凤鸣办理了贫困户低保和合作医疗保险，把他送到了县安养院。村干部和村民们没想到，一个难题在李书记手里三下五除二解决得如此圆满。法律、政策门清，说话办事有理有节，他们看李珺的眼神有了暖意，对她的态度好了许多。老陈头说得干脆："这女干部还真有两下子！"

更让村民们没有想到的是，村主任被刑警队带走了。在全县扫黑除恶专项斗争中，青山村一霸受到应有的惩罚，为李珺开展脱贫攻坚工作搬开一块绊脚石。长期以来，青山村村主任一手遮天，老百姓明知上级扶贫款被挪用贪污，敢怒不敢言。村主任家族仗势欺人，有人提意见就要遭报复，党支部懦弱无能，村民人人自危，上级派来的干部都被无形地孤立起来。村主任受到了应有的惩治，凝冻已久的冰山松动了。

李珺抓住这个大好机会，着手整顿党员队伍和党支部，她逐个找党支部成员和党员谈心，组织他们上党课、学党章。在党员民主生活会上，李珺让党员们自己陈述做了哪些有利于老百姓的好事、在哪些方面发挥了模范带头作用、自己有哪些问题？经过批评和自我批评，党员们受到触动。之后，李珺带他们参观突泉镇基层党组织建设模范单位柳河村，让他们看到差距，找到了目标。大青山村的党建工作走向正规化、常态化：党支部成员经常举办民主生活会，开展批评和自我批评；定期组织党员上党课，树立先锋模范意识，建立落实检查党员做实事做好事制度；发挥入党积极分子的作用，发现和培养文化水平高、思想觉悟高的年轻人入党。有49年党龄的老党员史瑞全，除了下地劳动，大部分时间在手机上看"学习强国"，遇到不会做的题请教年轻人，无形中影响了周围的人。他女儿还专门给他买了个方便快捷的新手机。史瑞全在全县比赛中获答题第一名的好成绩，2019年、2020年连续获中共兴安盟盟委宣传部颁发的学习强国"学习标兵"光荣称号。

  党组织的作用见到成效，党员的形象得到改善，申请入党的村民愈来愈多。接下来要解决的是群众人心涣散的局面。盟里奖励优秀党员的奖金到账后，李珺用奖金买了300多把扇子，选择了一个雨天召集村民家庭代表会，参会的人每人分到一把扇子。会开得挺热闹，大家提出好多建议，最后达成一致：彻底解决村子"臭"的问题，治理各家各户和街道卫生。李珺因势利导提议成立"巾帼志愿者服务队"。女人们叽叽喳喳地说，跟着李书记干指定有好事，当场有17个人报名。谁知志愿者出动没两天，老陈头又放话："一帮老娘们儿，跟李书记后面溜须……"有人乘机说风凉话，志愿者们三三两两地退群，李珺又把她们一个个地拉回来，动之以情晓之以理地说服教育她们，同时在村微信群里发话："我带领志愿者是在为大家服务，是在做好事，要想改变村里的面貌，就得改变好人不香、赖人不丑的风气。"一番软硬兼施，李珺总算稳住了志愿者。为了使村里各项工作规范有序地进行，她将"京盟帮扶资金"用到"志愿者""护林员""保洁员"管理上，采取绩效考核措施，按实际出工次数和质量计分。李珺带领保洁员、护林员、党员、村"两委"成员志愿者成员，组织起一支近50人的队伍。这些人先把自家屋里屋外收拾干净，验收合格后向全村推进。志愿者一时间成了香饽饽，到谁家干活都有热水、西瓜招待，有送草帽、手套的，有在群里发红包的，还有人主动加入其中。在这个过程中，李珺把卫生好的人家照片发到群里,后来还发卫生差的人家照片,有力地推动了村子的卫生清理工作,原计划一个月完成的工作13天就完成了。街道整齐干净,家家户户窗明几净,140多个厕所也有了新模样。采石厂的宋璟明看到大青山村的变化,在村里又铺设了一条砂石路。

整治卫生的过程中不断出现难题。村西边一户人家曾经养羊,近几年羊不养了,废旧饲料堆到了路中间,热天霉臭味到处弥漫。李珺和村干部几次动员他家清理却不见动静,下最后通牒后志愿者出动。第一天就拉出30多车垃圾,这家的主人很难为情,第二天主动加入了清理队伍。另一家门口堆了6000多块砖,有碍观瞻、影响交通,多次动员他家搬进院里却不予理睬。李珺和志愿者们把砖拉到了村委会的院里。这家主人找李珺发难,提出如有损失必找她赔偿。李珺知道他家用不上这些砖,自己花了2000元买下来修整铺平了村委会后面的低洼积水地面,为村民开辟了一块活动场所。

以上两件事解决得不算太难,但突如其来的一件事给了李珺当头一棒:一个护林员因外出做零工,为了领取村里的出工补助派她的女儿顶班清理卫生,李珺当时打发她回了家。这个女孩患有脊椎侧弯症,当时李珺正在联系北京一家医院给她做矫正手术,并为她申请了残疾人救助金。没想到,女孩病逝,李珺赶到她家,留下抚慰金,后事安排得很妥当。谁知丧事结束后,女孩的表叔找李珺说,女孩病逝是清理卫生累死的,要求村里赔偿。李珺据理说服不见成效,她知道如果让这事继续发酵,就会滋长以往的讹诈风气。她找到了女孩表叔打工的单位,有效地终止了他的敲诈行为。

老陈头以前有个音响,村里有活动时他的音响就能派上用场,每年可以挣些钱。音响坏了,断了一条财路,成了他的一块心病。李珺用自己的奖金买了个小音箱,交给老陈头保管。这时有人放出风凉话说，李书记表面厉害，其实也怕不讲理的人。这话提醒了李珺不能在工作细节上让老百姓误解，尤其像对待老陈头这种敢于直言、不畏惧领导，但又自私偏狭的人更需要拿捏分寸，应该扬其长避其短。趁在老陈头家吃派饭的机会，李珺鼓励他一如既往地说真话，监督自己和其他干部，有了错误及时提醒批评，同时告诫他不要随便骂人耍横，音响属于大家，他为村民服务村委会可以按照相关制度给予一定的劳务补贴，也要接受村民的监督。老陈头觉着李书记不计前嫌来他家吃饭很给面子，愿意接受她约法三章。

2个多月时间，发生的一桩桩事，哪一件都十分不易，李珺硬是过五关斩六将地闯过来了。大青山村有了起色，老百姓看到了曙光，李珺看到了希望，用她的话说："这头三脚总算踢打出去了。"

改变村貌初步见效，更多深层次的问题逐渐浮出水面。之前上级拨下来的"产业帮扶资金"分配到了15个"贫困户"。李珺发现这些款项并没有用到产业经营上，她往回收，得到好处的人家死活不愿意吐出来，思想工作做不通，只能采取强硬措施。李珺先从村主任大舅哥家下手，揭下他家的贫困户"明白卡"，这下震慑了其他人家。她将15万元收回村委会，重新启动产业项目，把产业扶贫资金落到实处。

大青山村很多人家都有麻将桌，有些村干部家靠抽红利得好处。一天一个村干部家因为打麻将发生了斗殴，李珺抓住这件事召开党员和村干部会议，责令他们把麻将桌交到村委会，禁止赌博从党员和干部做起。村委会有一间棋牌室，每天聚集在这里的都是村里有头有脸的老人，影响村部工作和卫生不说，时不时找理由吃喝，村民们早有反映。李珺以改善村委会办公条件为由，把麻将桌抬出村委会办公室，粉刷墙壁后将棋牌室改成"脱贫攻坚工作室",不动声色地端了设在村委会的赌窝,初步制止了赌博风。接下来,村民们的文化生活怎么发展呢?

机会来了,突泉县要举办庆祝中华人民共和国成立70周年文艺会演,李珺动议村民们建"百人合唱团",把《没有共产党就没有新中国》《我和我的祖国》这两首歌的歌词和视频发到群里。那些天,村里歌声飞扬,人们都想加入合唱团。李珺找到了对口帮扶单位县检察院,申请经费买了100套服装,把自己的丈夫请来帮助排队形,让在家度暑假的一名大学生当指挥,安排两个中学生朗诵,指定了一男一女两人领唱,李珺作为合唱队队员站中间。

比赛那天,合唱团队员乘坐两辆客车浩浩荡荡地出发,村民骑着电动车、三轮车紧随其后过来助阵。会演正要开始时,李珺听到了台下老陈头的大嗓门,心头一紧,老爷子跑来干啥,不会是找碴吧?她在人堆里找到老陈头,见他给大青山村民们做助威加油的热身动员,顿时一股暖流涌上李珺的心头。会演结束,大青山村合唱团获二等奖,并获"精神风貌奖"特别奖励,村民们欢欣鼓舞,感受着多少年未曾有的凝聚力。但李珺隐约觉着在欢乐的背后有一丝令人不安的气息。

第二天一大早,李珺来到村委会,回放头天的合唱录像,发现方队中由红衣服构成"70"字样的一角出现空缺,显然场上少了一个人,经确认这个位置是原村主任的大嫂。李珺对她提出严厉的批评,她本人表示抱歉,并说她请过假。李珺当即召集村干部开会,让大家谈这次活动的体会,你一句我一句都是溢美之词,绝口不说缺人的漏洞。李珺指出这件事,责成带队的村干部做解释,这个干部多次传闲话、挑唆村民和村干部搞对立,影响到领导班子和村民的团结,这次有人缺席她故意装不知。经过村"两委"讨论决定让她停职反省。合唱比赛的一个插曲,虽然影响了比赛成绩,但打击了歪风邪气，进一步提升了领导班子的工作责任，针对各项工作可能出现的问题，完善了党支部和村委会的工作制度。

合唱比赛后，李珺提议在村里举办一次文艺会演，村民的积极性和热情特别高涨，报上来50多个节目。李珺自己准备的是京剧清唱《女驸马》，每天的排练就是一场晚会，天天歌舞升平，麻将风被文艺风冲击。文艺会演需要解决场地问题，村后面有一块空地，原村主任和一家企业协商建养老院，项目落空，圈起来的地成了废墟。这时，砂石厂老板宋璟明再次援助，出动铲车推平废墟铺上砂石。李珺从县里请来乐队，搭建了临时舞台和彩虹门。村民还给县委信箱发信邀请领导参加。会演那天，县委宣传部部长、组织部部长、政协等部门领导的车鱼贯进村，全村人列队欢迎。领导们不敢相信这就是之前掀过副县长车的大青山村村民。文艺会演全过程更让他们叹服不已。之后，村民们通过网络平台发布大青山村的各种信息，2个月前还让人头疼的山村如今扬眉吐气。县发改委拨款为村里铺设一条1.2千米的柏油路；财政局拨款30万元修建了一个2000平方米的广场，并设置了休闲回廊和各种健身器材，村里的秧歌队、舞蹈队、合唱队都可以在这里活动；水利局帮全村接通了自来水……好事接踵而来，老百姓感受到自豪和光荣。

村"巾帼志愿者"名声在外，李珺带她们到邻村开展志愿者活动，现场传授经验。李珺发现，村风建设中崭露头角的女人们多，男人们也不能忽略。八一建军节时，李珺请村里的退伍军人吃饭，鼓励他们继续发扬军队的优良传统，为新农村建设发挥带头作用。有一个退伍军人，性格古怪、脾气暴躁，经常发生邻里纠纷和夫妻矛盾，人们都躲着他，李珺经常找他谈心。文艺会演后，村里组织男人拔河比赛，比赛中这个人的鞋被别人踩坏了，他们队还输了，大家都提着一口气等着他发飙，没承想这人啥话没说。老百姓说，李书记厉害，把他整服了。李珺说，这是大家的力量，屯子里风气好了，大家和谐相处，他心里舒服了，怨气就消了呗。

　　管了老爷们的事，孩子们的事更是李珺放不下的一件大事。大青山有50多个中小学生，大多是留守儿童，不少是单亲家庭的孩子。暑假的一个周末，李珺再次联系了刘博昊，带着孩子们到消防应急大队参观，之后请他们到饭店吃饭、到新华书店听语文辅导讲座。回来的路上，李珺给孩子们布置了作文题，并要求他们通过给爸爸妈妈写信的方式劝说家长不参与赌博。有3个即将辍学的孩子又被她陆续领回家里帮他们继续学业，原本3口人小家变成了由5个姓氏组成的8口人的大家庭。

　　村里老人多，李珺经常走门串户对他们嘘寒问暖，解决看病吃药等实际困难。她还将帮助孤寡老人指定为"巾帼志愿者"的一项工作。老人们说："李珺真心惦记俺们，来家的道都让她走平了。"有老人去世，李珺都要上门帮忙料理，亲自送到殡仪馆。中秋节，她买了月饼、瓜果等，召集65岁以上的老人聚餐过节。2020年国家扶贫验收的前一天，李珺不放心身体不好的姜老太太专门赶到她家探望，看见老人家脸色蜡黄，大滴汗珠往下流，她一边安顿老人，一边联系村医和她的儿子。这时，乡领导打电话一再催促李珺尽快到乡政府汇报验收准备情况，她一直坚持到救护车来，派人把老人送到县医院。之后，老人转院到盟医院做了支架手术。痊愈回来后，她的儿女给李珺送了一面锦旗，写着"救母之恩，永生不忘"。

　　"扶贫验收是一件大事，和病危的老人的事碰在一起，搁谁也不能见死不救。如果我当时没管她，我会后悔一辈子。"

　　我们逗她，如果耽误了扶贫验收咋办，她笑呵呵地回答："那不可能，平时把工作做到位，验收不会出纰漏。再说了，扶贫工作终归是为人民谋幸福的,验收检查就是看你怎么帮助老百姓、做了哪些事、取得了什么成效,和我救姜老太太的事不矛盾。"

类似这样的事情很多,李珺只要遇到绝不绕开。村里有一个患精神病的村民,妻子和他离婚带走了孩子,他一年四季把自己关在屋子里不轻易出门,窗户用木板从里面钉死。李珺把关注这人的任务交给了左邻右舍,注意他的安全情况。只要他出屋,志愿者们就偷偷赶过去给他收拾收拾屋子、换换空气。如果被发现就会遭到他歇斯底里的谩骂甚至殴打。想想这毕竟不是长久之计,李珺联系了派出所,趁他出门时强行将他送到精神病院,经过一年多的治疗后康复,过上了正常人的生活。

大青山的这些事情细碎平淡,好多并不属于贫困户的事,李珺哪一件都放不下。她用朴素的话语平静地讲述着,就像在说自家的事情,我们饶有兴趣地听,想不到抓大事的第一书记要应对解决这么多"闲事",更想不到老百姓的闲事小事居然大多是难事。大青山的百姓认定李珺是"俺们大青山的女儿"。

对第一书记而言,带领村民致富奔小康是头等大事,悠悠万事,唯此为大,这是党的嘱托,是驻村干部最根本的职责。

大青山村人口比较多,劳动力相对充足,土地多,适合种植高粱、玉米、大豆,前些年外出打工见过世面、有一技之长的人不少,发挥好这部分人的作用有利于发展农村产业。李珺用扶贫产业资金,先让贫困户发展养牛业。作为京盟帮扶项目内蒙古绿丰泉农牧科技投资有限公司的牛羊肉冷链加工基地落户突泉县,带动了全县乡镇振兴。李珺和村干部经过反复调研和论证,将养殖安格斯牛作为大青山的产业项目,乡政府拨给大青山村200万启动资金,之后又多方筹措,共引入500多万元资金,将300头安格斯牛请进大青山村。大青山村2020年人均年收入达到1万多元,比2018年提高了

12.7%。

我们专门拜访了几家养牛户。安格斯牛外貌不一般,比本地黄牛高大,通体黝黑,猛一看好像穿着貂皮大衣,招风耳,没有犄角,眼睛明亮。我们拿草料走近围栏旁招逗这些家伙,它们却不紧不慢地走过来,一副不卑不亢的架势。一家的牛圈前,一个60来岁的老头儿保姆一样守着他的牛群,脸上满是喜悦。他见到李珺脱口而出:"李书记,我家母牛要生了,我在这儿看着呢。"李珺给我们介绍这人是养牛专家,有兽医知识。老人家不谦虚,给我们介绍养育安格斯牛用什么饲料好,一天喂几次水和料,牛圈的温度、湿度怎样保持等等。回来后,我们从"秒读百科"里了解到,安格斯牛原产地苏格兰,被称为"贵族牛",引进中国后经过改良,很适合在北方地区养殖。它出生一年后体重就可以达到400~500公斤,出肉率高,肉质鲜美,是餐桌上著名的"雪花肉";母牛产奶量也很高,挤奶天数180天左右,产量630多公斤。

大青山的好日子就在眼前,曾经著名的落后村如今是远近闻名的先进村、样板村。

后续

2014—2021年,李珺的8年扶贫路,在她的山村留下一串串闪光的脚印;说不完的故事丰富了她的嘉年华。李珺自豪地说:"当我老了的时候,我可以自豪地告诉我的孩子们,我在扶贫的战役中战斗过。"

2017年,李珺当选"兴安盟先进工作者",2018年当选"兴安盟优秀共产党员",2019年当选内蒙古自治区"青年三创标兵""内蒙古自治区优秀共产党员",2020年当选内蒙古自治区"人民满意的公务员",2021年被中共中央授予"全国优秀共产党员"光荣称号，7月1日参加中国共产党成立100周年庆典，受到了习近平总书记的亲切接见。

2021年，也是一个春天，李珺完成了脱贫攻坚任务，回到县妇联任主任。工作岗位变了，但她关心乡村建设发展的情感和责任感依然。全县12万妇女，农村妇女占绝大多数，提高农村妇女的综合能力和整体素质是李珺工作的重心。又有新的孩子被她特别关注。一些单亲家庭的孩子心灵受到伤害后一时走不出来，李珺常把他们请到家里做心理疏导。乡村有困难的儿童，仍然被她当作自己的孩子。

双山村、大青山村的人们和李珺保持着联系，家里事、村里事还要找"我们的李书记"。逢年过节，李珺都要回双山村和大青山村探亲，村民们总叫她"回家"。双山村、大青山村和更多山村都是李珺的家，她心心念念地牵挂着。

2021年初，张殿华做了膝关节置换手术。春节，李珺去大青山拜年，张殿华试着站起来走了一小圈，她参加绣花比赛的愿望就要实现了。2021年，婷婷考上大学，实现了自己的理想：学习幼教专业，以后像李珺妈妈那样教育孩子们健康成长。辅正上了廊坊铁路技工学校，起初李珺每天都要通过微信指导他的新生活，辅正表示毕业后考大专，将来报答李姨和褚叔。春节，孩子们回到李珺身边，包饺子、吃年夜饭，微信照片里孩子们的笑容格外甜美，最闪亮的是李珺眸中的泪光。

李珺身边，除了文章中提到的董金梅、刘博昊、宋璟明，县委、县政府和突泉镇、太平镇各级领导们都是李珺的后盾。李珺说："我不是一个人在战斗，我身后有组织，有各界爱心人士，有广大老百姓。"在贫困户孩子们的眼里，她是"扶贫妈妈"，在百姓眼里她是"山村的女儿"。

不能不说的是李珺的爱人褚海军，这个高高大大的男人，默默无闻地支持李珺、爱护李珺。每一个夜晚，李珺不论多晚回家，他都要端一盆热乎乎的洗脚水放在妻子脚下。褚海军和李珺青梅竹马，结婚时他家里生活困难，婚事基本上是李珺父母筹备的。新婚夜，褚海军对李珺说："我对不起你这一次，这辈子我肯定不再对不起你！"这话不是玩笑，他们结婚20多年，不太爱说话的褚海军用实际行动证实了自己的诺言，他把妻子捧在手心，给予李珺无限的关爱。我们说："李珺的奖章有你的一半。"褚海军憨憨地一笑，说："奖章是她的，她人是我的。"

珺，人如其名，那么多人爱她、敬她，我们被她深深地感动着。

·帮扶篇·

绰尔河流水淙淙

董一鸣

绰尔河,是黑龙江支流松花江的二级支流,发源于呼伦贝尔市牙克石市,流经兴安盟扎赉特旗,纵贯全旗205千米,水域面积6700多平方千米,流向东南黑龙江省黑龙县和泰来县西北注入松花江。绰尔河是扎赉特旗境内最大的一条河流,居兴安盟七条河流之首,内蒙古自治区境内有千余条河流,它是位居黄河之后的第二大河流。

扎赉,蒙古语的意思是"洼地"。扎赉特1.1万多平方千米的土地,草原面积占69.8%。扎赉特旗被5条河流的水滋养着,除了绰尔河,还有罕达罕河、乌尔根河、二龙涛河。天赐如此丰沛的水域,也赐予它大部分山地和丘陵,虽然农林牧业潜力很大,但囿于传统的生产方式,扎赉特旗的天然优势没有得到发挥,乡村依然处于贫穷落后状态,是832个国家级贫困县之一。

从2006年至今,自治区37个直属机关企事业单位定点帮扶扎赉特旗,他们帮扶的贫困嘎查村达92个,覆盖贫困人口6.1万人,累计投入定点帮扶和延伸帮扶资金25.5亿元为帮扶地区发展注入了强劲动力，使贫困群众的生产生活发生了历史性变化，2019年退出贫困县行列。

自治区扶贫干部们在扎赉特旗土地上留下了太多动人心弦的故事。

一、为有源头活水来

贫困，就如没有硝烟的战场，脱贫攻坚是硬仗中的硬仗。在实现"全面建成小康社会，一个都不能少"目标的进程中，有多少人投入战斗，多少人冲锋在前……有多少人以忘我的情怀追逐人民的梦想，用热血点燃信仰的熊熊之火……

时间回溯到2006年3月。

2006年3月，为加快兴安盟脱贫进程，尽快缩小发展差距，自治区党委政府做出重大决策，全区137个厅局企事业单位定点帮扶兴安盟。带着特殊的感情、特殊的责任，他们用真情用实干，用心血用汗水在革命老区、在兴安大地谱写了一曲曲守望相助的动人乐章。

2011年开始，内蒙古自治区扶贫办定点帮扶兴安盟扎赉特旗宝力根花苏木金山嘎查。

金山嘎查地处兴安盟北部地区，自然条件恶劣，基础设施较差。金山嘎查辖2个自然屯，面积33平方千米，总户数220户，总人口670人，耕地11221亩，水浇地3600亩，林地3200亩，草地1260亩。

自治区扶贫办党组高度重视定点帮扶工作，与金山嘎查"两委"班子共同研究，坚持因地制宜，从破解主要问题出发，综合施策，确立了"规划先行、项目支撑，强基础、扶产业、提素质、真脱贫"的工作思路。

春天的辛勤耕耘，换来的是秋天沉甸甸的收获。

金山嘎查贫困发生率从2014年的40%下降到2020年的0%，贫困户的人均年收入从2014年的2470元增加到现在1.4万多元……金山嘎查稳步实现整村脱贫，大踏步地向着乡村振兴目标前行。

在这丰硕的成果里，年轻的扶贫队员郝金龙功不可没。

金山嘎查的春天

四月芳菲，我们到扎赉特旗宝力根花苏木金山嘎查采访，采访对象是今年34岁的驻村干部郝金龙。

郝金龙是内蒙古自治区扶贫办的一名普通干部。2016年，也是这样的春天，他被组织选派到金山嘎查扶贫，成为驻村帮扶队员，担任金山嘎查第一书记兼宝力根花苏木党委副书记、扎赉特旗扶贫办副主任。

由于地域原因，同是春天，呼和浩特春风拂面，丁香花盛开，春光烂漫；宝力根花苏木金山嘎查仍有些许春寒，树枝柔软了些，暖意中夹着凉风，向阳处的小草刚刚冒出嫩芽。

初见郝金龙，他看上去比实际年龄还要年轻。交谈之后，发觉他是那样的沉稳，工作练达程度超越了他的年纪。郝金龙是土生土长的呼和浩特人，出生于军人世家，自己也曾有过一段光荣的军旅生涯。

一见面，看见他还穿着薄薄的棉袄，我问他："有多久没见过呼和浩特的春光了？"

"4年多了，兴安盟的春天着实冷。"他呵呵地笑着，"冬天更冷，不过，多穿点儿，没啥事儿。"

"为什么会离开大都市，选择扶贫事业，而且走到最基层？"

郝金龙的回答还如军人般干脆利落："服从、执行，责任重于泰山。"

29～34岁，4年多的青春时光，从繁华的都市到最偏远落后的村庄，每年工作日都在300天以上；从村东头走到村西头，再从村南头回到村北头，有时，每天都要走上好几个来回……谁家的牛粪在路上没有清理，谁家的院墙掉了一块砖不整齐了，谁家的母牛产犊了，谁家的狗叫了，谁家的鸡鸣了，谁家的孩子考上大学了……他比村民们更清楚。

习近平总书记说："脚下沾有多少泥土，心中就沉淀多少真情。"[1]

郝金龙作为一名内蒙古自治区厅局帮扶兴安盟的扶贫队员，他做到了，他的尽职得到了组织上的高度认可与满意，他的尽责得到了村民们的深切爱戴与拥护。

2016年5月，经内蒙古自治区扶贫办党组研究决定，选派年轻干部郝金龙为新任驻村帮扶队员，继续定点帮扶金山嘎查。

接到这个沉甸甸的驻村任务时，时年29岁、参加工作后一直在机关工作、没有基层工作经验、女儿才1岁的郝金龙忐忑不安。

他怕自己牵挂年幼的女儿与年迈的父母，更怕给工作繁忙的妻子增加更多的负担；他担心自己能力有限干不好会辜负单位领导及同事的期望与重托；2014年，建档立卡贫困户89户298人，贫困面大、贫困程长。

但是，军人出身的他，天生有一股热血男儿的豪气与勇于担当的豪情，他想，既然党组信得过他，他就没有理由推脱，他更要履行自己身为一名共产党员"下基层、为脱贫、献青春"的凌云壮志。

---

[1] 习近平，习近平谈扶贫：脚下沾有多少泥土，心中就沉淀多少真情. 人民网. 2018年9月17日.

郝金龙安排好家中的一切，从繁华都市毅然决然地来到了千里之外的完全陌生的金山嘎查。没有调研就没有发言权。郝金龙到任后做的第一件事就是深入群众，了解村情，理清驻村工作思路。

初来乍到的郝金龙在村民眼里，就是一个大城市来的毛头小子，20多岁，文质彬彬的，肯定啥也干不了，待不上几天就会打马回山了，来住几天也是装装样子。没想到的是，天生倔强、当过兵的他，身上有着一股不服输的劲儿。他深知，作为扶贫系统选派的驻村队员，既要履行好职责，又要担负起责任，帮助金山嘎查理清发展思路、解决发展难题，责任非常重大。他从事扶贫工作近10年，熟知扶贫政策、精通扶贫业务，身后又有自治区扶贫办的鼎力支持，所以，不管村民们怎样猜测他，他都暗下决心：一定要履行好驻村帮扶干部的职责，不辱使命，争当精准扶贫的排头兵！

沉下心后的郝金龙，克服了各种困难，把全部精力放在驻村帮扶工作上。白天，他挨家挨户做贫困情况调查；晚上，他和村干部开会沟通，研究村集体经济发展思路。

时光如白驹过隙，4年多的时间，1000多天与村民的朝夕相处，有着太多难忘的故事。

在金山嘎查，"挂在门把手上的熟鸡蛋"这个故事就这样悄悄地流传着。

由于工作繁累，郝金龙的身体出现了严重病症，年纪轻轻就患上了高血压、颈椎病，并且，结肠也出了毛病。

2017年10月，他做了结肠手术，身体还没痊愈就回到村部。10多平方米的办公室加了一张1.2米的木床，这就是他的家。

那天，没等他打开家门，就看到门把手上挂着的一袋熟鸡蛋，不知是哪位老乡偷偷地来看他，怕他不收，就把鸡蛋挂在了门把手上。郝金龙说，老乡们知道他的脾气，他从来不拿群众一针一线，去老乡家里做客，也总是自己带上烟酒之类的礼物。他说，看到这一袋熟鸡蛋，他热泪盈眶，所有的孤独、所有的委屈都烟消云散，所有的付出、所有的辛苦，都是值得的！

人心换人心。当老乡们看到郝金龙是真的脚踩泥土、身上流汗为他们寻找富路时，真正地接纳了他，并被他的真情感动着。

54岁的贫困户包天星在没遇到郝金龙时，对生活充满了绝望。郝金龙第一次看见包天星时，包天星正坐在自家的院子里晒太阳，他身子斜靠在房门上，板结的头发长到了脖子根儿，看似好几个月没洗了，满是皱纹和污垢的脸没有一点生气。随同入户的嘎查干部说，包天星以前是个很上进的人，在几个弟兄当中对母亲最孝顺，但一场病把他搞成眼前的模样。他病了以后，妻子嫌他拖累自己，跟他离了婚，儿子也随妻子走了，剩下他和母亲相依为命。不幸接踵而至，他的病刚好，母亲又患脑梗瘫痪在床，生活又给了他重重一击。

听着嘎查干部的讲述，郝金龙的心里也受到了重重一击：这是一个典型的因病致贫的案例，自己一定要帮他，更何况他如此孝顺母亲。在郝金龙的眼里，孝顺的人就是有良心的人，有良心的人就一定懂得感恩，一定要帮。

包天星被驻村工作队列为重点帮扶对象，郝金龙特意安排他成为自治区扶贫办厅级领导的对口帮扶户。为了帮扶包天星增加经济收入，驻村工作队带着自治区扶贫办领导们捐赠的资金，在包天星的院子里新建了猪圈和配套的板房鸡舍，并发放3头猪仔和100只鸡雏。生产资料有了，生活也就有了奔头，包天星整个人变得精神了起来，头发也理了，衣服也洗干净了，每天忙里忙外，眼睛里充满了对生活的希望。

金山嘎查老百姓的院子都很大，包天星家的也不例外，正适合发展庭院经济。郝金龙同嘎查"两委"班子找他商量后，决定帮他发展酿酒葡萄种植，协调当地红酒企业，免费提供葡萄苗，冬季定点回收。方案定下来以后，郝金龙帮助包天星买苗搭架。很快，几排整齐的葡萄架就搭起来了，包天星的院里，有猪、有鸡、有葡萄架、有菜园，变得生机勃勃。

瘫痪在床的母亲是包天星生活的另一个重心。人已经大小便失禁，包天星很大的精力都花在照顾母亲上。郝金龙了解到这个情况后，为了减轻包天星的负担，专门跑到苏木，买了好多老年人专用的尿不湿送了过去，让他能够腾出手来发展生产。一来二往中，郝金龙了解到老人爱喝奶茶，但家里的条件又实在是不允许，他便专门去买了方便冲泡的奶茶粉，看着老人喝了奶茶后满足的神情，郝金龙开心极了。

在包天星的心里，还压着一块石头，那就是儿子还没有回来。媳妇走了，儿子也跟着走了，丢下他一个人，他想儿子又说不出口。郝金龙看出了包天星的心思，亲自找到他的儿子。父子情深，儿子也想爸爸，可是回来也没啥营生。他突然想到了村里刚成立的农机修理站，现在正缺人手，如果能把这个孩子送出去学习修理，回来既有了技术，又能照顾家里，两全其美。有了这个想法后，郝金龙又去找孩子做思想工作，孩子表示愿意去学技术，也愿意回家。

包天星高兴极了，他是打心眼里感谢郝金龙，活了这么多年，在亲人都抛弃他的时候，是这个驻村帮扶干部给了他活下去的希望，给予了他无微不至的关怀，这样的好干部，谁碰上就是谁的福气。

包天星每天都会过来看看这个年轻的病人，郝金龙让他别再来，他也不听。就连郝金龙回呼市了，他也要来村部瞅瞅。郝金龙心里很着急，他这次回来，是准备利用"十一"假期做个手术。医生早就说过他的病情不能再拖了，但有时这扶贫的活儿，就是离不了人，一忙就拖到了"十一"。假期结束第二天，郝金龙捂着还未完全愈合的伤口，匆匆地回到了金山嘎查。包天星听说郝金龙回来了，想带着东西去看他，碍于郝金龙的警告，便只好"迂回作战"。一大早起来，包天星就将前一天刚收的鸡蛋煮了十几颗，装在袋子里，蹑手蹑脚地来到郝金龙的门前，把这袋子鸡蛋挂在门把手上，"迫使"郝金龙收下。郝金龙看到这袋鸡蛋，心一下暖和了起来，身体也轻松了许多，提在手里的这哪是鸡蛋啊，这是一颗滚烫的心，一颗饱含着贫困户对自己默默支持与理解的朴实的心。他决定破一次例，收下这袋鸡蛋。

在驻村工作队的大力帮扶下，包天星风雨飘摇的家，越来越有生机，现在已经完全实现脱贫。

62个"红手印"，只为留住他

在宝力根花苏木，有这样一份特殊的文件：

《关于申请郝金龙同志继续留任金山嘎查帮扶的报告》
自治区扶贫办：

你办驻村干部郝金龙同志自2016年5月26日到任后，历任宝力根花苏木党委副书记（挂职）、金山嘎查第一书记。他克服了生活条件差、交通不便、身体疾病等种种困难，紧紧围绕全村工作，深入贫困户调查摸底，认真理清工作思路，找准帮扶点，建立健全基层党组织制度建设，结合"两学一做"教育，得到了当地干部群众的好评。2年来，他平均每年驻村300天以上，真正做到了"派得出、驻得住、帮得起、真扶贫、扶真贫"。目前任期已满，特此申请能让郝金龙同志继续留任金山嘎查帮扶。

原来，2018年6月，是郝金龙2年的驻村帮扶工作结束的日子。他刚刚收拾好行李、交接完工作，人还没离开嘎查，2页摁满了62名村民红手印的申请书已经先他一步被寄到了自治区扶贫办。

"在他的帮扶和指导下，我们嘎查发生了翻天覆地的变化，大多数贫困户脱了贫，日子越来越好。现在他任期结束了，我们舍不得他走，为了金山嘎查的发展，我们恳请上级领导让他延长帮扶时间，继续带领我们脱贫奔小康。"申请书上字数不多，却句句实在。

接任金山嘎查第一书记的包宝山是第一个摁下手印的人。他说："帮扶干部做得好不好，老百姓最有发言权。我们亲眼看到了嘎查的变化，让郝书记留任是大家共同的心愿。"

今年60岁的村民孟繁海在申请书上郑重地摁下了自己的手印。在孟繁海的小院里，牛壮猪肥、鸡鸭成群。

孟繁海是金山嘎查建档立卡贫困户，老伴儿身患残疾，女儿在读大学，全家收入仅靠30多亩的玉米地，生活拮据。2017年，他依靠着郝金龙帮助选定的庭院经济项目，打了个"翻身仗"。

"我家能脱贫，多亏郝书记给张罗的这些家禽家畜。3头牛犊卖了2万元，小笨鸡卖出6000元，加上土地的收成也不错，还有我在嘎查当环卫工人的工资，现在我家已还完了外债，有存款了！"孟繁海谈起自己的小日子眉飞色舞。

"拉起悠扬的四胡，歌唱我们党的好政策，脱贫攻坚就是好，小康路上一个也不能少……"

走进村民张腰斯图的院子，乐声飘荡，吃过午饭的张腰斯图正在练习自己创作的好来宝《党的恩德和我们的生活》。

扶贫扶智，郝金龙组建了篮球队、广场舞队和四胡民乐队，丰富了嘎查的日常文化娱乐生活,调动了群众自我脱贫的积极性和主动性。

"以前拉四胡是在愁中打发时间,现在拉四胡是脱贫后发自内心的喜悦。我创作这首好来宝,就是想歌颂党的好政策,感谢郝书记的付出。如今,不用郝书记每天督促,大家都知道要靠着自己的劳动改变生活,可有干劲儿了!"日子越过越好,张腰斯图难掩内心的喜悦和激动。

在金山嘎查党支部书记、主任邵红星眼里,郝金龙是他脱贫攻坚的战友,更是基层工作的老师。

"郝书记来的时候,嘎查里没有一页档案材料,是他一手抓起了嘎查的扶贫档案,我从他的身上学到了很多。"邵红星说,那段时间,郝金龙经常熬夜加班,独自完成了全嘎查89户建档立卡贫困户的档案及日常维护。不仅如此,他还统筹兼顾全苏木10个嘎查的扶贫档案,指导全苏木,手把手教学,统一档案标准,提高档案质量,为其他苏木乡镇树立了标杆。

62个"红手印"犹如62颗滚烫的心,是对郝金龙扶贫工作的最高褒奖,感动了自治区扶贫办的领导和同志们,也感动着郝金龙。为了不辜负父老乡亲的信任,郝金龙几乎没有停歇地又回到了金山嘎查,开始了他新一轮的扶贫征程。

辛勤耕耘必会硕果累累。内蒙古电视台、内蒙古日报社、兴安盟多家媒体先后到帮扶点采访郝金龙的先进事迹,人民网、《中国扶贫》《实践》《内蒙古扶贫》《内蒙古日报》《兴安日报》等多家媒体对他的先进事迹进行了专题报道。2018年,郝金龙被兴安盟组织部授予"优秀共产党员"称号;2019年,被自治区扶贫开发领导小组授予"全区脱贫攻坚优秀驻村干部"。

我爸爸扶贫去了……

金山嘎查,天格外蓝,云格外白,大街小巷格外干净。你能想象,在我们的嘎查村都有清洁工,有现代化的清扫机了吗?

郝金龙说:"每天早晨,牲畜放出去了,我们扫一遍;每天傍晚,牲畜回家了,我们再扫一遍。环境干净了,人就安康了。"

走街串户大半天的时间,所闻所见,都让我心潮澎湃。金山嘎查真正达到了社会主义新农村的20字标准:生产发展、生活宽裕、乡风文明、村容整洁、管理民主。

"错过了对家人的陪伴,但没有错过金山嘎查每一天的变化。"回忆这4年多的驻村工作,郝金龙坦言,自己最大的收获就是赢得了老百姓的信任,有了这份信任和肯定,他就有了不断向前的动力。他说:"我的任期本是到2020年,看来又要继续留任了,我绝不辜负父老乡亲的厚爱,为嘎查脱贫致富贡献自己的力量。"

采访结束,笔者想了诸多总结,很难找到合适的词语来概括,于是,选择了摘录郝金龙的日记,作为采访的结尾。

2017年12月3日　天气晴

深夜无眠。女儿的一句话让我深思许久,顿感愧疚。几日前,由于工作关系,我从帮扶点回到呼和浩特市。

上飞机前和女儿在机场发视频道晚安,女儿睡眼蒙眬地说道:"等爸爸回来。"

每天视频的最后一句话都是如此,我没当回事儿……

辗转到家,却见女儿仍坐在沙发上等我,顿时激动,几番亲热下来便问道:"到睡觉时间了,为啥还不睡觉啊?"

女儿答道:"等你回家哄我睡觉。"深深的内疚感袭上心头。

第二天，战友得知我回家的消息，上门拜访。闲聊中，他逗女儿："你知道你爸爸每天不回家干吗去了吗？"

女儿认真地答道："我爸爸扶贫去了。"大家顿时大笑："谁教你的？你知道啥叫扶贫啊？"女儿边吃零食边说："扶贫就是帮助穷人，我奶奶和我说的。"喜出望外的我亲亲懂事的女儿，心中自豪感油然而生。

这时，女儿跳出怀抱，认真地说道："爸爸，我也想当穷人。"听到这话，大家都收起了笑容。

我忽然想到几日前看到的一条朋友圈，其中提到一篇小学生的作文，写的就是长大的理想就是做贫困户……也不管孩子能不能听懂，我很不高兴地对女儿说道："爸爸的工作就是让别人不当穷人，不当贫困户，怎么到你这儿还想当，真给爸爸丢人，爸爸生气了……"起身给战友蓄满茶水时，我看到了女儿委屈的表情，心生怜悯。战友说："才多大的孩子，懂什么，你干吗这么敏感，真是得了职业病！"

气氛瞬间变得沉闷。这时，女儿拿着橘子钻到我怀中，说道："爸爸不生气，我就是想天天看见你。我要是变成穷人了，你就不用走了……"军人出身的我很少流泪，甚至这些年下来早就忘了眼泪是什么东西，但在这一刻，我实在无法忍住不流泪，瞬间泪奔……这眼泪，是对家庭不能经常团圆的抱歉，是对年迈的父母无法时常尽孝的无奈，更是因为对年幼的女儿没有尽到一个父亲的职责而愧疚。我不是工作狂，也有七情六欲，但我把扶贫工作当成保家卫国般的重任，我曾是一名军人，以服从命令为天职。今日，我是一名驻村帮扶队员，就像千千万万的驻村队员一样，我要认认真真地完成自己的使命，这样才对得起家人的支持，对得起自己的使命和良心！

二、幸福走进西胡尔勒

立夏，傍晚的扎赉特旗胡尔勒镇西胡尔勒嘎查。

树木葱茏，原野上飘荡着勃发的野花嫩草的清香，耕种的村民们开着小拖拉机或是骑着摩托车陆续从田里回家，互相热情地打着招呼。

"种子备齐了吧，用的是什么品种？"

"今年你家那块地里种的啥啊？看行情了吗？"

"家里的羊毛快剪了吧，要不要帮忙？"

"媳妇又给炖肉了，再炒两个'小笨鸡蛋'，来家喝两盅？"

…………

谈笑声不绝于耳。伴着"托托"的机器声，伴着圈羊圈牛的吆喝声，伴着猪拱圈、鸡扑棱和犬吠声，一幅多彩的田园喜乐图呈现在眼前。

自治区财政厅下派的扶贫干部王立新，2017年7月来到这里驻村，一晃儿近2年的时间了。一年驻村220天以上，不管春夏秋冬，几乎每天都要绕着嘎查村从南到北，再从西往东地走上一圈，检查村容村貌、道路卫生、院落卫生情况，看看村民的养殖种植情况，再拉拉家长里短……

他笑着告诉我："2011年，内蒙古自治区党委做出了37个直属机关企事业单位在扎赉特旗开展新一轮帮扶的决策。自治区财政厅按照自治区党委、政府的决策部署，紧紧围绕"两不愁三保障"总目标，强化对帮扶点西胡尔勒嘎查的产业培育、基础设施建设、科技培训等方面的扶持力度，农村牧区基础设施得到加强，农牧民居住条件得到改善，夯实了稳定脱贫的基础。8年的时间，这里发生了翻天覆地的变化，你完全找不到当年那个贫困山村的模样了。"

什么是社会主义新农村？生产发展、生活宽裕、乡风文明、村容整洁、管理民主，这就是社会主义新农村建设示范村的标准。

我们在西胡尔勒嘎查采访时深深感受到了这一点。

西胡尔勒嘎查是以农牧业为主导产业，农牧业结合发展的村子，辖2个艾里，总户数158户，总人口615人，其中贫困户23户，贫困人口80人。

曾经贫困的西胡尔勒嘎查是什么样子的？王立新为我讲述了当年的情形。

他说，他的"前任"扶贫队员是他的同事薛凯。薛凯一直生活在城市，来到这里，他都震惊了，根本没想过会有这样贫困落后的地方。

村里没有砖瓦房，基本上都是土坯房、茅草房，有的已经破烂不堪、摇摇欲坠；还有些村民住的是地窨子，半截地上半截地下的，用一堆木条子支成一个窝棚，像农村建的看瓜棚或防震棚一样。村里没有一条像样的路，横七竖八、杂乱无章，春天一身土，夏天下雨根本就下不去脚，牛羊的粪便到处都是，苍蝇蚊子更是满天飞。村里流行这样一句俗语："蛤蟆叫，蚊子咬，天阴下雨走不了，野汉子跳墙狗不咬。"村民们以放牧为主，因此对庭院经济、庭院种植养殖基本无概念，饲养鸡鸭猪鹅的人家几乎没有，更别提栽种果树和蔬菜了。好好的一个大院子被牲畜踩踏得高低不平，空空如也，看着心痛。别看人穷，一到冬天，热炕趴上、小酒喝上、小麻将开始搓上，一混就是几个月。闹事打架的也不少，就是不往生产生活、发家致富上想。村干部愁、乡干部愁、旗领导更愁。

为了缩小地区间的发展差距，以富带穷，以先进带动落后，自治区各厅局落户贫困的兴安盟进行帮扶。西胡尔勒嘎查更是幸运地获得了自治区财政厅的帮扶。

从2011年到现在，在人员选派上，派出的都是厅里极具党性原则、勤勉工作、勇于奉献的同志。薛凯同志在嘎查驻村扶贫两年多的时间里，兢兢业业、吃苦耐劳，为嘎查的发展打下了坚实的基础。王立新谈到同事的工作业绩感慨道："我是延续着同事未完成的工作继续努力着。我在嘎查的这两年里，是脱贫攻坚最关键的时期，感觉肩上的担子越来越重，但是更为能成为扶贫战线上的一名战士而骄傲。"在资金投入上，自治区财政厅共投入3762万元，用于村中各项建设，让这个贫困村彻底改天换地。现在，村里医务室、幼儿园、澡堂子、活动室、文化室、广场……应有尽有。每家每户都把原有的泥土房、茅草房改建成了砖瓦新房，保暖墙、水泥路、防洪沟，整齐划一。

百闻不如一见。走进现在的西胡尔勒嘎查，让人眼前一亮：干净的通村水泥路、整齐划一的绿化树、现代特色的太阳能路灯……这真的是乡村吗？

自治区财政厅扶贫以来，西胡尔勒嘎查修建了特色文化院墙6500延长米，158户民居房屋进行了外保温节能处理……

真扶贫，扶真贫。为了实现"全面建成小康社会，一个都不能少"的目标，中国共产党带领亿万人民创造了人类发展史上的奇迹。

自治区财政厅帮扶胡尔勒镇西胡尔勒嘎查，就是"全面建成小康社会，一个都不能少"的真情缩影。我们用数字来表达这一片守望相助的深情。

自治区财政厅对西胡尔勒的资金投入：2011—2014年，投入资金2077.7万元；2015年投入资金793.5万元；2017年投入资金350万元；2018年投入资金419万元（卫生院280万元、学校130万元、慰问8万元）……

截至2018年,西胡尔勒嘎查的巨大变化:2018年9月,脱贫户20户69人,年人均纯收入14328.86元,未脱贫户3户11人,户平均年收入10723.92元,年人均纯收入2924.69元。全村在2020年底,已全部脱贫。

西胡尔勒嘎查村民们的生活不再是传统单一的日出而作日落而息了。在宽敞怡人的村部小广场上,每到天气晴好的傍晚时分,广场舞的音乐就会响彻村庄,热爱广场舞的村民们走出家门纷纷来跳舞健身。

"村里的休闲娱乐设施越来越好。你看,我们的水泥路;你看,我们农村也有了路灯。村里的汉族村民教蒙古族村民种菜园子、跳健身操,蒙古族村民教汉族村民跳安代舞。生活啊,是越来越和美开心。"村民梅花一边美美地跳着安代舞,另一边情不自禁地和我表达着她对现在生活的热爱:"吃水不忘挖井人,这得感谢咱们自治区财政厅的扶贫同志。王科长他们把我们这些村民当成了一家人,送米送粮还送技术。没有他们,我们哪有今天的好日子?"

"可不,我们现在过得开心,困难有人帮、致富有产业、吃住不发愁、村里大变样,这些都是自治区财政厅给我们带来的呀……"旁边的村民们也七嘴八舌地说着笑着,和着音乐声,幸福的韵律萦绕在村庄的上空。

50岁的王立新脸上也笑开了花。他想起刚来西胡尔勒嘎查时的情景。

王立新曾经是名军人,军人以服从命令为天职。在2017年之前,他一直在赤峰扶贫。2017年7月党的生日刚过,组织上找他谈话,认为他有扶贫经验,各方面素养都非常优秀,决定选派他到兴安盟扶贫。说实话,王立新也曾犹豫过。他说,媳妇埋怨他这么多年一直在扶贫、不顾家,双方的父母都是媳妇一个人在尽孝、照顾。儿子今年大学毕业了,正是找工作的关键时刻,他应该留在家里,尽一份力量。可是,他想到了党组织对他的信任,想到了还有一方百姓需要他的帮助。因此,他还是坚定了信心,继续踏上了扶贫旅程。

刚开始,村民们不太接纳他。时间长了,村民们被王立新的韧劲和责任心感动了,而王立新也用实际行动改变着他们的生活。

走到建档立卡户代小的家,我们眼前一亮。

院落整齐,铁艺铸花的大门,三间彩钢顶的砖瓦房。一台四轮车停放在院子里。院落中间是一条水泥便道,园子隔在两边。东园子里,两棵沙果树的花已凋落,结满了青果,几畦小葱冒出嫩嫩的芽;西园子是猪圈和鸡窝,猪肥鸡欢,还有两头奶牛在悠闲地吃草,一派农家喜乐。

今年58岁的代小见到我们一边激动地搓着手,一边热情地把我们让进屋。奶茶和奶制品早已摆到桌子上,等待客人的到来。桌子上方贴着贫困户明白卡,卡上贫困户基本情况、驻村工作队第一书记及责任人的联系电话等个人信息、产业扶贫、危房改造、一卡通清单及其他到户帮扶措施一年来的收入账一览无余。

代小的媳妇是精神疾病患者,这么多年为了给她看病花费了很多,孩子上大学也是一笔不小的支出,家里仅靠代小一人忙活,收入极微且欠下不少饥荒。但是,代小有颗不服输的心,而且擅于养殖。王立新在入户调查时发现了他的优点,着重扶持他搞养殖。第一年,代小养殖就收获颇丰,这给了他极大的信心。

他说:"这奶茶和奶制品是我们自家做的。媳妇现在精神状态比以前好多了,都能熬奶茶了。这都多亏了自治区财政厅到我们村扶贫啊,我得感谢王科长对我们家的照顾,是他让我们有了这么好的生活。"

他走到外屋，拧开自来水，清澈干净的自来水哗哗地流进水缸里。他说："我的祖辈们是从大井里挑水；后来我们用的是小院井，压水；现在，水直接到屋了。冬天，再也不用拿热水去作引水，引地下水，真好。"

王立新笑呵呵地告诉我："这两年，我们财政厅为每家每户都安装了自来水，饮用水卫生得到了保障。"

什么是精准扶贫？这才是真正的精准扶贫。生活环境改变了，人的精神面貌就改变了；人的精神面貌改变了，家园就随之改变了。

精准扶贫、精准脱贫是一次浩大的输血造血工程。扶贫不仅要"输血"更要"造血"，"造血"更要激活肌体、焕发内动力。产业扶贫，是创造内动力的根本基石；产业扶贫，是扶上马的求存，更是送一程的发展。

在主导产业培育方面，自治区财政厅通过几年的帮扶，将嘎查6500亩川甸地建设成为电灌水浇地（其中1200亩为自动针式喷灌水浇地）。在养殖方面，因地制宜，以养羊产业和蛋鸡养殖为主，投入350万元建设1万平方米养羊小区一处，现有400只基础母羊，年收益40000元左右。2018年建成9000平方米鱼塘，对外承包，年收益是30000元。村里建设了5000平方米蛋鸡养殖基地，对外承包，收取承包费，壮大集体经济。2018年6月，财政厅党委和财信集团党委来到嘎查村慰问贫困户，决定投入8万元。当时，王立新做主购买了铲车、三轮车用于村里的基础设施建设，清理环境卫生，并为每户贫困户发放了面粉一袋、油一桶。

加大社会事业和改善群众人居环境的投入。投入330.2万元对全嘎查158户居民住房进行了外保温节能处理；投入360万元将房顶全部改造为彩钢结构，实现了无危房村；投入372万元修建3000延长米村屯街道、1100延长米通屯路；104万元修建边沟7条4000延长米，实现了村屯水泥路和街道全部硬化的目标；投入资金27万元，建设200平方米嘎查洗浴中心，改变了农村群众洗澡难的问题；投入资金35万元，建设嘎查5000平方米文化广场一处，健身器材、篮球场、门球场、排球场、乒乓球案等设施齐全，丰富了群众业余文化生活；投入资金35万元建设200平方米集文化活动、草原书屋、办公为一体的文化活动室，满足了广大农牧民群众的现实需要；投入资金20万元，建设了村级幼儿园，为嘎查幼儿创造了环境优美、条件完备的成长环境；投入资金6万元，建设了80平方米的村级卫生室，为群众提供了就近就医的条件，实现了小病不出村。

更为可喜的是，2013年，自治区财政厅通过人畜安全饮水工程为西胡尔勒嘎查96户村民安装了自来水，让群众吃上了安全水；对全嘎查129名低保人口和12户五保户实施了扶持救助政策，享受低保人口比例达22.4%；把海平商店定为村里便民超市，为群众提供便民服务。

村容村貌好了，人的精神面貌也会焕然一新。自治区财政厅通过"一事一议"项目奖补资金，为嘎查修建了7860延长米（其中2015年修建1300米）的院墙、修边沟4000米、安装太阳能路灯63盏、屯内铺设馒头砖1900平方米、栽树8000棵（其中2015年栽2000棵），村屯环境实现了美化、绿化和亮化。此外，今年投入了一定的资金对太阳能路灯进行了维护。在防洪治理和水土流失治理方面，投入资金26万元，挖水渠、建洪堤2000米；投入38万元修排山洪桥。2017年，投入资金350万元，实施水土流失及坡耕地治理项目，建水平梯田1200亩、坡式梯田700亩、荒山造林300亩、挖水平坑治理荒山2700亩。

自治区党委十届六次全会提出，要突出抓好产业扶贫，发展一批贫困人口参与度高、脱贫增收带动力强的特色产业项目和基地，增强脱贫动力和造血功能。

8年，是漫长而艰辛的。自治区财政厅扶真贫、真扶贫，倾情无私的投入，让西胡尔勒嘎查农牧业基础设施得到加强，主导产业初步形成，群众居住环境有了明显改善。贫困户年人均纯收入由帮扶前的1372元提升到2018年的12760.79元，嘎查集体经济收入从无到有，现已发展到年收入4.5万元。同时，群众的思想认识和综合素质也有了很大提高。

8年，是收获丰硕而美好的。自治区财政厅动真章、办实事，让西胡尔勒嘎查彻底退出了贫困村的行列，农牧民们更是彻底摆脱了贫穷，过上了幸福美好的日子。

扶上马，送一程。西胡尔勒嘎查的农牧民们虽然已经全部脱贫，退出了贫困村的序列，但是，自治区财政厅为了稳固精准扶贫的成果，让农牧民们有更幸福的保障，还在继续加大投入力度，壮大西胡尔勒嘎查的集体产业，为西胡尔勒嘎查永续脱贫留下自治区党委、自治区财政厅党委对全体农牧们的一片深情。

三、蓝天下的巴达尔胡镇乌都岱

蓝天白云，绿水淙淙，芳草葱茏，五月的扎赉特大地焕发着勃勃生机。这是一个耕耘的季节，更是一个播种希望的季节。

巴达尔胡镇乌都岱嘎查刚刚下过一场小雨，天空开始放晴，齐整的田间地垄里种子已悄悄萌芽，不远的山脚下绿油油的草场内，几头牛在悠然地吃草。农牧民们没有农闲，仍在自家的庭院里忙碌着，怀着兴奋的心情侍弄着刚刚栽下不久的各种果树。

陪我一起走村串户采访的是内蒙古旗联通驻村工作队的队员卢

殿权和乌都岱嘎查的支部书记马德柱。

卢殿权告诉我，这里的农牧民，最初是以牧业为主，没有庭院经济的概念。后来，内蒙古联通为了让乌都岱的农牧民发展庭院经济，特意投资了4万元，购买了适宜北方庭院种植的沙果树、李子树、杏树等，已分到各家各户……

嘎查书记马德柱开心地接过话茬："前些年一直生活困难，日子过得都接不上溜，谁会想着要吃水果，补充营养。现在，在国家扶贫助困政策的帮助下，我们的生活条件越来越好了。尤其是内蒙古联通近10年来对我们嘎查的帮扶，让我们的生活大变样喽，记者能来采访，真是太好了，一定好好写写这些好人，帮我们表达感激之情！"马德柱书记一边给我们介绍内蒙古联通帮扶的情况，一边把我们采访的图文发到了嘎查的群里。

"怎么，你们村里有微信工作群？村民们都能上网吗？"我很惊讶。

"那当然，村民从老的到小的，没几个不会上网的。内蒙古联通特意为75户贫困户及驻村工作队员免费安装了宽带、联通电视和手机卡，为嘎查一般农户制定了特殊的扶贫优惠资费政策，以信息化手段助力嘎查的经济发展，普及文化知识。你看看，大家在群里讨论种什么能使收入更多呢！"马书记得意地给我看他的手机。果然，微信群里特别热闹。

内蒙古联通作为自治区厅局帮扶兴安盟的重要一分子，2011—2019年以来投入了近354万元，其中2018年和2019年两年投入或正在投入近200万元，帮扶乌都岱嘎查。科技是第一生产力，乌都岱嘎查是巴达尔胡镇第一个实现通光纤宽带的嘎查，群众最早享受到了互联网带来的各种文化技术和生产生活上的便利。内蒙古联通真扶贫、扶真贫，在乌都岱百姓脱贫致富奔小康的美好画卷中写下的是浓墨重彩的一笔。

吃水不忘挖井人

乌都岱嘎查地理位置偏远，地广人稀，资源贫乏。当地的畜牧养殖规模小，农业种植结构单一，贫困人口多，贫困程度深，属于国家确定的大兴安岭南麓集中连片特困区，受教育程度很低，不少群众安于现状、脱贫内生动力严重不足，脱贫任务艰巨。

乌都岱嘎查位于音巴线公路南侧，南邻乌兰套海嘎查，东临乌恩扎拉嘎嘎查，西靠绰尔河岸，离镇所在地东南10千米处，总占地面积47.8平方千米，总户数706户，总人口2013人。辖区有乌都岱、哈日车勒两个艾里。

为加快兴安盟脱贫进程，尽快缩小发展差距，自2011年起，内蒙古自治区决定开始实施第二轮厅局定点帮扶工作。为响应自治区党委的号召，为贫困地区的百姓做实事，让他们早日摆脱贫困、过上文明富裕的生活，内蒙古联通响应党的号召，一行人相继离开了都市，踏上了北疆草原，踏上了兴安大地，来到了扎赉特旗，来到了偏远的乌都岱嘎查，和当地贫困群众一起踏上了战胜"穷魔"的艰苦征程。

2011年，乌都岱嘎查贫困户215户580人，到2018年贫困户减少到15户41人。村里的基础设施和公共服务不断完善，农牧民的发展信心有效提振、生活水平不断提高，在自治区脱贫验收中获得了好成绩，目前已经退出了贫困村序列。2018年底，在自治区直属机关工委的现场检查和扎赉特旗对各厅局的评价中，内蒙古联通位列前茅。

已过不惑之年的内蒙古联通公司党群工作部副主任刘汉卿本该在优越的环境中生活和工作。但是，由于扶贫任务的需要，2017

年,他被组织上派往乌都岱嘎查。对于选派他到贫困的乌都岱嘎查扶贫,他没有任何怨言,反倒为自己能够为贫困地区的发展尽一份力量而倍感快乐。时光飞逝,在不到一年半的时间里,他驻村的天数已达300天。

采访间歇,我们来到扶贫工作人员的住所。他们租住的地方是扎赉特旗富士饲料工厂直销店的三间简单的平房。店主在用店面经营生意,后面的三间屋子是扶贫工作人员的生活区,分别挂了三个单位的牌子:内蒙古联通驻村扶贫工作帮扶点、兴安盟政协驻村扶贫工作帮扶点、扎赉特旗疾控驻村扶贫工作帮扶点。他们一起做饭,一起工作,一起交流。有时,各单位扶贫工作人员来得多了,小屋变得更拥挤,但是在小屋里大家充满了激情,因为他们都有一个共同的梦想,那就是中国梦。

我们来到刘汉卿居住的小屋,一铺小炕,炕上有两个叠得整齐的铺盖卷、旅行箱和办公桌,除了这些,再没有额外的家具。他笑着和同来的同事开玩笑:"看看,我们住在同一个屋檐下,就是相亲相爱的一家人……"大家都哈哈大笑起来。这幽默中,有多少驻村队员的汗水和泪水,有多少对美好生活向往的奋斗和企盼。

内蒙古联通,认真落实自治区脱贫攻坚的部署,多次召开党委会,专题研究部署帮扶工作。公司党委书记张春辉、党委副书记吕青山多次到乌都岱检查指导工作。

面对公司全方位的支持,面对贫困户期许的目光,看到当地干部的朴实和夜以继日的努力,刘汉卿深感责任重大,更是信心满满,他心无旁骛,全心全意投入脱贫攻坚工作。

为了能够落实精准扶贫任务,刘汉卿到任伊始便开展贫困户走访调研,全面掌握了乌都岱嘎查贫困户和低保户住房、饮水、吃穿、产业发展、子女上学、大病慢病治疗等情况。在此基础上,他认真撰写了乌都岱嘎查扶贫情况调查报告和2018年扶贫项目建议书,及时汇报给公司党委。公司党委会决定加大人力物力和资金的帮扶力度,2018年一年就投入扶贫资金100万元,远超往年。

刘汉卿认真开展了"大排查大整改""百日攻坚""自查自验"3个专项行动,充分调查农牧民生产生活情况,了解他们的思想动态,建立起扶贫档案并动态管理,精准识别每家每户的实际困难,为分类施策、精准扶贫奠定了坚实基础。

突出产业扶贫,填补集体经济空白。在了解致贫原因和贫困程度的基础上,他坚持因户施策、突出重点,积极落实政府的"菜单式"产业扶贫措施。对于有劳动力的家庭推荐养牛、养猪,积极引导农户种植杂粮、水稻、甜玉米等,改善种植结构。刘汉卿与村委会及村民代表多次研究,确定了为贫困户购买基础母牛来发展养殖业。2018年,内蒙古联通投入资金19.6万元,为25户贫困户购买了25头母牛,并及时为牛买了商业保险,还组织贫困户和养殖大户参加了自治区农牧业厅统一安排的培训和参观,提高养殖技术。

集体经济是嘎查脱贫的考量之一,这也是当地的一个短板。2018年10月,内蒙古联通投入资金为嘎查购进玉米收割机一台,采用公开竞标的方式对外承包。经过竞价,村民孟那日苏以4万元承包了收割机。这4万元的受益款,填补了乌都岱嘎查集体经济的空白。

如今,乌都岱嘎查人过上了好日子,我们在走访中感受到村民们对党和国家扶贫政策的感恩。

扶贫工作无小事

乌都岱嘎查虽然有一所幼儿园,占地面积也不小,但是因为嘎查没有资金投入,幼儿园很多基础设施都不具备,嘎查的孩子们不得不到镇里的幼儿园,有些家境差的人家干脆不送孩子去幼儿园。幼儿教育关乎农村牧区孩子的成长,刘汉卿看在眼里急在心头,经过调研后向内蒙古联通申请专项扶贫款。内蒙古联通2015年投入资金10万元,为孩子们购买了室外游乐设施和玩具。2018年投入资金7.8万元,为幼儿园重新装修了教室、铺设了塑胶地面、更换了新门窗、购买了幼儿教学设备、安装了冬季取暖的锅炉。教学环境焕然一新,乌都岱嘎查的孩子们可以就近入学了。园长赵双龙领着我们一路开心地参观,他说:"看看,这是内蒙古联通给买的;看看,那是内蒙古联通给建的。我们幼儿园的孩子从以前的3名,已经增加到现在的23名,其中还有附近嘎查的孩子,家长们越来越看好我们的幼儿园,乐意将孩子送到这里进行启智教育。我这个园长再也不是空有虚名了。"赵双龙边讲边笑。大家也被他的热情所感染,感叹自治区厅局帮扶为兴安盟带来的幸福生活!

刘汉卿说:"最深入的扶贫,是让群众从思想上认识到'我要改变贫穷的状况',教育是致富的根源。我在入户时,特别注重宣传国家的教育扶贫政策,核实各项教育补贴,鼓励各家的孩子刻苦学习,用知识和技能改变命运。截至目前,贫困户家庭的孩子们没有辍学的情况,在他们遇到困难时,我们尽量在各方面给予最大的帮助。"

在乡村,因病致贫是最主要的现象,因此健康扶贫,尤为重要。内蒙古联通进村扶贫伊始,就把健康扶贫作为一项重要内容来抓紧抓实。乌都岱嘎查卫生室,麻雀虽小五脏俱全。一尘不染的检测床、病床,先进的血压、心脏测试仪器……白宝泉医生说,这些设施都是内蒙古联通投入的,总价值4万余元。配备齐全的医疗器械,提高了应急救助能力。他拿出了全村村民的医疗档案,每一家每一户每一人的简历记载得特别翔实,特别是村中患有大病的村民李永泉、张海勇、王格日勒图等几人，他还针对性地记录了病人们的日常养病要点，跟踪治疗做得非常好。

王格日勒图是非常不幸的年轻人，年仅35岁，6年前他就患上了严重的尿毒症。媳妇离婚走了，留下一个12岁的孩子和他相依为命。刘汉卿在入户时了解到这一情况，个人向他赠送了慰问金并积极组织方案救助，最先为他家免费安装了宽带，以便王格日图在网上能和医院、卫生所沟通进行有效治疗。把所能实施的扶贫救助政策都落实到他的家里，提振他战胜病魔的信心。

我们一行人来到贫困户丁德喜家里。今年60多岁的丁德喜和他的老伴也属于因病致贫。老伴几年前得了心脏病，不但花光了家里的积蓄，还欠了不少外债。三个儿女都在外打工为母亲治病。刘汉卿和村支书马德柱在知道这一情况后，帮助他们申请了农合医疗；同时，刘汉卿代表内蒙古联通为他们家送去一头基础母牛作为产业发展项目。丁德喜感动地说："我老伴儿刚得病时，想想自己花了那么多钱还不上就上火。后来，我们花了20多万元治病，通过农合报销，实花了不到2万元。我们真心感谢共产党、感谢政府啊！内蒙古联通的扶贫，让我们感到生活更有奔头了！"他的老伴儿坐在炕沿上，直用袖子抹眼泪，身体看上去很硬朗，病虽没痊愈，但是可以下地劳动了。

2017年，30岁的村民杨胡日查领着媳妇和患有脑瘫的儿子回到村中。为了给儿子治病，他们花光了在外地打工挣下的所有钱。杨胡日查的父母也体弱多病，只给他留下了两间半土房。回来时，小两口和一个病孩儿住在快要坍塌的房子里。嘎查书记马德柱和内蒙古联通帮扶队员卢殿权第一时间来到了杨胡日查的家里，为他带来各项扶贫政策。杨胡日查说："在外面打工，遭遇了很多不幸，尤其是孩子的病，更让我们感到生活无望，只想回家。没想到回村之后，我们感受到了来自党的扶贫政策带来的巨大温暖。"贫困户杨胡日查家的房子是在国家扶贫标准之内建起的，小院子收拾得干干净净；内蒙古联通送来的一头扶贫牛已经怀了牛犊，在圈里悠闲地吃着草；鸡圈里的一群即将出栏的小鸡看到客人的到来，扑腾起翅膀。杨胡日查说："内蒙古联通的领导刘同志为我们送来了希望，我家已经卖了一批鸡雏，开始有收入，日子过得越来越好了。"他领着我们参观他新建的房子，面积不大，60平方米，花了5万多元，国家资助了4万多元。杨胡日查是个手巧而能干的人，家里的地砖是他自己铺的、棚顶是自己吊的。想不到的是他自己装修了一个和城里楼房没啥差别的卫生间，干净、利落。他说："儿子喜欢洗澡，我是特意给他装修的这个卫生间。"说这话时，我看到他眼里含着泪望向从出生就一直躺在床上却什么都能听懂的孩子。他的儿子11岁了，如果不是一直躺在床上，我们都没看出这是个病孩。屋子里非常干净，没有因为家里有个病孩儿而有一丝异味，孩子白净秀气，穿衣整洁清雅。我们刚进屋时，孩子显得有些烦躁。当看到杨胡日查为儿子装修的卫生间时，我情不自禁地对孩子说："看看，你的爸爸妈妈最爱你了。"孩子张开了嘴，无声地大笑着，那天真的表情让我们热泪盈眶。

　　这是个不幸的家庭，却有幸生活在了幸福的新时代。杨胡日查说："我们家得到了内蒙古联通的扶贫牛，免费安装了宽带，还得到了果树苗。孩子治病的钱农合报销。我们决定不再出去打工了，留下来，在家里好好过日子。"

　　从杨胡日查的身上，我们看到了帮扶的希望，看到了贫困村庄未来富裕的前景。

　　同样，在刚刚搬进新房的60岁的低保户陈淑华家里，我们看到了奔向富裕生活的喜悦。陈淑华的老伴去世后，唯一的儿子在外地打工，因为没有上过多少学，收入也很低微，在生活上帮不上她太多。为给老伴治病，家里也借了不少债务，生活很困窘。2017年，因为政府统建的新房没钱装修，她一直住在快要倒塌的两间半的土房里。她说，每到刮风下雨，内蒙古联通的帮扶队员刘汉卿和卢殿权都会跑来她家看看，担心房子会经不住雨水。为了她早日住上新房，内蒙古联通帮扶6000元装修款，并协调民政部门补助10000元为其装修了新房，实现了住房安全有保障。因为上了年纪，劳动能力不够，她把自家的地租出去了，自己搞起庭院经济，小日子活泛起来，比原来好多了。

在走村串户的采访中，我们时时被一些帮扶故事所感动着。

小雨之后，一道彩虹挂在小村的上空，伴着青草野花的清香，让人神清气爽。我们的采访也即将结束，心情比来时轻松了很多，也沉实了很多。

不经风雨，怎能见彩虹。

刘汉卿有一本扶贫日记，记载了公司领导来到扶贫一线的点点滴滴。我节选了其中的几个情节，以飨读者。

2018年3月6日，公司党委委员、副总经理吕青山同志一行来到内蒙古联通的帮扶点乌都岱嘎查，检查扶贫工作的落实情况，并与当地领导和农牧民共同商讨2018年的扶贫计划。

在座谈会上，吕青山同志首先表示，一直以来，内蒙古联通党委把扶贫工作当成首要政治任务来抓，特别是党的十九大开局以来的第一年，也是脱贫攻坚的关键年，内蒙古联通将按照扶贫攻坚的总体部署扎实推进各项工作。在谈到产业扶贫的内容上，他提出内蒙古联通将依托行业资源，重点扶持有机稻米和杂粮种植、加工、包装、销售，特别是对电商销售自主品牌项目提供更多的支持和帮助。同时，内蒙古联通将继续扩大网络覆盖，让广大农牧民享受更为优质、便捷的互联网服务，为脱贫攻坚做好信息支撑。

2018年8月1日。区公司党委书记、总经理张春辉，党群工作部主任王玉龙，兴安盟分公司党委副书记、副总经理谷淦一行，来到内蒙古联通帮扶点扎赉特旗巴达尔胡镇乌都岱嘎查，就精准扶贫工作进展情况进行调研。

张春辉书记走访慰问了贫困户，详细了解他们的家庭状况、收入来源、产业落实和碰到的实际困难，鼓励他们树立信心发展生产，内蒙古联通将尽力帮扶使其早日脱贫。其间，看望了帮扶单位的驻村队员，感谢他们在脱贫攻坚中的辛苦付出，并代表公司送去了慰问金和慰问品。在村委会，他与当地领导和驻村工作队进行了座谈。"人民对美好生活的向往，就是我们的奋斗目标。"这是习近平总书记在党的十八大上代表党中央对人民庄严的承诺[2]。张春辉书记强调，打赢脱贫攻坚是实现全面建成小康社会目标的重大任务。内蒙古联通党委把坚决做到"两个维护"落实到脱贫攻坚行动上来。内蒙古联通面临着严峻的生产经营压力，提倡公司上下要过苦日子，穷要有穷的样子，不该花的钱一分都不能花，但是扶贫攻坚工作，该花的钱一分都不能少花。

内蒙古联通党委宣传部、党委统战部部长王玉龙同志在乌都岱嘎查强调，驻村干部要深入学习贯彻习近平总书记扶贫工作重要论述，认真履行帮扶工作政治责任，要加强对驻村干部的教育和培训，着重增加驻村干部"造血式"扶贫意识，着眼建立脱贫攻坚长效机制。要把定点的帮扶工作作为开展"不忘初心，牢记使命"主

---

[2]习近平.十八届中央政治局常委同中外记者见面时讲话.2012年11月15日。

题教育的重要实践载体，抓党建、促帮扶，把帮扶工作作为融合党建的重要内容，有计划地帮助乌都岱嘎查党支部把农村优秀青年培养成党员，充实基层党组织力量，组织和动员党员干部更多地参与帮扶工作。

2018年12月27日，内蒙古联通迎来巴达尔胡镇党委书记官高山和乌都岱嘎查马德柱书记一行。

官高山书记怀着兴奋的心情通报了喜讯：巴达尔胡镇日前顺利通过自治区的脱贫验收检查，有望摘掉贫困帽子。取得这样的成绩离不开内蒙古联通多年的倾力帮助。特别是2018年，内蒙古联通大幅增加扶贫资金，周密计划、精心组织，加上驻村干部的真心帮扶，取得了实实在在的成绩。

乌都岱嘎查的马德柱书记对于内蒙古联通的帮扶项目如数家珍：公司建设的优质网络让老百姓增长了见识，拓宽了产品的销售渠道；免费安装的宽带和手机卡减轻了贫困户的日常支出；购买的玉米收割机对外承包壮大了集体经济；购买的25头基础母牛夯实了贫困户产业发展的基础；新修缮的幼儿园已经有23名孩子就读；内蒙古联通为嘎查卫生室配备的医疗器械提高了本村的应急处理能力，多个临时救助项目为老百姓解决了燃眉之急；内蒙古联通的员工踊跃购买乌都岱的农产品、做志愿者等；内蒙古联通的驻村队员在艰苦条件下长期住在村里，深入各家各户，为他们宣传解读党的惠民政策、排忧解难，鼓励农牧民树立信心发展生产，做了很多的实事，得到了老百姓的认可。

2019年2月21日，己亥年元宵节刚过，内蒙古联通党委副书记、副总经理吕青山同志一行赶赴定点帮扶的兴安盟乌都岱嘎查,检查2018年内蒙古联通援建的扶贫项目,召开2019年度扶贫项目讨论会,看望慰问扶贫一线干部和贫困群众。他们确定了继续扶持贫困户发展养牛,援建部分公共服务项目,在教育和医疗方面继续投入资金,在庭院经济上补贴农牧民种植果树和蔬菜。吕青山表示,内蒙古联通继续投入资金和人力,做一些能够对嘎查长久发展有帮助的项目,希望通过几年的努力,帮助嘎查尽快走上乡村振兴之路,并要求帮扶项目早谋划、早落实、早见效。

2019年4月,内蒙古联通党委积极响应中央号召,精锐尽出,在全区选拔了鄂尔多斯联通市场部经理姜育鹏、内蒙古联通纪委纪检干部王孝英等2名优秀的年轻后备干部充实到驻村干部队伍中。现在公司又配强了队伍,我作为这支队伍的班长,要带好新兵,使他们尽快熟悉情况投入帮扶工作中,推动落实2019年内蒙古联通帮扶计划。

在我们这支新队伍的努力下,2019年帮扶工作正如火如荼地展开,已投入3.5万元为村民购买果树苗发展庭院经济,落实了粮食生产加工包装合作社大力发展集体经济,正在建设乌都岱农产品电子商务平台,即将实现农产品电商销售,投入10万元为乌都岱幼儿园实施校园硬化工程,已完成建设党建会议标题LED显示屏,庆祝建党98周年暨"爱心扶贫,内生动力"乌都岱首届文化艺术节活动即将在7月开展。

一年多的时间在忙碌中飞驰而过,2019年温暖而来。在乌都岱的每一天都令我难忘,清晨叫早的公鸡,洗澡要到10千米以外的乡里、上厕所要到院子里的旱厕、烧炭取暖生火做饭的艰苦,和老乡们结成的深厚情谊,贫困户们渴望的眼神……一幕一幕深深印在我的心底。能看到乡亲们开心的笑脸成为我最大的心愿。这片土地,虽然贫瘠但也充满希望,注定令我永生难忘。

·帮扶篇·

绿水青山再扬帆

顾长虹

"我的心爱在天边,天边有一片辽阔的大草原,草原茫茫天地间,洁白的蒙古包散落在河边……"这首脍炙人口的歌曲《呼伦贝尔大草原》传遍大江南北,把人们引入如诗如画之境。

地处内蒙古自治区东北部顶端的呼伦贝尔市,因境内的呼伦湖和贝尔湖得名,南部与兴安盟相连,东部以嫩江为界与黑龙江省为邻,北部和西北部以额尔古纳河为界与俄罗斯接壤,西部和西南部同蒙古国交界,与俄罗斯、蒙古国有1733.32千米的边境线,其中中俄边界1051.08千米,中蒙边界682.24千米。拥有12.6万平方千米的森林、10万平方千米的草原、2万平方千米的湿地、500多个湖泊、3000多条河流以及大片大片的耕地。42个民族的人民,在这片辽阔的大地上,正努力编织着一幅幅幸福生活的美好画卷。然而,为了追求这份美好,勤劳的人民也为之付出了很多艰辛和努力。当"坚决打赢脱贫攻坚战"的号角吹响时,呼伦贝尔25万多平方千米的大地上,一位位脱贫攻坚第一书记披上战袍,擎起这面党旗,迈开了坚定的步伐,带领着广大人民,谱写了一曲曲脱贫攻坚的不朽赞歌，终于在2020年完成了全部脱贫这一伟大目标。

能得如此机会记录这一伟大的历史时刻，是我们的荣幸。我们从扎兰屯、阿荣旗的农区，到大草原上的牧区，再到鄂伦春自治旗，均深入到田间、牧户、农户家中，聆听他们的诉说，参观他们的成果，采撷到了一个个金光闪闪的感人瞬间。

一、这里因他重新开始

2003年，呼伦贝尔扎兰屯市达斡尔民族乡海力堤村，发生了一起震惊呼伦贝尔的械斗事件。缘于村西的战备飞机跑道西侧曾是公用草场，被占地者栽上树苗后，不让村民进去放牛羊，引起村民的极大不满。为了震慑住村民，占地者组织了20余名外地人，手拿铁管和棒球棍，拉开一副大打出手的架势。这一举动，彻底惹怒了村民，他们纷纷拿出镐头、铁锹、钉耙，奔向了示威者。一场出乎意料的械斗不可避免地发生了。最后，呼伦贝尔特警出动，才平息了这场风波。但有些群众对当时的处理结果不满意，瞒着当地政府去上访，造成了严重的社会影响。自此，"海力堤村最乱"这顶大帽子算是被扣严实了。

17年后的盛夏，踏进群山环抱、绿树成荫的海力堤村，见到的却是民风淳朴，良田茂盛，绿水青山，一片欢颜。白墙蓝瓦的民房，或整齐划一或散落在茂密的绿树间，不禁让人想起电影里经常出现的镜头——蓝天白云下一望无际的田园农场。村南头一大片绒毯似的草坪从团团簇簇的垂柳间延伸出来。翠绿翠绿的草地上，蜿蜒而去的溪水，像少女亮丽的裙带，镶嵌在随风摇曳的裙摆上，将这方草坪原生态的美展露无遗。

一只只刚褪去嫩毛的小白鹅，嚷着稚嫩的嘎嘎声，像听了总指挥的号令似的，伸着红红的小嘴，拉着还未长长的脖颈，极尽可能地摇摆着往前冲去。它们好像不用考虑方向，不用考虑路况，不用考虑结果，只需跟着前面的队伍向前冲，准没错。一排，两排，五排……几米，几十米，几百米……长长的鹅群，绝没有一只旁逸斜出，就那样直直地向前冲着，犹如一条流动的银河，长长地流入绿色的云际……前面的掉入溪水里，后面的毫不在意，也跟着掉进溪水里。有什么关系呢，跟着队伍就好。忽然，不知哪只小鹅像带队冲锋的将军，嘎嘎几声喊叫，掉头往回跑。它旁边的小鹅像极了将军的护卫，掉头跟上。眨眼之间，溪水里这个白色的"大三角"便漂移到了河岸上，岸上那些还曾奔着溪水而来的小鹅，立即扭头追上队伍……或许草地上有它们追寻的梦想吧，才引得它们如此义无反顾，一路狂奔而去……

　　干净整洁的海力堤村村部大院透着几分庄严，"海力堤村党群服务中心"几个醒目大字，赫然立于村部二楼房顶，彰显着作为村一级单位的重要性。锃光瓦亮的玻璃窗透出一股子不服输的劲头。驻村第一书记郭军，于2012年上任扎兰屯市森林公安局局长兼林业局法制办主任，2013年10月份上任市政法委维稳办副主任。或许因组织上知道他曾常年与信访群众打交道，处理棘手问题有一定经验；亦或因海力堤村曾被自治区脱贫攻坚交叉互检抽中，检查结果排名靠后；更有可能因海力堤村曾有村民去外地上访而被冠名"最乱"的村……2016年5月，经扎兰屯市委、市政府研究后，一致决定派郭军担任海力堤村脱贫攻坚第一书记。尽管上级领导一再说"要求不高，稳定就好"，但一向对自己高要求的郭军心里明白，领导们希望他能带领这个村摘掉"海力堤村最乱"的帽子。

　　什么事情的发生都是有原因的。海力堤村地处达斡尔民族乡北部，远观风景如画，近看则发现这里交通闭塞，基础设施建设薄弱，土地少且多是山坡地，土壤质量并不好，种什么产量都不高。

郭军刚驻海力堤村时，逐户了解村民的生产生活情况，发现了很多鲜为人知的事情：比如经常有村民到村部闹事，村干部挨着骂还要递烟递水赔着笑脸；比如几个富户共同戴一顶'穷帽'，真正的贫困户却无缘享受贫困户的待遇，民怨沸腾……

二、"野人"的幸福生活

想扭转海力堤村的贫困状况，难度可见一斑。经过郭军几年的努力，海力堤村发生了翻天覆地的变化，居然成了扎兰屯市脱贫攻坚工作示范村，经常代表扎兰屯市迎接上级的各项检查。郭军果然给市委、市政府领导交了一份满意的答卷。几家贫困户成功脱贫的精彩故事，成了达斡尔民族乡的佳话。

"野人"李增岩家的房子盖在村北头一座大院西侧。从大院后墙留有的缺口处绕至房西，一座崭新的砖瓦房赫然入目。灰色的石灰墙，蓝色的房盖，显得整洁而气派。高高垫起的地基，并没有修筑台阶，倾斜而下的土坡踩上去有些打滑，平添了一股子"野"劲儿。

被他们称为"野人"的李增岩，蹲在院子中间的菜地里，翻着一本厚厚的书。身上灰蓝色的半袖是翻着穿的，前面的衣兜像特意用土揉搓过似的，中间一团一团的黑油点子，在阳光的照射下，被反射得很明显。若不是衣兜方正的四角翻得那样突兀，真看不出那是个衣兜。肩上那一行本应藏在内里的缝合线缝里，也塞满了汗渍和泥土混合在一起的黑渍，棱角分明。这一切似乎在向所有人宣告，我就喜欢这样穿，谁也无权干涉。肩头被汗渍晕染的圆圈，一下让人想到地图上的边界线。别说黑裤子上的灰土有多少，也别说绿胶鞋上黑鞋带的不搭配，单就这件个性十足的半袖，已经足够彰显这位老人家名扬方圆百里的"野人"范儿了。

海力堤村是当年地地道道的"北大荒"一角。最初来开荒的人，房无一间地无一垄，不是住地窨子，就是住马架子。当地人向地下倾斜着挖进去一个大坑，坑内留够空间后，用木头支起棚顶，铺出一个能睡觉的地方，再支起一个能做饭的炉子，就是一个地窨子；最早的马架子则是简单地在地面之上，用木杆搭成人字形，用小杆子堵上两侧，糊上点泥巴，当墙壁。倾斜的人字形木杆成了房盖，盖上蒲草，马架子就算落成。后来，有人将三角形的马架子做了改良，用木杆立起来围成方形的墙壁，在木杆上斜着钉木板，木板和木杆间用泥巴填充起来。有人将这种房子叫作板加泥房子，也有人仍称作马架子。屋内搭个火炕，点上火炉，烟囱冒出袅袅炊烟，便有了家的生机。搭马架子是20世纪50年代的事情，延伸到90年代仍有人住还说得过去，但到了21世纪，居然还有人住马架子，而且还不烧炕，扛过冬天的寒冷，这不得不让人唏嘘。

外表看起来干净整洁的房子，里面的凌乱程度堪比电影里的大片，一间厨房、一间卧室，被李增岩塞得几乎无处落脚。靠着东侧墙壁延伸出来的半截土炕西侧铺着厚厚的海绵垫子，垫子上一个铺盖卷倚在北墙边，露出的被单被角看起来和他的半袖一样破破烂烂；几本翻卷着书角的医书，横在蓬乱的杂物上面，显得格外醒目。

炕前不大的空间，被一张大桌子占得满满的，桌子上并排放着电磁炉、电饭锅还有几个小布袋、几团墁条子，隐约可见的电磁炉的功能盘告诉我们他根本没用过。电饭锅盖上的灰尘像有谁故意扔在雾水里浸泡了一遍，脏得均匀而结实，让人联想到山洞里野人生活的场景。

住进政府给盖的新房子后，李增岩依然不烧炕，睡在厚厚的海绵垫子上。住马架子时，他没户口当然也没地。他自己在山边开荒弄了4亩多地，撒上些玉米种子，一年到头也不经管，到秋天能收点是点。他拿搓下来的玉米粒煮水喝，勉强果腹。他还总是自己上山采药，将拿回来的药材捣碎后和大米一起熬粥，粥自然成了墨绿色。因此，说他'野人'，不仅是在说他住的房子，更是在说他吃的东西。同村的村民小组长王玉玲，时常过去看李增岩的生活状况，所以对他的饮食情况非常了解。

"谁说都没用，他就按照他看的医书自己下方子，自己做着吃。这么多年从不打扫卫生，谁要是帮他收拾屋子，他就把谁撵出去。再看看他的厨房，咱们扶贫干部和村里啥设备都给他置办全了，他就是不用。"村民小组长王玉玲这样介绍他。

厨房里两个白色的大桶堵在锅台前，锅盖上落满了厚厚的灰土。两个桶里分别腌着黄瓜和豆角。压在豆角上面的石头，光滑而干净，桶里的水也清亮洁净，说明老人家对吃进嘴里的东西，卫生程度要求还是挺高的。"好好的青菜不吃，就愿意这样吃，而且一样吃没了再吃另一样，谁拿他都没办法。"王玉玲继续介绍说。

郭军按照扶贫政策已经为他办了五保户，每个月补助500多元钱，足够他花了。有时候他也买肉吃，但他的吃法和别人不一样，买了肉他就顿顿吃，吃没了再吃别的。别小看那几本书，有一本居然是《本草纲目》，另外几本也是根据药理调食谱的书。

人穷志不短，李增岩蹲着的菜地右边是郁郁葱葱的黄瓜秧，长短不一的黄瓜垂在结实的架子上，水灵而饱满。那是大院主人家的四架黄瓜，他们敢种在李增岩的眼皮子底下，缘于村里人都知道，即使再饿，他也不会摘一根黄瓜吃，因为他从来不动别人家的东西。

原来，李增岩出生于山东省宁阳县城南公社柳楼大队，高小毕业，18岁入伍包头某部队，炮兵战士。入伍期间因为长得帅，表现突出，引起了副团长女儿的注意，二人很快建立了恋爱关系。不久后，恋人带他去见家长，但因李增岩的农村身份，遭到恋人父亲的强烈反对。而一贫如洗的李增岩家，反而指望他回乡，多一个劳力。自此，李增岩的人生彻底被改写。

退伍回到家乡的他，在贫瘠的土地上，难以维持生计，只好随母亲投奔了闯关东来到海力堤村的哥哥家。后来，他又辗转去呼伦贝尔市牙克石市大雁矿区小煤窑，下井采煤。几年下来，他累坏了身体，也没攒下几个钱，又跑回海力堤村。此时，他的母亲已经去世。房无一间地无一垄的李增岩，在残酷的现实生活面前，屈服了，沉默了，甚至有些神经质了。为了维持生计，他当起了"盲流"，东家干点活，西家帮个忙。随着年龄的增长，体力越发受限，便想出了自己搭马架子过生活的办法。自从住进了马架子，他开始过上了几乎与世隔绝的日子。一过就是十一年，直到脱贫攻坚工作队遵从习近平总书记提出的"脱贫路上不落一人"的原则，逐户排查，才发现了他。

"感谢政府、感谢党啊，感谢国家的扶贫政策，感谢郭书记从来没看不起我啊……给我盖了房子，拿来米面，还给我送豆油，让我过上了人的日子……"老人与大家的谈话显得有些语无伦次，但骨子里的军人情结是不会被眼前的生活表象掩饰住的，眸子里的坚强和倔强，向大家表明，他是多么热爱现在的生活！

夕阳那抹灿烂的光辉恰好照着老人微笑着的脸庞、始终舍不得放下的医书，还有手腕上那块通过电视购物买来的大金表，在夕阳的照耀下，金光闪闪、熠熠生辉，那是一位历经岁月沧桑的老人心底的希望之光、未来之光、生命之光！海力堤村党支部除了给老人无微不至的照顾，也充分尊重老人内心里对美好生活的向往。

郭军说，刚发现他的时候，他没房、没地、没户口，根本无权享受国家这么好的扶持政策，必须先解决他的户口和军籍问题。他跑了几趟派出所，帮他落了户，又派王玉玲去他的山东老家查他的军籍。

王玉玲刚到他老家的村子时，村干部干脆告诉她说没这个人。王玉玲没办法又跑去乡里，乡里答复说，必须本人来办理。她低三下四地和人家说李增岩无儿无女，身体也不好，根本没法回来，村上这才派她来的，依然无果。实在没办法，给王玉玲做向导的亲戚又带她去找了当年和李增岩一起入伍的老人，经他介绍，乡里人才吐了口，把李增岩当年入伍的档案拿了出来。王玉玲赶紧拿去复印，求他们给盖了公章才返程。老家的村干部们如此小心是因为以前已经有好几拨人去为他办理过此手续，但李增岩根本不拿亲戚们给他办的手续当回事，随手就扔。王玉玲拿回手续，放在村档案里，替李增岩将这个重要的手续完好保存。

有了身份，按照他的条件，可以享受免费为他盖房的政策。听说在他的马架子原址翻盖房子，遭到大院主人的强烈反对。最后几经郭书记上门做工作，答应李增岩百年之后，这座房子归大院主人所有，他们才同意房子翻盖的计划。

为了帮贫困户，郭军什么心都得操，用他的实际行动证明驻村干部肩上责任的重大。身为市委政法委维稳办副主任，整天泡在村里围着老百姓的吃喝拉撒转，还要"转"出点成绩，"转"得让百姓心暖，"转"得让党和政府放心，若非有一颗真心，绝对是"转"不出来名堂的。郭军自己却说："咱驻村干部不就是干这个来的嘛，把他们的问题都解决好，咱们国家的脱贫攻坚大任务也就顺利完成了！习近平总书记真是一位伟大的领导人，给咱老百姓制定了这么多实实在在的好政策，咱基层干部干得有劲儿！"郭军这番话，说出了无数扶贫干部的心声。

三、从哪里跌倒就从哪里爬起来

贫困户贾爱军，几年时间，成了副书记兼村委会扶贫助理，他用事实证明了郭军是贫困户贴心的好书记。1.7米左右的个头，红褐色的半袖衫，裤型笔直的蓝色牛仔裤，配着一尘不染的皮鞋，大方而得体，透着贾爱军热情、认真、严谨的性格。左前胸佩戴着一枚崭新的党徽，在夕阳的照耀下熠熠生辉。佩戴党员徽章迎接采访者，不禁让人肃然起敬。

海力堤村村部墙上关于党建方面的布置，都是贾爱军的功劳。北面墙上红色的"海力堤村党群服务中心"几个大字赫然入目，KT板制作的两面党旗，镶嵌在几个大字上面，呈迎风飘扬之势，似在为他们的党建工作扬起风帆、保驾护航。前面两套办公桌椅，两两相对，桌上电脑里闪着"扶贫工作总结"字样的材料，更让人体会到他们日常工作的忙碌和严谨。

1993年毕业于扎兰屯市一中的贾爱军，仅以几分之差与理想的大学失之交臂，考虑家里条件不好，便选择与建立恋爱关系的女同学一起回家，他当民办教师，女同学做他的贤内助。刚入社会便踏上三尺讲台，终是没离开校园这片净土。贾爱军对人生美好未来的憧憬像一艘扬帆起航的大船，载满了他的信心、他的理想、他的似锦前程。谁知，那段童话般美好的日子，却被扎兰屯市教育局一纸内容大体是"1985年以后参加民办教师工作的一律取消转正资格并离岗"的文件彻底打破。

1995年贾爱军正式下岗，成了一名地地道道的农民。正当贾爱军觉得自己的人生陷入一片迷茫之际，海力堤村委会却认为他毕业于扎兰屯重点高中，足够担当起一名村干部的工作，便将他招进了村委会，还推送他脱岗去扎兰屯党校进修一年。

学成归来的贾爱军，当然想尽心尽力地为海力堤村做一些事情。熟料，当他真正走进村委会开展工作之后，现实生活远比他想象的更加扑朔迷离，很多不良风气简直不堪入目。耿直的性格告诉他，唯有拒绝同流合污才能不辜负大家的信任。抱着这种态度在曾经的海力堤村求发展，贾爱军的路只能越走越窄，直到走进死胡同，愤然离岗，进京打工。对美好未来的憧憬，像一串刚刚吹起的肥皂泡，"砰、砰、砰"接连破灭，随风而逝。他所谓的抱负，就像玉米秸秆堆边那根漂浮的黄叶，一文不值。贾爱军的心似塞了一团火，灼热而难受。满心以为出外打工，赚个"天下"给他们看看。然而，外面的世界很精彩，自己的生活很无奈，已经成家的贾爱军不能总是独自在外，最终，他又选择了回村种地。

家里仅有的几亩地，若是年景不好连供孩子上学都是问题。时间挨到2012年，家里的房子实在破旧，必须盖房。只好向亲戚东挪西借的他，盖房欠下了好几万。恰逢这一年，女儿学业也传捷讯——学院推荐她去国外留学。千载难逢的机会，怎么能因为钱耽误孩子的前程呢？贾爱军又一次向亲戚朋友开口，凑足了孩子上学的费用。几年光景，两件大事，贾爱军成了欠账12万元的"大户"。再看看曾经一起在村里工作的干部，人家都"混"得风生水起，贾爱军忽然怀疑起自己的人生，难道真是自己错了吗？

贫困、落寞、彷徨、失望……像一张无形的大网罩在他的心里。他开始变得不愿接触人，不愿下地干活，整日吊儿郎当，借酒消愁。2014年，村里第一批建档立卡贫困户名单里，他的名字赫然在列，他觉得自己更抬不起头来。种种原因，2014年的脱贫工作并未见到实实在在的帮扶措施，那么多债务，如何还得清啊！看着一蹶不振的贾爱军，爱人张凤梅果断做了决定：2015年，只留老母亲一人看家，两个人带着初中毕业的儿子进京打工，赚钱还账。进京的列车将他们带到了北京一家服装厂,一家三口一干就是一年,攒了不到6万元,全都还了账。他终于能在村民面前抬起点儿头了。

2016年,扎兰屯市全面展开脱贫攻坚工作,贾爱军家作为第一批建档立卡的贫困户,享受到实在的帮扶措施。村里推荐他养木耳,一袋木耳村里给补助1元,自己只拿0.8元。2万袋木耳自己才拿1万多元钱的成本,这给了贾爱军很大的鼓励,觉得浑身有使不完的劲儿,再加上爱人的好姐妹村组织委员张艳娥答应无条件给予他俩技术支持,更给了他们信心。

2万袋木耳,家里根本没有那么大地方摆放。得知这种情况,去海拉尔打工的同学许方平,同意他们将木耳摆放在自家的后园子里。2万袋木耳顺利入住早已划分好的20个小池子里。5月份刚下地的木耳,对温度要求很高,遇到天气降温,他赶紧将草帘子盖在木耳上。20个池子,盖一遍差不多得2个小时;第二天天气转暖,再拿下来,又得忙2个小时。等到6月份木耳冒出来,每隔20分钟就要给木耳袋浇一次水。他爱人负责白天,他负责晚上。20个池子轮一遍,好几个小时便过去了。

木耳长得够大了,必须及时采摘、晾晒,更艰辛。连雨天没有阳光,需用烘干机烘烤。贾爱军家没有烘干机,伸手向别人家借的滋味不好受。那一年,他总算没白辛苦,赚了3万多元,再加上他媳妇种地的收入,他们又还了一部分外债。但是镇党委书记李永强和郭军走访到他家的时候,他还是情绪低落、一蹶不振的样子。一问才知道,看似吊儿郎当的贾爱军,其实很有文化,更是一个有想法的人。整日穿着一条花衬裤,搭个跨栏背心,踩着沾满灰尘的大拖鞋,展现出他怀才不遇、愤世嫉俗的内心世界。原来当年不得已放弃村部的工作,就像放弃了自己的理想和抱负,贾爱军始终难以释怀。

"扶贫先扶志，更要智志双扶！咱得想办法把他的积极性调动起来！"李永强和郭书记两人决定对贾爱军"对症下药"。

2017年春天，杜鹃花漫山遍野争相怒放的时候，李永强书记又一次来到贾爱军家，看到倚着被卷不停地鼓捣手机的贾爱军说："老贾啊，你不能整天躺在炕上鼓捣手机啊，你得琢磨干点啥才行。你还有3万多的账没还完呢，你自己得振作起来，想办法赚钱啊！"

"谁不想赚钱啊，可是我家这情况你也知道，就那么点地，也赚不来多少钱。养木耳累死累活的，啥时候是个头啊！"听李永强书记说完，贾爱军恨不得列出八个理由表明他的顾虑和担忧。

"我看你手机摆弄得挺明白，要不然我们帮你搞个电子商务示范店吧，既能充分利用你摆弄手机的特长，又能帮你赚钱。"李永强书记还真担心贾爱军一口回绝，没想到贾爱军的兴趣一下子被调动起来："李书记，你这么苦口婆心地和我分析我再不积极配合，我还是个男人吗？有你们做后盾，我干。"

"只要你肯干，我和郭书记还有村'两委'都大力支持。"李书记看到贾爱军这么有热情，非常激动。

按照"菜单式"产业扶贫政策，贾爱军很快拿到5000元的补助，等于有了启动资金。李永强书记很快与扎兰屯市智慧网电子商务服务站取得联系，扯网线、整理店面、学习业务知识……经过几个月的筹备，海力堤村第一家电子商务示范店就在贾爱军家的门市房内红红火火地开张了，主要业务范围包括网上资源下行、农副产品上行、收发快递，同时也帮村民完成E农贷需求。

贾爱军为百姓做成的第一单生意，给了他莫大的鼓励。王大娘一辈子在田里劳作，根本不懂上网的事，听说拿手机就能帮她买衣服，乐呵呵地来找贾爱军。他打开网站，选了好多款式让王大娘看，最后她选中了一件38元的小衫，乐呵呵地回家去了。看着满意而归的王大娘，贾爱军心想：既能帮大家的忙，还能赚快递费，一举两得，这活让人喜欢。

第一单"下行"业务经过王大娘的广泛宣传，很快村民们都来找他，买的东西简直五花八门，刀子、勺子、脸盆；内衣、外套、袜子……不会上网的婶子大娘，吃完晚饭就往贾爱军家跑。自己会买的人也愿意下单了，因为快递可以送到家门口，无须再跑去十几千米外的镇上取。快递业务的增加，让贾爱军看到了收入空间之大，信心大增。

这仅仅是"下行"业务，帮村民们把自家的农副产品卖出去，更让人佩服。卖出去的第一单是他家后院的贫困户王庆喜家的2斤榛蘑。那天晚饭后，王庆喜来找贾爱军说试试看能不能卖出去。结果，贾爱军刚把信息发到网站没多久，就被四川一个客户下了订单，第二天下午快递车就来取走发往遥远的四川。贾爱军高兴的心情溢于言表，村民们又纷纷拎着自己家特产，抢着让贾爱军"上传"。贾爱军每天热热闹闹地赚了钱，70来岁的老母亲脸上乐开了花。

卖得最有意思的是马场沟组李彦明家的300只小鸡。平时在村里卖，一只小鸡也就30～50元，挂到智慧网上，一只70～80元，下单的人络绎不绝。齐齐哈尔那边的人在网上得知消息，干脆把车开到他家，300只"绿色"小鸡，被线上线下的客户一抢而光。村民们纷纷夸赞贾爱军这个小店开得好，不但解决了快递业务"最后一千米"的问题，也帮贾爱军家实实在在地增加了收入。一年下来，再加上爱人种地的收入，很快凑够了3万元钱，终于还清了所有债务。女儿也留学归来，应聘到了大连一家外企，贾爱军家的苦日子终于迎来曙光。

郭军说贾爱军的好日子才刚开始,他现在是村上的扶贫助理、村党委副书记,都是重要岗位,他终于实现了自己的理想,日子更有了奔头。对待村里的工作,那真叫干劲儿十足,"三会一课"少一次都不行。扶贫攻坚工作忙得实在抽不开身,有人提出把党员笔记先记好,有时间了再开党会,贾爱军说啥都不同意,把党员们都整不好意思了。

原来2017年末的时候,村上急需一名扶贫助理帮助郭军和村委会展开扶贫的各项具体工作,尤其整理各种资料需要有点文化的人帮忙。大家一致想到了贾爱军,他有文化,也曾在村部干过,有一定经验,再说这一直都是他的愿望,干起来不会有抵触情绪。最后,经几个人联名推荐,乡上批准后,贾爱军果真成了海力堤村的扶贫助理。贾爱军刚到村部,就赶上扎兰屯市搞"脱贫百日攻坚"活动。几乎天天整理资料,摸排贫困户情况,一百天干了三百天的活!贾爱军也没少挨郭军批评,好几次眼泪都在眼眶里打转,但他没有怨言,无论多晚,都把工作做完。

贾爱军也激动地说:"虽然累点,但自从郭书记来了之后,村里的扶贫工作确实让村民们心服口服。该谁家符合贫困户标准,就确认谁家是贫困户,郭书记绝对一碗水端平。跟着这样的领导干活,我心甘情愿,和报酬没有一点儿关系。"把贾爱军聘为扶贫助理,一年才给5000元补助费。和贾爱军家当时的年收入相比,5000元钱并不多,但爱人张凤梅觉得这是对贾爱军的一种认可,是他人生价值的体现,终于解开了他这么多年的心结。无论家里多忙,只要村部有事,他抬腿就走,张凤梅绝对不会扯他后腿。

贾爱军家里确实忙,他爱人又在房前屋后种上了树苗,还承包了80多亩地,电商业务只能抽空帮大家弄,快递业务干脆交给他70岁的老母亲管理。有人担心70岁的老人干不了,贾爱军却说老人家身体好着呢，眼神、行动都跟得上，天天让她查钱，可有热情了！

因为贾爱军工作认真负责且个人能力强，村"两委"一致推荐他承担起党委副书记的职务，负责村里的党建工作。最后经村民选举，镇党委通过，贾爱军接手了海力堤村党建工作。上任之后，他便认真向党委负责人学习，对所要完成的任务用小笔记本一项一项列："三会一课"的具体时间确定好，会议记录更要及时跟上；精神文明建设和党风廉政建设的内容拿不准要及时和乡党委负责人沟通；发展党员的基本条件要把好关；纪实手册一丝不苟地填写……

人没有吃不了的苦，只有享不了的福，精神矍铄的贾爱军让人肃然起敬。为了做到党建工作和扶贫工作两不误，他为村里的党员设计了网格化管理模式，每个党员定期去10～15户村民家进行扶贫政策、法律常识、重大新闻等的宣传，提高村民的思想意识。有些不能来参加"三会一课"的有特殊情况的党员，他还要和组织委员把学习资料送到家中。尤其党员李凤轩，家里地多，总说自己文化水平低，写的字歪歪扭扭，不愿意记笔记。面对李凤轩不积极的思想状态，贾爱军拿着笔记本，亲自去他家里，和他一起翻开书，一页一页地找，一行一行地画好，再看着李凤轩一个字一个字地写好之后，才放心地回家。

"党交给我们的任务，谁也不能糊弄！"这是贾爱军经常挂在嘴边的话。他这么认真，老党员自然谁也不好意思糊弄，就是不睡觉也要记好笔记。最开始还抵触的李凤轩，现在的笔记记得数一数二的好。不到一年时间，海力堤村的党建工作接受检查的时候，各项指标都在乡里名列前茅。贾爱军说，这都要归功于郭书记一手把他带出来，海力堤村翻天覆地的变化，村里人都应该感谢郭书记。

四、既然当了第一书记

沾着灰尘的蓝长裤,已然说明郭军刚刚搬过什么重物。黝黑的脸庞,除了眸子里的刚毅,绝对找不到一点儿作为市委政法委维稳办副主任的影子。他说,脱贫攻坚工作,就是一场没有硝烟的战争!你得斗智斗勇地献爱心,一碗水不是那么好端平的。有一次入户调查后,他将村干部的同学从贫困户里清了出去,那位村干部当时就和他急了,又是拍桌子又是瞪眼的。有人问他不害怕吗,他说干政法的,就不怕拿法律说事,他清出去的人,遵照的是一条条扶贫政策的标准,谁到哪儿大喊大叫都没用。第一次重新确认贫困户,他就把原来的173户降至63户,其中还包括新增的因老弱病残等真正贫困而没被确认的41户。低保户从190多户降至97户。这么大的反差,能不民怨沸腾吗?村里人见他果然一碗水端平,都心服口服,后面的工作开展便顺利多了。

2017年10月份,扎兰屯市代表呼伦贝尔市迎接自治区扶贫交叉互检,海力堤村被抽中,这就意味着扶贫工作刚刚起步的"最乱的村"的检查结果直接代表了呼伦贝尔市的脱贫攻坚工作状态。检查结果可想而知,全区排名倒数第三。为了扭转这个局面,临危受命的郭军和村"两委"组建的新班子面临的压力不言而喻。

郭军驻村之后,一改往日村部的做派,对驻村干部们实行半军事化管理,统一做饭,统一吃饭,统一处理内务,所有人必须严格遵守工作纪律,按时上下班,坚决制止吃喝风。实在赶上需要接待的,就用他们的补助钱采办伙食。人少就两菜一汤,人多就四菜一汤,保证吃饱吃好,绝不铺张浪费。后来大家才知道,扶贫工作队驻村后,上级会按驻村天数给予一定补助,这笔钱他们一分也没装在自己兜里,都放在了村部。除了给工作队的车加油和日常伙食开销之外,均用于村部支出。4年多过来,村上的接待费一直保持零纪录。

郭军说老百姓过日子不容易,就说请一次客吧,去一趟市里采买就得一天,又是肉又是菜地做好了怎么也得半天,吃完收拾差不多又得小半天。劳民伤财不说,喝多了还耽误事。有句话说得好:"吃人家的嘴短,拿人家的手软。"他觉得吃了人家的饭,不做点事过意不去,有些事做了肯定违背原则。只要坚持抱有"捧着一颗心来,不带半根草去"的态度工作,收起谁都有的那点私心,坚持啥都不往自己兜里揣,肯定干啥都有理,啥工作都能干好。

整顿了工作纪律后,扎实投入工作才是王道。郭军带领工作队人员,先熟悉村委的各项工作资料之后,便深入11个村小组具体看老百姓的衣食住行;到田间地头看农业种植、畜牧养殖,了解村子的产业基础;坐炕头上和老人聊健康,和中年人聊压力,和年轻人聊收入,摸透百姓们的思想动态。经过一个多月的走访调查,他发现海力堤村山陵沟壑纵横,现有耕地35589亩,大多为坡耕地,百姓基本上靠天吃饭。虽有占村所辖面积70%的林草地,但产业规模小、相对分散,不能成为村民收入的重要支撑。通过分析,他最终找到了海力堤村发展滞后、贫穷落后的主要原因:基础设施薄弱,特色产业空白,村民发展积极性低。针对村发展三大短板,他和村"两委"成员对症下药,确立了"强支部、聚民心、重基础、优产业"努力建设美丽海力堤、平安海力堤、小康海力堤的发展思路。

确定了工作方向,郭军发现村"两委"班子的和谐是做好一切工作的大前提。之前村委班子的问题显而易见,他提出抓好脱贫攻坚走上富裕之路,建强支部是核心,建优"两委"班子是基础,凝聚民心是关键的主导思想。要求村"两委"和驻村干部必须都以这个思想为引领,具体做实每一项工作。为了给村干部们转变观念,他以身作则，大力开展批评和自我批评，认真列出村支部和村干部存在的问题清单，逐一落实整改。本着"尽责不越位、倾力办实事、着力谋长远"的原则给自己定好位，正确处理与行政村各位负责人的关系。

为了更快地开展工作，郭军充分运用现代化手段，迅速建起148人的平安海力堤微信群，尽量让每家每户都能收到群里的信息。要求除了村里的工作之外，不许乱发群消息，不能扰乱群内风气。充分利用可能运用的时间，以优秀的传统文化为抓手，大力建树村风、民风。以二十四孝图教导村民孝行天下，开设"健康讲堂"给村民普及卫生知识和养生之道；开设"经济讲堂"给村民传达经济常识、致富经验和国家的经济政策、扶贫政策；给村民开设解疑时间，对村民提出的问题有问必答……在潜移默化中引导村民向善、友爱、团结、爱国，懂得感党恩、跟党走才是最好的选择。一改往日村风，增强了村民们的信心。

谁都知道一个硬道理：要想做实事那得有钱！海力堤村单靠国家扶持，步子还是迈不开。村里没有集体经济，就等于没有可支配资金，修桥盖房铺水泥路那只能是空想。于是，2018年他带领大家成立农机合作社，一年利润达到10万左右；2020年又带领大家弄了一个苗圃，年利润20万左右，有了这些钱就等于有了底气。经过申请得到的扶持资金再加上村集体经济的收入，4年半的时间里，他们完成了402平方米农机大库；完成了60.5米的村部文化长廊；完成了3000平方米的村部所在地文化广场，并由政法委李永强协调体校提供篮球架1套和健身器材8套；改造建设兜底房9栋；完成了苗木花卉基地开工建设。到目前为止，苗圃造林绿化乔木、灌木花卉15个品种，年产量210万株，此产业带动吸纳老弱病残贫困人口55人务工，从事播种、施药、拔草、育苗、防寒等田间管理，大大增加了贫困家庭的收入。积极参与"厕所革命",共建旱厕69个,水厕300个,互助院公厕1个。经过多方协调,金场沟,马场沟,新北一、三、四、五、六组共计7个自然村屯,全部完成村屯路面硬化。村里从一条水泥路没有到现在主要村路都铺上了水泥路;村路的桥涵和排水系统再也不是村民之忧;将以前各项工作都落后的海力堤建成各项指标均在全市排名靠前的示范村……

郭军不辞辛劳一心为民,老百姓的心都是肉长的,大家看在眼里,记在心里,以前那些散漫、抵触的不良风气,竟像缕缕青烟悄悄地散去了。勤劳的人越来越多,扯东家长西家短的越来越少。尤其村组织委员张艳娥早在扶贫政策来之前,已经搞起了苗木种植,每年光销售提成就有十几万,村民们都围着她学习种树苗,哪还有时间闹情绪呢。

张艳娥有一位当村医的丈夫,相对而言条件宽裕很多。2009年春天,她买了一辆9.6万的捷达轿车。2010年正月,着急回娘家的张艳娥,第一次开进市区,面对各种交通规则,一头雾水,到底把车撞坏了。虽没伤到人,却花进去1.1万的修理费。一向要强的她,看着丈夫阴沉的脸,心里不是滋味,决定想办法把修车钱赚回来。有了这个想法的张艳娥,看哪儿好像都能"生钱"。她听说村里一处已经无人居住的院落要卖2万元。破败不堪的房子根本不值钱,但大院子确实让人喜欢。张艳娥一狠心买了下来。她想栽一园子树,10年、20年后,这2万元肯定能变成15万~20万的,足够赚回那1.1万了。

2年后,张艳娥的父亲查出癌症晚期,她去哈尔滨医院陪床。同病房的人听说她栽了一园子树,笑得不行,说:"赶紧拔了,那么好的地方用于搞绿化项目,当年即可见效益,哪用等那么多年。"一脸懵懂的张艳娥,对于种云杉、樟子松苗一窍不通,觉得人家说得像天书一样。照顾完老父亲，回到家的张艳娥立刻上网查绿化项目的有关资料，又找熟悉这方面业务的亲戚咨询，才知道种树苗果真效益可观。下定决心的张艳娥找来拖拉机，拔了大树，将其换成了10万株樟子松小苗。

因为没经验，开春预定的树苗0.35元一棵，结果秋天取苗的时候，一棵树苗涨到0.75元，卖家看行情这么好，说啥不卖了。张艳娥说反悔得赔双倍的钱，卖家说赔钱也行。赔钱一棵才0.7元，卖家一棵还能挣5分钱，几万棵可不是小数目。后来，张艳娥坚决不同意，树苗是拉回来了，原本一包100株苗，卖家就给八九十株，说就这玩意儿，爱要不要，不要更好。看到张艳娥被难为成这样，老公劝她少整点儿，第一年只当实验一下就行。倔强的张艳娥说一棵也不减，赔了就认倒霉，明年再投，她坚信2年后的树苗定是紧俏货。

2011—2013年，张艳娥像躲着什么似的，披星戴月，迎风逆雨，总是选人少的时候跑去种树苗，一干就是一天。她知道，村里好多人都等着看她的笑话呢。3年后，树苗见了效益，张艳娥的翻身仗打得漂亮！投资10万元，卖了27.5万，除了本钱，净赚17.5万，她一下挺直了腰板。真应了那句——人有多大胆，地有多大产！苦尽甘来的喜悦，给了张艳娥足够的信心，村里人全都对她刮目相看。而她并没骄傲，乘胜追击，继续扩大规模，把赚的17.5万全部投了进去。产业越做越大，她发现光靠自己干身体根本吃不消，必须雇人。村里的很多男人都认为自己媳妇去张艳娥那儿干活是给自己丢脸，好像养不起媳妇似的，说啥不让去。张艳娥就挨家做工作，承诺他们按小时付费，干半天的给25元，干一天的给50元。每天能踏实地见到50元钱，村民们都乐了。来干活的人越来越多，张艳娥这份事业稳步走向了正轨。

看着张艳娥这钱赚得容易，乡亲们跃跃欲试，却心存各种疑虑。张艳娥直接告诉大家："只要你们肯种，技术和销路我全权负责，我让你们都富起来。"有了这个保障，左邻右舍、亲戚里道全都摩拳擦掌，投身种树苗的行列里。村里种树苗的规模越来越大，市场也越来越大，树苗已经远销到哈尔滨、大庆、甘南、满洲里等不同的地方。

村民们看张艳娥又能干又能张罗，非把她推荐到村委会。自那以后，村里工作变成她生活中的头等大事。自开始实施脱贫攻坚工作之后，张艳娥特意把被定为贫困户的老人们安排去她的树苗基地干活。蹲着干不动，就拿小板凳坐着慢慢挪着往前干。老人们一天也能赚上几十元甚至上百元，解决了很多实际困难。

忙碌的张艳娥帮完了个人，又帮集体。2019年，村里的苗圃被确定为村集体经济项目。张艳娥觉得种好这片树苗，是她义不容辞的责任。10万株树苗回来后，她肯定安排先栽村里的，之后再分给大家，最后才种自家的。

心系乡亲，带动一方。张艳娥用她的真诚和热情，带着海力堤村的百姓们闯出了一条踏踏实实的致富路。而她和贾爱军爱人张凤梅同年同月同日生这个巧合，简直成了海力堤村的佳话。这份特殊的缘分，让她们成了形影不离的好姐妹。看着贾爱军他们两口子欠下那么多债，她便积极主动教他们夫妻二人种木耳。原本自己家计划种3万袋木耳，硬是分给贾爱军家2万袋。木耳头茬和二茬的收获区别很大。为了能让贾爱军夫妇打个翻身仗，张艳娥先帮着贾爱军两口子把2万袋木耳摆下地，抢着赶上头茬，再鼓捣自己家的，1万袋木耳只能收二茬了，产量降了一半。但张艳娥说，看着他们两口子开心的样子，她觉得收获的比损失的多了好几倍。多么朴实多么真诚的话语啊！张艳娥用她宽广的胸怀、大胆的气魄、无私的大爱，为海力堤村的脱贫攻坚工作添上了浓重的一笔。被张艳娥带着一起"飞"的几家贫困户，早已交回了那张"明白卡"，喜笑颜开地奔向他们的小康生活。

要说张艳娥是海力堤村数一的女强人，草甸子上那群白鹅的主人都桂霞，则可称为海力堤村排名第二的女强人。她是最早脱贫还年赚10万以上的典型代表，草甸子上那一万只白鹅，按一只赚30元算，今年就能赚30万！

曾经的都桂霞家可不是这么风光。因为家里地少，她欠了不少外债，五十几岁的都桂霞曾跑去牙克石农垦大学食堂打工。每天从凌晨3点干到晚上10点才能回宿舍休息。从开始每个月2200元涨到后来的4000元，这么高强度的工作量，都桂霞硬是坚持了2年。她这么累，都因为她那不争气的儿子。

2002年，都桂霞的儿子15岁，上完初二，扔了书包说什么不再读书。因为性格耿直，爱打抱不平，经常与人大打出手。哪有白打的人，几年之间，都桂霞拎着兜子，跟着儿子后边，付出去十几万的医药费。"那手才重呢，要么不出手，出手就伤人。我真把他送去蹲了半个月的监狱！"都桂霞说这话时，分明带着一种恨铁不成钢的气愤。

原来，2017年夏天，都桂霞家盖了新瓦房，家里的牛也增到十几头，要经常防范着被偷。一个闷热的夜晚，人们渐入梦乡，都桂霞的儿子睡得更早。突然，一阵吵嚷声像一场突如其来的战役，划破了夜的宁静。

"不好，有人偷牛！"都桂霞的儿子披了外套冲向大门外，却见一人酒气冲天，大声喊叫着，另一人趔趄着想拉他回家。醉酒之人看到都桂霞的儿子，扯开嗓子便骂。本就睡意蒙眬，听到醉鬼在骂他，一向"点火就着"的脾气，岂能容忍。他一个箭步冲过去，嘴上骂着，手上推着，脚下更是毫不留情。一顿狂踢之后，醉鬼消停了，他也打累了，扭头回屋，继续睡起了大觉。

谁知，天还没亮，派出所的警笛声划破了海力堤村夜的长空，警车停在都桂霞家大门口。都桂霞这才知道儿子在半夜睡觉的工夫，还把人打坏了，真是气不打一处来啊！第二天，她赶紧跑去医院赔礼道歉。可那醉鬼不吃这一套，声称不陪5万绝不出院。气得都桂霞问警察若是不赔钱，她儿子将会面临什么处罚？警察毫不犹豫地说，得"进去"半个月。"进去就进去，不让他吃点苦头，他是真不长记性啊！"气得咬牙切齿的都桂霞，一边赔付1.8万的医药费，一边督促派出所把儿子"带走"。

"还别说，自从那次之后，这孩子好多了。连他最喜欢的'骗三张'也不玩了。草甸子上那群白鹅，其实是他们小两口在经管，我们老两口只是打打下手，做做后勤工作。"说这话时，都桂霞如释重负一般，长长地舒了一口气。女子本弱，为母则刚。都桂霞何尝不心疼儿子，送去监狱，实属无奈。其实，从他辍学开始，他们老两口就带着儿子去唐山钢厂打工。他虽然爱动手，但不怕吃苦，一天赚的比爸爸妈妈还多。三口人一天赚110元钱，干了2年攒下了点钱。但家里翻盖新房呢？赚回的那点钱还拿出来6000元买了牛，剩下的哪儿够给小两口盖新房呢？他们只好又向亲戚朋友借。看家里欠着钱，都桂霞的儿子带着媳妇去满洲里打工，给蔬菜店扛过大菜包，给木锯下过料，在大街上站过"大岗"，多辛苦都能挺住。但赚的那点辛苦钱，依然杯水车薪。

养鹅赚到钱的表姐劝小两口和她一起养鹅，承诺免费提供技术支持。小两口动了心，说干就干。他们买了塑料布、竹竿，在家前面的草甸子上搭起了长80米、宽10米的大棚；间隔出20多个小格后，铺上厚厚的稻壳；又买来2个风炉，几个电暖风，确保大棚内温度达到要求。一切准备就绪，只等小鹅入住。

有庭院经济政策帮扶，2019年6月3日那天都桂霞的儿子，抓回了3000只小鹅，分散放在20多个小格子里。自那天开始，他简直像变了一个人，脱去平日里喜欢的时髦衣服，换上工作服，一头扎进了鹅群。刚拿回来的小鹅，对温度有极高的要求，热了得关暖风，凉了得燃起风机。小鹅太小，喜欢往一处挤，很容易发生踩踏，窒息而亡。都桂霞的儿子便不停地来回巡视。喂食、打疫苗、清理粪便、换稻壳……前20天最关键，不能出一点差错。晚上实在困了，他就揪着自己的头发，使劲打自己几下，再去巡视格子里的小鹅。

"那20天，我儿子基本没洗过脸，吃饭也跟抢似的，平时那么爱臭美的人，现在衣服也不换了。要是小鹅闹毛病，他就赶紧开车四处去找兽医……有一次，实在太困睡着了，结果压死了60多只小鹅，他自责得不行。后来，为了不让自己睡着，他就坐在板凳上，那样也就能打个盹，不然就会摔下来……"此时的都桂霞再谈儿子，脸上已经洋溢着骄傲的笑容。

小鹅从抓来入棚到售卖，一般需要110天左右。这3个多月，都桂霞的儿子白天在草甸子上放鹅，夜里在鹅棚里看管。遇到下雨天，就把鹅赶回大棚；若是丽日晴天，便赶去水里让小鹅们撒欢儿玩上一阵子。那么多小鹅光靠嗓子喊着管理根本不行，他找来一根长木杆，绑上鲜艳的五彩布，远远地一挥，嘴上吹起哨子，小鹅就能心领神会，"嘎嘎嘎"地朝着他指定的目标出发。2019年，经过100多天的日夜辛劳，他们家一下赚了十几万，把那么多年盖房、付医药费欠下的债务全部还清，成功摘掉了"贫困户"的帽子。都桂霞的儿子像一下找到了人生的支点，一改往日"纹着身、赌着搏、打着架"的"村少"形象，正儿八经地干起了大事业。2020年，1万只小鹅，他们一家又赚了30万，买了一辆崭新的小汽车，小日子越过越红火。

都桂霞说，要是没有这么好的扶贫政策，没有这么好的扶贫干部真心帮他们家，他儿子哪能有今天啊！第一年就赚了十几万，那得蒸多少馒头才能赚回来。都桂霞介绍她儿子的事情时，尽量弱化自己的努力和付出，但她在大棚里日夜陪着儿子的艰辛，清理鹅粪的勤劳，负责全家人一日三餐的忙碌，看管孙子学业的认真……无不透着伟大的母爱。或许她的事迹没有张艳娥的事迹那么轰轰烈烈，但她为儿子所做的一切努力，村民们为她竖起的大拇指，足以说明这位女强人的伟大。

"回首几年的扶贫工作，酸甜苦辣咸，啥滋味都尝到了。要是总结一下的话，2018年村"两委"换届选举和村干部张艳娥无私带动百姓致富这两件大事，在海力堤村脱贫攻坚工作中，发挥着不可替代的作用。功就是功，过就是过，啥时候咱都得凭良心说话……"

暮色降临，大家都知道郭军的故事还没有讲完。我脑海里突然闪现出看完那群小鹅时，扎兰屯市文联主席姜辉那句话："草甸上奔跑的哪是鹅群啊，分明是流动的钞票嘛！"是啊！那群小鹅扑打着翅膀冲向小溪的样子，多像印钞机"刷刷刷"印钞的律动！用自己辛勤的汗水赚来的钱，无论怎么看都是晶莹的、美丽的。老百姓的日子富裕了，扶贫干部们的心落地了，国家的脱贫攻坚任务就能完成了。

山边那抹夕阳红迈着轻盈的步子歇息而去，山峦间的葱郁被纵横交错的田地映衬得有些遥远，像伸开的巨大臂膀，守护着海力堤村的宁静与优美。村西这条防空战备跑道依然那样笔直地向北延伸而去。械斗时铁棍与镐头碰撞的声音一定很疼很疼吧？当车子沿着将各家各户连接起来的水泥路环绕海力堤村行驶时，镶嵌在几家院墙外断断续续的格桑花，随着车速加快，在我的视线里连成长长的花墙，多像海力堤村人追寻美好未来的七彩桥，一直伸向远方，朝着他们美丽乡村的小康之路，再次扬帆起航。

金鸡之冠雄鹰飞

顾长虹

位于中国东北角金鸡之冠上的鄂伦春自治旗,因其历经狩猎业、林业、农业等错综复杂的艰难发展过程,2011年被列为国贫县,2017年被内蒙古自治区纳入深度贫困地区。这里地处边疆民族地区,基础设施薄弱,民生保障不足,贫困发生率达全区最高,脱贫攻坚危急局面亟待扭转。2017年7月,时任鄂伦春自治旗政府办副主任的马艾飞同志,临危受命,被组织提任旗扶贫办党组书记、主任。近4年来,马艾飞充分发挥其对政策的领悟和把握能力。凭借与各行业部门的沟通协调经验、对工作敢于担当的奉献精神和一丝不苟的认真态度,成功助力鄂伦春自治旗将"深度贫困"之帽摘掉,还为鄂伦春自治旗架起了乡村振兴之桥,像一只展翅的雄鹰,在祖国的金鸡之冠奋力起航,奔向全民小康的宏伟蓝图中。

一、临危受命勇担当

2016年,国家采取第三方评估的办法,对贫困地区展开预评估。内蒙古师范大学成立评估组进驻鄂伦春自治旗进行预评估,评估结果不佳，贫困人口危房、教育、医疗、安全饮水等未得到全面解决，群众满意度不高。马艾飞临危受命这个消息一经传开，便有人在私底下传："现在敢到扶贫办当一把手的，都是'不怕死'的主儿。"自幼便在鄂伦春自治旗长大的马艾飞，对家乡有着深厚的感情，加上父亲从小就教导他无论做什么，要么不做，要做就做到最好。这样的流言让马艾飞心里很不是滋味，他暗下决心："再难能有红军长征难吗？我倒要看看能不能要了我的命。"

说干就干，一向雷厉风行的马艾飞，将扶贫办的工作分成3步，首先带队深入贫困户一线，亲自掌握第一手资料；其次饱学先进地区经验，用以规划整体工作；最后，吃透上级制定的各项扶贫政策，迅速推出"八个一""五支队伍"双套措施。"八个一"包联模式，即每个乡镇有一支旗级包联工作队；每个深度贫困村有一名处级领导包联；每个贫困村有一个旗直机关事业单位包联；每个贫困村有一套完善的脱贫攻坚计划；每个贫困村有一支发挥作用的驻村工作队；每个贫困村建强一个好的村"两委"班子；每个行政村有一名"第一书记"；每个贫困户有一名尽职包联干部。"五支队伍"，即包联部门、乡镇、驻村工作队、村"两委"、帮扶责任人帮扶工作机制。形成以处级领导包乡镇，部门包村，帮扶责任人包户，纵横交错，多方共抓的立体网格全覆盖管理模式。确保每个网格点责任到人，绝对精准。

为了方便管理，马艾飞组建了旗领导、各行业及乡镇2个微信群，做到随时传文件、听汇报、勤反馈的动态管理，并把重心向任务重、基础弱、问题多的乡镇倾斜，逐级压实帮扶包联责任，形成全旗上下透明式管理，调动所有扶贫干部的积极性，大大提高了工作效率。同时，谋划作战图，逐个攻山头，在充分理解上级政策导向和要求的前提下，亲手起草脱贫攻坚摘帽方案、三年行动方案、防反贫机制等政策性文件。每一项安排部署、具体举措均形成文件下发,明确责任、程序、标准、任务,让基层工作者有据可依,敢于施展拳脚。

精准识别成为头道坎,扣紧"第一粒纽扣"尤为重要。为形成贫困人口动态管理常态化机制,在旗委、旗政府的支持下,他抽调扶贫一班组成了40人的"尖刀班",严格遵照入户"五步法":一、"查看"院落、室内环境卫生;二、"核实""两不愁三保障";三、"翻阅"贫困户档案和扶贫手册;四、"比对"明白卡和识别以来政策清单;五、"确认"群众对政策落实、帮扶责任人和驻村工作队的认可度。层级递进,及时动态调整"八类人员",精准到户到人。

马艾飞深知"漏评"和"错退"直接关系到脱贫攻坚的成果。在建档立卡工作过程中,他组织工作人员逐村召开研判现场分析会,要求必须如实反馈当天排查的内容,从旗级层面严把审核关,对想占政策便宜的非贫困户、想徇私帮亲戚朋友的村干部、工作拖沓不负责的网格员绝不姑息。坚决做到该认定谁家就是谁家,该执行哪个帮扶政策就执行哪个政策。

马艾飞如此严格要求工作人员,自己更不能搞特殊化。2019年夏天,为了确认托扎敏镇产业扶贫项目,他和旗领导一起开车前往。结果他们的车子被冲进湍急的河流,幸亏司机巴言一直紧踩油门,车胎突然搭上一块重石,才得以脱险。旗领导们吓得一身冷汗,马艾飞却像没事人似的说:"天降大任于我,哪能舍得带我走呢。"司机巴言却说陪马主任下户,这都是常事,光洗漱包就备了四五个,充电器都数不过来,哪个车里都有,因为根本不知道他啥时候说走就走。就这样,马艾飞和大家一起顶风冒雨,不分日夜,至2019年底,完成了3轮普查和数据核实,入户达1.5万次以上,准确认定全旗贫困人口5864户14289人。

　　精准识别工作得到有序展开，因地制宜的帮扶政策也在马艾飞不断深入贫困户时逐渐形成。首先，密织健康扶贫、教育扶贫、危房改造、安全饮水等"三保障"的网底；其次，对建档立卡贫困人口进行分类管理，有劳动能力的，引导发展种植养殖庭院经济，推行务工补贴，设立生态护林员岗；最后，无劳动能力的，落实低保、社会救助、集中式光伏补贴、养老金及引导子女赡养，坚决做到脱贫路上，绝不落下一人……

二、大格局成就大作为

　　巧妇难为无米之炊。仅依靠政策扶持，明白卡填写得再好，依然无法突破"瓶颈"。他在用好中央、自治区和市级专项扶贫资金的同时，借助2018年4月"京蒙扶贫协作"项目西城区对口帮扶计划，3年来对接调研108次，统筹注入资金1.6亿元。"人家是带着真心实意、真金白银来的，这笔钱怎么花，要对得起鄂伦春自治旗的贫困群众和北京市西城区的爱心。"怎么花这笔钱，马艾飞心里有一笔贫困户增收的"明白账"，要想乡村振兴长远发展，走好产业扶贫这步棋，才是关键。

　　2018年5月，他用1个月时间，和北京市西城区来挂职副旗长的刘军良走遍了48个深度贫困村，看产业，进村屯，入农户，全面了解鄂伦春自治旗的总体情况后，谋划了以食用菌为主、中草药为辅的扶贫主导产业发展方向，注入产业帮扶资金4300万元，援建诺敏镇和乌鲁布铁镇黑木耳、滑子菇食用菌基地项目，建了4个菌包厂、23个村种植基地和89栋食用菌大棚，惠及贫困户1658户1254人，户均增收3000元。

　　丰富的农产品，销售成了大课题。产销形成闭合链才是大作为。为此,马艾飞又成了对接北京市场和贫困地产品的大忙人。他积极依托"京蒙帮扶协作"项目,先是将10家企业和合作社的32个产品统一标识、统一包装、统一销售,通过认证,创建"鄂伦友礼"公共品牌商标,在北京双创中心、西单购物中心、华远三农公司设立鄂伦春消费扶贫平台,销售木耳、蘑菇、羊肉等扶贫产品1194.2万元,引领扶贫产品走进北京市场。

边疆民族地区医疗人才极度缺乏、学科建设严重落后,做好健康扶贫,不可或缺。马艾飞针对高寒地区肛肠、胃肠患者多,较易攻克技术难题的特点,多次对接旗卫计委,借助西城区优势,互派医疗技术人员110人,在旗人民医院开设肛肠科、在中蒙医院建立胃肠镜室,累计诊疗患者1071人,为每位患者省了近万元。在落实大病帮扶政策中,因外出打工过于劳累,不幸患上尿毒症的侯杰,虽与母亲配型成功,却因昂贵的手术费无法实施换肾手术。马艾飞得知这一情况,立即安排扶贫资金和社会捐助。一台7.5万元的手术,侯杰自己才花了7500元。

马艾飞在走村入户中发现跃进村癌症发病率高的问题,积极与西城区协调,对接中国地质调查局,对当地的水质进行检测,结果水中亚硝酸盐和铁悬浮物均超出国家安全饮用水标准。地质局当即表态捐赠200万元,打百米深水井14眼,惠及8个村12个组1050人,解决了安全饮水问题。还有孤儿高彩凤自幼便被父母抛弃,跟着爷爷奶奶长大,完全符合教育扶贫政策,上完初三便被免费送去廊坊市城轨交通技工学校读书,而且西城区承诺会解决她的就业问题。村民们都说高彩凤成了山沟里的金凤凰,乘着脱贫攻坚的东风,飞出了山沟沟。

脱贫摘帽后,保证长远发展才是大计。既要考虑有机大豆种植,又兼顾使用菌包厂的有机肥;既考虑面粉和杂粮的加工,又兼顾将贫困户吸纳到产业链条上增加产业收入，更要考虑与下一步乡村振兴的有序衔接。为此，马艾飞积极推进在大杨树镇建立鄂伦春自治旗扶贫产业园，引进8家龙头企业，总投资2.2亿元，落地食用菌、金莲花、大豆、牛羊肉、杂粮、有机肥等8个深加工项目，形成规模化团队作战模式，实现了永续发展的目标，为鄂伦春自治旗未来发展的大格局再添上浓重的一笔。

三、舍小家为大家

上任至今，用马艾飞的话说，鄂伦春旗的脱贫攻坚工作没要了他的命，却夺走了他一头黑发，年仅44岁的他，顶着花白的头发，让人直怀疑他的年龄。每天椅子边半圈头皮屑，像刻在地上的半圆形大印章，记下了马艾飞坐在椅子上的每一寸光阴每一滴汗水。副主任董林生说他们马主任干工作根本不分星期几，用"白加黑""五加二"形容他一点不为过。白天，他的办公室从不断人，他总是耐心地接待。而轮番呼叫他的2部手机，更是与他争分夺秒，这边领导向他要个数据，那边基层干部和他确认个政策；这边群里答复行业部门的咨询，那边群里回答手下的确认手续……等他彻底消停下来，晚上10点的钟声基本敲响了。

别人家男人回家陪妻儿再正常不过，但在他家简直是奢望。女儿在作文里写道："爸爸接我回到家里，我写作业时，他歪头栽在沙发上睡着了；等我要睡了，他关上门又去书房加班了……"有一次连续加班一周，女儿就问妈妈："妈妈，爸爸是不要我了吗，怎么天天见不到他？"常年操持家务还要工作的妻子，早已被诊断出腰椎间盘突出，她说："在我们家，马艾飞的工作排第一，女儿排第二，我能不能排得上第三都另说……"但是面对女儿天真的话语，心疼孩子的她还是强忍泪水，抱着女儿安慰道："你爸爸每天晚上回来都会亲你的,只是他回来时你睡着了,早晨他走的时候,你还没醒呢。"听妻子转述女儿想念自己的话语,马艾飞也强忍着眼眶里打着转的泪水,裹紧大衣,还是冲进了凛冽的寒风中。办公室里高高垒起的文件、那件绿色的军大衣,又成了那夜长长的陪伴。

巴言说,从2016年开始,为了准确提交国网排名,12月31日晚上他们都是守着电脑度过的,总能看到元旦的月亮和太阳西一个东一个,挂在天空。3年多啊,那么多方案、规划不在夜里完成,哪有时间呢?经常熬到凌晨3点,他的头发能不白吗?2016年,原本已经买了去厦门享受市级劳动模范疗养休假的机票,却因为迎接第三方评估,承接"京蒙扶贫协作"项目,又在办公室加了6天班。

2019年夏天,马艾飞突觉心脏难受,肚子也拧着劲儿地疼。终于恼火的妻子硬是拉他去北京做了一次检查:胃息肉、心绞痛。术后3天他便返回了工作岗位。尽管大夫严重警告他如果再熬夜,没的就不是黑发而是命了,但身不由己的他还是像上了劲儿的陀螺,转个不停。功夫不负有心人,马艾飞与脱贫攻坚战线上的战友们日夜兼程奋战3年多,落实了中央扶贫政策,完善了乡村基础设施,达标了"两不愁三保障",建档立卡贫困人口人均年收入达到1.1万元以上。2020年4月,鄂轮春自治旗48个贫困村全部出列,贫困发生率由2014年的30.8%降至0.018%,成功摘掉了"国贫县"这顶帽子。2020年,他本人也被评为"内蒙古自治区先进工作者"。2021年2月25日,全国脱贫攻坚总结表彰大会上,被评为"全国脱贫攻坚先进个人"的马艾飞,见到习近平总书记的时候,流下了激动的泪水。他说,当得到习近平总书记的高度认可的那一刻,觉得自己这么多年的坚持,值了!黑发熬成白发,值了!

一份责任、一股干劲、一个初心、一片真情……马艾飞用他心中的大爱、为民的执念和奋斗的精神，得到上级领导和百姓的一致认可，成功为鄂伦春旗脱贫攻坚工作取得阶段性胜利助力添瓦，为下一步乡村振兴开启了一扇辉煌的大门。鄂伦春自治旗，镶嵌在金鸡之冠上的这只雄鹰，注定会因扶贫干部的实干而展翅翱翔。

林西县的温暖记忆

陈秀民

岁月流淌在记忆的长河里,当一朵朵浪花溅碎后,裸露出的便是难以忘却的回忆。回忆并不轻松,尤其是回首过往。时光倒流到1986年,林西县被划定为国家贫困县。32年孑孓行走,回望走过的路,希望在汗水中升腾,执着的林西人一刻也没停止追求与赶超的脚步。历经阳光的洗礼,那些刻印在河道里的履痕,渐渐清晰起来。

南方雨汛不断,洪水暴涨使江南深陷泽国。而在塞北,依然是滴雨贵如油,6月的草原还是初春的模样。2018年,林西遭遇罕有的干旱,整个山川田野蒸腾着一个放大的"渴"字,祈雨是林西人普遍的心声。直至小暑,才断断续续降雨。7月中旬,人们终于盼来一场透雨,绿油油的大田立即抖起精神,按捺不住的庄户人立即抢种晚田。与透雨一并降临的是一个颇具震撼力的消息:

"2018年7月25日,国务院扶贫开发领导小组第三次全体会议审计并原则同意第三方评估机构地林西县的专项评估检查结果,并与7月26日向自治区扶贫开发领导小组发函,反馈了内蒙古自区2017年贫困县退出专项评估检查结果,林西县综合贫困发生率1.64%,错退、漏评问题不显著,群众认可度94.94%。经专家评估检查,林西县符合贫困县退出条件,要求自治区扶贫开发领导小组于8月10日前完成退出批准程序并向社会公布。"尔后不久自治区政府正式宣布,林西县退出贫困县行列。

这无疑是权威性的结论,标志着林西县已经实现了靓丽转身,开启了新的目标追求。听到这一消息,林西人表现出的是一种冷静和淡定的态度,2018年4月—6月,国家、自治区、赤峰市组成联合验收考核评估组,深入林西各地进行了缜密核对,事无巨细地查看了每一个细节,林西县的各项经济社会发展指标,全面超过国家制定的脱贫线标准是不容否认的事实,国务院发此重磅信息,已在林西人的意料之中。当时,全国有36个县与林西县一样率先退出贫困县行列。

摘掉贫困县的帽子,在内蒙古31个国贫县市中,林西县是第一个。

一、艰难脱贫路

贫困,这个幽灵一样的怪物,困扰林西人30多年,卸掉它后,回过头看,记忆里写满了拼搏和汗水,回忆竟是如此的沉重。走进32年的时光隧道里,林西人好像一直在爬坡,气喘吁吁,汗流浃背。集体的智慧和聚合的力量是无限的,众志成城,推动林西县这艘船破浪前行。

林西—林稀,不就是十里一棵树嘛。这个不吉的谐音陪着林西走过了百年沧桑,但如今的林西已是绿满山川。

"30多年的扶贫工作实践锻炼了干部,也让他们积累了工作经验,为最后脱贫攻坚奠定了坚实的基础。"

县政协主席王春艳对此感慨颇深。党和国家的扶贫政策向来是恒定的，且投入的力度逐年加大，这些惠民政策对绝大多数贫困户收效明显，纷纷走上脱贫致富的道路，而对那些老弱病残丧、失劳动力的贫困户，就不能照搬一个模式。头痛医头脚痛医脚，只能缓解一时，不能惠及长远，要实现根本上的脱贫，关键是扶志扶本，站稳脚跟，恢复他们的造血功能，强壮筋骨，建立健全保障机制和长效机制。

王春艳是土生土长的林西人，她亲历了30多年扶贫的艰辛过程。当年被划定为国贫乡镇一共2个：一个是新城子镇，另一个是双井店乡。王春艳就在新城子镇担任镇长。二十几岁尚是芳华，拉起这架贫困的老车执着前行，她时常体力透支，有一种高原缺氧的感觉。但县委、县政府一贯的支持与倾注和党的政策始终是她前进的动力。与北京丰台区结成帮扶关系，使新城子镇平添助力。王春艳去丰台区花乡挂职，与花乡乡长王春兰一见如故，很快由工作关系亲密成姐妹。挂职结束，大姐王春兰一次性帮扶新城子镇50万元，须知新城子镇全年的财政收入才15万元，连县领导都高兴得咋舌。有了这批资金的援助，新城子镇修建了2所学校，村民也用上自来水。王春艳担任镇长，次年转任镇党委书记，而后相继担任发改委主任、副县长、副书记、政协主席，职务的变化和岗位的调整，都没有离开过对扶贫的倾注。多年在扶贫工作一线奔波，对一个人的精力和体力是个考验，接受采访时，她只能斜靠在座椅上站着，坐着她的腰椎和颈椎受不了，可她的工作热情未衰，乐观的工作态度和饱满的工作激情让人肃然起敬。县委推行四大班子领导联系包片责任制，作为县政协主席，她先分管十二吐乡，后又分管新城子镇。几年下来，这两个国贫乡镇发展势头强劲，示范带动作用明显。

"这届县委、县政府班子很有魄力，把全县方方面面的力量都凝聚起来了，做出的决策和推进措施很有开拓性。全县脱贫攻坚扎实推进，精准识别，精准施策，精准退出，这与县委、县政府正确把关定向并亲力亲为密不可分。"王春艳接着又补充一句，"他们在用心用情地推进脱贫攻坚，通过强有力的组织发动，真正做到了要我干与我要干的转变，这是很关键的。"

　　金秋是收获的季节，林西县精准退出后，林西人依然处在紧张忙碌的工作业态，工作热度未减。林西县的脱贫攻坚成果是全县干部群众凝心聚力的结晶，是用汗水浇注的。

　　2017年春节刚过，一场春雪洋洋洒洒地飘落下来。雪后的林西大地纯净淡雅，可敏锐的林西人隐隐约约地感觉到，白雪下面蛰伏着一股蓬勃的萌动，预感到2017年会是不同以往的一年。新春的祥瑞气息还没有散去，县委全委扩大会议召开了，县委书记田向存代表县委，向全县做出庄严承诺，2年之内励志脱贫攻坚，彻底摘掉贫困县的帽子。县委书记的声音铿锵有力，这是集体的决策，是县委、县政府向全县发出的最强音。坐在台下的近千名副科以上干部，表情严肃，他们感觉到了县委、县政府的决心，也体味到了这一决策的分量。细心的干部已听出端倪，自党的十八大以来，扶贫攻坚力度年年加大，不同以往的是田书记报告中的提法与历次有所不同，扶贫攻坚换成脱贫攻坚，"扶"与"脱"，仅仅一字之差却是力拔千钧，彰显任务的艰巨性和紧迫性，说明林西县脱贫摘帽已进入倒计时状态。随即在县人代会上，县长付守利做《政府工作报告》，向全县人民宣告，脱贫攻坚将是本届政府的头等大事和第一民生工程，坚持以脱贫攻坚统揽经济社会发展全局。而后，又召开脱贫攻坚动员大会，县长主持大会，县委书记作动员报告，要求各级干部，要以高度的责任感和饱满的工作热情，全力以赴投入脱贫攻坚战的实践中,心无旁骛,聚精会神,敢于担当,把县委、县政府的决策转化成干部群众的自觉行动,以誓拔"穷根"的决心和干劲,力求到2018年,全县"不少一户,不落一人",退出国贫县。

积雪还没有融尽,阳光在雪面上折射出晶莹的光芒,林西县脱贫攻坚的大幕在复苏的大地上开启了。全县9个乡镇100多个行政村的上空传来布谷鸟的叫声,盎然的春意在沸腾。

在林西采访20余天,是一次挑动激情之旅,是一次难以忘怀的采摘经历,耳边似乎一直摇荡着"长江号子"的高亢,火热的脱贫攻坚场景高潮迭起,感人的场面、感人的故事,沉淀成温暖的记忆。许多年后打开,又将是令人感奋的历史。

贫困户对脱贫攻坚的认可,无须用语言赘述,一张张笑脸就是最好的证明。在阳光里穿梭采访,每天都能感受到一股潮涌般的汹涌,思绪的潮水放肆地奔流在林西的各个角落。7月18日,我受邀在县政府大楼前的广场上观看农民广场舞大赛,表演人员动作整齐划一,显得挺专业。我曾在国家大剧院观看俄罗斯芭蕾舞剧团表演的《马刀舞》。这场演出美仑美奂,让人赞叹不已。尽管如此,我并未过分激动。可是,当我看着那些从田野中走来的农民演员,她们当中或许就有贫困户,这些摘掉草帽放下锄头浑身散发着土腥的农家女,合着乐曲舞姿翩翩,我竟然莫名其妙地热泪盈眶。劳动美是最诚实的艺术,她们用内生动力展示的是对美好生活的憧憬和渴望,当物质上得到满足后再上升到精神层面的富足,沉淀在心头的梦想就从虚幻转为现实。

二、林西的的脱贫模式

著名设计大师刚特·兰堡认为,美好的生活始于设计。林西县脱贫攻坚,起点也在顶层设计上。

来到林西，我用一天的时间，躲在宾馆，一头扎进文山里，静心翻阅大量资料，这些都是他们实践的总结，我从中寻找采访的切入点。资料太多，我有一种潜入深海的感觉，当感到缺氧不得不浮出水面缓口气时，眼前渐渐明朗起来。林西人的务实和创造性思维是他们从贫困大盘中退市的关键，他们科学、理性、超前、机智、务实地把设计理念移植到脱贫攻坚工作中，而在实施过程中释放的是集体的智慧和能量。林西县委、县政府善于集思广益，从规划入手，客观评估多年来取得的扶贫开发工作成果。他们睿智地认为，多年未能拔掉"穷根"的掣肘因素是产业拉动力乏力和贫困户本身内生动力不足，贫在产业，困在发展。贫困户在脱贫意愿上缺乏主观能动性，任何帮扶措施都无济于事。通过广泛深入调查发现，在部分贫困户中存在着狭隘意识或偏见，习惯于躺在政策的温床上享受，而不想靠自身的努力去改变生活，本质上缺乏创业增收的内生动力。在穿梭采访时，我曾听到过去扶贫工作中出现的令人啼笑皆非的故事。几年前，下乡干部给贫困户送去几只羊，还没等下乡干部离开，贫困户就麻利地在院里宰了1只，招待干部。已下派大营子乡前进村扶贫6年的民政局干部王海涛深有感触地说："有的群众把贫穷当作一种习惯，主观上或不具备脱贫摘帽的心理准备，说穿了就是缺少主动脱贫的意识。随着医疗救助、危房改造、易地搬迁、产业扶贫等各种扶贫政策的落实，部分有'等靠要'思想的群众尝到政策的甜头后，行为也越来越跑偏，坐等帮扶、慰问，甚至有的装病、装穷，理直气壮地向村干部、帮扶干部索要项目，要资金，要低保。"这种惰性思维直白地反映出部分贫困户的依赖思想比较顽固。当然，也有部分贫困户缺乏信心，"不敢"脱贫。统部镇甘珠庙村驻村第一书记胡景龙介绍说："受条件限制，部分群众发展信心不足，不敢突破自身局限脱贫致富，求稳怕变，故步自封，排斥变革，过惯了有吃有喝的小农生活，不思进取。"在五十家子镇，有的贫困户活到五六十岁竟然还没到过林西镇，长期与外界隔绝，感知不到外面世界的精彩，日升日落，满足于三个饱一个倒，信马由缰，生活没有追求。

不愿脱贫与不敢脱贫说明贫困户的消极心理，而"不能"脱贫与"不会"脱贫则是不容忽视的现实存在。由于发展生产要素短缺，部分贫困户虽然有脱贫致富的想法，但心有余而力不足，缺资金、缺劳力、缺土地，要啥没啥，加上居住地偏僻、交通不便，形成了难以摆脱的瓶颈因素，在发展上表现得非常弱势。还有一些贫困户不知道怎么脱贫。扶贫开发需要改变的不仅是贫困户的生产生活方式，还要与现代种植业与养殖业的科技推广紧密结合。传统粗放的生产方式非但不能增收，客观上还会造成扶贫开发资源的浪费。部分群众在脱贫工作中找不到切入点和突破口，有劲不会使，在老套低效的种田养畜模式中打转，靠天吃饭，种一坡收一锅，种一亩收一斗，这种现象在偏远落后的农村是存在的。贫困户多数文化水平低，接受新事物能力不强，因循守旧，在飞速发展的现代农业进程中跟不上节奏，生活陷入贫困也就不足为奇。

凡此种种，成为推进脱贫攻坚不能回避的问题，县委、县政府意识到，2年内能否完成脱贫攻坚目标，首要的是解决思想观念问题。谋定先行，林西县脱贫攻坚规划堪称大手笔，凝聚了各方智慧和力量，可操作性强，彰显林西县委、县政府"动真情、下真功、真扶贫、扶真贫"的气魄和决心，创造了林西理念和林西模式。一位外地来林西考察取经的领导感叹："工作做到这份上，哪有不脱贫的道理。"

我们先概念性地见识一下林西理念和林西模式。十几天在林西穿梭走访，见证了林西模式或林西特色，事半功倍的效果使我发自肺腑地感奋，直观地感觉林西模式大体由10个板块组成，"1+4+5"产业脱贫模式、"1351"健康扶贫模式、"易地搬迁+"模式、"四轮驱动"金融扶贫模式、扶贫+养老模式、资产收益模式、"234"党建促脱贫模式、"党建+"模式、电商扶贫模式和就业扶贫模式。

10个板块涵盖了林西模式的全部，这是骨架部分。每一板块都细化了目标、措施、责任、考核及实现路径后，构成了林西模式的全部，诠释了林西人的创造精神和脚踏实地的作为。

写在纸面上的文字是苍白的，但舒展在大地上，便会风生水起，色彩绚丽。顺着林西脱贫攻坚的进程深入，沿横贯东西、覆盖南北的轴线徐徐打开，攻关的脚步坚实有力，众志成城，遍布城乡，他们绘就了一幅感天动地的杰作。

扭住龙头，综合造血，强壮贫困户筋骨，是产业扶贫的核心。总结以往扶贫工作经验，产业支撑的缺失和乏力，是贫困地区和贫困群众难以脱贫致富的功能性障碍，也是造成年年扶贫年年贫的主要原因。不解决"造血"，单凭"输血"不能从根本上解决问题。因此，林西县把发展产业作为脱贫攻坚的核心措施，主推"1+4+5"产业脱贫模式。"1"是依托1个企业；"4"是贫困户获得生产性收入、财政性收入、劳务性收入和资产性收入等4个方面的收入；"5"是5个成熟的产业模式，即依托佰惠生公司打造"甜菜富民"模式，依托正邦集团打造"生猪富民"模式，依托德青源公司打造"金鸡富民"模式，依托恒光大公司打造"中药富民"模式，依托天拜山公司打造"野果富民"模式。

"1+4+5"构成林西县产业扶贫的基本框架，五大产业挺起脱贫攻坚的脊梁，共带动建档立卡贫困人口8687户16573人，占贫困总人口的82.6%。五大产业身负重任，在播种的季节启动，在收获的季节收官,龙头扭动,龙身起舞,龙尾呼应,林西县脱贫攻坚在全县各个角落激情唱响了。

"把贫困户绑定在产业链上,只要企业不倒、产业不衰,贫困户的生活就有了基本保障。"县人大常委会主任赵锐久如是说,道出林西模式最闪亮的一面。

在县扶贫办主任赵光明的办公桌上,摆放着2017年的收益账单,生产性收入方面,全县订单种植甜菜10万亩,其中建档立卡贫困户2040户4100人,种植9180亩,人均增收2795元。资产性收入方面,往年把扶贫资金直接发给贫困户,收效甚微,推行产业扶贫后,政府把相关扶贫产业基金整合,按建档立卡贫困人口每人1万元投给产业化龙头企业,要求企业连续3年为贫困户返利,每人从中获利1000元,直接打入贫困户个人"一卡通",不仅提高了扶贫基金使用效率,而且为贫困户开辟稳定的收入来源,企业和贫困户同频共振,实现双赢。劳务性收入方面,2017年佰惠生公司和德青源公司聘用建档立卡贫困户372人,人均增收2.5万元。一人就业,全家脱贫。财政性收入方面,集中体现在贫困户土地流转上,一些老弱病残的贫困户基本丧失劳动力,由政府引导把贫困户土地流转到合作社和种植大户,平均月增收720元。

从西拉沐沦河畔到大冷山下,我感受到了林西人的实干精神和咬定青山不放松的执着,到处都奔涌着一股蓬勃的力量。5个龙头企业,形成5条产业链,睿智的林西人顺势建设各种类型脱贫产业园区12处,推行"合作社+企业+农户+贫困户"的经营模式,扶持贫困户发展肉牛、肉驴、设施农业等产业,实现了村村有主导产业、户户有扶持项目、人人有脱贫门路,真正做到了宜户宜人施策,通过产业扶贫年人均增收在1500元以上。

20世纪80年代初,分田到户轰轰烈烈,而如今似乎又走回头路，从分到合不可逆转，但现在的合与计划经济年代的"一大二公"是两码事儿，是市场经济条件下农民利益关系的重新调整，是土地资源的整合后实现规模经营产能效益最大化的有效途径。因此，林西县合作经济呈现方兴未艾的发展势头。截至采访结束时，林西县已发展农民专业合作社977个，辐射农户3.1万户，土地流转24.3万亩，带动贫困人口2486户5469人稳定脱贫。同时，合作社还带动1.3万非入社农户增收。

健康扶贫凸显林西人的创造性。连日来，我听到最多的是"1351"，它像银行卡密码一样牢牢刻在我的心里。"1351"打开了健康之门。而在林西，这一健康密码在贫困户中几乎是家喻户晓了。客观而论，历经30多年的不懈扶持，多数贫困户得到政策的惠泽后，走上了脱贫致富的阳关大道，可有少部分还深陷贫困的泥淖不能自拔，疾病是致穷致贫的直接原因。林西县为根除"因病致贫、因病返贫"这一老大难问题，实施了"精准筛查、精准治疗、慢病补偿、大病兜底"的"1351"健康扶贫工程。看似是一串数码，可展开"1351"的扉页，一股股温馨情愫便扑面而来。"1"和"3"意指建档立卡的贫困户因病住院由脱贫医疗保障基金兜底救助，个人自付不超过政策内合规费用的10%，自付单次或年累计费用不超过3000元。似乎这样解释还有些笼统，直白地讲就是生大病发生的几万十几万的治疗费，自己只需支付3000元，其余全是政府兜底报销。"5"是把建档立卡贫困户的5种疾病纳入报销补偿范围，42种慢性病被纳入门诊补偿，符合医保政策报销的门诊24种慢性病中，属于住院管理的报销比例提高10%，属于定额管理的报销比例提高20%，个人自付5%，其余由脱贫医疗保障基金补足。不在医保政策报销范围内的18种慢性病，由医疗保障基金直接报销95%，个人自付5%。最后一个"1"就是实行"一站式"服务。4个项目单元组合在一起,形成"1351"温情扶助方程。得到救助的贫困户,多数都恢复了劳动创收能力。

新林镇五星村村民赵青云老伴鞠桂芝,如果没有健康扶贫政策,她做梦也不会想到还能站起来。鞠桂芝老人中年双膝关节坏死,她爬行了16年,门槛都迈不过去,儿童学步车是她走步的依赖。2017年11月,她在林西县医院做了膝关节置换手术,2次手术入院医药费159654.15元,报销153963.95元,自费5690.2元。

阳光普照的下午,我来到鞠桂芝老人家。院子收拾得洁净,菜园里的豆角挂在藤架上,果树上的沙果红了。

"吃营养药花了2000多,不吃这些3000元就够了。"这位身体康复的老人说话时脸上洋溢着幸福。

"过去砖头一样高的台阶都上不去,都得爬。"她从箱子里翻出过去的老照片。那时,站立需要两人扶着,两条腿弯曲,合在一起恰是一个"O"形。如今她双腿伸直、走路稳健,若不是我们来访,她正准备去地里帮老伴干活。那架伴随她十几年的儿童学步车已被闲置在墙角,十几只芦花鸡见到主人"咕咕咕"地叫着,争相啄食。她由衷地感谢共产党,感谢扶贫政策,执意把我们送到街口。待我回头看时,老人正迈步向村外的玉米地走去。

走进统部镇甘珠庙村一位农民之家,我看见男主人在地里干活,他的妻子正做午饭。她说,过去他们家日子比较富裕,但自从她男人患上肝硬化,日子急转直下。他们花光了所有积蓄,还欠下10多万外债,女儿也打算辍学了。靠"1351"报销了大部分医疗费后,家里的负担骤然减轻,女儿以656的高分考入中央财经大学。身材纤巧的女主人见到下乡扶贫干部,很热情。她感激扶贫政策,她说是政府救了他们一家,如果没赶上扶贫好政策,这个家就散架了。说话间,男人从地里回来,阳光把他的肌肉晒得黝黑。

在全县一百多个行政村中，得到"1351"救助的贫困户，几乎村村都有。据统计，全县建档立卡贫困人口中享受"1351"健康扶贫政策的有15107人，低保、五保等其他困难群体享受"1351"健康扶贫政策的有17839人。其中，2017年救治各类贫困人口住院患者9459人次，发生医疗费用8069万元。其中，大病统筹支付4787万元，医保支付256万元，个人支付1173万元，基金兜底支付1853万元，政策范围内报销比例达90%以上。救治慢性病患者9169人次，发生医疗费用144万元，医保加兜底报销136万余元，实际报销比例达95%。那些得到救助的贫困户终于摆脱了疾病的困扰，体能的恢复使他们走在脱贫致富的路上。全县制定实施162种临床路径（住院132种、慢病30种），避免了过度治疗，形成了"小病在乡村，大病不出县，康复回基层"的健康扶贫格局，县内就诊率达到95%以上。

在林西县医院里，一名男子手上捧着医生从手术室递出的一节骨头流下了眼泪："我要将这块骨头带回去，将来父亲百年后，将这块本属于他的骨头放进棺材里。"说话的人是林西县大营子乡月亮沟村黎占武的儿子。

"本以为就得在家等死了呢，真是没钱呀，有钱能看着他站不起来在地上爬还不去做手术吗？"黎占武的妻子张玉芬说的是大实话。

2013年，黎占武发现单侧股骨头坏死，但由于换股骨头费用昂贵，一直没有去治疗。从最初挂着双拐，到后来在地上爬，回想起这些，张玉芬依旧止不住抹眼泪："我永远都忘不了那一天，2018年4月25日，占武刷了身份证就住院，做了置换股骨头的手术。"

黎占武年轻时当过村主任，黝黑的脸庞掩饰不住他的喜悦和沧桑。他是20世纪70年代就入党的老党员，如今赶上了精准扶贫的好时代。经过术后2个多月的恢复，他的腿已经逐渐可以使出力气。黎占武执意拄着拐杖送客，我们谢绝了他的好意，祝愿他早日健步如飞。

从五十家子镇采访归来已近黄昏，我们沿查干沐沦河西岸行走，此时夕阳把云彩染得通红。我最喜欢看晚霞落在河面上的情景，河水变成红色，汩汩流淌，仿佛有红色的巨龙在水中腾跃。林西模式焕发出的林西效应中，几大龙头企业舞动脱贫攻坚，功不可没。当受益的贫困户分享获得的实效时，他们脸上的幸福感，变得可触可摸。

三、第一书记

采访期间，听得最多的是"第一书记"，这一称谓与脱贫攻坚政策一道深入人心。

6月初的一天早晨，太阳刚刚露头，林西县大井镇东风村的第一书记孔凡华便来到村部，接上村主任张廷明和几位贫困户赶去东方红村听讲座。把几位村民送到培训会场后，孔凡华匆匆离开，到东风村地头和村"两委"一起查看机井。有几眼井已经废弃多年，他想看看有没有修复的可能性。

"气象局预测今年可能大旱。咱们这些是靠原隆平农场修建的灌渠。如果遇上干旱，灌渠也没水。不过只要这几眼井的电机没问题，地就能浇上。"孔凡华与村主任交流着。

"东方红村离这里不远，步行20多分钟就能到。参加油葵种植方面的讲座机会难得，他们几个都很有兴趣，我就把他们送去，听完再接回来。他们学好了油葵种植，增收就可能达到一两千元。"

来到东风村担任第一书记有3年时间了，孔凡华与村民打成了一片，与百姓结下了深厚情谊。他个头中等，体态微胖，笑容总是挂在脸上。村民们说，他长得就亲民。东风村年长一点的村民叫他大孔子，岁数稍小的也会亲切地叫他孔哥，大家都知道孔凡华热心肠、有能力，遇到困难都愿意找他合计合计。在担任东风村第一书记期间，他积极与东风村的帮扶单位联系，为每户贫困户发放鸡雏50只，秋季主动帮助联系销售，向城里饭店推销鸡蛋、卖小笨鸡，让老百姓增加收益。鸡生蛋，蛋生鸡，如今有的贫困户养鸡数量已经呈几何式增多，至少翻倍。

"人心换人心，四两换半斤。"

孔凡华用自己的言行和为老百姓服务的真心，诠释着一名驻村第一书记的责任和担当。

我执意到大井镇东风村采访，不只为孔凡华，还因为一封信。我是在《林西时讯》上读到的这封信，一位叫董明雨的老人以这种方式抒发对下乡干部的感激之情。来到大井镇东风村时，三伏末尾，被阳光炙烤的玉米叶子有些发蔫，土坡下近百户农家掩映在绿色葱茏中。第一书记孔凡华直接把我们领到靠路边最近的一户。这户人家大门敞开着，在树下打盹的黑狗见到孔凡华后便迎上来亲昵地摇尾，冲着我和县文联的胡振东则是"汪汪"狂吠。孔凡华拍拍黑狗的脑门，黑狗便像做错事一样回到树下继续打盹。

"来客人啦。"孔凡华扒着窗户朝屋里喊。

"去东屋，我这就来。"

户主正在西屋午睡，身材消瘦，目测不到70的样子。他就是董明雨，年轻时当过代课教师，后跟着朋友去外地做买卖，没挣到钱。他爱看书，床头摆着一个不大的书柜。令我略感惊讶的是他的床头竟然摆着我10年前出版的一本散文集，此外还有余秋雨、张爱玲的书。他的3个女儿个个争气，老大考入内蒙古财大，老二考入南开，老三考入天津医科大。3个女儿上了大学，他也一无所有了，老伴离他而去另组家庭，不幸的是他还患了脑梗，基本丧失了劳动能力，他家由此落入赤贫。前年，孔凡华被下派到东风村任第一书记，经过精准识别将他家列入建档立卡扶贫户。

"像他这样的贫困户就得从政策保障层面入手。"孔凡华算了一笔账：靠"1351"健康扶贫报销了医疗费，靠产业基金分红每年有1000元的保障性收入，享受低保650元，土地流转收入每年2000多元，这样老人家就稳定脱贫了。

"不知咋回事，我第一眼看到他就觉得这孩子跟我近便。"

董明雨很健谈，尽管孤身一人，但是家里收拾得整洁有序。正午的阳光很烈，窗户打开，院里的瓜果芬芳就飘进来。孔凡华有时间就去他家坐坐，一来二去两人结成忘年交。有时，天太晚了就在老人家住下，最长一次一连住了10几天，孔凡华不得不走了，他的胡噜常搅得老人睡不安稳。董明雨无力耕种院里半亩多的小菜园，孔凡华便带上铁锹翻土，打好畦田，种上辣椒、茄子、豆角等菜。整个夏天老人都不用出去买菜。董明雨家的自来水管道坏了，孔凡华带着工具来修。他说暖气不热，定是锅炉的问题，把暖气片拆开，换上新的栓阀，循环就顺畅了。

"凡华不是单单对我好，对全村所有贫困户都一样。还有市里下派的兰科长，对我也很关照。"说着董明雨拿出他写的一封感谢信，篇幅不是很长，却是老人发自肺腑的心声。我这次慕名而来，就是想看看他写的这封信。

"随便写的，但都是心里话。"

这是一封写在稿纸上的信，字迹稍显潦草，但能够辨认。

午睡过后，我看到很多熟悉的身影迎着阳光走进来。他们有的拿着铁锹，有的拿着抹布，我难以抑制心中的激动之情，拿起笔写下这两年的亲身感受。

我是林西县大井镇东风村的农民,今年已经63岁了,是一位地道的农民。现在党的政策好,没想到自己60岁一摊泥了,惠民政策落到头上,不但月月有分红,还安排我做一年工资有3000元的清洁工,三天两头有人上门嘘寒问暖,到了年关,还给我送油送被。如今,在政府的帮助下,我真的啥不缺,啥也不少。

"大爷,你要对生活有信心,我们会帮助你渡过难关的!"我们第一书记孔凡华总是这样对我说。提起贫困,酸楚一阵阵地涌上心头。如果人生分为3个阶段,第一阶段就是青年时期,那时,我做木匠,赚钱养家,平静美好。最不堪是中年时期,那时,我总觉得像父辈们一样在家种地没有前途,于是离开妻女,到武汉跟朋友创业。没想到创业失败,身无分文地回家后婚姻破裂。为了弥补妻子并供3个女儿读书,我把所有耕地包括一卡通都给了前妻。成了孤寡老人无依无靠后,我心力交瘁,急火攻心,就得了脑梗。第三个阶段是填写了贫困户申请表后开始的,与县里和镇里的驻村工作队熟络起来后,我的生活发生了翻天覆地的变化。

这里必须说,精准扶贫我刚开始是不信的,我以为是走走形式、拍拍照,所以对驻村干部持怀疑的态度。他们每次来我家,我都用语言攻击并且想尽办法把他们轰走,现在想想非常愧疚。但是,时间久了我才发现,这些孩子不仅给我送医送药,帮我养鸡下蛋、给我分红,还每周来一次家里帮我生火做饭、打扫卫生,风雨无阻。知道我喜欢看书,与我三女儿同龄的杨莉(下乡干部)送我很多书籍,帮我谋划新生活。一时间,这死气沉沉的老房子里,重新有了生机。

市里的兰科长总到我家鼓励我,还找人帮我把房子内外重新装修粉刷一番。此刻,我就生活在干净的屋子里。我感谢党的好政策,感谢党的好干部们,是你们让我在绝望中重新有了希望,让我感受到人间温暖。我相信,在你们的帮助下,老百姓的生活会更加美好。

我想用纸笔记录下这个伟大时代新农村日新月异的变化,可惜纸短情长。

大井镇东风村村民董明雨

2018年4月26日

老人的信或许缺乏文采,可这是一片肺腑之言,像土地一样朴实憨厚。试想一下,如果没有精准扶贫,他的生活会怎样?董明雨对孔凡华很了解,他向我介绍孔凡华,而孔凡华坐在门口的方凳上,脸上依然是标志性的微笑。

"东风村的老百姓有事就去找他。村里那几眼井,荒废很多年了,孔书记来了就修好了。像今年这样的大旱,要是没有那几眼井,肯定是个灾年,贫困户有一半都得返贫。"

离开董明雨的家,西斜的日头照在盎然蓬勃的农家院里,菜园里的辣椒泛红了,黄瓜倒挂在藤架上,宽硕的玉米叶子已经掩盖不住长成的玉米穗。孔凡华把我送到村口后又折身回去。

"我看老爷子菜园里的蔬菜有些旱了,帮他浇一浇。"夕阳拉长了他的身影。

与大井镇相邻的是官地镇,此次要拜访的另一位第一书记莫晓峰就在这个地方。官地镇王家沟村党支部书记吕霞用钦佩的语气说:"只要村办公室的灯还亮着,就一定是莫书记还在工作。他白天到地里调查走访,晚上回来汇总,有时自带干粮,蹲在田埂上面包就火腿,吃完又去另一块地找人继续聊。"

第一书记莫晓峰工作开展得到底咋样？干部群众有口皆碑，他在村村户户留下的身影印刻在王家沟百姓的心中。

如果不是脱贫攻坚，莫晓峰也许这辈子也不会知道还有王家沟这个村子。虽然王家沟距县城只有47千米，可隐居在山坳里，是名副其实的偏远贫困山沟。长期在办公室工作的莫晓峰突然到这样的环境出任新职，他首先想到的是脱贫攻坚从哪儿入手。习惯的作息时间与生活规律被打乱了，个人的困难也随之而来。

5岁的儿子打来电话，是他在下乡的路上接的。

"爸爸，你什么时候回来啊？你都好久好久没陪我玩了……"

"爸爸，你陪我去买大黄鱼好不好？我最喜欢了……"

"爸爸，我都快不喜欢你了……"

儿子的稚声稚语让他心里很不是滋味。儿子很可爱，在机关上班时，每逢周末他都陪儿子去游乐场或到城郊野外玩耍。自从下乡驻村扶贫，他再也没有去过。

"乖啊，爸爸在忙事情，回去就和你去买，好不好？要听爷爷奶奶的话，不要调皮……"

他已经记不清推脱了几次，兑现也不知在何时。

他在司法部门工作，常常有朋友向他咨询法律问题。朋友打来电话，看中的房子要交定金了，希望他能帮着看一下合同。

"晚上行吗？我在去村里的路上。"时间显示2018年3月31日6时31分。

休周末、陪家人、会朋友、睡懒觉已经变成可望不可即的奢侈，作息时间表变成了"5+2"或"白+黑"。一年的时间，车上的里程表突破2万千米，还在不停地蹦跳，工作的时速绑定在了飞转的车轮上。

不加油，车就寸步难行；不吃饭，人也会失去生存的动力。

吃饭,是莫晓峰必须面对的又一个现实问题。他是一名回族干部,在饮食上有禁忌。为了尊重他的生活习俗,村"两委"想在伙食上照顾他,被他婉拒了:"我是来工作的,不是来享受的,不能搞特殊,不能给村里和群众添麻烦。一碟咸菜、一碗米饭或弄两个鸡蛋,吃饱就好。"个人生活中的一切困难,都被他默默地淡化了。

莫晓峰在自己的工作总结中写道:"真扎根、高自觉。"他严格遵守组织部各项工作制度,一年来无违纪行为发生,始终工作在一线,争取把各项工作完成得更好。

做到精准扶贫,必须有真感情。真感情来自细致入微的调查研究,而不是走马观花、浮皮潦草地了解情况。

打开莫晓峰厚厚的民情日记,独特创意的画面映入眼帘:85户贫困家庭成员照片逐一贴在日记本上,后面分别注明该成员的出生日期、住址、识别退出年限、住宅情况、健康状况、收入来源、帮扶措施等。这是他用心血和汗水绘就的民生工作图。

把贫困人员的情况写在本上、记在心里,为的是方便工作、逐一帮扶解决。梅连玉、王井芝老两口二轮承包前就弃耕到辽宁盘锦打工。为减轻两人土地税费压力,村"两委"按政策将两人土地重新发包给群众耕种。2013年,钱没挣到,年事已高的老两口只好返乡。无地、无收入、身患多种疾病的两人,生活陷入困境。2017年,王井芝又被诊断出12项疾病,其中2项极高危,莫晓峰让他的家人陪着赶紧去市医院复诊,自己在林西帮助他们联系医保部门为其办理住院、转院、报销手续。在王井芝回家调理时,莫晓峰和村委会又协调有关部门,为其办理了低保手续。他还经常到她家问寒问暖、了解病情,个人出钱为王井芝购买些营养品。老两口心存感激无法言表,几次把小院里种的蔬菜和积攒的鸭蛋包裹好,作为感谢的礼物送给莫晓峰,被他婉言谢绝。

2017年6月18日,在一组民主评议会上,67岁的贫困户张桂芹紧紧抓住莫晓峰的手连说谢谢,一定要请他去家里吃饭。原来,张桂芹的社会养老保险金被人扣了,这笔600元的"巨款"让她心急如焚。如果去镇里查询,来回得要60元的打车费,她身体还有病,行走困难。一次入户调查中,老人抱着试试的心态将这件事反映给莫晓峰。谁知莫晓峰却当作一件大事,专程跑有关部门,查清了600元被扣的原因,解除了老人的烦恼。

莫晓峰对第一书记的解释简单明了:率先垂范,干在第一。村里治理环境卫生,他挥锹干在前面。发现个别党员模范带头作用差、乱丢垃圾、对时事政治学习少等问题,他就以"怎样做一名合格的农村党员"为主题,写讲稿、上党课,帮助党员弄明白"村民看党员""一名党员一面旗帜"的重要意义,提高了党员发挥先锋模范带头作用的自觉性。

村委会的服务台上多了一块醒目的牌子,上面标注:便民法律服务联系卡,联系人莫晓峰。履行第一书记职务的莫晓峰,没有忘记司法所长的职责。他把法规宣传、法律服务带进王家沟村。1年多的时间里,他为全村提供法律咨询40余次,增强了群众的法律意识,使一些土地纠纷、家庭婚姻关系纠纷、财产纠纷得到及时化解,有力地维护了村民生活的和谐稳定。

在贫困户家的墙上,有一块贴心的图板——帮扶连心卡。图板中,鲜艳的党旗下,工作队、帮扶人的照片和联系电话以及贫困家庭享受到的各项政策明列卡中。图版下悬挂的档案袋中,本户相关受益政策文件齐全。一张连心卡、一个档案袋,写上了新希望,装进了新关怀,搭起奔向小康的新桥梁。

然而,精准扶贫是一项工作量大、要求高的新型工作。每户家庭、每个数字都要反复核实,这是精准扶贫的前提。莫晓峰带领全体下乡工作队员和村"两委"牺牲大量休息时间，健全了贫困户档案。莫晓峰亲自带头苦干，到了废寝忘食的地步，一脸的络腮胡子来不及修理长成了"丛林"，成了群众识别他的新标志。村民们还幽默地给他起了个绰号——"大胡子书记"。他细致入微的工作得到了群众的一致好评，组织部门到村召开脱贫攻坚工作民主测评会，参会的18位村民代表全部投了赞成票。予人玫瑰，手有余香。只要心里装着群众，群众就会回以真心的赞誉。

如何落实好县委"5531"工程和推进"1+4+5"产业脱贫模式，为脱贫攻坚工作打下坚实基础，这是王家沟村"两委"的中心工作，也是驻村第一书记莫晓峰大动脑筋的心事。他指着村委会门口悬挂的由组织部颁发的九星级党组织牌匾，说："我们村已经得了九颗星，就差村级集体经济这颗星是空白。我们可以挖潜聚力补上这块短板，保证贫困人口顺利脱贫，共同步入富裕生活，成为十星级党组织。"他和村"两委"班子通力合作，紧密结合本村实际情况，制定实施脱贫新举措，及时向司法局党总支和帮扶单位经信局领导做了汇报，得到他们的大力支持，筹措资金2万元，为85户建档立卡贫困户和14户高龄五保户各免费发放鸡雏35只。通过经信局与糖厂协商，签订种植订单，在水利条件较好的4个村民组开展甜菜种植和经济作物种植。协助村"两委"班子与镇林业部门协商将3个村民组的弃耕山坡地1400亩退耕还林，每个贫困人口增收退耕还林政策补助480元。在贫困人口中选聘3名身体条件好、责任心强的中青年人担任护林员，年人均增收2800元。借助"坡改梯"项目，对野鸡沟1200亩弃耕山坡地进行改造，协助村"两委"班子与"携手共创"种植合作社签订10年的土地流转合同，每亩承包费150元，七、八两组的贫困户，每人年增纯收入400元。2016—2017年，按照镇党委的安排部署，王家沟村将"三到"项目资金入股绿禾园食品加工企业，通过与企业"联姻"获得资产收益。莫晓峰对入股农民精细造册，完善发放手续，确保每年10.4万元红利准确发放到位。截至2017年底，仅此一项，全村每名贫困人员纯增收850元。新的举措，让全村脱贫攻坚工作又迈出了坚实的一步。

第一书记的工作是艰辛的，但磨砺了人的意志，提高了人的思想和工作水平，收获的体会是刻骨铭心的。莫晓峰深有感触地说："担任第一书记，出乎我的意料，因为我觉得自己的能力有限，但我绝不会辜负组织的信任。"通过一段时间的工作，他深深地体会到，不忘初心、牢记使命是党员干部的神圣职责。想把它真正落到实处，光靠讲大道理是不行的，必须要有勇于吃苦、敢于担当的精神，以真心换真情，靠行动说话，靠实干服人，只有这样才能让组织放心、让群众满意。

"赵书记，早啊。"

"赵书记，晚上去我家吃饭。"

每天赵永峰走在村里，村民们都亲切地和他打招呼。回想起刚来村里的情景，赵永峰很是感慨。那时的自己已阔别农村生活20年了，下来做第一书记有些忐忑不安与拘束。如今驻村快3年，村民们已经把他当成了村里的一员。

今年46岁的赵永峰，担任林西镇市场监督管理所一所所长。全县脱贫攻坚开始后，他带着这份沉甸甸的责任和光荣的使命，就任五十家子镇东边墙村第一书记。驻村以来，他就把自己当作一名"村里人"，放下架子、扑下身子、情系群众、激情干事，为东边墙村尽早脱贫付出了艰辛和努力。

金界壕横卧东西，尽管城墙早已坍塌成土埂，但遗留下的残垣足以佐证当年这里发生的战事。界壕便是城墙，城墙以东的村庄取名东边墙。多年来,东边墙村一直是扶贫工作的重点。

赵永峰一直从事机关工作,"三农"经验偏少,履职第一书记时他坦言压力很大、责任很重。可开弓没有回头箭,他暗下决心,困难再大也要顶着压力,一定要在"第一书记"的岗位上干出点名堂,不当孬种。笨鸟先飞早入林,在县里的动员会尚未召开之前,他就已经着手为驻村工作做"充电"准备。他反复地看习近平总书记关于扶贫开发的重要讲话和指示,认真研究各级各部门关于脱贫攻坚的重大部署和决定,深刻研读自治区、市、县关于精准脱贫工作的相关政策和文件,见到报纸上好的文章就剪,看到文件中好的思想就摘,听到讲话中好的观点就记,光剪报和笔记就足足一大本子。家里人问他:"你又不是县委书记,看那么多领导讲话和文件干吗?领着老百姓做事就结了。"他一本正经地回答:"这是政治,你们不懂。"除此之外,他还虚心向其他担任驻村干部的领导和同事学习请教,听他们分享驻村经验、交流工作心得、分析问题所在,然后反复思考琢磨,认真揣摩做好"第一书记"的经验和技巧,为日后顺利开展驻村扶贫工作做好了储备。

东边墙村属于典型的交通不便、基础设施薄弱、人口老龄化严重的重点贫困村。赵永峰上任后第一件事,就是挨家挨户走访,深入了解全村1608口人的基本情况,倾听群众的意见和建议。在他的民情日记本上,详细记录着各家各户的人口、耕地、收入以及合理诉求等。每隔一段时间,他就会拿出这些资料信息来翻阅,看一看还有哪家的诉求没有解决,然后明确目标,抓紧落实。

在深入农户走访的同时,他多次组织召开村"两委"班子和村民代表会议,座谈了解村里的基本情况、群众对村"两委"及驻村工作队的期盼要求等。他还经常走上街头、地头等人群聚集的地方,主动与群众唠家常,倾听群众最关心的热难点话题,掌握第一手资料。通过一段时间的调研走访，他就把村班子建设、生产生活状况、民风民俗、民情民意等摸得一清二楚，做到了底数清、情况明，为开展工作奠定了坚实基础。

在广泛调研走访、吃透村情的基础上，赵永峰与驻村工作队、村"两委"成员一道，经集思广益、反复修改后精心制定了东边墙村帮扶计划，以及逐户制定了帮扶手册。针对群众关心关注的热点问题，采取有力措施，认真予以破解。针对大东沟自然村饮水困难、交通不便、房屋破旧、收入微薄的实际情况，经过多次调研，他决定对大东沟26户贫困家庭，以"拔萝卜"方式迁出，建设"易地扶贫搬迁"新村，集中安置、集中管理、集中扶贫、集体脱贫。

他还带领全村干部群众推进美丽乡村建设，将东边墙移民搬迁安置区建设成社会主义新农村。修筑水泥路3000米，建设人饮工程和供电工程各1处，路灯16盏，栽植绿化树木70棵，修建公厕、垃圾池各1座，大门1处，主题文化墙400平方米。

群众对"第一书记"期望值很高。看到群众那期待的眼神，他就下定决心要多为群众办实事、解民忧。他先从关系群众生产生活的事做起，尽心竭力为群众把最需要解决的事情办好。为给搬迁后的新村搬迁户生产生活铺好路、解决后续产业发展问题，赵永峰和村"两委"研究决定，在充分借助县里的利民政策的基础上，在东边墙易地扶贫移民新村建设光伏发电扶贫工程。截至目前，移民新村共完成总装机功率52千瓦，户均装机功率可达2千瓦，总投资52万元，日均有效发电时间可达到5小时以上，户均发电量可达10千瓦时，户均收益每天8.8元，年收益可达2500元。

"身正才能正人，律己方能服人。"

赵永峰深谙此理，时时以身作则，处处率先垂范，坚持公道处事，民主理事，按章办事、赢得了干部群众的一致好评。作为第一书记，他特别注意如何处理好与村"两委"班子成员的关系，与他们团结共事，和谐相处，既敢于担当负责，又不越权越位，注重发挥村"两委"的主观能动性，激发他们干事创业的主动性。在建档立卡贫困人口"回头看"再核查专项行动中，他动员和组织驻村工作队、村"两委"，冒着酷暑高温开展地毯式摸排核查工作，把最难处理的事揽在身上，以实际行动为大家树立了榜样。

驻村工作队5人中，他年纪最长，但大到谋划扶贫项目、统筹"美丽乡村"建设和推进基础设施改造，小到完善"一档一册"、填写党支部工作手册，报送各类统计报表，他都亲自完成，既当指挥又当队员。紧张的工作之余，他还要亲自下厨，给工作队的其他同志炒菜做饭，他的执着、热情让工作队员们感动不已，都称他是工作队的"赵大哥"。

2015年5月，林西县医保局袁新星，经县委组织部任命，担任新林镇五星村第一书记。接到任命后，他有些犹豫，家里年迈的母亲生病住院，妻子手术初愈正处于恢复期，女儿正在高中紧张备考，这些因素困扰着他，觉得不是离开的时候。组织部门找他谈话时，他本该把家里的实际困难做些说明，可最终还是没有张开口。脱贫攻坚是全县重中之重的民生工程，抽调机关干部下乡驻村是重大的落实行动，组织上把他派到脱贫攻坚工作前线，是对他的考验和信任。作为党员干部，无论如何也不能向组织提条件、摆困难，必须服从大局。妻子看出了他的顾虑，认为他去乡村与贫困群众打交道是一次锻炼的机会，家里的事总归是能克服的，她完全有能力照顾好婆婆、照看好孩子。在家人的理解与支持下，面对"大家"与"小家"的抉择，他毅然决然地背起行囊，全身心投入脱贫攻坚工作中。

来到五星村,他开始走访贫困户,把情况摸清摸准。贫困户丁福臣,家中有4口人,只有他1人有劳动能力,家庭的主要经济来源仅靠他1个人的土地和2头毛驴,收入微薄,温饱都难以维持。2015年,丁福臣的儿子因没钱交纳学校伙食费、住宿费而辍学。了解这一情况后,袁新星及时汇报给单位领导,并积极与校方联系沟通。现在丁福臣的儿子已经复学,就读于林西实验中学,学习所发生的费用全部由帮扶单位医保局承担。

"这些都是我们的恩人……"每提起这件事丁福臣总是眼泪汪汪,感激不尽。

韩德的儿子韩金喜智力水平低,无法接受正式学校的教育。袁新星多次沟通了红山区特殊教育学校,并联系韩德,费了好大周折,将韩金喜送到这所特殊学校去就读。他希望韩金喜学到一技之长后,将来能够在社会上立身。

驻村帮扶不是简单地给钱给物,更要帮助村里理清发展思路、破解发展难题,促其早日脱贫致富。袁新星把扶贫作为事业,把驻村当作扎根,一心扑在村里的发展上,行使第一书记职责,帮助村里深挖贫穷原因,多方搜集致富信息,积极为村里发展出点子、找项目、引资金、送技术。针对五星村贫困户年龄偏大且没有了劳动能力的特点,他联系帮扶单位,采取了单位职工捐款和单位补充方式筹资,2年来筹集资金70000元,预计2018年年末筹集资金10.5万元。这部分资金以投资入股分红的形式投放给当地企业或种养植大户,年末收取红利,全部用于扶贫工作。资金本金始终不回收,长期轮回投放在本地企业或种植大户中,所产生的红利再分给贫困户家庭。

第一书记,在组织体系中算是最小的官了,且是非体制内临时的"短工",可他们的责任心和敬业精神令人钦佩。海纳百川,有容乃大，壁立千仞，无欲则刚。103位第一书记，身负推进脱贫攻坚的神圣使命，他们最大的愿望就是把组织赋予的职责尽职做好，做得完美。贫困户脱贫，是他们的工作目标和坚守。我从心底敬重这些第一书记，他们所做的事情事关百姓民生，他们的责任和担当以及在脱贫攻坚工作中发挥的作用，其他人是无法替代的。

敖汉旗农民讲习所

王樵夫

一、老藤的日子有了奔头

2020年深秋，夜幕降临，我们走进了敖汉旗丰收乡丰收村建档立卡贫困户老滕的家中。他家的院子里，羊咩狗叫，3间香菇种植大棚整齐地立在院内一角，让人感觉到一种科技致富的气息。我们一行走进他的新家时，老滕笑着迎出来。柜子上摆着各类兽药，这些都是老滕从兽医站给羊买回来的药。他现在不仅是种植香菇的明白人，而且成了养羊致富的带头人。在脱贫攻坚工作没开始以前，老滕是当地有名的贫困户，但是他凭借着2018年在脱贫攻坚讲习所掌握的养羊技术和疫病预防等知识，发展养羊事业，第二年的养殖收入就达到了5.4万元。老滕尝到了在脱贫攻坚讲习所学习的甜头，2020年，他又主动要求到脱贫攻坚讲习所学习养殖香菇技术，在自家院子里盖起了大棚，利用3分地养起了香菇。现在不仅邻里乡亲吃到了老滕种的香菇，而且老腾一年下来还能收入4000多元。

老滕叫滕云祥，今年61岁，家里有4口人，86岁的母亲精神失常，比他小13岁的媳妇智障，19岁的儿子在读大一。这是一个充满苦难的家：滕云祥的母亲林群意在她的第一个孩子不幸夭折后，受到了刺激，开始间歇性地精神失常。后来，滕云祥的父亲去世了，她动了开颅手术，又从床上摔下来，摔成脑水肿……弟弟生病又娶媳妇儿花光了腾云祥仅有的积蓄。滕云祥夫妇是出了名的孝顺。精神失常的母亲不接受医生的治疗，滕云祥夫妇就分别坐在病床的两侧，握住老人的手进行输液，医护人员都感动得落泪。滕云祥夫妇还非常热心肠，经常帮着村里的乡亲做一些体力活，脏活、累活更是抢着干，虽然日子过得清贫，但很受村里人欢迎。

否极泰来。2013年底，滕云祥一家首次被识别为建档立卡贫困户，同时也被确定为低保户、危改户。2017年中秋节，第一书记王振平来到滕云祥的家。考虑到腾云祥在锡林郭勒盟放过牧、有饲养经验，王振平利用"三到"扶贫资金先后给他买了24只基础母羊，又帮着在畜牧局协调了1只种公羊。2018年9月5日，深夜11点多，王振平突然接到滕云祥的电话，说他家的扶贫羊死了8只，有人给他羊投毒，他要报警。王振平连夜来到他家，看见羊死了一地，第二天找畜牧局的科技人员解剖了死羊并进行化验。最后的结果是滕云祥的养羊方法不科学，以精料喂养为主，草次之，死亡原因属于酸中毒。授人以鱼，不如授人以渔。光有羊不行，还得会养羊。王振平决定推荐滕云祥参加脱贫攻坚讲习所的养殖技能培训班。滕云祥利用在脱贫攻坚讲习所学到的养殖技术，发了家，脱了贫。如今滕云祥憨厚的脸上笑开了花，日子越来越有奔头。

在敖汉旗，像滕云祥这样的例子数不胜数。脱贫攻坚讲习所，为贫困户醒了脑，提了志，加了油，增了智，为全旗脱贫攻坚工作提供了强大的促进作用。

二、脱贫攻坚讲习所扶贫扶志又扶智

赤峰市敖汉旗自1988年被列为国家级贫困县，截至"十三五"时期，全旗仍有建档立卡贫困人口20539户38500人，贫困发生率为7.17%，是内蒙古自治区贫困人口最多、贫困发生率最高的旗县。自从党中央、国务院部署的脱贫攻坚战打响以后，敖汉旗作为国家级贫困县面临巨大挑战。随着各级党委、政府对产业帮扶、社会兜底等硬核帮扶措施的落实，广大贫困群众的"口袋"逐渐鼓了起来，但在这持续向好的局势中，也暴露了因部分贫困群众对政策领会不透彻、种养殖技术欠缺和子女不孝，以及"等靠要"思想严重等因素，致使少部分返贫和上访事件发生。

敖汉旗的脱贫攻坚工作已进入啃"硬骨头"、攻城拔寨的冲刺期，在大力做好帮扶工作的同时，如何增强贫困群众内生动力，真正攻克深度贫困堡垒，这个深层问题，刻不容缓、不可回避地摆在了旗委、旗政府领导的面前。

2018年4月4日，自治区领导到赤峰市敖汉旗调研，了解敖汉贫困人口底数大、贫困发生率高的情况，要求敖汉旗委、政府切实担负起重任，建立一所提升农牧民素质，带动人口早日脱贫的一所农牧民学校。旗委、旗政府高度重视，将办学事宜交给宣传部。在脱贫攻坚讲习所始建之初，选址成了大家最大的心病。时任旗委宣传部部长傅晓林多方走访沟通，将原丰收中学旧址改造，于2018年6月创办了敖汉旗脱贫攻坚讲习所。建所初期，所内基础设施老旧，学员教室、宿舍、食堂等急需维护升级，维护资金紧缺。旗委、旗政府投入专项资金30万元分别对教室、宿舍、食堂、浴室等进行了改造；在中直机关领导的牵线搭桥下，得到安奇信科技集团股份有限公司资金扶助48万元，用于基础设施建设和设备更新等；又得到北京海淀区投入京蒙帮扶资金180万元，用于"志智双扶"基地食用菌扶贫车间工程项目，打造讲习所+扶贫车间+龙头企业+贫困户+庭院经济+志愿技能培训六位一体经营新模式，带动贫困劳动力在车间就近就业或自主创业发展庭院经济；市扶贫办改革试验区资金再次助力投资50万元，对"志智双扶"培训基地的教室和各功能室进行了升级改造，更换了新桌椅、购置了百科图书以及监控设备等，使基地面貌焕然一新。

旗委书记邱文博、旗长于宝军多次到讲习所走访并制定了脱贫攻坚讲习所的教学模式，结合实际情况，给出了正确答案：希望通过培训激发贫困学员的内生动力，实现由"输血"扶贫到"造血"脱贫的"发展型"转变。坚持"富脑袋""富口袋"并重，加强扶贫与扶志、扶智相结合，激发贫困群众内生动力，让贫困群众摒弃"等靠要"思想，心热起来、手动起来。

扶志，就是扶思想、扶观念、扶信心，让贫困群众挺起精神的脊梁。扶智，就是扶知识、扶技术、扶思路，阻断贫困代继传递。实施志智双扶，才能激发活力，形成合力，从根本上铲除滋生贫穷的土壤。只有不断教育引导贫困群众树立脱贫光荣导向，引导贫困户摒弃变"要我脱贫"为"我要脱贫"，提升贫困农户脱贫致富的信心和决心，提高自我发展能力，让贫困群众的脑袋富起来，才能使他们彻底走出贫困。

"有信心，黄土变成金。"敖汉旗紧紧抓住"扶贫先扶志，扶贫必扶智"这条主脉，以引导贫困群众树立主体脱贫意识为工作的出发点，不断建立健全稳定脱贫长效机制，通过组织贫困人口集中培训学习，打通宣传群众、教育群众、关心群众、服务群众的"最后一千米"，激发了贫困人口自身动力并调动了贫困人口主动发展的积极性。

地方有了，架子搭起来了。但是，还必须健全全方位新时代文明实践的领导体系，形成新时代文明实践组织合力。于是，敖汉旗成立了由旗委书记任组长的脱贫攻坚讲习所领导小组，在原丰收乡脱贫攻坚讲习所的基础上，充分挖掘、整合、规范、提升现有资源，挂牌成立了敖汉旗新时代文明实践中心，下设所、站。由旗委书记担任中心主任，办公室设在旗委宣传部，由旗委常委、宣传部部长担任办公室主任；在乡镇苏木街道级成立新时代文明实践所，由乡镇苏木（街道）党委主要负责人担任所长；在村嘎查（社区）设新时代文明实践站，由村嘎查（社区）党组织主要负责人担任站长，组成旗、乡、村三级组织领导体系，实现了新时代文明实践中心（所、站）全覆盖。

有了教室，有了领导机构，还要有讲习宣讲平台。专门负责此项工作的副部长王相东和同事们精心研究，把服务目标紧紧盯在贫困群众上，要把党的脱贫政策，尤其是习近平扶贫思想论纲、党的理论政策以及"两不愁三保障"精准扶贫、健康扶贫、教育扶贫、就业扶贫和法律扶贫政策，让贫困群众都知晓、都熟悉。于是，搭建了"六大平台"：理论宣讲平台、教育服务平台、科技与科普服务平台、文化体育服务平台、卫生与健康服务平台、法律服务平台。通过面对面讲解、一对一答疑形式，将全旗重点工作与新时代文明实践中心和新时代农牧民素质提升"千村示范、万村行动"工程等常规工作相融合，联合多个部门单位，积极开展文明实践活动。

以"不干不行，干就干好"的敖汉优良传统为基础，敖汉旗自助探索了以培养"讲道德干有精神、讲法治干有规矩、讲感恩干有激情、讲思想干有方向、讲政策干有思路、讲科学干有方法、讲技术干有本领、讲责任干有担当、讲卫生干有环境、讲奉献干有榜样、讲创新干有发展、讲梦想干有力量"的新时代新型农牧民为总方针，以培育新时代农牧民为目标，面向建档立卡贫困户及其子女进行培训。一是通过开展习近平新时代中国特色社会主义思想及脱贫攻坚战略的重要指示精神、社会主义核心价值观主题教育等内容培训，宣传解读大政方针，调动贫困群众的积极性、主动性、创造性，提高贫困群众自我发展能力。

2018年6月10日下午，脱贫攻坚讲习所为期4天的首期培训班正式开始新惠镇、牛古吐镇、萨力巴乡的近百名建档立卡贫困户参加了此次培训。宣传部部长傅晓林参加了开班仪式并讲话。傅部长要求相关部门要做好培训期间的管理和服务工作，为广大学员提供良好舒适的学习环境；同时，要求学员们要严格遵守讲习所制度，遵守作息时间，珍惜本次学习机会，学习过程中要认真听、认真记，通过本次学习提升个人素质，学习结束后，通过自身的改变影响身边的人。

旗委副书记牛成伦在首期班结业仪式上讲了话，他在讲话中教育广大学员学会感恩，感恩国家、感恩父母、传承美德、孝善治家，用每一个人的身体力行，影响家庭、回报社会。

旗委宣传部副部长邢玉夫为学员们讲解了习近平总书记关于精准脱贫的讲话精神并主持了开班仪式。培训班还邀请了传统文化讲师张凯老师为学员授课。经过4天的集中讲课、课余互动、课下座谈等多种培训形式，对学员进行了传统文化、孝道理念教育，结合现实案例教育引导学员传承中华传统美德、树立良好家风、传承优良家训，鼓励每个家庭遵守孝道、孝老敬亲。张凯老师深入浅出的讲解，接地气又具有感染力的教学语言和教学方式，让广大学员们受到了极大的教育和鼓舞。学员们纷纷表示，会以此次培训学习为起点，以后做传播传统文化、传承孝道的践行者，同时也会影响带动身边人向德向善。培训班取得了很好的教育效果,达到了预期培训目标。

"共产党好啊!""这老师讲得真透!""这课太有用了!以前真不知道羊招寄生虫还会死,更不知道啥时候该驱虫。""原来我长这病还能报销呢……"在学员的议论声中,敖汉旗关于脱贫攻坚主题首轮培训于8月31日圆满完成。本轮培训共5期,来自全旗18个乡镇苏木街道800余名建档立卡贫困户及其子女参加了培训。

2018年9月3日—7日,又完成了5期脱贫攻坚主题的第二轮培训。全旗18个乡镇苏木街道800余名建档立卡贫困户及其子女参加了培训。本轮培训发放学习宣传资料5000余份,主要针对部分贫困户对"两不愁三保障"中义务教育和基本医疗政策了解不全面、不充分等突出问题,特邀旗教育局、卫健委相关办公室负责同志进行集中培训。教育扶贫宣讲同志从学前教育、义务教育、中等教育、高等教育等多个方面,分学段、分对象地全面展开教育精准扶贫政策解读,将最新优惠政策传达给各学员。卫健委健康扶贫宣讲同志从大病救治、慢性病签约和重病兜底保障等方面进行详细讲解,使学员在病种分类、就医途径和医药服务来源等方面有了正确认知;同时,充分发挥旗新时代文明实践中心志愿服务平台作用,积极开展志愿服务活动。旗卫生健康委员会志愿服务队组织旗中蒙医院、丰收卫生院相关专业志愿者,对高血压、糖尿病等常见疾病的日常防治和养护事项进行理论讲解,积极倡导健康饮食和良好的生活作息习惯,随后现场义诊并对症发放药品。

学员对课程内容满意率达到95%以上,80%以上的学员有意愿再次参加培训,30%的学员培训后,能够转变思想观念,身体力行,知行合一,并将所学内容带回乡间邻里进行宣传宣讲,尤其在履行赡养义务方面效果显著。此外,在精神扶贫上积极培育"乡贤文化""孝德文化",开展道德模范、"最美人物""最美庭院"评选等活动。如萨力巴乡的张家营子村,对村域治理、矛盾化解、环境卫生、邻里关系、移风易俗、脱贫攻坚政策落实等常见问题进行"规约",为村民提供普遍认同的行为规范和约束准则。

长胜镇的贫困户闫卫荣在听完传统文化课后这样讲道:"这次村里让我来,其实我不打算来,因为我是贫困户代表,不光荣。但是听过课后,感觉我真是来对了。我要好好活着,去感恩党、感恩父母、感恩社会。"

木头营子乡的贫困户白玲参加了几次培训,感慨道:"每次培训,都给我们这些贫困户下了一场及时雨,特别解渴。回去以后,我会分享给周围的亲戚朋友共同学习。"

萨力巴乡安家胡同村的贫困户姜秀荣说:"我听了3天半的课,很感动。我的公公婆婆都不在了,以前我和他们吵过架,现在想补偿一下,却不能,现在觉得很遗憾,我感觉对不起他们。"

部分农牧民对种养殖技术的缺乏已经严重制约了扶贫项目的发展,针对当时系统内的未脱贫户、已脱贫户、脱贫监测户和边缘户中有劳动能力的农牧民,通过志智双扶基地项目实施发展产业,实现脱贫一批、巩固脱贫成果、防止返贫和新致贫的目标。在养殖技术培训方面,主要针对发展肉羊养殖产业贫困户中出现的因缺乏饲养经验、饲养不当导致的羊发病等问题,根据贫困群众实际需求,量身订制、量体裁衣举办培训班,全面普及家畜饲养和防疫知识;同时,结合上门指导、动态追踪的方式,不仅解决了养殖户产业发展的燃眉之急,也消除了不必要的信访隐患。在"志智双扶"培训方面,敖汉旗结合自身实际,主要采取"321"模式进行:依托讲习所培训基地建立了食用菌扶贫车间,对全旗有劳动能力的贫困人口进行教材教学、课堂教学、实际操作等3步免费技术培训;通过一卡通缴纳"孝扶共助"资金,对无劳动能力的贫困户子女进行"德治、法制"二结合教育;发展食用菌、中草药产业使之成为敖汉旗一张新的亮丽名片。

丰收村的养殖户王树鹏说:"以前我们的种养殖都是粗放式管理,经济效益受到了很大制约。通过学习,我们知道了如何在种养殖过程中进行精细化管理,培训对我们的帮助特别大,相信以后会带给我们更大更多的经济效益。"

丰收乡三家村的养殖户宋川春说:"培训让我懂了不少。以前我们养羊,不知道咋养,大羊小羊一起往山上赶。通过老师的讲解,我们知道了怎么样育肥,我们回去把羊养好,将来肯定卖一个好价钱。"

贝子府镇的贫困户霍占华听完传统教育课后,深有感触地说:"听完课,感觉受益匪浅,知道了家风的重要性。我的公公是一个植物人,已经10年了。我的婆婆一直对他尽心尽力地照顾,不离不弃。我感觉我们作为子女做得远远不够,我们应该把公婆孝顺好,把儿女教育好,把中国的优秀传统文化永远地传承下去。"

脱贫攻坚讲习所的一堂堂课,犹如一阵阵春风,吹遍了敖汉大地,吹遍了农村牧区的田野,也为贫困户们的心灵增加了无穷的力量和信心。

敖汉旗委宣传部副部长、文明办主任王相东说:"'扶心'转观念,'扶志'强信心,'扶智'提能力。通过脱贫攻坚讲习所的教育培训工作,为全旗的农牧民注入一剂脱贫致富的'强心剂',凝聚起了脱贫致富奔小康的'向心力',也为当今的乡村振兴工作汇聚起强大的精神力量。"

敖汉旗委宣传部马云鹏在他的文章《"志智双扶"圆了我们的小康梦》这样写道:

"当第一道曙光爬过那道阻隔外界喧嚣吵闹的围墙、太阳照耀到这片充满希望的沃土,蓝天和绿树映衬着透明洁净的玻璃窗,明敞的空间洋溢着温暖与活力。整洁的教室,成排的图书,宽敞的教学实践车间为敖汉旗脱贫攻坚讲习所志智双扶基地点缀了七彩光芒。'我贫穷,可我不甘贫穷,我要努力实现脱贫致富的梦想……'采摘蘑菇的大姐、骑着三轮车往返于路上的大爷大娘,脸上都在不断洋溢着幸福的微笑。"

三、乡村振兴讲习所启动乡风文明快捷键

2020年,敖汉旗摘掉了全国贫困县的帽子,与全国亿万人民共同迈入了小康新征程。2021年,敖汉旗紧跟党中央的步伐,为建设美丽乡村积蓄力量。2021年6月,敖汉旗脱贫攻坚讲习所变更为乡村振兴讲习所,挂牌"新时代文明实践基地"。当前的主要困难,就是运转资金不足。随着培训范围的扩大,基础设施老化、配套设施不足,培训资金一直都以企业捐赠为主,缺乏固定保障收入。

讲习所共举办了36期培训班,全旗18个乡镇苏木街道办,244个行政村,5100余名建档立卡贫困户及其子女参加了培训,辐射带动13万余人。这一举措巩固了脱贫成果,激发农牧民的内生动力,弘扬了文明新风尚,更是为脱贫攻坚与乡村振兴的有效衔接打下了强有力的基础。

农为邦本,本固邦宁。乡村的振兴是凝聚亿万人民对美好生活期待的体现,是当前工作的出发点和着眼点,而乡村振兴的发展方向也必定是惠民、利民、富民、改善民生。从最初的"脱贫攻坚讲习所"到"新时代文明实践基地",再到如今的"乡村振兴讲习所",旗委、旗政府对此项工作高度重视,敖汉旗委宣传部及相关职能部门,一直秉持着真抓实干的工作作风,守正创新地结合当前

重点工作，在全旗农牧民之中，扬起一场"以文化人成风化俗"的飓风，通过"智志双扶"助脱贫、强振兴。

9月26日上午，2021年度敖汉旗乡村振兴讲习所开班仪式在丰收乡举行。敖汉旗委宣传部相关负责人主持会议，乡村干部、脱贫户、三类人员（包括脱贫不稳定户、边缘易致贫户和突发严重困难户）及广大农牧民代表等120余人参加开班仪式。

开班仪式上相关负责人强调，抓住3条主线，即一是明确为什么学。"学者非必为仕，而仕者必为学。"今年的讲习班的针对人群不仅有脱贫户和"三类户"，而且融入了乡村两级的干部，有效地提升了农牧民的素质，消除了干部的"本领恐慌"，让他们不断提升自身综合能力，为人才振兴积蓄能量。二是明白学什么。学习产业兴旺治理经验，学习产品增收技术手段等，要做到真学、真懂、真信、真用。三是明悟怎么学。通过课上排除杂念、认真听讲、细心领会，课下加强交流、学有所思、学有所获，努力在观念上来一次大转变，在知识上来一次大更新，在能力上来一次大提升。

9月30日，2021年度乡村振兴讲习所首轮培训圆满结束，历时1周，16个乡镇苏木第一批学员总计700余人已全部培训完毕。宣讲志愿服务队的讲师，通过深入浅出的课程设计，围绕乡村振兴、脱贫攻坚、惠民政策、现代农业、致富技能、民主法治、道德素质、文明新风等内容，结合有力度又有温度的讲授方式，讲出了新时代的精气神，习出了新时代新作为，传好了巩固脱贫攻坚的"接力棒"，为乡村振兴和脱贫攻坚无缝衔接做好了筑基工作。真正做到了让干成者讲，让想干者学！为产业兴旺融技术，为人才振兴注活力，为乡风文明加马力！

讲习培训为加快建设知识型、技能型、创新性新农民队伍做好了引领工作，为培育一批有热情、懂技术、爱家乡的农牧民技术型人才队伍做好了助力工作，通过影响和带动更多农民群众参与乡村振兴建设，使得农民成为一种职业，而非一种身份。

新征程的冲锋号已经吹响，乡村振兴的快捷键已经按下。敖汉旗乡村振兴讲习所将继续以"让生态支撑乡村、让活力注入乡村、让法制植根乡村、让技术带动乡村、让村民共享乡村"为宗旨，下沉到基层新时代文明实践所、站，深入田间地头，为提高农牧民技术水平、增强农牧民获得感、提升农牧民精气神，助力乡村振兴工作更上一层楼蓄力。以"不干不行，干就干好"的敖汉优良传统，早日擘画"产业兴旺、生态宜居、乡风文明、治理有效、生活富裕"的新农村蓝图！

"讲"出新气象，"习"出新担当。"有天有地有楼住，不如咱们农民有技术！"老学员滕云祥继续说道，"今年是我参加培训的第四个年头了，每次来都有新收获！我从贫困户被帮扶，到成为村里的致富带头人，再到现在，被乡亲们戏称是"养殖大王"。党引领我走上致富路，通过讲习所学到的技术又让我蹚出一条路，再带富一帮人！"

宣传部副部长王相东说道："农村美不美、农业强不强、农民富不富是咱们老百姓最关心的头等大事，也直接关乎于我们小康社会建成的成色和底色，更是关乎我们全面推进社会主义现代化国家的建设进程。老乡们作为乡村振兴的最终受益者，更要担当起乡村振兴的主力军的重担！希望大家，可以通过培训，真正能学有所成并通过聚众力助振兴，把家乡建设成为美丽农村的新天地、干事创业的大舞台、乡愁亲情的安放处、民俗文化的百乐园！"

让人民生活幸福是"国之大者"，敖汉旗乡村振兴主题培训的5期课程持续为乡村振兴助力赋能。学员们倍加珍惜这次十分难得的"充电"机会，培训结束后，纷纷表达自己培训后的感受。

新惠镇的高锐刚说："我认为课程设置得非常合理，贴近群众需求，既有国学家风方面的扶志，又有种养殖技能培训方面的扶智，参训人员普遍感觉收获很大。"

黄羊洼镇的刘超说："通过这次学习，我对乡村振兴的工作内涵有了更深刻的理解和把握。结合丰富的学习内容、多样的课程设置，我进一步明晰了工作思路，也对自身提出了更加严格的要求。振兴乡村就必须要脚踏实地、扎根基层，时刻充满斗志、不畏艰苦，努力担当作为、开拓进取，在乡村振兴的进程中，贡献自己的力量。"

玛尼罕乡的丁琪说："9月27日，我带队和玛尼罕乡33名脱贫户来到旗乡村振兴讲习所培训，听取了来自旗农牧局、检察院、水利局3位老师的精彩讲座。我认为这次的培训内容简明易懂，提高了脱贫户的就业、创业知识和能力，让他们对生活燃起了更大的希望，实实在在提高了脱贫稳定性。"

古鲁板蒿镇李家营子村的村干部耿逍荣说："今天，来到敖汉旗乡村振兴讲习所学习，我感受颇深。旗就业局桑玉昌股长做了脱贫就业相关政策解读，对自主就业、自主创业脱贫户进一步实施优惠政策。我深刻感受到党和政府对脱贫户的关心和关爱。

下洼镇乡村振兴干部计瑜说："作为一名基层乡村振兴干部带领脱贫户参加培训，我切身感受到了旗委宣传部、乡村振兴局对于强化农牧民思想教育的重视。通过脱贫户培训后反馈的情况来看，本次培训的内容让他们感触很深，特别是乡村振兴主要内容和肉羊标准化养殖技术的讲解，给他们留下了非常深刻的印象。本次培训提高精神文明的同时讲解了更先进的养殖技术，对农牧民贫困户来说是一次受益良多的学习体验。"

农牧民代表敖润苏莫苏木的牧民邓小东说:"这次培训真是太及时了。我家养了几十头牛,今天听了老师讲的养殖知识,以前很多解决不了的难题都弄明白了,对我帮助特别大。回去之后,我会把今天学到的这些知识教给我们村其他的养殖户,他们肯定也特高兴。真是非常感谢这次培训。"

仰观天宇,时间更加深邃;俯身耕耘,未来有无限可能。绘就乡村振兴的壮美画卷离不开基层干部的持续奋斗,更需要作为主力军的农牧民的积极参与,千万丝涟漪的聚合发力,就能汇聚成时代的浪潮,推动起乡村振兴的巨帆乘风破浪。

有温度的宣讲、有情怀的解读、有实效的互动,提升了农牧民理论政策水平、生产技术水平、惠民政策知晓度,有效激发了秋收"大活力",让每一位农牧民都更好地了解党和国家的好政策,让大家找到共鸣,坚定永远跟党走的信心。

一篇《"我"的培训日记》在培训班的学员手中传递着:

8月26日,我们培训的日子。早上伴着明媚的阳光,我和我的同伴来到了敖汉旗乡村振兴讲习所。我们到的时间有点早了,在培训基地外边等了一会儿,其他人才陆陆续续地来。人到齐了以后,我们在基地的停车场上排队点、名测量体温和登记。在基地工作人员讲完培训纪律后,我们进入了教室开始学习。这次参加培训的有100多人,队伍很庞大,主教室和直播教室里坐满了听课的学员。

说实在的,今天又来到讲习所,基地内的变化让我感觉很震撼。大门建筑更新了,花圃中开满了五颜六色的花,新增了很多新时代文明实践元素的景观小品和培训设施。这是我第五次来到这个地方,可以说从最开始的脱贫攻坚讲习所到现在的乡村振兴讲习所、新时代文明实践基地,风风雨雨我与它共同见证,一路前行。

焕然一新的教室与外面的喧嚣让我感觉进入了两种不同的世界。庄严的誓词、火红的标语无时无刻不在激励着我们前行。我也不知道是为什么,当静下心的时候似乎有一个人在你耳边对你说:"努力吧!前进吧!美好幸福的生活不能有一个人掉队。"或许这就是感召吧!

今天的第一堂课就让我耳目一新。刘老师的无人机使用助力乡村振兴的课程让我对新型农业认知有了更深的感悟;高级畜牧师褚凤桐用他几十年来身在一线的养殖培育经验,一次次地解答了困扰我的难题;医保局田老师的医疗保障政策解读、检察院李检察官列举的各种案例,让我对党的惠民政策、子女的教育规划有了更深的认知。

树高千尺源于根基,大厦巍峨靠的是地基坚固。乡村振兴战略让国之基更稳,祖国必将更加坚实地屹立在世界东方,让我们信心倍增地撸起袖子加油干,在乡村振兴战略的牵引下,为中华民族伟大复兴贡献自己力所能及的力量!

……

百年史诗,精神为源。旗委讲师团副团长刘建昌以生动的语言把抽象的理论讲得形象直观、深入浅出,让现场的农牧民学员明白了要把总书记重要讲话精神的学习教育转化为增收致富和建设美丽乡村的内生动力。

金厂沟梁镇的脱贫户张志忠说道:"当我听到'江山就是人民,人民就是江山'时,十分激动。我感受到党对人民的关怀,我们享受了实实在在的好政策。我以前住的是几十年的老房子,刮风下雨就怕房子倒了、屋顶漏了。多亏了共产党,让我住上了好房子,再也不用担惊受怕了。"

乡村振兴不仅是产业的兴旺，而且关乎全民素养的提升。卫健委的赵玉荣为农牧民讲解了全旗推进健康乡村建设的相关政策，详细对大病专项救治、先诊疗后付费、因病返贫致贫对象动态监测等方面进行了介绍，让利民惠民政策"飞入寻常百姓家"，以全民的健康托起全面的小康。

课后，一位大娘哭着对赵股长说："感谢政府！我们家里有3口人生病需要做手术。正是因为有这么好的医疗保障政策，我家才渡过了难关。"

学法则明智，用法则兴业。未成年人的健康成长关系着中国的当下和未来。为进一步普及未成年人保护法律条例，检察院的李亚楠向群众深入解读新修订的《未成年人保护法》。从家庭保护、学校保护、社会保护、网络保护、政府保护、司法保护等角度，通过讲解身边真实、鲜活的案例，生动有趣地阐述如何保护未成年人的合法权益。通过此次宣讲，让保护未成年人的理念深入人心，增强了广大群众对未成年人的保护意识，也为未成年人的安全成长撑起了一片保护的蓝天。

敖汉旗文艺志愿者们坚持将文化艺术种在基层，用文明来引领群众，用文化来熏陶群众。旗乌兰牧骑草原学习轻骑兵以"草原儿女爱祖国，中华民族共团圆"为主题为学员们带来了一场精彩的演出。演出现场气氛高涨，不时爆发出热烈的掌声，志愿者给群众带去了一场精神文化盛宴。"乌兰牧骑＋"让党史学习教育走进农牧民心中，将"我为群众办实事""我帮你"志愿服务活动进一步传递到人民群众身边、传递到人民群众心中，让新时代文明实践在基层落地生根。

有温度的宣讲、有情怀的解读、有实效的互动，提升了农牧民理论政策水平、生产技术水平、法律及惠民政策知晓度，有效激发了秋收"大活力",让每一位农牧民都更好地了解党和国家的好政策,让大家找到共鸣,坚定永远跟党走的信心。

自2018年6月以来,敖汉旗新时代文明实践中心脱贫攻坚讲习所共举办了50期培训班,全旗18个乡镇街道239个行政村的7200余名建档立卡贫困户、三类人员参加了培训,累计集中宣讲239场次,深入实践所、站,村组、农户家中,田间地头累计宣讲9455场次,辐射带动25余万人。利用线上+线下等形式提供"点对点"服务,让百姓看得见、听得懂、愿参与、真点赞。

敖汉旗乡村振兴讲习所受到外界的广泛关注,2019年2月被自治区党委宣传部评为"创新案例";旗文明办"志智双扶直通车"项目获得2020年赤峰市首届"新时代文明实践志愿服务项目"资金扶持奖励。自治区、市、旗主要领导及新华社、内蒙古电视台、内蒙古日报、赤峰日报等媒体记者多次前来调研采访。大部分学员培训后能够身体力行、知行合一,将所学内容带回乡间邻里进行宣传运用,带动脱贫致富,使农牧民素质得到切实提升。"志智双扶"工作收到了良好的社会效果。

从开始的"脱贫攻坚讲习所"改名为"乡村振兴讲习所",敖汉旗的这所新型农民讲习所培植的花朵盛放在努鲁尔山北坡。坐落在这块土地上的"中华第一村"兴隆洼遗址,距今7500—8200年,遗址中发现黍和粟碳化颗粒,由此敖汉旗被认证为中国古代旱地农作物起源地。长风破浪会有时,直挂云帆济沧海。8000多年后,敖汉旗农民讲习所借力脱贫攻坚和乡村振兴的长风,用科技智慧和企业经营的力量助力农业经济繁荣昌盛,新时代农业文明之花香飘赤峰市红山大地。

·帮扶篇·

阿鲁科尔沁草原扶贫掠影

王樵夫

阿鲁科尔沁旗地处赤峰市东北部,辖6个镇、10个乡,11个苏木,是一个以畜牧业为主的旗县。阿鲁科尔沁旗于2020年3月退出了贫困旗县序列,曾经这里黄沙漫天、沙尘肆虐,如今草天相连、蓝天碧野,牧歌缭绕,是沙海中崛起的一座享誉全国的"中国草都"。阿鲁科尔沁脱贫路上有哪些故事,是怎样在"生态优先、以人为本、持续发展"的现代化道路上打了个漂亮的翻身仗?我们匆匆走进这片草原,在没有深度采访的情况下得到不少扶贫人的故事,应该说这些只是辽阔的阿鲁科尔沁草原上的几束小花。

蒙古语"阿鲁"意为北方,"科尔沁"意为弓箭手。新时代的阿鲁科尔沁人正在飞马扬鞭,以拉弓骑射的英姿奔向富裕强盛的美好未来。

一、萨日朗的笑靥

2018年6月14日,夜色弥漫,逐渐笼罩了查干花嘎查驻村工作队的驻地。查干花嘎查隶属于内蒙古赤峰市阿鲁科尔沁旗赛罕塔拉苏木。夜深了,孤零零的查干花嘎查四周寂静无声,连风也变小了、变轻柔了,驻村工作队的队员们已经进入了梦乡。突然,黑黝黝的屋子里传出了一声恐怖的尖叫,随之一阵大乱,灯亮了,几个驻村工作队的女队员惊恐万分,面面相觑。经询问,刚才大叫的女队员才睡着,就有一个毛茸茸的虫子从天花板上掉下来落在她的脸上。女队员在睡梦里,下意识地一摸,软软的、长长的,忍不住发出了惊恐的叫声,把大家全吓醒了。

原来,这间房子已经很多年没有住人了,早已成了"钱串子"、蚰蜒等虫子的盘踞之所。待夜深人静之际,它们就出来活动。后来,她们为了防止这种现象的发生,每个人的床上都支起了蚊帐。但是,蚊帐防住了蚊虫却没法阻挡老鼠的光顾。光粘老鼠的粘鼠板,一年就用了100多张。她们说:"半夜起来打耗子,是常有的事儿!"

高鹏霜安顿好队员的情绪后,躺在床上,却睡意全无。她是阿鲁科尔沁旗总工会的副主席,原来确定的脱贫攻坚驻村地点是陶海嘎查,今天才调整到查干花嘎查。这是全旗一支特殊的驻村工作队,全部由女队员组成。高鹏霜出任这支女子脱贫攻坚队的驻村第一书记、工作队队长。

今天是高鹏霜带队入驻查干花嘎查的第一天。来之前,当高鹏霜得知自己被选派为查干花嘎查驻村第一书记时,心中忐忑不安。2018年5月,全市正处于决战脱贫攻坚的关键时期,旗委、旗政府本着选能人、选硬人到脱贫一线的要求,将重担压到了高鹏霜肩上。

也正因为如此,身为一名党员,高鹏霜深知要服从组织安排,更何况扶贫是天大的事情,所以,她决定收起自己的忐忑与焦虑,决心用战斗的姿态迎接一切挑战。

但是，嘎查的经济情况不太乐观。一到查干花，她便组织嘎查"两委"班子座谈，全面了解嘎查的基本情况和贫困状况。查干花嘎查有2个自然村，现有户籍总人口170户397人，其中常住人口约117户300人。土地总面积9.6万亩，耕地8212亩，林地面积3.9万亩，草牧场面积4.8万亩。高鹏霜还清楚地记得，2018年6月牲畜存栏10681头（只），其中牛733头、绵羊7713只、山羊2142只、马93匹。村民收入来源主要以种植业、养殖业和打工为主。这个以畜牧业为主的嘎查，牲畜存栏数不多，且大小畜比例失衡。目前，全嘎查共有建档立卡贫困户76户212人，占全村人口数的53%。这个数字太大了，高鹏霜心情沉重。她了解到，由于土地贫瘠，查干花嘎查的草牧场干旱退化严重，而且受气候影响较大，个别年份会出现歉收或绝收；嘎查牧民缺少科学的种植养殖技术且思想比较保守，一些有牲畜的牧民仍然遵循着传统放牧的发展模式，致使嘎查牧民的收入仍处在较低的水平。

驻村第一天，高鹏霜心里五味杂陈。但是，高鹏霜感到压力巨大的同时，也看到了脱贫的希望，那就是查干花嘎查有正式党员29人，嘎查"两委"班子比较团结、有战斗力。现"两委"换届工作正在进行。

"不管多难多累，小康路上不落一人一户！"夜更深了，在黑暗中，她默默地立下了无声的誓言。

2018年5月26日，自治区人大常委会副主任、总工会主席吴团英深入阿鲁科尔沁旗调研脱贫攻坚工作时，结合区总工会实际工作和阿鲁科尔沁旗实际困难，决定分2年向查干花嘎查投入600万元，打造具有地域特色的基础设施建设项目。基于此情况，阿鲁科尔沁旗委高度重视，在综合考量贫困嘎查的地域特点和项目的可行性后，及时将阿鲁科尔沁旗总工会的扶贫联系点由陶海嘎查调整为查干花嘎查。

于是，高鹏霜就带着压力上任了。在生活中，高鹏霜、其木格、闫美娜3个女同志，自己做饭吃，自己到外面端煤、抬水，虽累且苦，却乐在其中。

为了尽快摸清村情民意，高鹏霜带领着女子脱贫攻坚队登门入户，走遍嘎查所有常住户，认真细致地开展调查研究并多次召开查干花嘎查"两委"干部、村民代表、全体党员座谈会，共同研究分析嘎查群众致贫、致困、制约嘎查经济发展的原因，共同商讨发展之策。经过调研座谈，高鹏霜初步明确了在完成好常规脱贫攻坚任务的同时，要完成好4项重点工作任务：一是做好规划引领，壮大集体经济，强村富民。要充分利用自治区总工会2年投入600万元扶贫资金的有利契机，帮助嘎查谋划好村集体经济项目规划设计，以最快速度和最高标准推进查干花嘎查扶贫养殖基地项目的落地、建成、达效；二是根据走访调研了解的实际情况，尽最大努力，协调、动员一切力量，解决牧民群众反映的热点、难点以及生产生活方面的实际困难；三是深入开展"党心连民心、干群一家亲"活动，切实做到"六必访"，提高群众满意率；四是重点推进基层党建及精神文明建设工作，加强村级组织运行的制度化、规范化建设。

方向明确了，马上抓落实。高鹏霜决定，先以养牛项目为抓手，倒排时间表，逐项击破。为用好自治区总工会的600万元帮扶资金，高鹏霜积极协调苏木党委、政府，组织畜牧、工会等相关部门对肉牛养殖项目进行专题论证，开展各项前期工作。一是成立了查干花嘎查养殖专业合作社并建立工会组织，由嘎查党支部书记任合作社理事长，全嘎查170户的户代表加入合作社组织并成为工会会员，项目由合作社组织具体实施；二是召开嘎查"三委"班子成员、驻村工作队、村民代表、党员代表会议,在广泛征求意见的基础上,通过民主决策,研究决定建设查干花嘎查肉牛养殖扶贫基地;三是养殖基地基础设施建设工程由阿鲁科尔沁旗政府招标办公室进行统一公开招投标,购买基础母牛采取询价采购方式进行,确保资金的使用公开、公正、透明、高效;四是成立了项目资金监督委员会,专项负责帮扶资金的监督使用。在前期规划设计立项、备案、选址、预算、合作社注册、招投标、施工、基础母牛采购、成立合作社工会和党建融合等工作中,队员们取消了所有的休息日,一心扑在了扶贫项目上。经过半年的筹备,2018年12月,4000m^{2}的永久性棚圈已全面建成,80头基础母牛分2批次在嘎查肉牛养殖扶贫产业基地正式安家,为查干花嘎查脱贫攻坚夯实了基础,增强了贫困牧民脱贫的内生动力。2019年4月,扶贫养殖基地实现首次收益分红,覆盖全嘎查170户420人,分红资金16万元。2019年4月,又投入资金157万元,进行院落硬化、棚圈改造、新建凉棚、绿化、购置配套设备等,对肉牛养殖扶贫产业园实施了提档升级工程。

要想全面致富,不能单项发展,而是要多业并行,整体推进。高鹏霜在紧抓养牛产业的同时,还大力推进嘎查饲料地改造升级,为养殖业提供饲草支撑。查干花嘎查有水浇的饲料地3300亩,但所谓的水浇地只不过是牧民抱着水管用柴油机抽水浇地。2019年10月,高鹏霜协同嘎查"两委"班子在走访调研的基础上,充分利用自治区总工会200万元的帮扶资金,实施了2653亩饲料地节水灌溉配套建设项目,2020年春耕全面投入使用,该项目普惠嘎查所有一般户和贫困户,实现嘎查人均增收1000元的目标。

同时,通过自治区总工会联系帮扶优势条件,争取北京市总工会困难职工帮扶资金100万元,争取北京市教育工会教育扶贫资金

10万元，争取昌平区总工会困难职工帮扶资金10万元；联系北京市总工会温暖基金会发出募捐倡议，得到上海市浦东新区怀元儿童之家救助5000元过冬衣物和自治区总工会女工部捐助价值5000元的学生书籍，专项救助赛罕塔拉苏木小学困难学生；联系自治区教科文卫体工会深入查干花嘎查开展"夏送清凉""送医送药"义诊和送文化下乡活动。

2019年，查干花嘎查的自来水工程惠及家家户户，"厕所革命"也在全旗范围内率先展开，嘎查64户牧民群众用上了环保清洁的室内水冲厕所。乡村文明建设方兴未艾，乡村振兴建设如火如荼。查干花嘎查正式被自治区文明办命名为自治区级文明村，同时被列为乡村振兴示范村中的典型村。查干花嘎查女子驻村工作队的事迹被刊登在了《赤峰日报》的"赤峰要闻"头条上，并成功入选"中国往事·感动内蒙古"的候选团队。

在嘎查群众盛开的笑脸中，高鹏霜领导的女子工作队逐渐体会到在扶贫岗位上坚守的价值。高鹏霜在日记里写道："'第一书记'不是一个简单的称谓，而是一种责任。扶贫工作事关百姓幸福生活，事关社会和谐稳定，事关国家繁荣富强。这就要求我们驻村干部要沉下身子、扎根基层，静下心思、埋头苦干，甩开膀子、奋勇前行。"

通过艰苦的驻村工作，高鹏霜深刻地认识到：搞好调查研究，是做好驻村工作的基础；为群众办好事实事，是打开驻村工作局面的突破口；抓好嘎查班子及基层组织建设，是完成脱贫攻坚任务的组织保证；发展产业是牧民脱贫致富的重要依托。

驻村，不仅是要完成上级交代的各项任务，还要得民心、懂民情、解民忧。2018年8月，嘎查有2个贫困户的孩子高考成绩出来了，成绩非常优秀。其中，苏和巴特尔是建档立卡贫困户，按规定，虽然可以享受全旗教育扶贫资金政策，但是此资金须走审批程序，孩子上学时家里一分钱也拿不出来。高鹏霜得知消息后，叮嘱他们不要着急，她一定会想办法帮助他们解决难题。回到驻地后，队员们顾不上吃饭，打电话多方筹措帮扶资金。在孩子即将开学之时，工作队为苏和巴特尔送去了6350元的助学资金和500元的生活救助资金，同时也为另一个贫困边缘户送去了6000元的助学资金，解了他们的燃眉之急。

  高鹏霜在入户走访时，发现贫困户莲花的脸上愁眉不展、不爱说话。高鹏霜看莲花个头和她差不多，但是特别瘦弱，于是，她打算从家里把大半新的衣服拿来，送给莲花。高鹏霜去莲花家时，她正在做饭，没有伸手接高鹏霜递过来的衣服。高鹏霜非常尴尬，觉得人家可能嫌弃了。没想到，过了一会儿，莲花放下正在做的饭，急忙洗了手，走到高鹏霜的跟前，说："谢谢高书记。"其木格大姐解释说，莲花不是嫌弃，而是怕做饭的手弄脏了衣服。高鹏霜听后，一瞬间，由红着的脸变成了红着的眼，她噙着眼泪和莲花聊起了家常。莲花也慢慢地向她敞开了心扉。原来，莲花的丈夫得了癌症，家里卖了好多牛，但是病也没治好。高鹏霜发现莲花的住房是危房，由于评定危房时间短，补助款还没到位，需要简单改造一下，但现在她手里一分钱都没有，之前丈夫生病向亲戚们借的钱还没还呢。得知莲花当前的困难后，高鹏霜和其木格大姐共同出资4000元，为她垫付了改造资金并联系人员进行房屋改造施工。1个月后，莲花住进了新居。当高鹏霜再次入户走访时，莲花激动的泪水流了下来，连声道谢。后来，高鹏霜又为莲花办理了保洁员公益岗，一年可以挣9360元；同时，帮助她搭起了牛圈、羊圈，养起了牛羊，还养了猪，种了10亩地，生活越来越好。

  莲花的儿子乌力吉巴图，在天山蒙古族中学读初三。高鹏霜在入户走访时发现他天天骑着摩托车放羊，一问才知道，原来他不想念书了。高鹏霜急了，上门去劝："即使你考不上特别好的大学，就是考一个职业技术学院，学一门技术，也能改变人生，给你妈妈和这个家带来希望。收拾东西，我开车送你去学校。"终于，乌力吉巴图重新返校读书了。

莲花就像变了个人一样，笑容经常绽放在脸上。她逢人就说："现在的政策好，女子工作队解开了我多年解不开的愁疙瘩！"

"巾帼不让须眉，撑起的不仅是半边天，还有查干花村强民富的希望。"嘎查有一个名叫敖日格勒的青年，最近连续几次来给女子脱贫攻坚队的队员们送菜送饭。高鹏霜告诉他不要送，但是，敖日格勒一直坚持。原来，他开着一家小饭店，由于资金短缺，经营遇到了困难。敖日格勒在母亲的带领下，来工作队寻求帮助。高鹏霜了解情况后，无偿借给了他3000元，维持饭店的正常经营并积极协调帮助敖日格勒申请创业贷款。目前，饭店收入很乐观，敖日格勒多次邀请队员们到他的小店做客，都被队员们委婉拒绝了。于是，他经常把做好的菜，专程送到驻地，让队员们打牙祭。

疾病总能侵蚀掉一个家庭的信心，但是这支女子脱贫攻坚队总是能够一次又一次地为困难家庭送去希望和温暖。患有严重肺结核和脓气胸的朝格巴雅尔与母亲共同生活，母亲患有心脏病，两人均丧失了劳动能力。2018年7月，朝格巴雅尔病情严重，驻村工作队积极协调帮扶单位为其提供了临时救助资金2000元；2018年12月，他病情再次加重，需要手术治疗。这一次，高鹏霜积极与赤峰市传染病医院联系，协调治疗事宜，并从苏木爱心基金会申请了1万元的治疗资金；同时，积极协调帮扶单位为其后续治疗做兜底保障。在医疗政策和工作队的帮助下，朝格巴雅尔顺利度过了危险期，将报销的8000余元返还给驻村工作队。工作队设身处地为牧民顾眼前、思长远。这笔返还回来的资金一直被保存着,为朝格巴雅尔日后的治疗做准备。2019年7月,朝格巴雅尔病情再次严重,结核伴随严重的气胸和心衰,工作队第一时间把8000元送到朝格巴雅尔手中。由于这次就诊于市级医院,不享受先诊疗后付费的政策,8000元对于他的病情来说还相差得很远;另外,由于病情严重,朝格巴雅尔已经无法自理,母亲年迈多病,他们又一次陷入了困境。这一切被高鹏霜看在眼里,她一方面安排亲属做陪护工作,另一方面四处筹措资金,千方百计协调医院,找到了赤峰市第四医院的党委书记,希望能给予朝格巴雅尔先诊疗后付费的特殊待遇,并承诺治疗费用如果不够,由她来付。在她的努力下,2019年8月,朝格巴雅尔顺利出院,他第一时间来到驻地,一遍遍地说着:"谢谢!谢谢!"

2019年1月,高鹏霜在日常走访中,发现阿拉坦仓双脚严重冻伤。高鹏霜一方面联系村医为其进行医治,控制病情;另一方面多方筹措资金,先是联系帮扶单位申请帮扶资金5000元,又申请苏木民政救助资金5000元。在阿拉坦仓病情恶化后,又从苏木的爱心资金中申请了救助资金1万元,并组织嘎查党员、入党积极分子和村民代表,开展针对阿拉坦仓的捐款活动。

我们采访时,在哈斯朝鲁的家中,遇到了63岁的宝地其木格老人。她一见到高鹏霜,就上前抓住她的手,问:"冷不?"宝地其木格老人曾是嘎查的赤脚医生、妇联主任、苏木人大代表,女子脱贫攻坚队来到嘎查后,牧民们的生活变好了,老人都看在眼里。2019年7月1日,她专门为工作队送去了锦旗。她对着高鹏霜竖起了大拇指:"你们的工作,我看到了,赛赛(蒙古语,好的意思)!"

类似的事情,不胜枚举。高鹏霜说:"我已经爱上了查干花嘎查的一草一木。夏天，山上的树，可好看了！"

每当夜深人静的时候，高鹏霜和其他女子队员们，想起家里需要照顾的老人和孩子，心里就充满了无限愧疚，特别是看到视频里面的孩子吃泡面、衣服脏兮兮的，以及本已经需要被照顾的老人，正在帮着照顾她们的家，她们的心里有说不出来的滋味。但是，她们总是说："虽然亏欠了家里的老人和孩子，但是看到查干花嘎查的老乡们幸福的样子，我们觉得无比满足。"

草原上，有一种花叫萨日朗，她生活在贫瘠干旱的土地上，条件越是恶劣，她开得越娇艳。

2019年5月，其木格大姐本该退休了，但是，经过几天的深思熟虑，主动向帮扶单位提出申请，继续驻村扶贫，兑现了她曾立下过的军令状："牧民不脱贫，我就不退休。"驻村队员闫美娜，正是在扶贫工作中与男朋友相识的，但是扶贫工作任务重、时间紧，两人经常一两个月才见一次面，话题几乎全是嘎查扶贫的事情。二人既互相鼓励，又暗中较劲，谁也不想落在后面。正是这种对工作的认真负责，导致他们的婚期一拖再拖，但是他们从来不抱怨。后来，闫美娜参加事业编考试，考到了其他部门。在离开查干花嘎查时，这位曾经调侃自己"一入扶贫深似海，从此美丽是路人"的年轻女人，眼里流出了不忍离去的泪水。

工作队的人各司其职。阿鲁科尔沁旗总工会帮扶中心副主任王亚男，在干好扶贫业务工作的同时，还主动承担了工作队的早餐。因为她经常生火做饭，所以，见到干牛粪就捡回来留着烧火。队员们都笑话她"捡牛粪上瘾了"。而阿鲁科尔沁旗总工会经济部部长刘晓静，主要负责工作队的数字统计等工作。

因为常年下乡，高鹏霜的腰椎间盘严重膨出，一遇冷天，就疼痛难忍。但是，她总是忍着疼痛，决心要让查干花的农牧民们脱贫。她在日记里写道："加油，查干花的姐妹们！"姐妹们看到她就有了力量，再大的苦难不在话下。

高鹏霜等人组成的特殊的女子脱贫攻坚队，是嘎查牧民眼里"最美的萨日朗花"，她们用火一样的热情扎根硬土地的韧劲，带领农牧民改变了查干花嘎查的面貌。查干花嘎查的查干花开了，女子脱贫攻坚队员们美丽的笑靥在查干花中光彩夺目。

二、"养羊达人"立业成家

2020年腊月初二，寒风呼啸。内蒙古赤峰市阿鲁科尔沁旗巴拉奇如德苏木特尼格尔嘎查巴音包特农场的一家饭店里，却是喜气洋洋，人声鼎沸。这里正在举行一场婚礼。

但是，结婚的不是一对青年男女，新郎吉日嘎拉已经超过了50岁，而且是二婚，更让人惊奇的是，他还是以前出了名的贫困户。原来的老房子年久失修，塌了。夏天，他住在塑料棚子里；冬天，他就住进别人家废弃的破房子。家里没有一头牲畜，"连个牛毛、羊毛也没有"，但不知道为什么，他在短短的3年里，竟然脱了贫，而且娶了一个贤惠的媳妇……这桩稀罕事，就像冬天草原上刮过来的白毛风，带着人们的种种疑问，悄悄地，从偏僻的温都花小组，传到了巴拉奇如德苏木，传到了阿鲁科尔沁旗并且迅速传遍了赤峰大地。

2016年4月，巴拉奇如德苏木扶贫助理苏雅拉其其格，被确定为吉日嘎拉的脱贫帮扶人。苏雅拉其其格在入户调查时，发现一处已经塌了的旧房子旁边有一个用塑料布扎起的棚子。年近50岁的吉日嘎拉就睡在这个塑料棚子里。

经过调查，苏雅拉其其格知道了吉日嘎拉的遭遇：吉日嘎拉兄弟3人，他在兄弟中排行老二。幼时家庭特别贫困，1995年，好不容易说了个媳妇，谁知刚结婚还不到1年，媳妇就得了脑炎。吉日嘎拉领着她四处求医，借钱治病，没承想，病没治好，媳妇撒手而去，不但没留下一儿半女，还留下了不少饥荒。吉日嘎拉整天借酒消愁，从此精神颓废，对生活没有了信心。

此时兄弟姐妹都已经分家另过，出来进去，只有吉日嘎拉一个人，孤独寂寞紧紧地攫住了他。夏天，吉日嘎拉就出外到工地打工。他年轻体壮，身上有使不完的劲儿，建筑工地上的活，样样都通，可是没承想，干了一年的活，等到冬天了，却拿不上多少，大多的工资都是欠着。他只好回了家，一个人挨过寒冷的冬天。第二年，接着出来打工，拼死拼活一年下来，等待他的仍然是这样的结局。年复一年，钱没挣到，老家的房子因为年久失修，塌了。吉日嘎拉没有了住处，就住在表弟银采家三间废弃的破土房子里。家里没有一件家具，炕上只有一个破旧的行李卷。他自己做饭吃，常常是凉水泡饭，手里没有钱，心里着急烦躁。

吉日嘎拉说起这段不堪回首的往事："饿不死，但是也吃不好。有一顿就吃一顿，凑合着过呢！"

眼看在建筑工地打工挣不上钱，夏天，吉日嘎拉就去锡盟东乌旗给人放羊，冬天再返回家乡，用微薄的收入支撑着熬过冬天苦寒的日子。他说那时候没事就喝酒，想着："没事就喝酒，喝醉了就啥也不想了！"

苏雅拉其其格问他想干点啥？怎样能脱贫致富？吉日嘎拉两眼茫然，说："就是养羊还行！"

苏雅拉其其格记下了吉日嘎拉的名字，也记住了吉日嘎拉的心事。

5月，苏雅拉其其格再次下乡调查，她特意去看吉日嘎拉，发现吉日嘎拉躺在塑料窝棚里，胡子拉碴的，最醒目的是额头上有一个还没结痂的大伤口,一问,原来是吉日嘎拉喝醉酒,与人发生口角,被打了。

一个颓废的光棍汉,没事干,整天以喝酒为营生。

苏雅拉其其格给他送去了米面,还为他争取了危房改造政策(项目)。2016年,巴拉奇如德苏木的领导带人推平了原来塌了的老房框子,在原址上给他盖起了新房,还陆续垒了50多延长米的砖院墙,占地有5亩。吉日嘎拉从此住上了窗明几净、舒适暖和的大瓦房,告别了居无定所的日子。

但是,吉日嘎拉心里还是有一个疙瘩:嘎查的乡亲们都告别了贫穷,只剩下自己孤苦伶仃一个人在挣扎……吉日嘎拉的心里看不到希望。

苏雅拉其其格再去他家,推开屋门,发现屋里的墙上挂着霜,冷得不行。苏雅拉其其格问他:"这么冷,你咋睡觉啊?"吉日嘎拉无奈地说:"习惯了……"

苏雅拉其其格不久就被调到阿鲁科尔沁旗扶贫办工作,帮扶责任落在了包金龙的身上。

包金龙是驻村工作队队长,今年39岁,毕业于赤峰市艺术学校戏曲专业,曾经当过乌兰牧骑演员,后来又到旗文化馆当文艺辅导员,2018年4月任副馆长,6月就被组织派下来当第一书记、工作队队长。他的重点帮扶对象有5户,吉日嘎拉是其中一户。包金龙第一次到吉日嘎拉家,就被他家的卫生情况惊呆了:刚盖了不久的新房院子里,堆满了羊粪;锅里,堆满了脏碗;里屋地中央横放着一张摇晃欲倒的木床,又脏又旧的被子散乱地堆在上面……

包金龙抄起扫帚,帮他把卫生里里外外搞了一遍。

吉日嘎拉不以为然:"我这日子也没啥奔头,一年下来来不了一次人,扫这么干净图个啥?"

包金龙几乎天天往他家跑，帮他搞卫生。吉日嘎拉终于开始行动了，家里卫生变了样。在包金龙的心里，他还想让吉日嘎拉的精神面貌变个样，他说："人活一口气，过日子，过的就是一种精气神儿……"

每次去吉日嘎拉家，连个坐的地方都没有，包金龙就帮助吉日嘎拉买沙发。家，慢慢地变了样。吉日嘎拉过日子的劲头足了，在勤劳致富、文明养成和公益劳动等方面，表现越来越好，经常得到奖励积分，兑换了爱心超市的物品。

2017年，驻村工作队和嘎查"两委"落实"点餐式"扶贫项目，吉日嘎拉家一下子有了10只基础母羊。吉日嘎拉常年都是帮别人家养羊，今天终于圆了自己的养羊梦。

他把10只羊当成了发家致富的金元宝，喂草、喂料，样样精心。当年，10只母羊全部下羔。看着这些羊，吉日嘎拉愁眉不展的脸上终于有了笑容，他暗下决心要好好经营这些羊，增加数量、扩大规模，慢慢变成自己的财富。他想，不光要脱贫，还得致富，不让党和政府失望。自此，他一边放着自己的20只羊，一边给嘎查的其他牧民放羊。年底，算工钱的时候，吉日嘎拉提出了一个另类的想法：不要钱，以钱抵羊，要对方的母羊羔。他说："钱到手了，几天就花没了。母羊羔第二年就能下羔，羊羔下羊羔，就会变成羊群了……"

有一天，包金龙接到电话，原来是吉日嘎拉在盖自家的倒厦子时，把腿砸坏了。包金龙开车赶到苏木卫生院，帮他办理了转院手续。

2年过后，吉日嘎拉的羊群发展到90多只，他从原来穷得叮当响的光棍汉变成了当地有名的"养羊达人"。每年，他都卖掉数目不等的羊羔。2019年，他卖了20只羊羔，又赚了17000元，当年就顺利脱贫了。看着这源源不断的财富，吉日嘎拉别提多开心了。

家里有个女人，才是家。吉日嘎拉心里有了新的想法。包金龙看出吉日嘎拉的心思，每次去，临走都留下一个新任务："赶紧点，找个媳妇儿，好好过日子。"

吉日嘎拉嘴上却说："不找了，等我老了，就去养老院。"

2019年11月的一天，一起和吉日嘎拉放羊的乌日图从锡盟东乌旗打来一个电话，问话直截了当："想娶媳妇儿吗？"吉日嘎拉说："想，但是得看看。"吉日嘎拉心里想，不能遇到骗子！他揣上1700多元钱，坐着班车去了东乌旗，到了乌日图的家。乌日图把赵春亮的微信推送给他，二人在微信里聊了几句。吉日嘎拉感觉赵春亮人实在、善良，丈夫死后，一个人领着女儿过日子，日子过得苦。二人见了面，彼此都有好感。第二天，二人相约逛集市，赵春亮看吉日嘎拉穿着一件旧登山服，就给他买了一件马甲、一件夹克衫和一条裤子。

吉日嘎拉揣着钱，却舍不得花。说起这件事，赵春亮还笑得不行："中午请我吃了一碗麻辣烫，两人花了36元。"

于是，两人开始处对象再谈婚论嫁，有了本文开头的一幕。

结婚后，两个人特别能干。"媳妇特别好。我有事时，她就上山放羊。平时，她就在家做饭、干零活。我现在饭吃现成的了，衣服也干净了。屋里有个媳妇儿，像家了！"

"在我最困难的时候，党和政府雪中送炭，不但让我有新房住，还有牲畜养，现在生活一天比一天好了！"

2020年，吉日嘎拉花5400元，买了一辆三轮车；花5000元，打了一眼机电井。现在家里的大羊有126只，刚下了29只羊羔，还能下50多只。同时，他给别人家放了170多只。除了这些，他还卖了20多只公羊羔，收入2万多元。

"这两年养羊收入一年比一年高,今年估计有4万元。我的生活来源全靠这些羊,必须小心呵护它们。"吉日嘎拉一边给羊喂草一边说。

赵春亮每天把屋里屋外收拾得一尘不染,家里养了5只鹅、2头猪。吉日嘎拉则忙着给羊准备草料,经营着他的羊群。女儿在内蒙古民族大学读汉语言文学专业。

包金龙说:"夏天来的时候,院子里的菜,一排一排的,还有各种颜色的花,也一行一行的,像花园一样!"

"只有努力把日子过好,才是对国家最好的回报!"吉日嘎拉终激动地说。

·帮扶篇·

老骥驰骋勇奋蹄

李彦军　高明霞

在内蒙古自治区最南端,有这样一片古老而神奇的土地。这片土地拥有中国乃至亚洲最大的沙地峡谷——萨拉乌苏大峡谷,7万~14万年前"河套人"在这里生息;在这片土地上,耸立着一座1600多年前的古城遗址——东晋十六国时期匈奴末代王朝大夏国都统万城;在这片土地上,1928年5月诞生了鄂尔多斯地区第一个党小组和第一批中国共产党党员;1934年2月,鄂尔多斯地区第一个党支部在这里成立……这块土地因无定河横贯其境而得名,这就是我们的主人公王永清扶贫工作的地方:无定河镇,他包联的王窑湾是无定河镇所辖的14个行政村之一。

2019年秋,内蒙古大学一队师生赴鄂尔多斯乌审旗实习,在无定河镇王窑村采访时,一个村干部向来者介绍情况。这人声音略显沙亚,侃侃而谈。他的口才令在场的人佩服不已,有学生窃窃私语,"这人是个当老师的料""农村有大能人"……参观完村子的蔬菜大棚,一行人一边观赏姹紫嫣红的蔬菜,一边品尝西红柿、黄瓜。走出大棚后,突然有人问这位村干部:"听说在塑料大棚里劳动的人容易得风湿病，是吗？"

他回答："孩子，你听说过为了不得病坐着躺着等死的吗？"学生们笑了，提问题的人愣怔着琢磨这话的意思，有点转不过弯来。

一个老师又发问："这个村为什么智障的人多？"

这位村干部扫了这个年龄不小的老师一眼："穷，嫁不出去，娶不进来，你想吧！"

他犀利深沉的眼神、简洁有力的语言，如一股无形的冲击力撞击人心。后来，无定河镇镇长告诉我们，这人叫王永清，不是村干部，是乌审旗人大常委会副主任，驻村第一书记，他蹲在村里4年多了。

后来我们私下问王永清："这几年扎在乡下，不会影响仕途吗？毕竟50多岁了。"他诚实地说："在旗县，我的官职够大了。我是土生土长的农村人，自己日子过得越来越好，但像自己父母亲一样的农村人还在过苦日子，就想趁着有点职权时给老百姓干点实事，退休后心里无愧于父老乡亲们。"

王家窑的第一书记王永清给我们留下了深刻的印象。

这次，我们专程来采访王永清。从鄂尔多斯市康巴什区乘车向王窑湾村行驶，一路绿色葱茏，昔日肆虐作妖的黄沙安静地蛰伏在沙柳、地柏等植物下面。鄂尔多斯人几十年治沙育林的奋斗经历，果然是一部传奇。这几年，鄂尔多斯倡导"绿富同兴"，我们相信鄂尔多斯脱贫致富一定会走在前面。

进了王窑湾村，映入眼帘的是一排排错落有致的蔬菜大棚、一栋栋红顶黄墙的农家新屋，俨然是一幅幅诗意盎然、悠然闲适的田园画卷。新修的水泥路环绕全村，通到了村庄的每家每户。2015年之前，从乌审旗政府所在地嘎鲁图镇到王窑湾没有路。王永清走马上任的那天，汽车在泥土路上绕来绕去，一路颠簸，120千米走了大半天。那一天，王永清决定驻村第一件事就是修路。没有路与外界沟通就得憋死。如今王窑湾的道路四通八达，与外面的联络通畅便捷。

我们来到村委会时，市驻村工作队负责人，旗、镇包联领导，驻村干部、村"两委"一班人马，正在利用午休时间商讨修改王窑湾村振兴规划。

一、精心绘制王窑湾美景

按照乌审旗委统一安排部署，2015年10月24日，王永清全面开展王窑湾村包联工作。作为乌审旗人大常委会副主任、旗派驻王窑湾村县级包联领导，他深知肩上重任。他帮助全村完善发展思路，因地制宜地确定产业发展定位，搞好优势特色产业发展规划，积极开拓市场，提高农业质量效益，推进农业产业化进程，改善农民生活水平。

从包联王窑湾村的第一天起，他就全面开展摸底调查工作，了解村情民意，分析王窑湾村区位优势、产业基础和存在的问题，找准制约发展的瓶颈，对症下药，理顺关系，为全村产业发展找准方向。

"这个曾经没有一点集体经济收入的'空壳村'，已经一跃成为拥有固定资产1000万元以上、年村集体经济收入达40万元、农牧民年人均可支配收入超3万元的富裕村。原本名不见经传的偏僻小村庄，正在发生大变化。"站在神海子湿地生态园观景台上，王永清介绍说。

近年来，在上级党委、政府的正确领导下，王窑湾村深入实施乡村振兴战略，围绕"一个奋斗目标、三条发展路径、五大建设工程、六大功能服务"的发展思路,厘清"四梁八柱",绘制振兴"路线图",立足资源禀赋和基础优势,融入乌审旗"一心六线三区"基层党建空间布局,抓党建促乡村振兴驶入快车道。该村先后荣膺"内蒙古自治区休闲农牧业与乡村牧区旅游示范点""自治区卫生村""鄂尔多斯市先进基层党组织""全市'五好三提升'嘎查村党组织""全市乡村振兴精品示范村""全市产业联合体建设示范村"等称号。

"现在正逢这样好的机遇和政策,我们带领乡亲甩开膀子大干的信心更足了!"王永清信心满满地说,"我们要用5年时间,把王窑湾村建设成为靖边县城26万常住人口的后花园、菜篮子、休闲养生的地方;建设成为无定河流域调结构、促转型、发展现代农牧业的典范;人均可支配收入达3万元,职业农民人均可支配收入达5万元以上。"

作为鄂尔多斯市乡村振兴示范嘎查村之一,王窑湾村在乌审旗乃至全市走出一条具有鲜明特色的党建领航乡村振兴之路,绘就一幅"产业兴旺、生态宜居、乡风文明、治理有效、生活富裕"的乡村振兴崭新画卷。

王窑湾之美,美在景美人和。王窑湾之兴,兴在乡村振兴。

王窑湾村位于内蒙古最南端,地处无定河镇西南部,是自治区最南端的一个行政村,素有自治区"南大门"之称。

S215线穿村而过,与S216线在这里交汇,距离陕西省靖边县城6.8千米、榆林市榆阳区120千米,距包茂高速入口14.8千米、青银高速入口10千米,区位优势明显。

在这片34平方千米的沃土上,人文底蕴深厚,自然风光如画,共同生活着2973名各族儿女。

"鉴于良好的区位优势和发展势头,党的十九大召开后,王窑湾村即在第一时间着手编制乡村振兴规划。2018年全国两会后，我们根据总书记参加内蒙古代表团审议时的重要讲话精神，先后2次将原来规划的'八大工程'改为'五大工程''六大功能区'。在全村5.1万亩总土地面积上，画出2大基地、4大园区，共6大功能区，对每个功能区块产业发展、项目摆布都做了详细规划，并多次征求专家和村民意见，力争科学完善、惠及全村所有父老乡亲。"王永清如数家珍地介绍着王窑湾村的乡村振兴规划。

他所说的"五大工程"，即产业转型品质王窑湾工程、生态宜居兴业王窑湾工程、乡风文明美丽王窑湾工程、社会和谐善治王窑湾工程、党建领航富民王窑湾工程，推动全村产业、人才、文化、生态和组织的全面振兴。同时，通过环村绿色生态长廊建设、村容村貌环境整治、美丽庭院建设、养殖户粪污资源化利用、养殖业面源污染治理等有效措施，筑牢自治区"南大门"绿色生态安全屏障。

"六大功能区"，即二社村委所在地核心区新型职业农民培育基地；自西向东涉及全村所有12个社的种养结合生态循环基地；核心区东部涉及三、四社的神海子湿地生态园；中部地区涉及二、六、七、八、九社的现代农业园区；南部至靖边县和青银高速入口沿线涉及七社的沙地生态观光园；东南部涉及十一社的休闲养生农业园。该规划依托南部毗邻S216线至靖边县、榆靖高速入口的区位优势，将对位于五社的曹动之兵营团旧址进行修复还原，让红色旅游资源纳入自治区红色旅游线总规框架内，充分体现山水生态、乡土味道，保留红色革命历史、古老民间故事等地方文化根脉，真正实现"望得见山、看得见水、记得住乡愁"。

二、用力激活王窑湾这个"聚宝盆"

村在绿海中,人居景观里。步入村委会旁边的一个智能暖棚里,淡黄色的小花星星点点,鲜嫩的黄瓜挂满枝蔓,随行的王永清顺手摘下两根递给我们:"不用洗,有机、绿色的。"咬一口在嘴里,清爽多汁,自然美味。旁边的两个大棚里,数千个育苗盘如微缩的田园阡陌纵横,洋溢着盎然生机。

农牧区是一个沉睡的"聚宝盆",如何激活这个"聚宝盆"?"产业发展是乡村振兴的重中之重,发展好产业,可以变输血为造血。"王永清带领包联驻村工作队同村"两委"齐心协力、共同努力,以脱贫攻坚为主题,以推进乡村振兴为主线,以美丽乡村建设为主攻方向,全力推进王窑湾村变富变美。

实现乡村"产业兴旺",是乡村振兴的核心。面对王窑湾村的一系列发展难题,王永清带领村"两委"成员访民情、寻思路、谋发展,抓党建、促乡村振兴、激发内生动力,因地制宜,因村发展,深入实施人才振兴、产业振兴、组织振兴工程。

王永清和驻村工作队和村"两委"班子带领广大村民组建王窑湾猪、牛、羊、蔬菜、农机、旅游专业合作社,建成现代化育苗中心、农产品冷链物流园区、新型职业农牧民培训学校,培育多元富民强村产业,发展生态农业、乡村旅游等新型业态,打造农牧业产业化联合体,推行"龙头企业+合作社+家庭农牧场+小规模经营户"模式,形成王窑湾果蔬、乳酸菌苜蓿猪肉等品牌,促进生产、生活、生态的"三生"融合共赢发展。

包联工作开展以来,王永清出实招、敢担当,每个月至少会在村里住上10多天,有时甚至连续一两个月一直住在村里。他将全部心血和热忱投入乡村振兴事业中。他有老胃病,家人只好每次在他下乡时多给他备点药。他觉得,只有真正和乡亲们住在一起,才能听到他们的心声。

当我问他:"马上退休了,近10年的副县级干部,这么辛劳工作图什么?"王永清笑了笑,爽朗地说:"每月工资8000多元,不做点实事,怎能对得起良心?!"

正如王永清所说,他每天忙碌的身形在王窑湾村穿梭不停,如同一匹骏马疾驰在绿色草原。

在全旗范围内备受瞩目的"王窑湾模式"吹响了产业结构调整的号角,助推王窑湾村实现产业富民、产业强村。如今村民的钱袋鼓起来了,生活好起来了,就连精气神都高昂起来了。

王窑湾村十一社"85后"小伙潘兵,是远近闻名的返乡创业致富能手。他从最初养羊养牛到为充分利用农家肥发展大棚蔬菜种植,凭借自己的灵活勤奋,一步步发展壮大种养结合、生态循环农牧业。通过政策的扶持和引导,他家的蔬菜大棚现在是全村数量最多的,加之60多头育肥牛的出售,2018年三口之家人均纯收入达到20万元以上。

和潘兵一样,王窑湾村一社的许军、六社的朱文化、九社的让小莉、十社的王建仁、十一社的邵海玉等农民,不仅蔬菜种得好,有的还当上了经纪人,帮助乡亲们将成百上千吨新鲜有机的绿色蔬菜销往陕西、河南等地。特别是十社的李怀莲,创办了蔬菜种子肥料门市部并积极自发参加新品种、新技能推广培训,用微信发布各种蔬菜种植、土肥管理知识,热心服务广大乡亲。

"一年涨、一年平、一年跌",多年来,我国生猪行业呈现周期性波动,被称为"猪周期"。可是王窑湾村规模养猪大户、八社村民刘录平和刘中平却因适时调整种养方式,创新发展种草养猪模式,生产高品质生猪和猪肉产品而稳立市场不倒,确保少挣不赔。

刘录平身残志坚，通过饲喂苜蓿草+乳酸菌提高生猪生产性能、增强免疫力，生产高品质生猪和猪肉产品，大力发展集绿色饲草种植、益生菌生态猪养殖、屠宰销售为一体的农牧业开发公司，实现了增收致富。

刘录平从2009年开始养殖生猪。2017年，村里组织外出学习考察时，乳酸菌养鸡的发展模式让他深受启发，回来便开始尝试乳酸菌苜蓿生猪养殖。因富含蛋白质、微量元素和营养价值，该猪肉深得消费者青睐。2017年，刘录平被旗残联确定为残疾人自主创业户；2018年，被市残联确定为残疾人自强创业示范户。如今，他的生态猪养殖产业已发展到年出栏育肥猪1300多头的规模。他已成为当地的规模养猪大户、勤劳致富带头人，示范带动周边30多户残疾人家庭发展生猪产业，经济效益十分可观。

目前，刘录平已经注册了"绿凭"牌乳酸菌苜蓿猪肉商标，并在他家邻村红进滩村和靖边县东坑镇开设了2家直营销售店，生意非常好。

而刘录平的邻居苜蓿养猪大户刘中平，多年来也是凭借苜蓿猪肉良好的质量和口碑赢得稳定的消费者和回头客。这几年，他先后赴上海、浙江等地考察全程不用抗生素的"无抗养殖"技术，正在探索生猪"无抗养殖"之路。"如果成功了，我们的猪肉将再提一个档次，不愁卖不上好价钱。"站在一片嫩绿的苜蓿地里，刘中平对未来充满信心。

产业做起来，群众富起来。每当谈到潘兵、刘录平、刘中平等种养殖示范户，王永清黑而瘦的脸上总是洋溢着幸福的笑容，坚定的目光中闪耀着对美好生活的无限向往。"最高兴的事情是看到村民们一年四季，最好是天天用手指数钞票的情景。"王永清如是说。

老骥伏枥为民生，乡村振兴激奋蹄。王永清是一个"特别能吃苦"的汉子，为了"致富奔小康的路上，一户都不能少"，他肯动脑筋，苦干实干，不等不靠，全力推进王窑湾村变富变美，诠释着蒙古马精神中吃苦耐劳的特质。

三、躬身打造王窑湾村"三小园"

2016年4月初，清明小长假第一天，天空下着淅淅沥沥的小雨，在王窑湾村村民朱志中家的草圐圙里，停着30多辆农用车，空地上，挤满了村民。

王永清带领乌审旗人大办、农环委工作人员以及旗农牧技术人员、镇村干部为村民群众分发果树苗。被群众围在中间的正是本土果树专家陈占富。他一边挥舞着铁锹挖坑铲土，一边给群众讲解果树种植和管理要领。

为了推进庭院经济发展，确保此次果树苗木的质量和成活率，王永清在此前的10多天里，带领农牧技术人员走访王窑湾村周边的6个旗县区"取经"，行程8000多千米，终于找到适合王窑湾村种植的苗木。

荒地变果园，闲地成花园，空地作菜园。房前屋后，春有绿、夏生花、秋结果，这样的庭院经济"蓝本"，既"刻录"下了王窑湾人幸福生活的一景，也为守护无定河流域的绿水青山增添了活力。

走进王窑湾村，除了春苗正盛、春芽舒展的沃野春色，最惹眼的莫过于每家院里的一栋小拱棚、一片小果园、一方小花园的"三小园"。

"我这2亩地里，枣、梨、桃、杏、苹果样样齐全，光苹果树就有五六个品种。每年从3月开始，这里花儿不断，进入6月，直到

9月，各种果子陆续成熟，吃不完就拿出去卖，都是绿色产品，很受欢迎。"王窑湾村村民王建军指着门口繁花盈枝的小果园说。园中树下套种的苜蓿草已萌出浓浓绿意，这是牛羊的上好口粮。旁边的小拱棚里，青椒、水萝卜、小油菜等绿色时蔬已经代替了去年冬储的大白菜。院门口，则是一排约5米长的垄沟，村集体育好的免费花苗已在这里"安家"，旁边的20余亩黄花菜郁郁葱葱。

近年来，王窑湾村的蔬菜种植、特色养殖颇具规模，绿色蔬菜、肉类销往陕西、河南等地，再远的销往湖南、广东等地，成为产业脱贫富民的主路径。2020年全村仅有的1户贫困户已经稳定脱贫，农牧民人均可支配收入突破3万元，20余户农牧户年纯收入超过100万元，其中部分农牧户年纯收入正向千万元迈进。

如何在发展产业、推动乡村振兴的同时更好地保护绿水青山？这也是王永清和王窑湾村村民共同的心愿，也是大家一直以来努力的方向。

王永清带动村民先行先试，一键启动"三小园"建设，引导村民清理房前屋后的闲置土地，为村民免费提供果树苗和小拱棚，昔日放杂草、堆垃圾的地方变身为100多亩因地制宜的果蔬"银行"。而一个个林木相掩、瓜果飘香的"美丽庭院"还成功打开了乡村"美颜"功能。

"每年夏秋之际，陕西、宁夏等周边地区的游客都喜欢来这里转。他们说村里空气好、环境美，出门就有新鲜瓜果蔬菜，吃不完的卖出去也是钱。"王永清笑着说。

一直以来，王窑湾村始终坚持生态优先、绿色发展，驰而不息，久久为功，以美丽乡村建设为引领，实施脱贫攻坚、生态振兴工程，基础设施不断完善，路网畅通提速提标，农村人居环境明显改善，现代农牧业与乡村旅游融合发展，积极培育生态文化，努力打造有品质、有温度、有底蕴、有颜值的美丽乡村，一幅天蓝地绿水清、新景新风新生活的美丽画卷正在全面铺开，广大村民满意度、获得感、幸福感持续提高。

花小钱、办大事。"三小园"投资小、见效快、效果好，成为村民家门口的"小产业"。这些"点"连成"面"，让王窑湾村旧貌换新颜，曾经闲置的资源变成脱贫致富的"金疙瘩"，唤醒"沉睡资源"的王窑湾村正在脱贫攻坚与乡村振兴的进程中阔步前行。

绿水青山就是金山银山。"'三小园'调动起村民的积极性，美化了人居环境，对他们自身脱贫致富有好处，对发展乡村旅游和乡村振兴有作用。更重要的是，经济林可以防风固沙、涵养水源，对无定河流域的绿色发展有长效。"王永清算了一笔经济账和生态账，还有社会效益账。

小康不小康，关键看老乡。王窑湾村今天幸福美好的生活，是撸起袖子干出来的，是挥洒汗水拼出来的。从2016年开始，用5年时间把王窑湾村建成靖边县城26万常住人口的后花园、菜篮子、休闲养生的地方，建成无定河流域调结构、促转型、发展现代农牧业的典范，这一蓝图正在逐步变为现实。

青山绿水共为邻，村兴业旺谱新篇。在美丽富饶的绿色草原，王窑湾村是抓党建、促乡村振兴的一个具体而微的标本。

在王窑湾这片充满希望、创造、活力、生机的热土之上，抓党建促乡村振兴的"王窑湾模式"，如同"王窑湾男子汉"的美誉传遍蒙陕大地般璀璨耀眼。这些成绩与王永清的辛苦、付出是密不可分的。

王永清是一位平易近人的扶贫干部。他有摆谱的资格但是不拿架子，待人很诚恳、不敷衍，这点通过和他数次接触我体会最深，也很受感动。我发给他的短信他每条都会回复，而且用语相当客气和朴实。这正应了那句话："越有成就者,越好接近。"

王永清更是一位振兴乡村的践行者。他对王窑湾村振兴发展的热爱体现在他的实际行动中,而不是喊口号、装样子,这从他积极主动参与王窑湾村振兴发展的具体事例中均可看出。

王窑湾是城里人来了不想走的地方,王窑湾是乡里人走了还想回去的地方。王窑湾的面貌改变了,家家户户都过上了好日子,但它依然是王永清心里时时刻刻的牵挂,王窑湾要做的事情太多太多。王窑湾人每天都盼望王永清出现在村子里、出现在家里,他们不希望王书记退休。

·帮扶篇·

奔小康的路上

刘慧刚

锡林郭勒盟多伦县的县名，源自蒙古语"多伦淖尔"，意思是"七个湖"。多伦县境内大小湖泊60多个，常年性河流近50条，丰饶的水系涵养了多伦县的历史人文，这里是中国古丝绸之路和万里茶道的重要连接点。

多伦县有过很多重大历史事件：1691年，康熙皇帝举行"多伦淖尔会盟"；1745年，山西籍商人集资兴建"山西会馆"；1933年，吉鸿昌、冯玉祥组建察哈尔抗联收复了被日军占领的多伦县等。多伦县的民间传说也很多，最有名的"姑娘湖"，有一段凄美的爱情故事。

脱贫攻坚战中，多伦县也一定发生了许多新故事，我们的一直关切着。遗憾的是时间有限，只能将"第一书记"李建峰在大北沟镇蒙古营村的工作情况记述下来。他兴许算不上"典型人物"，但在我们看来他代表着无数默默无闻的扶贫干部。

一、李建峰脑中的扶贫账

　　白皑皑的大雪给大地万物披上一层圣洁的盔甲，农田内的余茬如同坚挺的胡须倔强地破甲而出，厚厚的盔甲也休想遮掩它们的锋芒。三五成群的牛羊悠闲地甩着尾巴觅食，呼出的雾气凝结成银须。牛羊走过，那些倔强的胡须消失得无影无踪，盔甲上绽放出一朵朵洁白的虎耳草。

　　远处的村庄宁静而又祥和，一缕缕青烟在轻风弹奏出的音符中曼舞。一辆汽车行驶在乡路上，白雪折射的光让眼镜后面的眼睛轻轻眯起，眼帘抬起看向前方的村庄，古铜色的脸庞出现了一丝笑意。

　　李建峰的脑海里不由自主地想起村里一些人的名字和脸庞。这让他不得不感慨，没做驻村第一书记之前自己也来过这里，不过因为没有熟人每次只是匆匆而过，如今对这里却特别熟悉：

　　"蒙古营村位于多伦县大北沟镇西4千米处，总面积35平方千米，辖7个村民小组540户1213人，常驻人口153户323人。建档立卡贫困户49户126人，其中稳定脱贫12户37人，其他于2018年底全部脱贫。"

　　李建峰蹙起了眉头，说："贫困人口近乎常住人口的一半，如今生活在村里的基本都是上了年纪的老人，养大了儿女也累垮了身体。年轻人见到了外面世界的繁华后也不愿意回到落后破旧的乡村。若干年后，老人们离去，这里将成为真正的空巢。那些在外的人与无根的浮萍又有何异？"

　　无根的浮萍，他的脑海中不由想起自己帮扶的一对老人。

　　老人名叫李东升，家住蒙古营村一组。老两口在2014年被识别为贫困户，识别时人均年收入不足2000元，而且居无定所。

那时李建峰刚刚参加帮扶工作，听完帮扶责任人全宏玉和村委会的介绍后觉得非常不可思议。在城里，这点儿钱都不够一家人一个月的生活费，而老两口却要用这点儿钱生活一年。

"就种点儿地能有啥收入？出去打工这么大岁数也没人要，干力气活也没啥力气！"李东升自嘲地笑了笑。

"那你们老两口儿是靠什么维持生计的？"李建峰好奇地问道。

"就活呗，收的粮食留下够吃的剩下的卖喽。夏天的时候种点儿菜，两个人也够吃了！"李东升笑起来脸上的褶子更深了。

"那生病咋整？"李建峰继续问。

"生病？哪敢生病！"李东升瞪大了眼睛，随即苦笑道，"感冒了就买点儿感冒药，哪疼了买点儿止痛片，那药又不贵。"

李建峰努了努嘴没说出一个字。止痛片成了万能药，哪疼治哪，从根本上对病没有一点儿好处，所以这些老人全身上下都有毛病。他打量了一下屋里的摆设又问："你就是村里的人，咋没有固定住房呢？"

"原来有房，儿子结婚需要房就给儿子了！"帮扶责任人全宏玉看一眼李东升替他回答了这个问题。

李建峰看向全宏玉："给儿子了？为啥给儿子？"说着又看向李东升。

"儿子结婚没房，不给咋弄？盖，盖不起，买也买不起。咋也不能让儿子娶不上媳妇儿吧？"李东升额头上的三道沟快挤成三条缝隙。

"那把房子让给儿子，你们老两口儿住哪？"李建峰暗叹了口气看着李东升。

李东升抬起粗糙的手一挥："借房子住，村里这么多空房，有人给看家护院，房主也乐意！"

"那现在呢？"李建峰的目光移到全宏玉的脸上。

"2016年，通过易地移民政策政府出资给建了50平方米的住房，而且政府还补贴了26000元买了3头母牛。这两年，通过各种政策性补贴和个人努力发展得挺好。"全宏玉瞟一眼李东升回道。

"这得感谢国家、感谢政府和你们。要不然我们还不知道在谁家住着呢！"李东升咧嘴露出几颗黄牙，嘴唇边的褶子和嘴角一同上扬。

李建峰也为李东升开心。其实只要人不懒、有了致富路，想脱贫致富还是不难的。这些人都挺勤劳，主要是思想局限了眼界。比如，早些年，政府补贴给田地打水井，有些人觉得还得自己出钱就放弃了这个政策，而那些打了水井的村民自己不种反而把地承包出去，依旧靠天吃饭。归根结底，主要是思想上限制了自身发展，要想让这些人富起来就得先让他们的思想富起来。

李建峰被任命为驻村第一书记之后，他感觉沉甸甸的责任压在了肩膀上，同时也暗下决心，一定要带领大家脱离贫穷过上小康生活。

虽有雄心壮志但也不能单凭一腔热血去工作，应该有计划地去实施。于是他给自己定下了这么几点：首先，要熟知中央、自治区、盟、县关于脱贫攻坚的一系列决策部署，工作按照相应政策去实施；其次，对建档立卡户进行走访，逐户宣传政策，了解他们的生产生活状况，根据实际情况解决实际困难和问题；再次，切实抓好各项政策落实工作；最后，最重要的是要履行自己的工作职责。

想法是好的，但实施起来却困难重重。首先面对的就是扶贫户的抵触，多数人认为扶贫干部热风来了只是做面子工程，并不是想要帮众人脱贫。

二、从倔巴头马树峰开始

蒙古营村七组的马树峰是2014年识别的贫困户，40多岁了依旧单身，年收入也不足2000元，除了种地也没别的收入。过了农忙时节，他除了喝酒就是打牌，在村里整天背着手，串完东家去西家。多年的不进取已经形成习惯，所以他根本没想着改变。

李建峰第一次接触马树峰，没说几句话就遭到一通抢白："不弄，弄那个干啥？"马树峰背着手，一根根倒立的头发和主人一样固执。他是村里出名的刺头。

任何事情和人都有两面性，马树峰虽然不求上进却是个大孝子，一直照顾着年迈多病的父亲。这一点村民倒是赞不绝口：

"不是亲父亲。他是被抱养的，做得比亲儿子还好呢！"

"虽然不是亲父亲，但是他一直没放弃老人！"

"老人瘫痪后，吃喝拉撒都是他在照顾！"

"说孝顺得给他竖大拇指！"

从这一点可以看出马树峰是一个重情重义的人。李建峰了解这一点之后心里便有了对策：想要对方接受自己就得用心与对方相处。于是他三天两头找马树峰。

马树峰梗着脖子，斜睨着李建锋："说了不弄，你们去帮别人吧！"舀起一勺水倒进锅里。

李建锋诚恳地看着他："你有什么顾虑可以说出来嘛！"

"没啥顾虑，就是不想参与！"他又舀一勺子水倒进锅里，看也不看李建锋几人一眼。

李建锋皱起眉头："你就想这么过一辈子？"

他拿起锅盖盖在锅上："那也没啥不好！"

"你不弄，我就天天过来找你！"李建锋气恼地瞪他一眼走出屋子。

马树峰软硬不吃，经常让帮扶责任人杜慧芳和村委会的人铩羽而归，这让他们又急又气，急的是政策不是年年有，气的是这个人油盐不进，好多人巴不得被评为贫困户得到政府的扶持，他倒好，送到家里都不要。

"你是不是不相信我们？"马树峰倔李建锋也来倔的，他坐在炕沿就不走，和他同行的村主任杜慧芳无奈地站在地上。李建锋已经不记得第几次过来了，杜慧芳跟着他一趟趟地跑，有些泄气。

"没啥不相信的，就是不想参与！"马树峰的口气比前几次缓和了许多。

李建锋看一眼躺在炕上的老人："你不为自己想也得想想你老爹吧？"

马树峰看了眼眼珠转动的老人没有说话。

李建锋往他身边凑一点，语重心长地说："这么好的政策可不是年年有，你不相信我们也得相信国家和政府吧？抓住这次机会就能脱贫。你一个大老爷们儿也不想让别人看不起吧？"

李建锋见他还不说话，继续劝："举建军已经开始享受政策了，人家拖家带口的都不怕，你怕啥？"

30多岁的举建军是比较年轻的贫困户，一家人人均年收入也是不足2000元，所以一家四口过得捉襟见肘。

日子过成这样举建军只有深深的无奈，媳妇儿因为是外地户口所以在村里没有耕地，村里也没有多余的地分给2个孩子，他又得了顽固性皮肤病，对于这个基本一贫如洗的家庭来说更是雪上加霜。然而身有顽疾的他并没有向生活低头，过了农忙时节就出去务工，可是用人单位知道他有皮肤病后都不愿意雇佣他。一次次碰壁后，他只能对着10多亩田地长吁短叹。

媳妇儿有心出去打零工，可是三四岁的孩子哪能离开母亲，带着去打工又不方便，所以美好的想法也被残酷的现实扼死在摇篮中。

被识别为贫困户后，扶贫工作组和村"两委"对他进行了针对性的帮扶。首先，通过政府补贴给他买了2头母牛；其次，对他家实施合作医疗，每年政府代缴，看病可以报销，自己只需花10%左右的钱就能把病治好；最后，给他2个孩子申请助学补贴，一年政府补助3000元，从而又减轻了一部分压力。

"那个买牛补贴给多少？"马树峰愁眉不展地看向李建峰。

"今年的政策是补助15000元。"杜慧芳抢着回道。

"这点儿钱只够买1头！"马树峰看她一眼，眉头皱得更深了。

李建峰又往他身边凑了一点儿："你想多买两头的话可以申请贴息贷款，利息才几厘。"

马树峰沉吟一会儿抬起头："那行，可是我没养过也不会养啊！"

杜慧芳喜上眉梢，笑着说道："村里和镇里会定期开展养牛培训，你可以去学习，而且还是免费的。"

马树峰脸上的肌肉松动了，他开始正眼看向李建峰，突然用力点头："行，我参加！"

做通马树峰的思想工作后大家很开心，可是实施工作中的困难并没有结束。

夜已深，村支部大院的红旗随风飞舞，李建峰盯着红旗发呆。回想驻村近2年，与家人聚少离多，这2年的工作比在单位上班还累还辛苦，但是有委屈也有开心。

看着一个个贫困户摘掉贫困的帽子比自己升职加薪还要高兴，

然而诸多的不理解也让他又气又委屈，他感觉自己不是驻村第一书记而是一名家长，管着一群性格各异的孩子。

"李书记，给我家也评个困难户呗！"

"你家过得不差干吗给你家评困难户？"

"老李他们家能评上为啥我家不行？"

"我跟你说，谁是困难户不是我说了算，人家扶贫办有专门一套评估程序，经过多方面评估才能确认。"

"切，我看就是谁跟当官走得近谁就是贫困户！"

……

"李书记，老陈家补助4500元，为啥我家才补助1500元？"

"今年的政策和去年的政策不一样，去年的政策是一个人补助1500元，今年是按户补助的，一户只给1500元。"

"我看就是你们把那些钱捞进自己兜了！"

……

"李书记，老刘家发了面和油，为啥我家没有？"

"油和面是我们单位和个人筹集了一点儿钱给特别困难的家庭一点儿资助和慰问，并不是谁家都有的。"

"我家也是困难户，李书记也太偏心了吧？"

……

"李书记，没钱了，再给救济点儿呗！"

"那只是临时帮扶，而且这钱我说了也不算。"

"嘿，都给老张太太好几次了，为啥就不能给我？"

"老张太太孤苦无依，给钱是让你们补贴家用的，可不是用来喝酒、打牌的。再说，给几次是上面的决定，也不是我说给谁就给谁的。"

"我还孤苦无依呢，你不想给就直说，我看你就是看我不顺眼！"

……

"李书记，老王两口子打起来了，你快去给调解调解吧！"

……

每每想到这些，李建峰就想放弃，但是想到自己当初下的决心又坚持下去，于是他和驻村工作办的同事拿上资料一户一户地走访，一遍一遍地解释，直到贫困户明白理解为止。他渐渐发现和乡亲们住得久了心也近了，只要用心和乡亲们相处，乡亲们也会对自己掏心掏肺。虽然这些人倔强认死理，但是也很善良。

李建峰收回思绪停下车扭头看向院里，两间红色砖瓦房，门垛上残破的对联被风雨洗礼成粉红色，窗玻璃上留存着雪花轻抚过的痕迹。

这里就是李东升的新家，几年过去，老两口不仅有了安定的家而且衣食无忧。曾经的3头母牛发展到现在的10多头，而且2个儿子也养起了牛，3家加起来一共得有100头左右，成为村里屈指可数的养殖大户。

马树峰通过思想引导和学习培训，将心思完全投入发展生产上；同时，通过各项政策性补贴和帮扶以及自己的努力，当初的3头母牛已经变成十几头，而且他这2年还承包了土地，种起了经济作物，2020年人均年收入已经达到了7万元。现如今，他牌也不打了酒喝得也少了，过得越来越好，给他介绍对象的人也多了，估计用不了多久就能脱单。

随着时间的推移，举建军脸上的笑容越来越多。经过发展，2020年，他已拥有了十几头母牛，人均年收入达到了12000元。举建军还被林业局聘请为护林员，每年又增加了12000元的收入，而且还不耽误他养牛。

这么多值得开心的事情,李建军脸上的笑容更甚,他发动汽车再次出发,因为还有人在奔小康的路上等着他去扶一把。

奋斗篇

·奋斗篇·

春寒缠绕北方大地的时节,蒲公英花最早绽放在田野阡陌,马兰花第一个装点正在苏醒的草原,她们不需要太多的雨露和沃土,只要一缕阳光和一阵春风,便赋予土地一片光彩。被审美的镜头放大后,蒲公英有菊的娇艳,马兰花有兰的妩媚,但她们娇而不躁,媚而不俗。这些顽强朴素的小花,有梦想,有远方。

在追求脱贫致富梦想的道路上前行的人,更多的是那些没有披挂战甲而为生活拼命的普通人,他们就像朴实无华的蒲公英花和马兰花,根深深扎在泥土里,以顽强的生命追求美丽的梦想。他们在泥泞中奋力前行,以超出常人的勇气和智慧追索心中的太阳。跌倒了,爬起来,抖落满身的泥土,自疗身心的伤痛,重拾前进的力量,终于干出一番不寻常的业绩,这些人就是我们生活中的平凡英雄。"沧海横流,方显英雄本色",谁说平凡的人不能创造奇迹?这些平凡英雄是战贫扶贫不可缺少的中坚力量和助力者,他们有大志气,有大智慧,有大情怀,鼓舞和带动了周围的人,润泽一方百姓,为乡村振兴注入了可以不断再生的活力。

"奋斗篇"的主人公,是那些走在脱贫战贫行列的农民企业家、乡村干部,他们中有转复军人、老党员,还有普通的农牧民和年富力强的新生力量。英雄不问出处。他们生活阅历不同,共同拥有的是中华民族艰苦奋斗、厚德载物的传统美德和不忘初心、砥砺前行的奋斗精神。

端上红色旅游的饭碗

张泊寒

红色资源是我们一笔宝贵的精神财富。

每一个红色旅游景点,都是一个常学常新的生动课堂,蕴含着丰富的政治智慧和道德滋养,使游客在旅游中接受红色文化洗礼。

每一个红色旅游景点,都是助力脱贫攻坚的有效形式,让革命老区的人民群众端上红色旅游的饭碗,过上幸福的日子。

一、红色的老牛坡脱贫的韩连生

2020年11月12日5时许,老牛坡沉浸在夜色中,静寂无声。"猫冬"季节,村民们普遍起得晚。

一户人家的灯亮了,山村顿时有了些许暖意。60岁的村民张三美早早起来,麻利地切肉、剥葱、削土豆。64岁的韩连生也起床,给妻子打下手。

鼓风机"嗡嗡"响起。不一会儿,院子里飘起饭菜的香味儿。

闻香起床,寄居在韩连生家的10多名修河槽的工人起床洗漱,在其他地方住宿的十五六名工人也陆陆续续进了家门,准备吃早餐。

"姨,你做的饭菜真香!"工人们对张三美的手艺赞不绝口。

"你们喜欢吃,姨就高兴……"张三美笑得很开心。

在清水河县老牛坡村,韩连生当年是个响当当的"文化人"。

1964年的秋天,7岁的韩连生背上书包上学堂,一直念完高中。有高中毕业生,在老牛坡来说,这家可不一般。与韩连生同龄的人,大多仅仅念过两三年书,甚至目不识丁。原因只有一个:穷!

"我念书的时候在姑姑家住着,那时候他们家是双职工。"韩连生家其实也不富裕,他幸运的是有姑姑的疼爱。

作为村里唯一的文化人,韩连生自然被重视,被当地学校聘用为民办教师。虽然是民办教师,但在村里也算体面,而且他"能说会道"。在村民看来,韩连生的"能说会道",归根结底是因为有文化。

有了体面的工作,就来了喜事。媒人踏进韩家的门,"上赶子"介绍同村的女娃张三美。

韩连生有体面的工作,忙里偷闲还能下地帮把手,张家对他很满意;张三美人长得漂亮,家里家外忙活起来也是一把好手,韩家也很满意。

良辰吉日一订,张三美嫁进了韩家。

韩连生兢兢业业教书育人,张三美勤俭持家,小日子过得有滋有味。

儿子出生,接着女儿出生。因为二孩出生间隔时间短于当时农村政策规定,韩连生被"清欠(辞退)了"。

随着小儿子的出生,韩连生与张三美起早贪黑地土里刨食,养育着3个孩子,日子还算过得去,"比上不足比下有余"。

又是一年秋收时，30多岁的韩连生拉着毛驴上了山坡去收庄稼。

老牛坡地处黄土高原，靠天吃饭的农田基本是坡地。当地人秋收靠驴驮人背，"拔下庄户（庄稼）往回拿，基本靠毛驴驮"。

自恃年轻力壮的韩连生，干活不惜力气。可就在他俯身抱一袋玉米的时候，突然腰疼难忍，半天才稍微直起点身。韩连生以为只是扭了一下，缓一下就好了。但他一动腰就疼痛难忍。他坐在地里，很无助。

张三美见韩连生半天没回来，把孩子安顿在娘家，匆匆来到地里。

张三美牵着驮着玉米的毛驴在前面走，韩连生跟在后面，慢腾腾地一步一挪。

"闹下个残疾"的韩连生，腰一直没有好起来，从此重活再也沾不上边。家里家外、生产生活的担子，全压在张三美的肩上。

"人家两个人受（苦），我干不了，她一个人受（苦）。经常人家种进个（去），我还没种进个；人家锄完地了我家还没锄完；人家收割回来了，我地里还有庄户。一个女人家，她又怕作蹋（庄稼），每天（都是）愁眉苦脸的。"韩连生说，"说实话，有几年，她干活就以泪洗面的了。"

韩连生不仅腰疼，后来腿还患上了关节炎。

每天下地拖着疲惫的身子回到家，张三美面对的是3个饿得"嗷嗷叫的"年幼的孩子，她放下农具急忙去做饭。随着风箱的一推一拉，灶火映照在她忧郁的脸上。

张三美并不避讳当年的苦："他有个腰腿疼病，每年锄地就我一个人。不瞒你说，锄地就泪蛋蛋跑，经常跑……"

"全靠两个手手，干完地里的，回家管娃娃……"为了撑起这个家,为了3个娃娃,张三美强忍泪水,苦苦地支撑着。

"庄户人家靠勤劳,谁也看你辛苦了。"韩连生说,"以前(生活条件)和普通农户一样,病了之后我干不了农活,咱连一般般的农户也不如。"

对于张三美来说,吃苦受累也就忍了,可在她心里难以落忍的是3个孩子都辍学了。

在韩连生眼里,3个孩子虽然不是特别优秀,但也算聪慧。高中毕业的韩连生,自然和张三美一样望子成龙、望女成凤。

一个女人养活一家5口,微薄的收入,家里的日子捉襟见肘,孩子的学费成为更让人头疼的事儿。

随着大儿子辍学外出打工,女儿看到妈妈的愁容,也郑重地向张三美提出:"妈,我不念了,我也打工去。"此时的女儿,高一刚上了一学期。

不久,小儿子也辍学,跟着人打工去了。

"在我们这个地方,考高中就不容易,而且考的是普高。"韩连生为女儿的辍学深感惋惜。

提起过往的艰难日子,张三美的眼泪夺眶而出:"我的小娃娃不敢保证。如果家里条件稍微好一点儿,那两个大的肯定能念出大学。"

至今,韩连生、张三美聊起来,还对孩子的辍学心生愧疚。让老两口高兴的是,大儿子、女儿都已结婚生子,他们没圆大学梦,但对孩子的培养都相当重视。

2014年,韩连生家被认定为贫困户。

一枚印章的发现,揭开一段红色革命史,让寂寥的老牛坡发生了巨变,也改变了韩连生和张三美的生活轨迹。

在拆一所老房时,人们在墙的夹缝里发现一枚印章。没几个人在意这枚破旧的印章。但印章上刻着"牺牲救国同盟会偏关老牛坡编村村支部"的消息传到县里,引起有关部门的重视。经过走访查证,老牛坡党支部成立于1937年10月,是内蒙古地区在蒙晋交界地成立较早的农村党组织之一。牺牲救国同盟会系薄一波受中共委托,在山西省创立的革命组织。老牛坡当时隶属山西省,1946年划归清水河县。

在考证中,老牛坡的红色历史也拭去浮尘——

1936年9月,共产党员潘密遵照上级党组织委派,回到家乡老牛坡村,秘密开展地下工作。因为潘密是当时村里唯一一个有文化的人,大家都愿意听他的。潘密很快就取得了乡亲们的信任,并发展了潘高、郭存元、王喜玉、潘安生、周栓等加入党组织。第二年四五月间,他秘密建立了党支部,这是共产党在晋绥边区建立的第一个农村党支部。老牛坡党支部一建立,潘密就迅速组织和发展革命力量,先后在周边的8个自然村发展了10多名党员,成立了3支抗日游击队。老牛坡党支部先后发展党员40多名,输送39名青年战士,其中13人在战斗中牺牲。抗战最艰苦的时期,老牛坡党支部还成立了农救会、妇救会、儿童团等抗日群众组织,发动和领导当地村民做军鞋、送军粮、抬担架、传情报,积极支援前线。日军不断扫荡、烧杀抢掠老牛坡,但始终没能摧毁这个红色堡垒。

"牺牲救国同盟会偏关老牛坡编村村支部"印章被鉴定为革命历史文物,它让老牛坡一夜成名。

不断有干部模样的人来到老牛坡,在村子里转悠,开会讨论着什么。

韩连生听说,依托老牛坡党支部旧址,县里要建设老牛坡党性教育基地,还要在村里建设老牛坡党支部展馆、红色革命主题广场等设施。

随着老牛坡党性教育基地的开工建设,他发现工程也挺大,像那么回事儿。

不过,张三美和韩连生都想着,这和自己家有什么关系呢?

2016年春节前夕,韩连生、张三美正在家犯愁,孩子们马上要回家过年,而且大儿子要带着媳妇孩子回来,这个年咋过。

一天,几个人走进院子,还提着米面油。

"老汉,县领导来慰问你家了。"随行的村干部说。

清水河县委组织部部长张科灵带队慰问贫困户,来到了韩连生家。

坐在炕头上,张科灵笑容满面:"你想说啥就说啥,有啥打算也说一说。"

攀谈中,张科灵向韩连生介绍了老牛坡的发展前景,说老牛坡党性教育基地、老牛坡党支部展馆、红色革命主题广场等旅游设施建成后,会有好多游客前来参观,红色旅游一定会带动村里的经济发展。

韩连生一听来了精神:"我是个农民,种地干不了重体力活,咋能翻起来?我的老板板(妻子)在没有别的手艺,但她爱干净,做饭没问题,我想搞个农家乐。"

"你这个想法好。"张科灵鼓励韩连生依托红色旅游脱贫致富。

在韩连生看来,开农家乐的事儿只是一说,说完也就完了。

在老牛坡党支部展馆,一幅幅珍贵的照片将历史定格,一件件"老古董"让时光倒流。在这个展馆里,当时的革命场景一一再现,把参观者带回了那个烽火燃烧的岁月。200余件实物、500余幅图片,讲述了晋绥边区建立的第一个农村党支部的发展史。

2017年6月19日傍晚,韩连生到地里转了一遭回来,发现老牛坡党员教育中心主任蒙军在他家。

"老汉,你回来了,明天咱们的红色旅游就开始正式运营了,要过来好多游客,你准备准备开始接待游客吧。"

听了蒙军的话,韩连生有些措手不及:"我当初不过就是说一说,连个桌椅板凳也没有,锅碗瓢盆啥也没准备。"

韩连生、张三美连夜借了些桌椅板凳,他们一夜没睡好,馅饼从天上说掉下来就掉下来了。不过,他们心里直打鼓:"开农家乐,谁来吃饭?"

第二天一早,亲戚帮忙"投资"买了一些餐具。

"反正就这么凑凑合合,农家乐就开了。"韩连生说。

当天中午,县领导就领着呼和浩特的一群游客来到韩连生家。两口子叮叮当当忙得不可开交。

这一年,呼和浩特地区不少单位的党员干部前来接受党性教育。

"农家乐当年收入3万多元。"年底,在对贫困户进行鉴定时,韩连生一家甩掉了贫困户的帽子,被评选为县脱贫致富带头人。

依托农家乐,韩连生还砌起2间新窑。

电商兴起,看到村民收发快递困难,韩连生还在家里办起了快递收发站。

好事连成串。因韩连生当年曾在乡政府干过一段时间的临时工,这一年,县里通知他补交了社保费,开始领取养老金。

2018—2019年,韩连生家的农家乐收入也很可观。

2020年10月初,黄河治理工程开工,因韩连生家开农家乐有了名气,有人介绍工人们在他家吃饭。工地负责人来到韩连生家考察了一番,发现张三美做的饭菜可口,而且家里还能住一部分工人,当即拍板在他家就餐。

十四五个工人住进韩连生家,还有在其他地方住的十五六个工人也一起来吃饭。

张三美每天为工人们的一日三餐忙碌着。她每天早晨5点半起床,一天从早忙到晚。

"姨,你每天真辛苦。"有工人对张三美说。

"比起以前的日子,现在好多了,辛苦一点儿心里也高兴。"张三美说。

"我种地也种不了,现在也上了岁数了,也干不了啥活儿。"韩连生看着忙着做饭的张三美,说:"到现在都是靠你姨。这几年,她心情也好点了,脸上能挂个笑眯眯了。"

韩连生在村里转悠了一圈,脸上洋溢着微笑。

"村民们真是享受了国家脱贫攻坚的好政策。特别是这几年,再穷的人也不愁吃不愁穿,吃得饱穿得暖。"韩连生说,"村里有好多致富能手,你看陈海军人家两口子,养殖、种地、跑运输,那日子过得真是好啊!"

二、大青山深处的"小延安"

2021年2月1日,内蒙古国家开放大学职工学院副院长傅玉森和朋友们驱车前往武川县得胜沟乡李齐沟村。

傅玉森从《大青山革命史》《呼和浩特文史资料》等书籍上看过支前模范张兰女的事迹,十分敬仰她冒着血雨腥风支前。他最近又听说张兰女的儿子李峰林依托红色旅游脱贫致富的事儿,擅长书法的他创作了多副对联,登门表达敬意。

"给革命家庭、脱贫致富家庭送'福'!"一进李峰林家门,傅玉森将几幅"福"字送上。李峰林、王英连声称谢,并赞叹"写得真好"。

王英沏茶待客。品茶间,傅玉森与李峰林聊起了张兰女支前的故事。阳光洒在屋子里,温暖又温馨。

抗战时期,八路军挺进大青山,建立了大青山抗日游击根据地。八路军大青山支队司令部设在得胜沟。

1940年3月,武归县(现武川县)八区政府在得胜沟乡灯笼素村成立。因为区长郝秀山之名,八区政府被当地老百姓亲切地称为"郝区政府"。

"郝区政府"成立之际,17岁的张兰女已经嫁到李齐沟村3年。八路军大青山支队三团在山林茂密、地势险要且人迹罕至的骆驼场建立了一个秘密后方基地,供给处、修械所、被服厂、伤病员医疗所均设在这里。作为秘密后方基地的唯一进出口,李齐沟村经常有八路军活动。

当"郝区政府"组织成立妇救会时,张兰女联系了几名妇女积极报名参加,她被郝秀山任命为李齐沟妇女组长。

1942年夏天的一次激战,让许多八路军官兵的军服被荆棘划破。张兰女和全村妇女立即把官兵的三四百件破衣、破袜抱回家,夜以继日地缝补浆洗。短短几天时间,她们就把缝补浆洗好的军服送回部队。

隆冬时节,大青山寒风刺骨。由于日军严密封锁,八路军物资严重紧缺,不少官兵还穿着单衣战斗在冰天雪地里。为了让官兵们早日穿上棉衣,张兰女组织全村妇女赶做针线。在姐妹们的共同努力下,几百件棉衣很快被送到了部队,官兵们可以穿得暖暖活活去战斗了。与此同时,张兰女和婆婆起早贪黑,花半个月的时间,用做棉衣的下脚料给战士们做了8双实纳帮底的"牛鼻子鞋"。10月下旬的一天,天空中飘起了雪花,山里的夜晚格外寂静,人们早已进入梦乡。一阵急促的敲门声把正在熟睡的张兰女惊醒,她披衣下炕开门,原来是联络员老张。他手里拿着一封"鸡毛信",上气不接下气地说:"不好了,敌人来了,快通知山上的同志们。"张兰女把信藏好,沿着崎岖的山路,踏着厚厚的积雪,深一脚、浅一脚地向山里疾行,及时把信送到八路军手中。

张兰女家还是八路军三团供给处最可靠的转运站。别的地方送来的粮食、布匹、军鞋、纸张、药品等,都要先寄放在她家,然后由部队派人取走。日军进山扫荡时,张兰女将物资分散掩埋,只身隐蔽在附近观察。日军走后,她继续保管物资。在张兰女的带动下,她的一家人和村民们纷纷行动起来,成为"郝区政府"和三团的"后勤兵"。

1962年,李峰林出生了。在成长的日子里,他懵懵懂懂地听母亲讲述当年支前的故事。而这个时候,张兰女支前的故事早已在得胜沟流传开来,传到了内蒙古自治区首府呼和浩特,甚至传到了首都北京。

1951年国庆前夕,张兰女作为大青山抗日游击根据地的代表,光荣地出席全国革命老区代表会议并参加了国庆观礼,受到毛泽东、周恩来、朱德等党和国家领导人的亲切接见。

在李峰林的记忆里,母亲还给他讲过自己送信途中遭遇日军的事儿,当时幸亏缝在棉衣里的信没有被搜出,才躲过了一劫。

穷乡僻壤的李齐沟,村民的日子一直过得有些艰辛。

张三女养育了7个孩子,李峰林排行老六。

1989年,在媒人的介绍下,李峰林与相距100多里的上秃亥乡姑娘王英喜结连理。这时的李峰林27岁,在村里来说已是大龄青年。他之所以结婚晚,是因为家里穷得叮当响。

因为兄弟姊妹多,穿衣都成问题。"俺们小时候,衣裳都是补丁摞补丁，就是老大穿小了老二穿，老二穿小了老三穿……"李峰林记忆犹新的是，家里几乎吃了上顿没下顿。

李峰林结婚的"新房"，是借村里其他人的房子暂住。他们两口子经常这儿住两天那儿住两天。

直到十五六年前，李峰林花了5000多元，买下了一户人家的小院落，居住至今。当时买房，李峰林花光了积蓄，又筹措一些钱装修了一下。

李峰林种着20多亩坡地，土质虽然好，但没有水浇地。而当地气候常常是十年九旱。他只能种点土豆、莜面和葵花，解决一家人的温饱问题。

在李峰林的印象里，姑娘在武川县城上学的日子，是他家最苦的时候。

村子里没有小学了，上小学三年级的姑娘只能进城读书。这个时候，王英只好撇下李峰林，当上了陪读妈妈。

母女俩在县城租了一户人家的一间南房，每月租金四五十元。王英除了给姑娘做饭，就是接送她上下学。她们吃的粮油菜，基本上都是王英从家里背来的。

当时家里不缺吃的，但缺钱，零花钱还得借。"那个时候，谁也没钱。赶上人家有点钱，他一个钱掰成两半，才能借给你一点儿。"李峰林嘿嘿一笑。

王英陪读，还惦记着家里，来回跑。陪读3年后，县城里有人在家里开了寄宿式"小饭桌"，孩子可以在那里吃住。

"给拿山药、面和油，每月交六七十元，不拿交200元。"王英惦记着李峰林一个人种地辛苦，家里养了五六十只羊，也得雇羊倌放牧，她选择让姑娘进"小饭桌"。自然，王英每月给"小饭桌"送一次山药、面和油。

家里养的是一群山羊。山羊成长慢，3年才出栏，不卖就没有收入。"羊也得吃喝，需要买料，人也得生活。"养着一群山羊，手头还是缺钱。

这个时候，李峰林被检查出心脏不好。李峰林和王英一合计，把山羊全部卖掉，改养绵羊，这样当年就可以卖羔羊。

姑娘卫校毕业后进入内蒙古自治区人民医院工作。这个时候，李峰林、王英的勤劳成果也显现，日子好起来了。

李齐沟的旅游资源得天独厚。村前左侧2千米是李齐沟，是"郝区政府"遗址所在地；右侧2千米是杨柳沟，那里植被茂盛，树木成林，风景美不胜收。

不断有城里人慕名来游玩。武川县因地制宜，努力挖掘大青山抗日游击根据地的红色旅游潜力。

在李齐沟里，当年的"郝区政府"是一个地窝棚，展示着民主政权坚持敌后抗战的艰苦岁月。窝棚前的一块巨石上，当年八路军官兵刻下的"郝区政府"4个大字依然清晰。自治区老领导郝秀山生前深情回忆，1942年，日军对大青山抗日游击根据地进行残酷的大扫荡。八区是绥蒙地区党政军机关领导人活动的中心，也是八路军骑兵支队三团对敌斗争的根据地。因而，日军把这里作为扫荡的重点地区，把沟里所有村庄的东西抢光、房子烧光，把没有来得及隐蔽的群众杀光，区政府的3间房子也被烧掉了。修械所的几名战士气愤地在平时用于吃饭、休息的一块大卧牛石上，用錾子凿下"郝区政府"4个字和1枚手榴弹图样。战士们边凿边说："日本侵略者可以烧我们的房子，但这块石头和区政府是永远烧不掉的！"

武川县旅游局多次对"郝区政府"革命遗址进行修缮。2008年9月9日，上秃亥乡后渠子村通往得胜沟乡李齐沟村和后营子村的红色旅游公路竣工通车。2011年，武川县人民政府再次拨款对"郝区政府"革命遗址进行了修缮。2016年11月,武川县委政府新建了"郝区政府"纪念馆。

李齐沟不仅有红色的"郝区政府"遗址,而且有茂密的白桦林、白杨林,草木森森,虫鸣鸟叫,野草丛生,野花绽放。更值得一提的是李齐沟还有一片足有二三百亩的原始云杉林,在大青山千里长卷中尤显珍奇。

一条水泥路,连接李齐沟和杨柳沟。李峰林、王英头脑活络,他们并不满足每年两三万元的收入。看到县里在李齐沟修缮了"郝区政府"革命遗址,建起了展馆,还在村头建停车场,在杨柳沟修步行栈道,他们决定端起红色旅游的饭碗。

说干就干!2016年,李峰林与弟弟商量开农家院,他们的想法也得到县老促会的项目支持。最后,他们投资70多万元建起了一个有8间房子的农家院,并以弟媳的名字命名为"李秀清农家院"。

在农家院的房间里,李峰林不仅挂上了大青山抗日游击根据地的老照片,还挂上了母亲张三女的照片。

2017年,李峰林的农家院开张了。

虽然是季节性的旅游地,仅6、7、8月可营业,但其间来自武川、呼和浩特、包头的游客络绎不绝,私家车放都放不下。来旅游的不仅有单位组织来接受红色教育的,更多的是户外运动团体,三五成群的就算散客了。

人们在农家院不仅是吃饭、观览房间的抗战时期的老照片,而且是在接受红色教育。

"每个星期天有不下300多个游客来吃饭,我们两口子忙都忙不过来,只好雇人,最忙的时候得雇七八个人做饭。"李凤林说,现杀羊、农村笨鸡蛋、杀猪菜等农家饭,让游客吃得津津有味。

辛苦的忙碌换来的是收获的喜悦。农家院开业当年,李峰林3

个月收入10多万元，2018年收入十七八万元。村里一度开起七八家农家院。

在县里准备大力开发李齐沟、杨柳沟红色和自然旅游资源的时候，问题来了。因为地处大青山国家级自然保护区核心区，有关部门叫停了旅游设施的建设。

虽然开农家院挣钱很重要，但李峰林识大局，认为保护生态环境至关重要。

随着旅游设施建设的停工，李峰林农家院的生意也有些萧条。

虽然游客少了，但李峰林夏天还开农家乐。

"这里也有外地人来开的农家院，但有时游客来了他不在。我就在这里住着，就占这个条件，有游客来，俺们两口子随时就能忙活起来。"李峰林说。2019年，他的农家院收入四五万元，2020年收入2万多元。

在去参观李峰林的农家院的路上，临街的一堵墙上绘有张兰女的长幅宣传画，大家驻足观看。

在丛山峻岭间，2位农村妇女在崎岖的山路上步履匆匆。在她们身后，2个日军端着三八大盖，一路紧追……在宣传画的左上角，还画有一位妇女的头像，并附文：支前模范张兰女，曾经在敌人的围追堵截下，为八路军送衣、送鞋、送吃送喝，不愧为党的好儿女、人民敬仰的英雄。

农家院里的几株老树上，喜鹊叽叽喳喳在欢叫。"你听，你们家的日子会越来越红火的。"傅玉森对李峰林说。李峰林听了，乐不可支。

"俺们家在村里不说富，但不贫困。"农家院收入微薄，甚至成本还没有收回，但李峰林的养殖产业却发展起来了。

在开农家院的前两年，许多游客对李峰林家美味的羊肉赞不绝口。因此，许多回头客都是奔着他家的羊来了。

秋后初冬，从武川、呼和浩特、包头来买羊的人络绎不绝。李峰林身手利索，一只羊十来分钟就给卸好了。

"这会儿人家相信村里的羊好吃，咱们的羊也真好吃。这两年的行情，一年卖羊的利润能刨闹个七八万，也还行。"李峰林脸上堆着笑意。

因为心脏病的缘故，李峰林3年前就不种地了，家里的20多亩地流转给别人耕种。虽然每年住院一次检查身体，但李峰林并不认为看病是太大的负担，因为有医保可以报销很大一部分费用。

养羊，成为李峰林的主业，农家院反而成为副业。

客厅里的一台电脑上，实时播放着羊群的画面。2019年，李峰林也赶时髦，为家里的养殖场安装上了监控。"黑夜下羔，不用起就看见了。"李峰林对监控很满意。

李峰林起身，去养殖场给羊喂料。养殖场就在他家后面的院落，门口挂着一块牌匾：武川县利峰绿野养殖专业合作社（残疾人扶贫就业基地）。李峰林说，因为他雇了两名残疾人就业，所以合作社给挂起了这块牌子。

李峰林走进院子里的铁丝网围栏里，提着饲料袋往槽子里倒饲料，大大小小的羊围着他，如饥似渴。

李峰林家只卖一岁羊，他估摸着今年每只羔羊能卖八九百元。

"姑娘家吃的羊肉什么的都是俺们自产的东西，都不用她买。"每隔2周，姑娘两口子会自驾回来一趟。临走时，李峰林和王英总是把孩子车后备厢装得满满当当。

"马上就要过年了，我特意为你们革命家庭、脱贫致富的家庭量身创作了几副对联，为你们送上新春的祝福。"傅玉森拿出自己创作的春联送上。

"郝区抗战名垂史富庶乡村谢党恩""致富欢歌颂李齐丰碑永驻扬得胜""老辈支前留史册峰林业旺赋新篇",大家念着对联喜笑颜开。

"老头子,对子里还有你的大名哩。"王英用胳膊肘碰了李峰林两下。"可不是可不是,今年咱家的春联可有特色了。"李峰林乐得合不拢嘴。

如今的李齐沟,一户就一两个人,全村满打满算也就30多个人。

"村里早就没有贫困户了,年轻人都进城了,剩下的都是老的,像我这样的都算是年轻的了。"李峰林的笑声,十分爽朗。

溢香的山茶

张泊寒

2021年1月8日上午，清水河县五良太乡阳坡村。

张巨珍捏了一小撮山茶，放在茶壶里。他打开水龙头，接了一壶水烧开，冲茶。茶叶在茶壶的热水中缓缓舒展，溢出沁人的清香。

"这茶好喝着哩。"茶是当地的山茶，水是山里的深井水。

"'十三五'期间，内蒙古解决了18.3万贫困人口的饮水安全问题，进一步提升了脱贫攻坚的成色质量……"听到电视里播报新闻，张巨珍停下品茶，认真听起来。

水，是人类最基本的生存需求，而在拥有"清水河"的清水河县，多年来，水曾是许多偏僻村落最昂贵的奢侈品。

"家住深山沟，穷山烂石头，吃水贵如油，天天为水愁。"说的就是清水河县。

"半夜出门山过山，拐了一弯又一弯，鸡叫掌灯找到水，进门太阳快落山。"说的还是清水河县。

俱往矣，一方水土养不好一方人的日子！脱贫攻坚"饮水安全"的甘甜,让紧锁的愁眉舒展为笑靥的灿烂。

幸福,就在一斟一品之间,溢满许许多多的农家……

一、阳坡村民们的心事

十几年前,刘秀梅嫁到了清水河县五良太乡阳坡村。缺水,是阳坡村给她的第一印象,新婚的喜悦被一扫而光。

阳坡村缺水缺到什么程度?

刚过门5天,刘秀梅挑起担子,跟随邻居一起去担水。一路上大家有说有笑,也不觉得山路长。可回来挑着的一担水,有七八十斤,感觉山路十分漫长,双腿吃力,肩膀生疼。

这口井,距离阳坡村足足有2千米,而且水浑浊,倒在水缸里澄半天,缸底就有了一层淤泥。舀水得温柔,力度稍大点就会泛起泥水。

一口井,是阳坡村人畜赖以生存的水源。但由于干旱少雨,地下水位下降,没几年,这口井也慢慢干涸了。

最初的几天,因为井里没有水,许多村民如同小白菜晒太阳——全蔫了!

在饥渴中,村民把目光投向不远处的浑河。每到雨季,牲畜粪便、杂草等都随洪水流入浑河,河水可以说污秽不堪。但没有人考虑饮水安全问题,毕竟活命要紧!于是,通往浑河的坡路上,就开始人来人往,就有了水担的"吱吱扭扭"声。

下雨天,是村民们最忙碌的时候。天阴沉了半天,雨就下来了。在田间劳作的村民们都快马加鞭往家跑,但不是为了避雨。刘秀梅也和家人往家跑,进屋顾不上换湿透的衣服,拿起锅碗瓢盆全摆在院子里接雨水。听着雨水打击锅碗瓢盆的声音,一家人很开心,并希望雨多下一会儿,能把家里的水缸灌满。

虽然出身农家，但刘秀梅也很能干，她希望依靠自己勤劳的双手过上好日子。有乳品企业在村里建起了奶站，许多村民积极性很高，买奶牛、养奶牛、卖牛奶。刘秀梅也不甘示弱，买了三五头奶牛。不承想，事与愿违，奶牛比人能喝水，人都快喝不上水了，奶牛的日子能好过到哪里去？因为缺水，奶牛产奶量并不高，加上饲草料成本，不用算也知道养奶牛赔钱。阳坡村许多养牛户心灰意冷，廉价卖掉了奶牛。随之，奶站也倒闭了。

武俊丽和丈夫秦补英是阳坡村最早进行规模化养殖的，养殖场就建在自己家的大院里。他们最多的时候有250头牛。

刘秀梅当初很羡慕武俊丽、秦补英发展养殖业的魄力，没少跑他们家"取经"。

2008年开始，随着天气越来越干旱，村里缺水的问题越来越突出。

一般人家日常用水还好说，但武俊丽、秦补英家因为养牛需要大量水，两口子愁得不知度过了多少个不眠之夜。他们打了小井又打大井，但不久就旱得没水了。

2013年，当上村妇联主席的刘秀梅发现，每隔一段时间就有四轮车往武俊丽、秦补英送水。

"武大娘，你家有人送水了？"一次，刘秀梅上门，和武俊丽聊起了天。

武俊丽满脸愁容："得饮牛了哇，一次买20吨水，一年买20多次，一算计，这一年下来，买水就花费1万多块钱。"秦补英蹲在旁边，吧嗒吧嗒吸着烟，一言不发。

不久，在心疼和无奈的叹息声中，武俊丽、秦补英含泪卖掉了所有的牛。

刘秀梅记得，有村民尝试养羊，傍晚上山坡清点时，发现好几只羊渴死了。缺水，在希望依靠养殖业改变贫困现状的村民心里留下的阴影面积越来越大。

一方水土养育一方人。可年轻人并不这样看，他们认为，一方水土养不好一方人，选择背井离乡外出打工。在刘秀梅眼里，因为缺水，村里上点岁数的留守老人的日子过得太难了。

挑一担水，要跑到山下2千米的地方，后来甚至去挑浑浊的河水吃，这让张巨珍老两口很为难。早些时候，他们每天为了基本生存，天不亮就去井上"抢"水。

岁数大了，腿脚毛病也多了起来。一担浑浊的河水，考验着张巨珍老两口的体力和健康状况。"他（孩子）大（父亲），要不咱们试试挖个旱井？"在灰暗的灯光下，老伴和张巨珍商量着。"能挖出旱井，大家伙早就挖了。"张巨珍不以为然。"万一呢……"看着老伴抹起眼泪，张巨珍还是答应了。

2000年的深秋，张巨珍和老伴下定决心并烧了几炷香，盼望挖井成功。

为了生存，老两口说干就干。

张巨珍在自家院子旁边斟酌几天，选了一块低洼一点的坡地开工。老伴在旱井下挖土，张巨珍在井口用麻绳往上吊土。

旱井很难挖，大大小小的石头是最大的障碍。他们一天天地坚持着。

累了，老两口偎依在井口的土堆上歇歇。想象着有水的日子，他们脸上的皱纹都舒展开了。

功夫不负有心人！在挖到4米左右的时候，井里有水了。虽然井水水质不怎么样，水也不多，但维持家里生活还是够的。老两口再也不用起早贪黑去担水了，这让许多村民很羡慕。

但幸福的日子很短暂。2013年，张巨珍家的旱井枯竭了。老两口过起了到其他村子买水吃的日子。

2017年的春天,县里传来的一个消息,让刘秀梅一夜难眠。第二天,她就把消息告诉了左邻右舍:为配合国家西部大开发战略,全国妇联、北京市人民政府、中央电视台联合发起,中国妇女发展基金会组织实施"母亲水窖"项目,帮助饮水困难地区妇女及家庭解决饮水困难。这个"母亲水窖"项目,要拿出44.91万元给咱阳坡村打井,还要给每家每户安装自来水。

消息不胫而走,在阳坡村一传十,但十传不了百,因为村里只有23户83口人了。

阳坡的村民并不怀疑这个消息。因为多年来,不少社会组织和个人捐款给清水河县缺水的村子打井,只是这等好事一直没有眷顾他们村子。

不久,阳坡村民发现,不断有人来村里,他们询问村民的吃水问题,还在村外的坡地上、深沟里转来转去。

2017年的秋天,虽然地里的庄稼因天旱有点歉收,但村民们心里那个乐啊,在阵阵鞭炮声中,"母亲水窖"集中供水工程竣工了。当电闸一合,甘甜的深井水喷涌而出,赶来的村民们喜极而泣,捧起井水喝了一捧又一捧。

新打的机井深170米,每小时涌水量15吨。"母亲水窖"项目经费尚有不足,阳坡村民自筹了49906.21元。

100立方米的蓄水池建起来了,管理房建起来了,泵房建起来了,2780米的管道铺进村里了!

有了自来水,阳坡村的村民从繁重的挑水体力劳动中解脱了。

张巨珍和老伴的皱纹这次是真的舒展开了。有了自来水,他们足不出户就喝上甘甜的井水。他们和许多村民一样,还开垦了个小菜园发展庭院经济,种上西红柿、黄瓜、土豆、白菜等,绿色蔬菜触手可及，改善了生活。

闲暇时，张巨珍还要到已经枯竭的旱井边坐坐，他掀开盖在井口的石板，往里头望一望。他说看着旱井就想起以前吃的苦，但更开心现在生活的"头轻（轻松）"。

一井清水不仅保障了阳坡村村民的生活饮水，更为脱贫攻坚提供充足动力。不再为水发愁后，村民的精神状态焕然一新，思路也跟着活络起来，许多村民发展起养殖业和种植业。

"有水了，咱们可不能闲着。"有了水，武俊丽和秦补英的干劲又来了。他们又养起了羊，一养就是200多只。武俊丽说："这个工程带给我们的不只是水，更是生活的希望！"

2019年3月，阳坡村实施了滴灌工程，400余亩坡梁旱地变为水浇地。听说阳坡村有了滴灌工程，进城务工青年牛三娃返乡了，他带头承包滴灌土地，种植起了玉米、谷子等农作物。清水河的小香米很出名，村民们争先恐后，让自家种的小香米走进了城……

二、黄秀的长发梦想

段竣华洗碗的时候，手机里传来"今天是个好日子"的铃声，她跑去接电话。水龙头开着，水哗哗地流着。

婆婆黄秀看见了，走过去关掉水龙头。她的脸上浮现出一丝不悦。

段竣华自是没当回事，对于节约用水的"家规"，她早已习以为常。她理解婆婆为什么立下这样的家规，再说了，节约用水本身就是好事。段竣华几句话下来，哄得黄秀脸色"多云转晴"。

前几年，黄秀进城，跟随儿子黄家宝一家住在呼和浩特市赛罕区公务员小区。她的老家在清水河县酸枣洼村。

2020年9月，黄秀在段竣华的陪伴下去了理发馆，剪掉了跟着她多年的长发。黄秀说,剪掉吧,剪掉利索,洗头还省水。

段竣华猜不出黄秀犹豫了多长时间。总之,婆婆剪掉长发不是一件简单的事儿。

黄秀的长发故事与老家有关,准确一点儿说,是与水有关。

酸枣洼是一个贫困村,贫穷与缺水如影随形。

童年的记忆很简单,村子里很穷,许多小孩子读两三年书就回家帮大人下地干活了。黄秀也一样,何况她是个女孩子,父母认为她早晚也得成为"泼出去的水"。对于孩子们的辍学,大人们往往是没有一点儿愧疚之情的。

童年的记忆很清晰。黄秀记得,头发一长,大人就拿剪子咔嚓咔嚓几下给她剪成小子头,和"狗啃的一样"。

有一年,十几岁的黄秀看见村里来了一群人,她也不知道是干什么的,反正一看就是城里人。吸引她的是一位年轻的"姐姐"。"姐姐"不仅穿得漂亮,那头披肩秀发更是让人羡慕,飘飘洒洒如黑色瀑布。她一直盯着"姐姐"的秀发,看得如痴如醉。

"天上下雨地下流,雨停三天人人愁……"几个光屁股的小孩儿在村子的坡路上跑过,嘴里唱着村里的"流行歌曲"。

城里人看了几眼躲在墙根的黄秀,说:"这里的孩子挺可怜的,好长时间也洗不上一回脸。"

黄秀被一句"好长时间也洗不上一回脸"羞坏了。她甩开膀子,连口气也没顾上喘就飞奔回家躲在里屋,心怦怦跳得像个不安分的小兔子,半天停不下来。

是的,黄秀已经记不清自己多长时间没洗过脸了。她照了一下镜子,脸上还有锅灰。她除了下地帮爸爸干农活,每天还帮妈妈烧火做饭。

走到水缸前,黄秀回头看了一眼,发现爸妈和哥哥姐姐都没注意自己。她拿起舀子舀了一点浑浊的水，洒在有点黑乎乎的毛巾上，悄悄地跑到镜子前，轻轻擦拭脸上的锅灰。看见脸上干净了一些，她想，要是城里人见到自己这个时候的样子就好了。

黄秀走到妈妈跟前，鼓起勇气说："妈，我也想留长头发。"

爸爸在炕上抽着旱烟，他吐出一口浓烈的烟雾，呛得黄秀直咳嗽。

"这孩子，今儿是咋的了？"爸爸瞟了她一眼。"大（父亲），我就想……"黄秀撅起了嘴。妈妈心疼女儿，答应以后不再给她剪小子头。

黄秀明显闻到，她和家人的身上都散发着一股汗臭味。洗脸是奢侈的，洗衣服也只能是美好的向往。将来，长发也是个麻烦。

村里缺水，当地政府和生产队也曾组织打井，可打了半个月滴水不见，换个地方还是老样子，最后不得不放弃。

对于水，黄秀有着刻骨铭心的记忆。

酸枣洼村民过着"吃水难、水难吃"的日子。从黄秀记事开始，每当她早晨醒来，妈妈已不在炕上。天微明，妈妈就去担水了，好半天才回来。醒来不见妈妈，黄秀总是哇哇大哭半天。长大后，黄秀跟着妈妈去担水才知道，那里距离村子有四五里地。

黄秀在家里最小，吃奶时间最长。有一天晚上，正在吃奶的黄秀抬起头，说："没了，妈，没了。""啥没了？"妈妈问。"妞妞（乳房）没水了。"黄秀等着妈妈解决这个"天大"的问题。妈妈捏了一下，果然没奶水了。"妞妞咋的没水了呢？"黄秀感觉还没吃饱。"妈喝不上水，妞妞就没水了。"妈妈应付着黄秀。

妞妞没水成了黄秀的心病。一天早上，大人都下地了，留下年幼的黄秀一个人在家。晌午，她拿起一个小盆出了门，走到村外，朝着大人们担水的方向走去。

农忙时节，村民们顾不上回家吃午饭，一般带几个熟土豆或玉米饼子在地里解决。

傍晚收工回家，一家人找遍了村子也没见到黄秀的身影。最后打听到，孩子向泉眼子方向走了，还拿着一个小盆。

一家人拿着灯笼、火把去找，半路上发现了睡在路边的黄秀，小盆里还有一点儿水。

黄秀根据跟着妈妈担水的记忆，独自去打水。所谓的井，就是一个水洼，有泉水冒出。几桶水打下来，等半天才可以继续打。

黄秀舀了一盆水，一路小心翼翼地端着，水还是洒得只剩下一个盆底。途中，黄秀没舍得喝一口水，又累又饿的她睡在了路边。妈妈又急又气，抱起黄秀打了两巴掌。她抹着眼泪端起小盆："妈，你喝，你喝，你喝了妞妞就有水了。"娘俩的泪水，吧嗒吧嗒落在水盆里。

酸枣洼村缺水由来已久。在村东的明长城滑石涧堡内，遗存着明朝时期的多座旱井与水窖。在滑石涧堡城门之上，明万历十年（1582年）所立《创建滑石涧堡砖城记》碑文曰："……又凿水窖十一眼，每窖可容水千余石，以备不测……"也就是说，早在400多年前，这里就开始使用水窖储水。

黄秀听村里的老人说，很久以前，当地谁家嫁闺女选择婆家时，先看对方家有没有旱井和水窖。

因为严重缺水，村民都养成了珍惜水的习惯。浑浊的水先解决人的吃饭问题，洗菜和刷锅水留给禽畜饮用，禽畜经常渴得"鸡飞狗跳"。

留了长发的黄秀也就有了烦恼。距离村子四五里地的泉眼子，少雨的日子，水流细如发丝。积成一汪后，村民们用瓢舀出来，有时从早到晚只等到几担水。

十五六岁的黄秀接过妈妈的水担子。吃水之难，让黄秀舍不得洗一次头，何况长发费水呢。头皮痒痒，只是用木梳子挠几下。她暗暗想，找婆家一定找一个不缺水的地方。

黄秀没能如愿，在媒妁之言下，她嫁到了本村的黄家。出嫁前的晚上，黄秀对妈妈说："妈，要是洗洗头发就好了。"妈妈苦笑了一下说："明天还得给迎亲的烧水喝，嫁过去再洗吧。"

婚后的生活可想而知，洗长发依然是奢望，甚至提也不敢提起。过日子的人，知道事情的轻重缓急。

黄秀提出剪掉长发，但她的丈夫黄二不肯，他对妻子说："留长点吧，以后说不准咱就有水洗头发了。"

理想很丰满，现实很骨感。黄秀一直过着没水洗头的日子。在家里忙里忙外，照看孩子，黄秀也顾不上那么多了。

奶孩子那几年，黄秀成了家里的"水罐子"，她每天比别人多喝些水，没有钱买奶粉，她怕断了奶委屈了娃。

2001年，黄秀还是剪掉了长发。她抚弄着剪下来的长发好半天，惋惜之情溢于言表，感叹人这一辈子真是不容易。

黄秀留着刚盖过耳尖的短发，黄二在旁边笑，说她这是"西瓜头"。

儿子黄家宝长大成人，跑到呼和浩特打工，后来自己做起生意，日子一天天风光起来。

黄家宝心疼父母，把他们接到城里住进楼房。他们终于可以痛痛快快地饱饮一瓢水，洗头也可以随心所欲了。

虽然离开缺水的酸枣洼住进楼房有诸多的不习惯，但孙子孙女需要照看，黄秀想回村子的想法几次到嘴边又咽了回去。

黄秀的头发渐长。一次，段竣华带着黄秀去理发，付账时一听要二三十块钱，着实让她心疼了半天。

之后，头发一长，段竣华便催黄秀去理发，她总是说"还行，再等等"。

等来等去，黄秀的头发就长了起来。每隔三五天，她就将一头长发铺开洗，恣意享受着黄二从头上浇下来的水。

黄秀打心眼里喜欢自己的长发，那可是童年的梦想。

随着岁数的见长，忙里忙外的黄秀感觉精力不足，每天梳头太费事，她萌生了再次剪长发的念头。

"现在咱家又不缺水，咋就说剪就剪了呢？"大家劝说着，但60多岁的黄秀还是忍痛割爱了。不过，这次剪长发和年轻时的那次心情截然不同，只是感慨岁数不饶人。

剪长发之前，黄秀提了一个要求，就是照张长发的相片留作纪念。黄秀的要求得到满足。黄家宝、段竣华拿出手机，争相给她拍照，一连拍了几十张，而且还追加了一张全家福。

2019年，在脱贫攻坚中，当地政府改善村民饮水安全条件，先是打了机井，后来家家户户有了自来水，酸枣洼彻底告别了"吃水难、水难吃"的日子。

闲时，黄秀幽幽地说，真想回酸枣洼过几天不缺水吃的日子。

三、二文打井记

一个小伙子举起竹竿，上面悬挂着一串长长的爆竹。另一个小伙子拿着一支烟，将烟头对准爆竹的捻子。爆竹噼里啪啦响起来，腾起一阵烟雾……

当村民将上书"自来水喷出党恩情　郭二文打井献爱心""情洒贫困村　最美水利人"的两面锦旗送给郭二文和清水河县水务局干部时，村民们使劲鼓掌。

这一天，松树梁村的留守老人和孩子们聚集在一起，如同过年一般热闹。这一天是2020年8月2日。

"山高石头多,出门就爬坡。"这是清水河县城关镇松树梁村流传较广的一句话。这里山大沟深,蓄不住水,即便盼来一场雨,也是"水过地皮湿",迅速顺着山坡流走。

松树梁土地贫瘠,村民在土里刨食不容易。而水源奇缺导致的吃水困难,不仅制约着村民的生产,也让他们的生活举步维艰。

75岁的樊补花命运多舛,对于过往的缺水日子记忆犹新。

2003年,樊补花的丈夫病逝,她和三级残疾的儿子张平小相依为命。水,曾经是樊补花的噩梦。因为儿子身有残疾,家里家外的伙计都落在她一个人身上。每天醒来,樊补花的第一件事儿就是出门挑水,去晚了就得排长队,不知道什么时候才能回来。每天至少要挑两担水,才能维持人吃马喂。山坡路陡峭,一次樊补花脚下一滑差点掉下深沟,让她至今心有余悸。

水缸和扁担是家家户户都有的物件,也昭示着生活的艰难。为此,村里的许多年轻人找媳妇都难。

挑水的小道弯弯绕绕。一次,樊补花新过门的儿媳去挑水,不小心一个趔趄摔倒了,一担水都洒了。看着两只空水桶,儿媳坐在山路上哭了很久很久。因儿子一次次手术且无法干重体力活,新娶的媳妇不久就跑掉了。

"一盆水,洗菜之后留着刷锅,刷锅之后仍舍不得倒掉,过滤后要攒起来喂猪。"樊补花说,村里的许多人过了一辈子这样"一水多用"的日子。

水,承载着松树梁人的生存希望,也关系着松树梁的兴旺。

前些年,当地政府为了解决松树梁的人畜饮水问题,为家家户户户修水窖、打旱井。旱井就是旱井,经常旱得滴水没有。经过水利专家的实地测量,松树梁打深井出水的概率微乎其微。

这个时候，樊补花发现，郭二文隔三岔五就往松树梁跑。

对于郭二文，村民们并不陌生，他是清水河县人大代表、城关镇小庙子村委会主任、民营企业郭兄弟矿业公司总经理。对于他的光顾，村民们根本没在意。

2019年春暖乍寒的时节，郭二文带着几个人跑到松树梁邻村蔺家山，立起钻塔。那几个人，据说是水利专家。一个好消息传来："二文要给乡亲们打井了！"没多久，一个坏消息传来："井没打出水，白花钱了。"

是的，郭二文白花钱了，白白花了20多万元，没见一滴水。

没过多久，松树梁的村民发现，有人在村南3千米的一条沟里搭起了帐篷，是郭二文带领水利专家又竖起了钻塔。

隔三岔五，松树梁的村民就到打井的沟里眊一眊。终于打出一点儿水出来，村民一问，已经钻了370多米深。420米、550米、580米，深井水喷涌而出。据说，这口井打破了呼和浩特地区深水井的最深记录，村民们也不知道是真是假。

郭二文的60万元投资，换来的是松树梁村民奔走相告的喜悦。

清水河县水务局积极支持郭二文的义举，专门安排资金铺管道、建水塔和扬水站，将580米的深井水送到3千米远的松树梁村。

自来水！松树梁村25户村民家都安上了自来水。

在打井期间，郭二文一瘸一拐的。原来，在一次打井下山的路上，他一不小心把右腿摔骨折了。他咬牙坚持着，直到松树梁村的村民们吃上自来水。

樊补花家的2间窑洞里，充满了欢声笑语。樊补花拧开水龙头，烧水泡茶，招待来串门的左邻右舍。

送乡亲们出门时，养牛大户马世龙路过。樊补花招呼他进家坐一坐，并问他家的养殖情况。

马世龙乐得合不拢嘴:"40多头牛有点少,我准备再增加20头,再养五六十只羊。有了水,就能扩大养殖规模了,这日子越过越有奔头了。"

2020年12月23日,第九届"最美青城人"暨2019年度呼和浩特市道德模范名单发布,郭二文名列道德模范"助人为乐"榜单。

"二文是个好后生,他真的是助人为乐。咱松树梁能吃上自来水,多亏了他哩!"樊补花说。

四、一口井的过往风景

碓臼坪坐落在清水河县最南端,隶属于北堡乡。碓臼坪,意为舂米或加工粮食的场院,这个村名有着十足的农耕色彩。

村民祖祖辈辈在此选址建房,农家院星星点点,在黄土坡上东西向绵延2里多地。

碓臼坪风水很好,坐在炕头上就可以将山西境内的明长城收入眼帘;碓臼坪风水欠佳,"天上下雨地下流,雨停三天人人愁",村民被吃水难题长期困扰。

在碓臼坪村,有一口老井,井台用水泥抹得平平整整,铁质辘轳安静地"站在"井台上忠于职守,已锈迹斑斑。打开掩盖井口的木板,井很深,不见底,也不见水。

这口井,像是一个"古董",给人岁月沧桑之感。或许在它身上,有着鲜为人知的故事。

在距离老井200多米的黄土坡上,是村民张种明、李三女的家。他们是过日子的人,院子里一半用石头精心铺就,另一半用水泥抹平,打扫得干干净净。即便是院子外的小场院,亦打扫得干干净净。过日子的幸福人家,从家里的洁净程度就看出来了。

院子里有一口水窖,水泥井盖,存有半窖水。

张种明67岁，李三女58岁，他们笑呵呵的。

和煦的冬阳，洒在炕上，洒在盆栽的海棠上。海棠花开得正艳。

张种明自幼生活在碓臼坪。"哎呀，（吃水）那个困难……"在张种明的记忆里，每天一大早，生产队的小四轮就砰砰地开出了村子，车斗子里装着许多大桶。村子里吃水紧张，生产队的牲畜饮水，需要到阳井上自然村去拉。

"过去泉水可多哩。"阳井上自然村是属于泉水充沛的地方。生产队也经常去山西偏关水泉堡、南海子去拉水，那些地方也有很多山泉。水泉堡、南海子距离碓臼坪有7里路，在村民看来不算远，毕竟有水喝更重要。

村民们估摸着拉水的小四轮快回来了，个个拿着水桶走出家门，涌到生产队饲养院门口。

"给抬（分）上一桶了哇！"村民们围着小四轮央求着。拉回来的水主要是饮生产队牲口的，拉水的人死活不给分。村民们围着生产队干部，请求"给抬上一点（水）"。经不住村民的软磨硬泡，生产队干部决定每天多拉几次水，给每家每户分一点儿，但没多少。

"他穷得厉害，来了连水也吃不上。"李三女当年是从长城南侧的山西偏关县嫁过来的。

李三女的娘家吃水并不困难，可她为什么要嫁到这个"吃水贵如油"的穷山村呢？

"我们是换亲。"李三女一语道破"天机"。当年，因为家里穷，李三女的哥哥岁数大了未娶亲。在媒人的撮合下，李三女嫁给了张种明，张种明的妹妹嫁给了她哥哥。

"穷得吃也吃不上"的那段岁月，换亲在农村并不鲜见。

吃水难的记忆，在张种明、李三女的记忆中，比他们结婚还记忆犹新。

生产队给每家每户分的水根本不够吃。村里的那口小井就吃香起来。

小井有十来丈深，村民们去那里"吊水"。"所谓"吊水"，就是用一根长长的绳子，拴着一个用报废的轮胎缝制的兜子打水。

当年村里有四五百口人，每天，每家每户排队在水井里"吊水"，成为碓臼坪的一道风景。

天不亮，村民摸着黑挑着水桶从四面八方拥到小井旁，天微明，几百个水桶已列队完毕，沿着坡路排出百米之外。

水井里的水很快就被打没了，还得慢慢等水一点点渗出来。

"李三家的，我排在王五家后面，帮着看桶了哇。"许多村民用水桶排上队，就下地干活去了。偶有几个不下地的，等一个村民打完水，就帮着把水桶往前移动一米半米。

往往下地回来，村民发现自家的水桶距离井口还有一大截子。

"过去村里人多，今天排上，明天后天才轮到你吊哩。"张种明说，"有的一晚上不睡觉，庄户人家忙得不行，白天下地，晚上吊水。"

十几丈深的井，十几丈长的绳子，连接起村民赖以生存的水。

从山西嫁到碓臼坪，李三女很快在打水这件极其重要的事情上遭遇滑铁卢。

猫冬时节的一天晚上，张种明跟着村里的小剧团唱戏去了，家里滴水皆无。

大晚上，李三女去打水，半天也打不上来。

"我一黑夜也拔将（打）不上来，深更半夜的，后面还有人等着，人家也（等着）拔（打水），坑的我。"李三女说。

李三女在娘家没有在这样的水井里打过水。她看着别人把水兜子送到井底后，来回晃几下绳子，身子往下一弯，水就拔上来了。她也学着别人的样子打水，却是空兜子下去，空兜子上来。

"我连水也吊不上来，黑夜也不敢拔水了。后来，他（张种明）妈上来，又把他大（父亲）叫来。"这一次打水已过去40多年，李三女至今记忆犹新。后来，李三女才知道，井底有一个更低的坑洼处，水兜子晃不到那里面，是打不上水来的。

在碓臼坪，村民家没水做饭是常事。

"喂牲口的水，着了急也吃了。"张种明说。

吃水难，让村民们的家庭经济也颇受掣肘。

过去，张种明、李三女养着三两只羊，也喂着1头猪。"喂个猪可费劲儿了，年对年喂上个猪（才）杀五六十斤。（没有水）什么也顾不上，还顾牲畜哩？"张种明说。

从18岁结婚，李三女就开始过上缺水的日子。

"（吃水）可难了。连个洗刷的也没。我长头发，没水哪能洗涮呢。可怜的，担水哪舍得洗头哩，脸说不洗就不洗了。"李三女说。

土里刨食，衣裳易脏，但没水洗。

"衣服脏成个硬皮，有时候十几里地担回水来，哪舍得洗涮？"李三女说，至于洗澡，一家人想也不敢想。

听了李三女的这番话，坐在炕上的张种明提溜起一件上衣："能这样，衣裳能立起来。一出汗，一荡土，（衣裳）不是立住了嘛。"

如今的张种明、李三女，衣着干干净净，已今非昔比。

回娘家的路不远，十来里地。每次回娘家，李三女都背着娃娃。

"背上娃娃你还能背动(衣裳)了?如果不是背着娃娃,真想背上脏衣裳回娘家洗一洗。"李三女说,一路上,她哄娃娃,"去姥姥家给你洗澡。"

日子再难也要过下去。孩子大了一点儿,也早当家,担着水桶去排队打水。

缺水的日子,一天天熬着,张种明、李三女和许多村民的想法一样,这辈子就这样打发了。

张种明家用石板砌起了水窖,已使用多年,"一担担(把水)担上来,存在水窖里"。

2008年,好消息传来,北堡要打机井,可以给好几个村子送水。盼望着,盼望着,送水的地下管道铺进了碓臼坪。

因为碓臼坪狭长,政府在村子里留了好几个出水口,村民们可以就近往家引水。张种明家坡下就有一个出水口,仅100来米远。往家引水的管子需要个人想办法。李三女说:"个人买上管子,众人借。"

后来,政府给每个村发放了塑料管,"你放完我放",村民们轮着用。许多村民家建起了水窖,水引进家里,直接灌进水窖里,随时可以用。

至此,碓臼坪告别了去外地拉水和在村里排队打水的日子。

前些年,政府给村里修路时,正好占用了张种明家的水窖,他们又在院子里新修了水泥水窖。"抬这个水窖可费事了,俩人两天才灌起来。"李三女说。

两个孩子已长大成人,都外出务工了,家里就剩下张种明两口子。

"娃娃回来,说在外边打工,想洗脸就洗脸,想洗澡就洗澡。"李三女说,"孩子们比我们幸福多了。"

好消息又传来，政府要给村民家接自来水。

2015年11月28日，许多村民的脸上洋溢着开心的笑靥。家家户户都有自来水了。当地政府修建了阳井上、小井沟、八垧地3个自然村的水塔，整合修缮自来水管网，配套阳井上自来水变压器，解决了困扰碓臼坪多年的"吃水贵如油"和季节性吃水难问题。

有了自来水，节俭的张种明、李三女还吃水窖里的水。有一天，有乡里的领导走进他家，一再叮嘱："这个水不要吃了，没有化验检测，不要吃了。"两人听从，水窖里的水只用来喂牲口、洗衣服。

条件改善了，生活习惯也得改了。"咱们家没有洗澡的地方，但家里有盆盆，可以温上水，随时洗个澡。"李三女说。

岁数大了，不愁吃不愁穿的张种明、李三女两口子把养的2个毛驴卖掉了，现在只养着几只鸡和1头猪。

"过去吃水困难，现在真是活得好，村里大多数人家都不用水窖了，都用自来水。"张种明说。

有了水，村民的生产生活大改观，许多村民发展起养殖业。张种明的邻居家，就养着一圈绵羊。

张种明、李三女养着几盆花，这在过往，是想也不敢想的。

张种明拿起喷壶浇花："你看，我家的花开得多漂亮！"

土地的回响

陈秀民

从飞机上俯瞰,增嘉园像一片舒展的荷叶。这片荷叶是有情感的,春季它会舞动起来,夏天会吐出花蕊,秋天会变成金色。毫无疑问,荷叶覆盖的这片土地被石器、青铜器、木犁和现代农具反复耕种过。农耕文明的源头可追溯到8000年前,那时这一带出现了小米,赤峰因此成为世界小米的故乡。

这道山坳太古老了,不远处的二道井子遗址是迄今为止中国北方发现的最大的古村落建筑群,而与增嘉园相隔不到10里的魏家窝铺,据说是北方人类最早居住的地方。良禽尚知择木而栖,想必那时候这一带笃定山清水秀,林草葳蕤,最是宜居之地。然天地悠悠,独怆然而涕下,无法追忆生态环境恶化起于何年,岁月碾压过后的痕迹却是满目的苍凉,生活贫穷是土地贫瘠的直观反映,且这种困窘的日子延续了一代又一代。改革开放后,这里一直是党和政府扶贫的重点地区,但起色不大,这道山沟的村庄造血功能衰竭,与外面日新月异的新农村相比,岂止是跟不上节奏,而是被甩开了好几条街。

手挽手的村庄依山而居，从西到东就一条路，蛇身一样蜿蜒。郭营子村前的壕沟被参天杨树填满了，路旁砖砌的护墙被树篷遮住，村里的老人们茶余饭后喜欢坐在树荫下休闲唠嗑。

一、好日子从有了增嘉园开始

村民的话像土地一样朴实。自从有了增嘉园，酣睡的土地就被唤醒，醒来的土地便触摸到了灵性，百姓的日子一天天好起来。这种企业与农民同频互动的双赢模式，被称为田园综合体。当脱贫攻坚在广袤的农村牧区激情唱响时，这道山沟里几个曾经在贫困泥淖中不能自拔的贫困村，已经提前脱贫，与乡村振兴无缝链接。增嘉园给这片土地注入了一种精神，当这种精神产生内生动力时，精神就转化为物质。

曾庆国很忙，从早到晚总有做不完的事情。他朴实、谦逊、随和、低调、乐观、直率。办公室的墙上挂着他的军官照，可以想见当年的洒脱与威武。引人注目的还有装裱考究的字幅，群鸿戏海，舞鹤游天，写着"军人流血流汗不流泪，商人失钱失物不失信"，这是他的座右铭，他的人品和修为蕴含其中。从军营转业地方，从机关下海经商，他的事业与人生曾几次进入高光时刻，也几次从巅峰跌落低谷。在困境中崛起，越挫越勇，这是他的性格，是一个退伍老兵的禀性和一个优秀企业家的内质。我暗自惊叹他竟然经历了那么多坎坷，走过的路简直就是九曲十八弯。他是个真正的强者。或许这才是真实的人生和成长的全部。坎坷，也是他人生中一笔珍贵的财富。

初秋的一天，驱车驶过赤峰南山，沿文钟镇旅游公路行驶30千米，前面，就是增嘉园。我与曾庆国一同爬上郭营子南面的高岗，背倚"圆梦亭"，环顾绿色葱茏的山野，红墙碧瓦的农舍错落在绿蔼中，街头巷尾散发出富庶的气味，可这一切的发端都源于梦想。

时光并没走远，20世纪60年代初，一个新生命在羊草沟门曾家营子降生了，按曾氏宗族排辈，他占的是"庆"字，故取名曾庆国。睁眼看世界，他的视野中写满了贫瘠。8岁，他随父母搬迁到郭营子，家境丝毫没有因搬迁而改变，幼小的心灵不谙世故，把故乡的贫穷归咎于黄土地。于是，改变这片土地，就成了他最初的梦想。土地多打粮食，顿顿就能吃饱肚子，但也不是轻易能办到的。朴实的乡亲也没料到，这个让父母不省心的孩子王，多年后把这道山沟搅动得风生水起。

"我从小就爱栽树。"曾庆国说。

小孩子想得没那么高远，只是觉得山村没有树，就像人衣不遮体一样落魄。形容一个地区的贫穷，只肖说没有绿色就足够了。那时，他还是乳臭未干的毛孩子，全村的同龄伙伴都听他的。放了学，他信手一挥，呼啦啦十几个孩子就跟在屁股后头去栽树。没有树苗？那还不简单，从老杨树上砍下树枝，剁成几截，用铁锹挖树坑，把树杈子埋上浇水。也没有具体的规划，壕沟、田埂、房前屋后，凡是有空地就栽树。他们把栽树的流程演绎成了游戏。那些年，他也不知栽了多少树，他和小树一起长高。

上了初中，他又有了新的梦想——考上大学，走出那道穷得连几块钱学费都交不起的山坳。刚刚恢复高考，录取率低得可怜，近乎百里挑一。高考成绩下来，他落榜了。那年初冬，他义无反顾地走进了军营。新兵训练结束，他综合考核成绩为优秀。最让首长称道的是射击，五颗子弹曾庆国打了49环，这样的成绩即便是老兵也难以做到，因此他被分配到特务连通讯排。他的聪慧是他筑梦圆梦的资本，他的自信源自对目标持之以恒的追求。军队是磨炼意志和品质的舞台，连队训练任务很苦，但在挥汗如雨中他仍然挤出时间走进知识的高原。节假日是他追逐梦想的黄金时间，哪怕是熄灯号吹响前半小时，他也要演算几道数学题。1年后，他第二次走进考场，以优异的成绩考取中国人民解放军石家庄陆军学校。

二、他是最棒的

与他同期入军校的张洪新，回首那段充满朝气的青春时光，记忆永远不会荒芜。军校与地方院校不同，在完成繁重学习课程的同时，每天都要进行军事科目的高强度训练。张洪新是从沈阳部队考入的，他最佩服曾庆国执着追求梦想的那股劲儿。从周一到周五，学习和训练任务本来很重了，难得周末放松一下，可曾庆国却自我加压，躲进阅览室潜心阅读。他看的都是大部头的国内外军事理论专著。那时候，他已经暗暗凝住了新的梦想，他想当将军。3年的军校生活结束，曾庆国所有必修、选修科目和军事素质考核名列同届毕业生第一名。他到原北京军区第65集团军基层连队任排长，他热爱军营，珍惜军人的名誉，暗暗发誓这辈子不离开军营。

然而，人生向来不按预先设计的线路滑行，坎坎坷坷常常是生活的伴音。正当他的理想之梦在阳光下徐徐舒展时，一次意外负伤改变了他的人生轨迹。在施工现场升降设备时机器骤然出现故障，曾庆国从十几米的悬空重重摔下，他失去了知觉，醒来时躺在驻军野战医院里。

"伤得不轻啊。"

主治医生检查完曾庆国的伤情，摇了摇头。双腿膝关节韧带撕裂性骨折，即便是通过手术治疗也是双腿强直，完全恢复行走不可能，最乐观的效果是坐轮椅或借助双拐走路。曾庆国的胸口像是被重重击了一下，眼前迷迷瞪瞪混沌一片。躺在病床上，他无法想象后半生拖着一双不能回弯的腿子了。他太要强了，很快从颓废的情绪中走了出来。半年过后,他拒绝了住院治疗,回到郭营子。他相信土地赋予他生命,也一定能赋予他站起来的力量。他每天坚持每只腿上绑5公斤沙袋,做仰卧起坐、伸腿弯腿,常常疼得他满头大汗。但他咬牙坚持,渐渐地腿能回弯了,接着他扶着墙练习走步。第二年秋天,他竟然像正常人一样回到军营,连团长都惊讶不已。

"真的好了?"

"是的,团长。"

曾庆国并拢双腿,给团长敬了个标志的军礼。

"走两步试试。"

曾庆国按队列要求当着团长的面走了个来回,依然是标准的军姿,健步有力。

"在团部当参谋吧。"

团长爱惜手下的爱将,留在团部仅是权宜之策,待有位置空出来,还是让他下去带兵。机会终于来了,他去团直属教导队担任教导员。表面上曾庆国身体健壮,其实负伤的后遗症一直困扰着他。每次带兵训练结束,他的腿都隐隐作痛。2年后,他深知自己体力不支,很难适应部队生活,主动递交了转业申请。

三、老曾,你把这副担子挑起来吧

1992年,他回到了赤峰,第二天就去松山区组织部报到。

"对工作去向有啥想法?"

"没有,听从组织安排。"

在黄金局机关那几年,他忘我地工作,领导交办的事情从不打折扣。黄金局有几家下属国有企业,1998年面临转制,金达金店就是其中之一。彼时,恰逢金价下跌,金达金店连年亏损。国有转民营,前提是资产民营化,但谁也没收想到金达金店挂牌公开拍卖竟然流拍了。

"老曾，你把这副担子挑起来吧。"

局长看中他稳重练达，党性、原则性强，人品端正，关键是在困难面前有担当，他的为人和能力在全局上下有口皆碑。一向雷厉风行的曾庆国这一次却犹豫了。企业就像一架陷在泥淖中的老车，首先，几十名职工买断工龄后的社保统筹、企业遗留的债务包袱是一项大的支出；其次，企业资产买断，以他个人的资金实力有些强人所难；最后，下海经商意味着放弃机关公务员身份，商海如战场，变幻莫测，水有多深难以揣摩，能不能安全上岸很难说。

"就你吧。"

松山区区长很看好曾庆国，希望曾庆国带个头。国有企业转制，最大的瓶颈是国有资产变现和人员安置。曾庆国无法推脱，只能硬着头皮应承下来。他把金店买下来并缴足买断工龄补偿金和养老统筹金。企业重组后还需要启动资金，这可不是一笔小数目。他向战友求助，求亲戚朋友帮忙，房产证借了一摞。1998年春末夏初，改头换面的金达金店重新开张营业。

重上轨道的金达金店以诚信为本，但这种诚信是以消费者认可为前提。从1998年金达金店重组一直干到现在的老员工介绍，曾总在诚信上毫不含糊，喊出假一赔十的承诺，这些年的的确确没卖过假货。"多为顾客着想，才能把消费者真正当成上帝。"对员工这种朴素的告诫通俗易懂。买首饰去金达，一度成了赤峰人的共识。到2006年，金达金店已成为赤峰地区崛起的行业龙头，拥有23家连锁店，日销售额最高时达百万元，引领赤峰市首饰销售行业半壁江山。曾庆国说，金达金店是他由军人到商人转变的舞台，商场中打拼充满变数，每一次的挫折都考验人的意志，永不放弃才是成功者坚守的秘籍。他不顾身体残疾，亲自去广州、沈阳等地进货，坐火车从不坐卧铺,有时住在条件一般的招待所,能睡觉就成。他白天上班,晚上睡在店里,充当打更者的角色。

一个人的成功不在赚了多少钱,而是经历无数次的挫折和失败后终于走上理想的彼岸,且在纷杂的社会中始终不忘初心。他衣着朴素,生活俭朴低调,他心里想的是那些没有钱的人。

"农民咋不入医疗保险呢?"

曾庆国发现,家乡人观念守旧,每人30元的医疗保险费都不愿缴纳。曾庆国把自己伤残补助金献出来,为南大营子800多位村民上了一年的医疗保险,当年就有村民受益,报销医疗费4万多元。曾庆国又给村民上了1年,群众上保险的意识变得自觉了。为扶持和救助社会弱势群体,他以个人名义成立了"赤峰市曾庆国慈善基金会"。截至目前,曾庆国先后为抗病救灾、捐资助学、赡养老人、打井修路、安装路灯、修建文庙、建设公厕、植树造林等各项公益活动,累计捐赠善款近千万元。

"他的伤残军人补助金转业至今家里就没见着。"

爱人李淑华并没有责备的意思,实际上曾庆国的善举每次都得到了她的支持。

2003年"非典"期间,全国掀起消毒用的食用碘盐抢购潮,曾庆国抢到一批后,原价进货原价卖出。很多人说他傻得透气,他不屑地说:"我可不发国难财。"

2008年汶川地震,曾庆国带头捐款1万元,公司上下人人献爱心,踊跃捐款。公司在门前金达广场设立捐款箱,几天内就募集捐款十几万元,是赤峰市第一个向汶川捐款的企业。

这些年来,为救助贫困或捐资助学,他动辄个人捐款十万二十万。每到春节期间,他和爱人李淑华都带上儿子以及侄子们,去乡下看望赤峰市80岁以上的老人,留下礼品和慰问金。爱本身就是无求的付出，任何善举都是生活的正能量，是值得尊重的。可是，另一方面他又很抠门，向来没有大手大脚的习惯。一次去丹东出差，同事准备去登记酒店，他微笑着摆摆手。

"去浴池住咋样？"

"这……合适吗？"

同事有些犹豫。按说像他这样的老板，即便不住豪华酒店，住个三星级酒店无可厚非，去住澡堂子，实在与他大老板的身份不符。

"正好去洗个澡，完事花10块钱住一宿。"

那一晚他们睡得很好，早上醒来去街头面馆吃了一碗押面。他对手下人说，该花的钱必须花，不该花的钱花一分都是浪费。

时光在日月追赶中流逝，到2010年，儿时筑就的梦想又萦绕心头，他想到故乡，想到那片依然贫瘠的土地，那是他灵魂扎根的地方。他转业回乡的第二年，在老家火炕上睡一觉醒来，说："爸，我昨晚做了一个梦，梦见这道沟发大水，河水倒流，整个沟堂子全是水，水面漂浮着一些淤柴。"

"这是好梦，咱们村可能要发财。"

父亲的解梦似乎也说得通，发水的"发"和淤柴的"柴"正好契合了发财的谐音，河水倒流说明财运回来了。曾庆国上心了，发财梦不仅是村民热切的企盼，也是他儿时栽树时就有的梦想。生于斯长于斯，千秋邈远，岁月苍老，蒿藜丛生，他倏然意识到自己和土地之间维系着难以割舍的情愫。他不记得是哪位哲人说过："任何土地都蕴涵着财富，只要你按照正确的方式去挖掘。"当他经营金店实现资本积累后，他觉得到了该圆梦的时候了。

"还没睡呢？"

爱人李淑华睡一觉醒来，发现曾庆国倚在床背上想心事。

"睡不着。"

"想啥呢？"

"我想回去当农民。"

"哦"，李淑华平淡地回应着。知夫莫若妻，她知道这些年他念念不忘的就是家乡。2010年的春天来得稍早一些，他一口气租赁1万亩地，增嘉园有机农业公司由此诞生。流转土地让农民收入不菲，憨厚的父老乡亲从没见过这么多钱，实际上仅土地流转一项，一些农户就率先脱贫了。增嘉园公司秉承"绿色 健康 环保"的理念，流转过来的土地不上化肥农药，引领有机农业产业。村民腰包鼓起来后，首要做的是土房拆了。当一幢幢砖瓦房赫然于阳光下，升起的炊烟似乎也不像过去那么有气无力了。土地重做了系统，有了新的名字——增嘉园。

站在山顶遥看增嘉园产业园区，有条不紊的梯田像诗行一样。增嘉园新修的水泥路缎带般蜿蜒，把村庄、田园与外面的大世界串联起来。老地户曾宪功说，过去这一带贫穷，旱坡地固然是主要因素，还有一个重要的因素是自古以来这里就只有泥土路，村里人想出门就得越过山梁步行十几里去路边拦车，雨天一脚泥，风天一身土，毛驴车是主要的运输工具，年轻人都去城里打工，留下的是空巢老人。曾庆国回报家乡的头一件事就是修路。从山梁公路岔口修到山沟，从村头修到村尾，从王营子途径郭营子，一条平坦的水泥路穿村而过，至曾营子路面开始爬坡，沿骆驼脖子直通山顶，路两旁都安上路灯。入夜，路灯与星光辉映，仿佛夜的眼睛。山村依山而居，应对丘陵起伏、沟壑纵横，修建渡桥，现在驱车可想去山坳的任何地方，淳朴的山村立时变得精致起来。

山坳里的几个村统称为羊草沟门，山坡地多，以种植杂粮、杂豆为主，素来干旱少雨。春天，农民播种后便企盼下雨，倘若老天爷开恩下几场雨，自然每亩多收三五斗；若遇上大旱，常常连种子都收不回来。曾庆国摆开架势搞田园综合体，下决心解决水的问题。他请来打井队，一口气打了23眼机电井。

"这是什么？"

"爬山管。"

圆梦亭旁边的谷子地里，从沟谷斜铺上来的钢管又衔接那么多黑塑料管，看起来更像是伏在地上的蜈蚣。随行的曾庆波介绍说，增嘉园流转的土地全都实施膜下滴管，这一节水灌溉技术在全国北方旱作农业地区应用十分普遍，增嘉园项目涵盖区域由此结束靠天吃饭的历史。

"增嘉园走的是一、二、三产业高度融合的路子。"

曾庆国说话时依然带有军人铿锵有力的风格，顺着他的语序，我们走进增嘉园新兴产业区。赤峰是世界小米的故乡，8000年前就孕育了农耕文明的种子，谷子自然是增嘉园第一产业的主导产业。除此之外，他们还植树造林。大学毕业第二年就来增嘉园打拼的曾庆波说，那几年每逢4月底至5月初，金达金店和增嘉园的所有员工都来山上栽树，每人1个面包、1瓶矿泉水。春末夏初的天气还有些冷，增嘉园的旗帜迎风飘扬。一天下来，靓丽的柜员个个灰头土脸。次年，当20万株幼树春天绽放新绿时，增嘉园产业就有了底气。路旁是林果产业区，苹果园、梨园、杏园、李子园，棋布于昔日荒草萋萋的山坡上。果树第二年就挂果了。土地，因增嘉园的入驻而被赋予新的内涵，到2015年，羊草沟门几个村整体告别贫困，而增嘉园便是激发内生动力的引擎。

"这几年金达金店赚的钱差不多都投进去了。"说话时曾庆国眉头紧蹙，声音有些低沉，随后长长叹息一声，"开始想得简单了，以为只要把百姓的地租过来，在种植上深耕细植、下些功夫就行了,都是农村出来的,种地有何难。没想到投入那么多。农村基础建设太薄弱了,每动一步都需要钱,而且动辄几十万上百万。不知不觉,在基础建设这块已经累计投入1.7亿,这大大超出事先的设想。"

现实是骨感的,巨额投入竟没换来预想的回报。企业介入"三农",仅仅农民增收,企业得不到回报注定不会长久,捆绑在产业上的农民脱贫后也不会稳定。增嘉园运行中遇到的挫折一度使企业处在何去何从的十字路口,增嘉园的美好愿景险些夭折、半途而废。增嘉园立地生根的第六个年头,有机小米销售不畅。有机小米种植条件高,自然生产成本也高出一块,如果比照普通小米销售,每销售1公斤就折损30%的利润,销售越多亏得越多,常常是新米没卖完就变成陈米,粮仓囤积,企业已到了举步维艰的地步。多少个不眠之夜,曾庆国冥思苦想,找不到增嘉园的出路在哪里,归宿又在何方。

"想没想过收手?"

"没有,只是觉得心不甘。这些钱积攒起来不容易,就这么投进去打水漂心里真的不服气。还是自己目光短浅、谋划不周,转基因食品让人难辨真伪,生产环节使用添加剂,一些不健康的农产品充斥着消费市场,对健康构成威胁。种啥不吃啥、卖啥不用啥的现象比较普遍。我以为只要有机小米一上市就会出现抢购,但发现大错特错。普通大众的消费心理没那么超前,他们甚至对有机无机都懵懵懂懂,只认准价格。"

"后悔了?"

"从来没有,我觉得帮助家乡就是在帮助父母,也是在充实我自己。我回家乡建增嘉园,绝不是为了干一番什么大事业,也没有出风头图名图利的想法,只是想让父老乡亲日子过得好一些。人这辈子，不管你事业有多成功，只要家乡贫穷，你就没有骄傲的资本。"

他的话带有原始的土腥，没有一丝虚假的成分。他说，每次回乡见到落魄的村舍和泥泞的乡路，心里很不是滋味。为了找到增嘉园纾困的办法，他采取了很多促销手段，甚至找到福建家用电器厂，订制增嘉园有机小米专用电饭煲，可这些都无济于事。

"那怎么办呢？"

"活人不能让尿憋死。"

这话说得提气。一个睿智的企业家总能在困境中寻找纾困的出口，增嘉园搞有机农业的方向没有错。遇到问题他习惯用军人的思维，进攻受阻要临危不乱，积极对战略战术做出相应的完善与调整。

"脑袋换不了，可以换换脑筋。"

曾庆国和他的经营团队决定转变经营思路，换个打法。外面的世界是精彩的。他们走访全国农业产业化发达地区和先进企业，到农科院校、科研院所，甚至国外考察。作为有机农业产业化龙头企业的代表，他们还曾去德国汉堡参加了中欧论坛峰会。

"那一年，几乎全在外面跑了，虚心当学生。"

听他讲述到处拜师请益的经历，我蓦然想起三国时期魏国大文豪阮籍。当阮籍混沌困惑找不到灵感时，就带上一坛酒坐上马车周游四方。曾庆国对出路的渴望俨如现代版阮籍。在参加农业产业化高级研讨班讲座时，一位沈博士为他指点迷津：增嘉园陷入困境的症结在于他们的产业链条短，仅限于小米初加工，势必影响农产品的增值效益，产业链条如何拉长深化，需要因地、因企和市场大环境做出相应的调整与开拓。1年多以来，仅外出考察培训支出近200万，他们这笔学费真的没有白交。

四、"跳出农业做农业"

新的经营理念仿佛打开一扇窗,曾庆国和他的团队兴奋不已,有如阮籍获得灵感一样。曾庆国是曾子的后裔,一年一度的曾子庙会他是不会缺席的。在山东嘉祥县曾子文化节期间,曾庆国与贵州茅台酒厂厂长曾强不期而遇。同是曾子同族本家,两人相谈甚欢,曾庆国灵机一动,一个延长产业链条的创意有了眉目。

5月的北方刚刚萌绿,而贵州茅台镇已经是繁花似锦了。曾庆国第一次走进茅台镇,感受着美酒之乡的深厚底蕴。在浓浓的酒香中,他与茅台酒厂合作开发小米酒的意向达成了。从古到今,尚无用小米酿酒的先例,曾庆国从投料、发酵、蒸馏、取酒、窖藏,各道工序把关得特别仔细,经过无数次试验,中国第一瓶酱香型小米酒诞生了。增嘉园人永远铭记那一天,2017年7月18日,首批酒便成了增嘉园小米酒的珍藏版,类如上市企业的原始股。

"蕴涵八十万粒小米精华",增嘉园小米酒的广告语深邃、极富艺术想象力。一款新酒上市,受到消费者的认可需要一段过程,出乎意料的是增嘉园小米酒第二年就销售百吨,增嘉园有机农业在新的轨道上提速了。增嘉园小米酒成为企业的折返点,投资开始有回报了。2年来,增嘉园酱香小米酒获得行业和消费者好评。2019年春季,全国糖酒商品交易会上,增嘉园酱香小米酒荣获最具人气白酒前三名,这是酒类企业梦寐以求的殊荣,同年被评为中国"315"消费者最佳信赖产品。2020年更是一鸣惊人,增嘉园小米酒荣获中国至尊品牌金奖,并指定为第十五届亚洲品牌盛典专用酒,增嘉园与茅台、郎酒、五粮液一样,跻身名酒行列。前不久,中央电视台财经频道播发一则消息:贵州茅台镇赤水河畔,诞生了中国两种酱香白酒,其中一种是增嘉园小米酒。

在郭营子和王营子之间，沿山取势横亘着一排大西北常见的建筑——窑洞，这是增嘉园的储酒基地。增嘉园小米酒在贵州茅台镇用红陶罐储藏一段时间，运回赤峰便转入艺术化的窑洞。酒窖文化是增嘉园小米酒的鲜明特色，自2019年以来近800个酒窖被认购。这些窑洞都是聘请山西技工修建的，力工出自临近的村民，他们每天工资150元。现在的村民有2块收入，一块是土地流转，另一块是在增嘉园打工。从春到秋，增嘉园田间管理需要大量雇工，村民们每年从增嘉园获三四万元的工资不成问题。此外，与酒窖相邻的养殖区，是专门为贫困户设立的精准扶贫项目，贫困户可到增嘉园牵回1头毛驴，养1年下了驹子归己，1头驴至少售价1万元以上，当下曾营子、郭营子、王营子尽管没有贫困户了，但驴产业却悄然兴起。

"没有增嘉园，我的家就散架了。"

一次车祸让郭玉民本来就摇摇晃晃的日子雪上加霜。老婆身亡，他身负重伤，治愈后落下一屁股饥荒，家徒四壁，一贫如洗。曾庆国给他捐了一部分基本生活费，并把他家绑定在增嘉园产业链上精准扶持。现在郭玉民不仅还清欠款，还建了新房，又娶了媳妇，日子日渐红火。其他村也有诸如郭玉民这样得到曾庆国扶持的贫困户。这些祖祖辈辈躲在山坳里的村民从贫困的束缚中解脱出来，由衷地感谢党的政策、感谢增嘉园。他们多幸运啊，贫瘠的土地养育了曾庆国，曾庆国回馈土地一个增嘉园。红山区政府落实给增嘉园精准扶贫户116户，松山区落实74户。通过增嘉园产业扶贫带动，所扶持的贫困户全部脱贫，走上致富道路。

到增嘉园不在有机餐厅就餐该是一大遗憾。

王营子和郭营子实际就隔一条路，对面是增嘉园有机餐厅，厨师和服务员都是当地村民，这里的农家菜都产自当地，尤其以山蘑和小米煎饼诱惑力大。餐厅一次性能满足200多名观光客就餐。昔日的贫困山村发生了质的嬗变,山依树而秀,树得水而媚,在乳云似锦的山谷间行走,偶有獐狍野鹿探头,山鸡展翅徐徐翔飞。在曾营子村北,干涸百年的山坳竟然冒出山泉,泉水蓄积成湖,除浇灌农田外,主要用于养鱼。另一道山谷也有一汪镜湖,是专供野生动物饮水的。增嘉园投资2000万元在曾营子修建了曾子庙,儒家文化渗入了这片土壤,配合采摘和体验曾子文化,每年来增嘉园旅游的有10万余人次以上。旅游旺季,有机餐厅常常是一桌难求。在郭营子村后的白杨树下,李淑军正忙着修理农机具,黑黢黢的脸膛难掩朴实与憨厚,他指着沟堂里密密匝匝又粗又高的树说,那都是曾庆国小时候领着他们栽的,如今已是树荫蔽日,即使成材了村民也舍不得采伐。他是本村最大的农机专业户,可在10年前,他家还是建档立卡贫困户。现在,他家有大小农机十几台,问他今年收入有多少,他咧开嘴笑着伸出四个指头,说:"40多个吧。"我不动声色地惊愕,发现他的手指有些残疾。增嘉园董事会秘书曾庆波介绍,增嘉园覆盖的山村村民存款有10万元算是少的。水泥路已经修到家门口,多数村民出来进去都开私家车。

增嘉园自助养老公寓又称森林小屋,二十几幢休闲屋和几顶蒙古包掩映在林荫中。室内卧室、客厅、厨房、卫生间、有线电视、网络齐备,房前屋后的树林里摆着石桌石凳,老人们在这里饮茶打牌,呼吸着新鲜的空气。漫步到村北的高坡,梯田里的谷子长势旺盛。曾昭功和他的女儿在地里除草,劳动赋予他健康的体魄,根本不像快80岁的老人。他说,曾营子、郭营子、王营子跟着增嘉园种植有机小米十几年了,有的土地直接流转到增嘉园,没流转的也和增嘉园签了订单,他家种的二十几亩地就是没流转的。秋后,增嘉园收购有机小米的价格比市场价高30%。他顺手拔出一棵杂草,这种草叫"红眼池",看似和谷子一样,可结出的果实不能吃,前几年有的庄户偷懒不认真除草,谷子里掺杂"红眼池"过多,影响了增嘉园有机小米的成色。曾庆国暴跳如雷,他生气的样子很吓人,以后谁都不敢了。曾昭功抓起一把土,说这些年连续上农家肥,土地品质也变了。《左传》里有一则关于土地的故事。一队亡命贵族在黄土平原上奔驰,困倦和饥饿使他们不得不放慢脚步,用搜寻的目光望着田野。田野里禾苗稀疏,根本没有可充饥的食物。老农正在田间除草,王子下车祈求:"我们已经好几天没吃东西了,求你给我们弄些吃的吧。"老农望一眼这群不知稼穑之苦、不体谅人间疾苦的落魄贵族,随手捧起一把泥土送给王子:"我只有这个。"王子显然被激怒了,举起皮鞭就要打。一位大臣模样的老者过来阻止:"这是上天赐给我们的土地,不正是好征兆吗?"王子望着老农羞愧地跪在地上,叩拜上苍,叩拜土地。我终于明白,增嘉园在这片土地上落地生根、曾庆国在这条山坳里深耕厚植了十几年,正是因为他依依难舍故乡的土地。

古朴的山坳因增嘉园而扬名,山村变得清纯而婉约,增嘉园触动山村的不仅是生活的觉醒,生活理念和生产方式也在与时俱进。金秋时节,我陪同国防大学文学院教授、著名军旅作家张志强采访曾庆国,夜宿在增嘉园养老休闲公寓。清晨,我被叽叽喳喳的鸟叫惊醒了。蝉噪林逾静,鸟鸣山更幽。这里的鸟有十几种,曾庆国能凭叫声判断出是大部分的鸟,但也有判断不出来的。新近他就拍到一只鸟的照片,他之前没见过。我们决定爬山,惭愧的是一个伤残老兵竟然比我和张教授爬得还快。站在驼峰岭上,心胸阔朗清逸,五颜六色的秋色把山野涂抹得如诗如画。此处是红山区的最高峰。曾庆国说,土地产出潜力远远没有挖尽,增嘉园有机农业刚刚起步,他麾下的金达金店和增嘉园2大支柱产业,目前金店唱主角,但远期增嘉园笃定会超越金店。

　　太阳漫过头顶，沸腾的绿色把增嘉园渲染得栩栩生动，岁月的长河，水流淙淙，浪花迭唱，生机盎然。土地的回声是一曲雄浑跌宕的交响曲。人类追求美好生活和企业追求效益最大化的脚步不会停止，听他谋划未来的愿景，简直赋诗作画一样。一个富有故土情怀的老兵，把增嘉园和美丽乡村艺术化了。

一个人改变一个村

陈秀民

我们本来是想采访十二吐乡党委书记谢艳丽本人的故事,可她却把话题转到基层,讲述了西山根村"七下松山"的故事。通过这个故事,我们不禁感叹,农村的嬗变凝聚着多少人不懈的努力?

3年前,我认识谢艳丽时,她还是乡长。她雷厉风行、说干就干的性格给我留下深刻印象。现在她是十二吐乡党委书记。我们本来准备在办公室采访,但不时有请示工作的职员敲门,采访断断续续。

"我开车带你们去西山根转转,办公室静不下来。"

十二吐乡的办公地点在林西镇区,驶出南门外,走上四车道的一级路面,车速明显快了。她说:"此行,我们去拜访一位资深党支部书记。他在这个岗位上已经干了40多年,与改革开放同龄。"在村"两委"实行民选的今天,连续当了40多年的支书,足见老百姓对他给予了足够的信任。

锅撑子山绵延横卧,拖着长长的尾巴一直延伸到公路边。拐下一级路,实际已经到西山根地界了,只需再穿过一片杨树林我们便可到达目的地。

"西山根的山指的是锅撑子山吗?"

"不是,西山根的山没有名,是座土山。"

谢书记驾车技术娴熟。如今的基层干部,不会开车如同当年不会骑自行车。

"锅撑子山下是苏泗汰村。西山根村西面有一座土山,不高,光秃秃的,不长树,像一顶戴旧了的毡帽。早些年,西山根村穷,穷得连个山名都懒得起,祖祖辈辈守着这座无名山,日子过得平平淡淡。如今西山根富了,是十二吐乡第一村。"

说话间,我们已经来到西山根村部。村部前偌大的广场四周用树墙围起来,中间的不锈钢旗杆直插蓝天,国旗飘扬,格外醒目。村部背面农舍错落整齐,街面干净,家家户户院子里都栽植果树,硕果压枝,绿荫浮游,小汽车如黄牛一样卧在房前屋后。来到西山根时,我们与敖汉旗古鲁板蒿镇农民参观团不期而遇,村支书刘占林说,这已是今天的第三波了。

西山根在这一带是个大村,辖6个自然村,每个村都按姓氏有一个村名,比如钱营子、焦营子、房家店,这些都是中华人民共和国成立以前大地主家的姓氏。原村部所在的村是钱营子,其实只有地主家有钱,老百姓穷得叮当响。现在村部搬到房家店村南面,村前绿树成荫。

"一个人改变一个村。"谢书记说话语气坚定而自信。西山根村能走到今天,仰仗的正是刘占林。

刘占林高中毕业后,回村担任了党支部书记。当时的支部书记和村主任均已60多岁,精力和体力都跟不上节奏。公社党委书记大胆起用年轻干部,19岁的刘占林被任命为村主任,后改任西山根村党支部书记,在西山根村乃至林西县也是最年轻的村支书。那时候还是生产队体制，他还没有结婚，血气方刚，能言善辩，机灵睿智，人长得帅气。把一个嫩挑子推到掌门人的位置是因为大家相信任他的为人，认为他诚实直率、敢作敢为，富有人格魅力。他思想活跃，在"一大二公"体制下就悄悄鼓动农民搞副业，即便是挣工分，也提倡多劳多得。在年终工分兑现分红时，西山根村总比别的村高出一块。他连任第二届，农村经营体制发生重大变革，西山根率先把土地分给农户。分田单干，使多年束缚的生产积极性得到集中释放，西山根村成为十二吐乡产粮大户。当然所谓的产粮大户是自己跟自己比，矮子里拔将军，与其他乡镇条件好的村还差着一大截。可是，在农产品价格呈现"剪刀差"的扭曲年代，分田单干解决了吃饱的问题，靠种田难以致富在农村比较普遍。

到21世纪初，西山根依然在贫困线上下徘徊。一些青壮劳力去城里打工，留守的多是妇女和老人。

刘占林清晰地记得，林西县戴上国贫县的帽子，下面十几个乡镇排队，十二吐乡排在倒数第三。倒数第一的双井店乡与新林镇合并后，十二吐乡便变为倒数第二，与新城子镇成了两个难兄难弟，长期"霸占"末尾的位置不能自拔。为什么这么穷？主要是基础条件太差了。西山根还算略微好点的，其他几个村几乎没有平坦一点儿的地方，典型的穷山恶水，有的村竟然没有一亩水浇地。即便是西山根，也由于十年九旱，农业单产很低。村民们勉强能够吃饱，但手里没钱。那时，这里与官地、大井、五十家子、统部，简直有着天壤之别。西山根人的后代上大学的多，是环境所迫，他们千方百计想"逃离"西山根，考不上大学的也外出打工。县委、县政府对十二吐和新城子一直"偏爱"，在基础建设上倾斜，可底子太薄、追赶乏力，在扶贫工作方面一直举步维艰。

刘占林在这样的贫困村担任支部书记，深感责任重大。他使尽浑身解数，为西山根村争取基础建设项目，打了一些机电井，全村水浇地扩大到3000多亩。在年复一年的拼搏中，他意识到，分户单干的积极性已经发挥到了极致，要想改变西山根，必须换个思路、换个干法，西山根村的发展方向需要重新定位。他引导农民种经济作物，可受土地零散分割的局限性，产业结构调整效果并不明显。真正触动他的一件事是那一年种植2600亩倭瓜失败。倭瓜，又叫黄金瓜，他用了全村最好的水浇地来种。出乎意料的是那一年市场行情不好，满地的倭瓜一个都卖不出去，成了窝心瓜。刘占林站在地头，怔怔地望着一地的金黄色倭瓜，好像一个个随时都可能拉响的地雷。2600亩水浇地不但没有一分钱的收成，而且还要搭上种子、肥料，心疼得他哭的心都有。经过这次失败，他真正想明白了，产业结构必须调整，而且调整幅度要大，改变传统生产方式势在必行。

谢书记当时是人大主席，在西山根包村，她对刘占林的想法鼎力支持。这些年来，她目睹了刘占林为了西山根村不遗余力地努力。县里各部门，他混得门清，不知给西山根村争取了多少大大小小的基础建设项目。他为西山根到处奔波，所做的每一件事群众都看在眼里、记在心上。从20世纪80年代到现在，他已连任十几届党支部书记，每次换届选举他都是满票。可是，当他提出大面积种植大棚蔬菜时，响应者寥寥无几。一部分人担心，大棚投入大且西山根没有大棚种植经验，一旦失败赔得更惨。另一部分人还没有从"窝心瓜"的失败中缓过神来，思想偏于保守，觉得种一般性作物比较有把握，多多少少还能收一些。

"换脑子！"

他没有争辩，这些年他没少外出，见识了发达地区的农业。他想：同样的土地在产出上有天壤之别。别人能做到的，我们为啥不能？思想决定思路，思路决定出路，此时他就剩一根筋了。无论如何也得换脑子、另辟蹊径，可这脑子又该怎么换呢？

作为采访者，我很愿意和刘占林交谈，他说的话朴实而又不失幽默。杰弗里·卡恩这样说过："脑和手的距离，是全世界最大的距离。"这句话很有哲理。我们经常会有一些可以让自己成功的想法，但却没能使这些想法付诸实践。

刘占林与班子成员开会，每次都免不了争吵。他说："群众对调整产业结构的担忧可以理解，因为有过失败的教训，可由于失败而裹足不前或甘于保守经营，等待西山根的将是平淡而平庸。我们当干部的首先要统一思想、更新观念。倘若用全新的视角去看待，一次的失败就会转化成雄起的动力。"刘占林终于说服了班子成员，通过谢艳丽与松山区取得联系。松山区西部的几个乡镇与西山根资源类型相似，有的甚至还不如西山根。他租了6辆大巴，拉上村里的百姓浩浩荡荡地开往松山区，实地考察了初头朗镇和大庙镇。不看不知道，一比吓一跳。大庙镇山坡地多，论资源条件比西山根还差，可人家在坡地上建的大棚，一亩地收入3万多元，相当于西山根4亩最好的水浇地的产出，看得村民们都脸红了，说："瞧瞧人家，这才是种地的，咱们简直就是在糟蹋土地。"刘占林四处踅摸，见一老汉在村头漫步，上前就问："你咋不种大棚？"老汉不屑地回答："我才不种呢。"刘占林心头一惊，终于见到反对者，他很想听听反对的意见。

"我一年土地流转收入3万，再去大棚里打工，年收入7万元，还种大棚干吗？"老汉说。

刘占林接着问："你们这儿土地流转承包费多少？"

"每亩800左右。"

刘占林的眼睛睁得比牛眼还大，西山根好地最多100多元，有的土地40元求着人家租都没人要。

"你们那儿土地承包费多少?"人家反问。

"我们那儿……没你们多。"

刘占林支支吾吾,脸上火辣辣的,实在难以启齿,立即转移话题,说出来怕人家笑话。百闻不如一见,第一批参观取经的想通了,他又组织第二批,要让全村各家各户都去感受一下。他特意拉上妇女娘们,她们对西山根推进产业结构调整有决定性作用。表面上,男主外、女主内,其实多数家庭都是娘们说了算,掌管着家庭的绝对决策权。一来二去,他一共组织了7次,成为西山根转折的开始。

平庸者与成功者之间的差距不在别处,就在于"心动"与"行动"的统一,光说不练不行。

七下松山,群众的思想换了,一致同意在大棚种植蔬菜。刘占林决意趁热打铁,说干就干。那年的秋天不同以往的热闹,西山根最大的工程项目建设开始了,其情景让人联想到多年前农业学大寨时期。为了节约成本,他们没上钩机,没用铲车,没雇用工程队。400处大棚全是刘占林带领群众用铁锹和本村农用机械挖出来的。第二年种植西红柿,尽管是他极力倡导的,可真的实施起来他的心却在打鼓。那些天,他整天穿梭于大棚之间,对棚里的西红柿像孩子一样爱护,有空就钻进大棚里数柿子。一个大棚平均2200棵,每棵结6个西红柿,至少1.3万个。西红柿熟了,红得让人心醉,可他却莫名其妙地忐忑起来。市场是一只无形的手,变幻莫测,倘若再像倭瓜那样成了窝心柿子,那今后就没法干了。这场产业结构的大变革,攸关西山根村未来发展走向和百姓的幸福指数,西山根,再也经不起失败的打击了。战战兢兢地放进市场,出售价每市斤1.7元,刘占林算了算,与松山区大庙镇还差着1块,没承想,3天后每市斤涨到2.8元，每个大棚收入3万多，他兴奋极了，喝得酩酊大醉。

初战告捷，如同给刘占林注入一针兴奋剂，坚定了他大面积推广设施农业、彻底摒弃传统种植方式的决心和信心。

老百姓是看中实惠的。1次可触可摸、立竿见影的成功，胜过100次口干舌燥的宣传发动。群众种植大棚蔬菜的积极性像开水一样沸腾了。多数家庭都有了自己的大棚，但这样的规模还不足以提高市场占有率。以外销为主的大田蔬菜，首要的是以订单农业为前提，而要满足订单，规模经营是起码的保证。他把目光聚焦在西山上，这座默默无闻的无名土山，在日升日落的岁月更迭中沉睡多年，对周围的风生水起无动于衷，背负的旱坡地基本是望天收，风调雨顺时收一些，遇到干旱就歇菜一年。全县党建融合工作启动，十二吐乡党委瞅准时机，乡党委书亲自谋划组建"十二吐乡达康脱贫攻坚联合党委"，刘占林担任常务副书记。联合党委整合资源，对西山根周围旱作农业重新规划，谋划以大棚蔬菜为主导产业的达康扶贫产业园区，项目区除涵盖西山根村种植户外，对周边几个村贫困户实行准入政策，入驻的建档立卡贫困户在承包费上给予优惠。缺水是达康产业园不能回避的瓶颈，刘占林组织"北水南调"，在苏泗汰村前的河边安装提水管道，在达康产业园南端的最高处挖一个蓄水池，然后再有序引进各个大棚。

村主任刘树清、会计温海，他们都是多年的黄金搭档了，彼此配合默契。在刘树清和驻村第一书记魏思琪的引领下，我登上达康产业园制高点。乌云密布，雾霭低垂。从产业园制高点俯瞰下去，成片的大棚排列整齐，方队一样等待检阅，这人为打造的风景别具一格，仿佛一张张水墨画。脚下凸起的山包已被削平，本以为是观景台，其实是蓄水池的坝基，像天池一样镶嵌在土山的半腰处。微风吹皱水面,而远端的云雾更低了,一场雷阵雨即将到来。

"西山根村大棚蔬菜虽然起步较晚,但把松山的经验直接嫁接过来,没走弯路。"

显然刘占林对七下松山感到满意,出乎意料的是部分松山人也悄悄跟了过来。张学良两口子是最早来西山根承包大棚的外来户,当年就收入9万元。这无疑对西山根大棚种植起到示范作用。此外,贫困户耿立伟种大棚成功脱贫后,对西山根设施农业全面铺开推动力不小。耿立伟一家3口,老婆有病,女儿上学,他这人有些蔫巴,干一把死活计,日子过得穷困潦倒。2016年,村里推广种植大棚蔬菜,给他2个大棚免费种,当年收入6万元。这下,耿立伟有了信心,第二年又承包了4个棚,买了农用车,话也多了,还充当起经纪人。那些还在观望的人受到鼓舞:"连耿立伟都种成这样,咱们还等啥呀。"设施农业在西山根汹涌起来。靠种大棚,村民有了丰厚的回报,最低的也是人均年收入万元以上。截至2018年8月,西山根已发展大棚1000多处,设施农业的前景方兴未艾。一个棚脱贫,两个棚致富,在西山根已经是不争的事实。村党支部顺势开展了"讲文明、讲公德、讲孝道、比致富"为主题的"三讲一比"活动,树立了良好的村风。

"没有产业支撑的脱贫是不稳固的,靠输血不造血的脱贫是没有基础的。"这是几年来刘占林带领群众脱贫攻坚的实践总结。刘占林说:"在没建成扶贫产业园之前,土地承包费每亩100元没人要,现在每亩600元争着承包。"刘占林算了几笔账,全村土地流转5000亩,仅此一项年收入300万元。产业园为村民提供了打工机会,长期雇工400人,季节性用工200人,打工收入合计600万元以上。

"只要正经干,没有不致富的。"扶贫工作队队员朱清龙说。

他是水利局的打井队长,来西山根村脱贫攻坚,给村里打机电井4眼、旱改水农田1500亩、投资15万元实施膜下滴管,基本做到了旱涝保收。

西山根村并非以一业为主,全村养牛大户180户,一年育肥出栏2次,每次售牛收入在600万元以上,每头牛净赚1500元。养牛专业村与蔬菜专业村优势互补,形成循环经济。

西山根的崛起,对十二吐乡乃至周边地区,产生带动作用,县委以西山根村党总支为中心,结合融合党建,组建了十二吐乡脱贫攻坚联合党委,书记由乡党委书记谢艳丽亲自担纲,刘占林担任常务副书记。过些日子,刘占林准备带部分群众去北京参观,他觉得还得让群众换脑筋,产业升级问题得提到日程上来。村里还计划建个保鲜库。而最近他之所以走不开,是因为前来参观的人络绎不绝,有时一天就接待十几波。有意思的是曾经七下松山拜师学艺的大庙镇也组团来参观,刘占林觉得不好意思,说:"这些都是从你们那儿学来的。"师傅请教学生多少有些没面子,可松山人非常大度:"我们不是来学技术,而是学你这个人。"的确,许多参观的人看完后都感叹,一个人选对了,一个村就有希望。

"西山根没有贫困户了吧?"

"有啊,怎么可能没有呢。"

刘占林认为,再富裕的村子也有弱势群体。这些人基本丧失劳动能力,年老多病或先天性的智障,只能靠政策保障。

如果不是事先知道,我还以为走进了休闲度假村。西山根互助幸福院建在方家店,院里的白杨高耸入云,中间空地上栽着花草和果树,还有樟子松和金叶榆,不知道的还以为这里是生态园。互助幸福院的房子也有别于普通农房,房脊颇高,正门上方三角形的门脸别具一格,一幢房子分2户居住,每户60平方米,门前有个菜园，有的不种菜，种了花草。

"互助幸福院占地64亩，入住50户。"院长刘大利介绍，互助幸福院内有活动室、卫生室、图书室、会议室，功能齐全。幸福院的公益性岗位均由居住在这里的老人担任，划分责任区，每天由保洁员清扫院子。有位80多岁的老党员自告奋勇，担任互助幸福院的政策讲解员，他每天都收集报纸，看电视新闻，准备教案。

深秋的一天我们再次来到西山根，发现刘占林已是林西县蔬菜商会会长。在村史馆二楼商会办公室，就商会运作及林西县蔬菜产业发展远景侃侃而谈。他今年刚好60岁，带领西山根已经打拼了40多年，看起来他的精力依然旺盛。

"还得继续干下去啊。"

我对刘占林肃然起敬，我知道他不会停下来。

"刚套上夹板咋也得干几年，啥时干不动再说吧。"

他是个很有幽默感的人，在群众中威信很高，在支书岗位干了40年就是最好的证明。他说："村级换届千万不要不把手中的那一票当回事，选对了就猛干3年，选不好非但不作为，直接影响全村发展停滞或倒退。"这话说得实在。确有一些村平平淡淡，就是因为"两委"班子没选好。

他指着墙上的商会理事名单，全县有一定规模的合作社或种植大户都在其中，甚至还有北京最大的蔬菜交易市场的老总。国庆节后，他打算带领商会理事去北京对接，让林西蔬菜搭上直通车进入首都。

苹果富硒富人生

陈秀民

北方的水果,在10月中旬基本采摘落幕了。霜降过后,各地的水果便纷纷涌进超市和农贸市场。赤峰西城菜市场是最大的水果集散地,往年水果品类已经够多了,而今年富硒苹果的加入让人眼前一亮,消费品位陡然上了一个档次。1年前,参加当铺地满族乡关东仓村农民丰收节,第一次见识富硒农作物和富硒蔬菜,我对富硒的概念还朦朦胧胧。重阳节的第二天,我来到宁城县大城子镇松树台村,村北百花谷的果树墨绿苍翠,硕大釉红的苹果压枝,惹人注目,我真正见识了富硒苹果,也结识了刘云祥。

硒是人体内所必需的微量元素,具有抗氧化、抗衰老和增强免疫力的功效,素有"生命元素"和"抗癌之王"的美誉,在尖端科技不断渗透农业的当下,聪慧的果农通过硒肥孕育出的富硒苹果成为苹果家族的新贵,颇受消费者的青睐。宁城苹果作为赤峰市地标性品牌,以五化镇、小城子镇为核心区域,成为引领农民脱贫致富的支柱产业,而后起之秀大城子镇松树台村,却在富硒苹果上捷足先登。百花谷是全县最大的富硒苹果种植园区,率先起步的刘氏六兄弟中，带头人是老三刘云祥。

一、辍学当煤矿工人

我不记得自己几岁才吃到苹果，青涩的记忆中满是单调乏味的流年，能吃到苹果简直是想都不敢想的奢望。对此刘云祥也有同感，10岁以前他也没尝过苹果的味道。

"小时候别说吃苹果，好像连苹果树也没见过。"

我们相视一笑，当年他的家境可见一斑。刘云祥为人直爽，尽管在城里打拼多年，已是名气不小的大老板，可言谈举止间仍有乡土的味道，这种禀性是养育他的那片土地赋予的，已经深埋在身体很深的地方。他在"大跃进"的锣鼓声中来到人间，在"三年严重困难"年代度过童年。小时候，能够吃饱便是最朴实的追求，至于吃好吃坏可以忽略不计。松树台村这一带丘陵纵横，百花谷地处村北山坳的臂弯处，无法追溯生态失衡起于何时，主要植物有臻柴、骆驼蒿、黄榆、荆条，都是些劣质的灌木，偶尔有些山杏在风中孤零零地摇曳着。百花谷向来没有花，就像松树台鲜有松树一样。放眼望去，蚀水沟鸡爪般横七竖八地展示着大自然的野性与苍凉，在刘云祥童年的记忆里，旱坡地写满了贫瘠，种一坡收一车，种一亩收一斗，贫困像幽灵一样风吹不散，驱赶不走。无奈，初中没读完他就辍学去了煤矿，那年他年满17岁。

"能行吗？"

在煤矿挖煤可是重体力活，17岁尚处发育期，在孩子眼里是个大人，而在父母眼里还是孩子。

"头一年没让我下井。"

刘云祥在煤矿推了1年磨，所谓的推磨就是在井上固定一个转盘，绞索缠在转盘上，顺时针推，把煤块从井底提上来；逆时针推,把采矿工人或箩筐送到井下。推磨看似轻巧,实则也需要力气,1年多围着转盘机械地转圈,一侧的肩膀肌肉都少了。他渴望下井,井上推磨每月工资37.5元,下井挖煤每月工资52.5元。在20世纪70年代,15元可不是个小数目,他就是交不起1元钱的学费才辍学的。1年后,他如愿以偿成了一名采掘工人。刘云祥诚实,肯卖力气,从不偷奸取巧,渐渐博得矿上领导的赏识。1年后,他被任命为工长,他家的日子也好了起来。煤矿工人有临时工与合同工2种,每个人都渴望成为合同工。1980年,刘云祥转成合同工基本手拿把攥了,偏在这时,村里到矿上把他要了回来。

二、回乡闯生活

"回来干什么?"

"可能让我当生产队长。"刘云祥一脸的苦笑,"我爸爸就是多年的生产队长,那是个费力不讨好的活,我是高低不会干的。"

他是个思维活跃的人,穷则思变,似乎骨子里就有经商的基因。家里兄弟6个,他排行老三。小时候过端午节,母亲给他们煮鸡蛋,每人1个,家里把自己分到的鸡蛋和大哥二哥做交易,谁给他五分钱就把鸡蛋让给谁,拿到钱后屁颠颠跑到供销社买橡皮,用橡皮把写过字的作业本擦干净,这样又可以用了。上小学三年级后,他开始学珠算了,看见别人家的孩子把算盘挂在屁股后,走路"稀里哗啦"直响,对他来说简直是一种炫耀。他家买不起算盘,但他手巧,把采集的杏核晾干磨圆,用细木杆串起来,自制一个木框,算得同样准,只是不好意思挂在屁股后头,他觉得杏核算盘响声难听死了。

"再回煤矿呗。"

"回不去了,我一走转正指标就给了别人。"

为此，他与朋友们喝酒大哭了一场。从煤矿回来，不甘困在瘠薄的土地里，他炸油条、做熏鸡，过一阵就觉得没意思了，赚不到钱不说，还白搭上吃喝。他又做起"期货贸易"，沿街串户把鸡蛋、蔬菜、土特产收上来，再去城里练摊。端午节，他倒腾粽子叶。他买了一辆大金鹿自行车，这种车后车架宽，可以驮东西。买粽子叶要到锦山，途中要经过马鞍山，山路崎岖，下坡时常常刹不住车，因此，他土法改造了刹车系统。他在两个脚镫子上各绑1条木棍，下坡时2只木棍拖在地上产生摩擦力，"呲呲"直冒白烟。有一次刹车失灵，他摔进路旁的壕沟里，变成了个泥猴，但他爬起来就继续赶路。

"每天早上4点就起床，骑车60多里，当天打来回。到大城子摆摊卖完，太阳就落山了。"

最辛苦的还是去赤峰，从松树台到赤峰二道街至少100千米，好在城里人喜欢他的货，星夜兼程赶到二道街很快就能卖光。他从赤峰回来也不空手，弄些日用小百货走村串户叫卖，摇身一变成了货郎。捣鼓一次也赚不了几个钱，但他觉得日积月累，积少成多。那几年，凡农村有城里没有的他都倒卖过。

"吃得消吗？"

"为了生计，就忘记累了。"

说得轻轻松松，人的体力终归是有限的，他把自己弄得陀螺一样，支撑他的是坚强的意志力和对美好生活的向往。俄国诗人莱蒙托夫这样说过："意志是每一个人的精神力量，是要创造或是破坏某种东西的自由的憧憬，是能从无中创造奇迹的创造力。"刘云祥不屈不挠的奋斗精神令人叹服。后来，他的业务拓展了，开始倒腾沙果。沙果适合庭院种植，在北方几乎家家户户都有。刘云祥逐户收购后，装进篓筐用扁担分批次挑到火车站，装上车，运到阜新，再用扁担挑到销售点，一条扁担挑出生活的颤音，卖一次沙果常常要经过三四次搬运。装沙果的笆篓筐也是他自己编织的。

1987年，他结束了跑腿买卖，放下扁担，颠起大勺，在平庄镇买断了一家濒临倒闭的国营饭店。他的人生由此掀开新的一页。

"我三哥这人，心有灵性，一些技术活他看一遍就会。"

最小的弟弟刘云珍对哥哥佩服有加。刘云祥十几岁时就会编炕席。木匠活、铁匠活、皮匠活、瓦工活，他几乎样样都会。烹饪，他也是无师自通。在开饭店前，他已考取了二级厨师证。自己颠勺，既节约成本，又能保证饭菜质量，生意自然春风得意。而后，他又在天义、四龙、绥中开办了分店，成了小有名气的老板。

饭店开了几年，他又把目光投向新的领域。他发现，所有门窗都有一个共性的缺陷，密封不严。他闷在家里琢磨了几天，反复改进，将间隙缩小5厘米，中间加一个密封条，终于解决了钢窗和塑钢窗的密封难题。于是，他开办了门窗厂，他也由此考取了国家二级建造师证，5年后又考取一级建造师证。在建筑行业，有一级建造师证的工程师为数不多，一些建筑企业主动邀请他加盟，最后他选择一家建筑集团，担任项目部经理。

他的办公室在10楼，他的茶艺功夫也很高超，一招一式很像那么回事儿。沁人心脾的茶香引我走进了他的内心世界。年过六旬的刘云祥精力依然旺盛，在坎坷中打拼出自己的天地。他的奋斗曲线并不规整，拐弯处弧线优美。当他的财富积累完全可以安度余生时，他的目光又回到原点，回到他灵魂扎根的地方。

2006年，他回到松树台村，在百花谷来回转悠。乡亲们不知他想干什么，百花谷植被稀疏，除了长杂草别的啥都不长。

"三哥……"

同村的发小在村口遇见刘云祥努努嘴，心怀愧疚，想说的话实在难以启齿。前几年，发小的孩子考上大学，是刘云祥帮他垫付了5000元学费。这些年，他靠种地将将供嘴，根本无力偿还。尽管刘云祥不提要钱，可他一直耿耿于心。刘云祥知道发小要说什么："那5000元钱别老挂在心上，啥时有，啥时还，没有就算了。"说完与发小在田埂上蹲下来交谈。

"现在的农村都在想尽一切办法发家致富，就咱们松树台没啥变化，一年一年老牛赶山式死趴趴地种那几亩地，这样下去再有10年也富不了。"

"可不，三哥说得对，可咱们松树台你也知道，山坡地多，遇上雨水勤收一些，遇上旱年头就收一把秸秆，还得借钱买粮食。"

"可以把土地流转出去嘛。"

发小无奈地摇头："就这坡地往哪儿流转啊？下川地地租五六百，咱们这地100都没人要，年轻人都出去打工了，剩下老的小的，只能靠种地维持生活了。"

发小还在喋喋不休，牢骚满腹，刘云祥站了起来，转身望着起伏的丘陵土坡，眉头紧锁。像刘云祥发小这样的村民不在少数，不思改变，安于现状，有的小富即安尚可理解，可悲的是有的不富也安，说到底是懒散惰性，哪怕有他年轻时一半的劲头，日子也不会是现在的样子。刘云祥转身欲走，又想起一件事。

"哎，你是不是在百花谷有几百亩荒山？"

"嗯，分田到户时分的，一直撂着，一分钱价值都没有。"

"不然你交给我吧，那5000元算是租赁费。"

发小愣怔一下，百花谷的荒地早被他遗忘了，有和没有都一样，有的户一亩5块钱就转让，刘云祥的钱能租到几千亩，那几百亩荒地白送都不心疼。

"三哥，那几百亩寸草不生的荒地你想干啥就干啥，我不要钱，欠的钱我还是要还的。"

刘云祥还是与发小签订了土地流转合同。实际上，百花谷的果树成气候时，他只保留了20亩，这是后话。

三、在百花谷种苹果

晚上，在五弟刘云东的土屋里，哥几个聚在一起喝酒。小弟刘云珍，四弟刘云明，堂弟刘云庆、刘云国，表弟刘海军，桌前落座，一杯酒下去，火辣辣的热流涌遍全身，刘云祥道出真实的想法。

"我想咱哥几个带个头，在百花谷栽果树。"

向来对刘云祥言听计从的五弟刘云东没言语，小弟刘云珍提出疑问，担忧果树栽不活把家底全搭进去。

"我支持你们。"四弟刘云明担任村支书，为摸索松树台的发展路子没少动心思，对百花谷也尝试过栽植经济林，可就是没人愿意干。群众的保守观念比较顽固，习惯于政策扶持，"等靠要"思想产生的惰性心理难以消除。如果兄弟几个合伙做出个样子，兴许能把群众的干劲激发出来。鉴于支书身份不便直接参与，但他可以给他们背后助力。不过，在百花谷栽果树的确没有十足的把握。

"听三哥的，你说咋干就咋干。"两位堂弟和表弟亮明了态度，只是手头有点紧，前期投入拿不出太多。

于是，由刘氏六兄弟组成的百花沟果树专业合作社成立了，刘云祥担任理事长。

百花谷的嬗变，就从哥六个联手的那一天开始。

其实，刘云祥想把百花谷变成苹果园之前，已做了大量的咨询与考察，他到过大连市的熊岳，辽宁的绥中、锦州、朝阳，走访过赤峰市的北五旗县。各地靠林果产业致富的典型不胜枚举，有些地方论土质条件，与百花谷也差不了多少。就说附近的五化镇，宁城人谁不知道那里过去穷得叮当响；小城镇葫芦峪，昔日也是贫困地区，他们都是靠种果树富甲一方，人家能行，为何松树台就不行？问题的关键在于敢不敢想，想不想干，成与不成先干起来再说。

刘氏六兄弟要在百花谷栽果树的消息不胫而走，乡亲们不为之所动，响应者寥寥，有的甚至不屑与讥讽。"切，有钱没地方花了。百花谷能栽果树，纯属瞎掰。"前些年在百花谷，种过山杏，还试着栽过枣树、梨树，结果到现在连个树毛都没剩下。也不怪群众不相信，刘云祥回松树台栽植果树的想法，家里的意见都不统一，老伴、女儿、儿子没一个支持。老伴庞桂琴在煤矿时和他结婚，看着丈夫这些年风里雨里颠簸，差点把命搭上，现又已是花甲之年，该老老实实在家享受几天安静的日子，可这个老头子又想回去折腾，为啥呢？如果是为了钱，随便揽个工程都比栽果树稳妥得多。

"我不是为了钱才回来，就想让家乡这架老车改换车辙。"他对兄弟们说。

说干就干，第二天他就去了锦州，在一家苗圃讨价还价，定为每棵树苗5元钱。卸下一卡车蘸着湿泥的苹果树苗后，百花谷从此不再宁静。

相传，百花谷是以一位公主的名字命名的。回溯百花谷的历史要退回千年之前。契丹首领耶律阿保机建立大辽帝国，定都辽上京，而宁城一带是辽中京。辽景宗时期，军机要务实为太后萧绰掌控。萧太后的女儿百花公主薨逝，选在辽中京西部山谷墓葬，于是就有了百花谷。对此，我特意求证了一下，史料记载萧太后有3个女儿，分别是耶律观音、耶律长寿、耶律延寿，没有一个叫百花的。可在松树台，人们对百花公主的传说深信不已。那天我随刘云祥在百花谷走访，他指着一处破败的古墓遗址，说："这就是百花公主的墓地，古墓内室浇注水泥，据说还有壁画。"人云亦云，莫衷一是，权做确有百花公主其人吧。可堂堂公主的陵墓为何选在这里呢？刘云祥的回答简洁干脆："当然是风水好。"可以想象，当年这里定是山清水秀，蒹葭葳蕤，然岁月的荡涤让百花谷渐渐褪色，树木凋零，加上公主墓几次被盗，裸露的山脊与稀疏的茅荆成为贫困的疥疤。在人们心目中，百花谷是不打粮、不长树的荒芜之地，百花谷身后凸起的三楞山默默无语，表情严肃。

2006年春，由于刘氏六兄弟在黄土坡栽上1000棵果树，酣睡的百花谷被唤醒了。可是，由于缺乏经验和技术，等待他们的是一次又一次的失败。新栽的寒富士安国梨幼树第二年死掉一半，即便是活下来的也是瘦骨伶仃，连刘云祥本人也不相信这样的果树能结果。可改造荒山致富乡里的决心永恒，刘云祥自费去外地考察，发现影响果树成活率低的掣肘因素是水。

"打井！"

刘云祥请来打井队，一口气打了2眼井，但都是干井筒子。刘云祥的执拗劲上来了，不信整个百花谷就打不出一眼井来。打到第六眼，钻头进深200多米还不见水。还打吗？打井队长犹豫了，一旦把钻头陷进去就得不偿失了。刘云祥说："不能停！说好见水付钱。打不出水我一分钱都不给。"无奈，钻头又旋转起来。又钻了50米，还是不见水。几个兄弟也难免忐忑起来，想着兴许百花谷真的打不出井来。300米，奇迹出现了，清水从井管冒出来，井喷如柱。可这么大的百花谷就一眼井哪能行？他鼓动打井队继续，打井队长高低不干了，收拾摊子走人。望着那些幼树因得不到灌溉而蔫萎枯死，刘氏兄弟心急如焚，有的想打退堂鼓了，刘云祥的家人也趁机劝说让他收手，认为百花谷是无底洞，快奔六的人何必为一个百花谷劳心费神。刘云祥是个主意很正的人，要做的事一定要做成。他家在城里，那个春天他一个多月没有回家，每天都徒步丈量百花谷。哦，倏然他有了灵感，靠地下水难以解决果树灌溉问题，何不在地上水做文章？每年雨季洪水白白流淌，不如雇民工对截水沟进行维修加固，修筑塘坝，拦截雨水。

"你知道最难熬的是什么吗？"

尽管我想好了几个答案，可不知如何回答他的问话。

"等候。"

我豁然开朗，对呀，每个人都品尝过等候之苦。高考录取通知书迟迟不来的时候、航班晚点的时候、节目开幕前，人生中有太多的等候，那的确是无法言喻的煎熬。可所有的等候都没有刘云祥兄弟六人盼果树开花结果表现得那么深刻。望着新栽的果树苗成片地枯死，他们哭的心都有，一年又一年颗粒无收，对人意志力的打击是何等的残酷。

"别提了，差不多把眼睛都盼出血了。"

死了栽，栽了死，不停地补植，反反复复，连续5年果树尚未开花结果。耐力的底线濒临被击穿，刘云祥已经累计投入400多万元。黎巴嫩著名文学家纪伯伦在他的散文中对土地格外垂青，他认为："任何土地都能挖掘出财富，只要你按照农民的方式去挖掘。"刘云祥常常蹲在土地上失神，苦思冥想，仍然固执地认为他的路子是对的。从十几岁离家在外打拼获得成功，到年过半百再次回到原点，他认为故乡的土地蕴涵着待开发的财富，只是没用对方法。他请教了赵志国，宁城县的果树专家。老专家随他来到百花谷。

"栽果树仅浇水不够，还要施肥，要像侍弄庄稼一样，但施肥也要适度，营养过剩会把果树烧死。"临走前，赵志国老先生留给他们一本自编的果树栽培技术手册，通俗易懂。

专家的点化像开启阳光的钥匙，兄弟六人汲取绥中、锦州、朝阳等地种植果树的成功经验和做法，校正了偏离的巷道，从失败中站起来。

"6年才挂果。"

刘云祥竖起拇指和小指，他的言语中带有苦涩的味道。6年时光不算长，可对于果树收获周期是何其漫长啊。经过6年不遗余力的反复，百花谷的果树开花了，洁白的苹果花灿若云霞，林间飞鸟叽叽喳喳地叫个不停。果树先开花后绽叶，花落便留下黄豆粒大的果实，在刘云祥兄弟的眼里那简直就是珍珠。果实渐渐饱满浑圆了，红红的苹果仿佛抚摸着人们的兴奋中枢，松树台人睁大了眼睛。兄弟六人照例喝酒，酸甜苦辣翻涌，这6年他们忍受了怎样的煎熬呵，顶着烈日，风餐露宿，哥几个的脸膛黝黑，刘云祥的头发也谢顶了。可是，品尝自己种的果实，6年的辛苦与烦恼顷刻间烟消云散，收获成功能化解一切。

"干杯！"

朴实的农民最重实惠，刘氏六兄弟靠果树率先致富无疑是最好的示范。无须动员，松树台的村民纷纷跟进，刘云祥顺势将最初的果树专业合作社更名为"松树台百花沟苹果种植专业合作社"，参与的社员户达60多户。一直鼎力支持他们的村支书刘云明趁机发动群众。全村种苹果成风，一口气就种植了2000多亩。百花谷林果产业成了松树台一带脱贫致富的引擎，激发了群众的内生动力，百姓的生活也一天天好起来。刘云祥并没停步，他到北京农科院咨询，引进先进种植栽培技术，率先在宁城实施了富硒苹果工程。

四、"三楞山"富硒苹果的味道

五弟刘云东最有心劲，从6年前栽果树开始，他就暗暗地研究苹果。三哥说把寒富士苹果变成富硒苹果，他想知道怎么个变法。

"用新研发的富硒肥，施在果树的根部，用水浇灌，水肥同步，这样果树就渗入了硒元素，结出的苹果就是富硒苹果了。"刘云祥把专家讲的给5个弟弟复述一遍。5个弟弟还是似懂非懂，他进一步补充："吃富硒苹果能抑制癌症。"

噢，这回他们都懂了。

从植被稀疏的百花谷到花果飘香的富硒园，贫困山村重做了系统，在乡村振兴的轨道上日益提速。喊了十几年的小康，终于从幕后走进前台。松树台的百姓终于明白，只要选准路子，肯干、肯流汗，脱贫并没有那么难。

"我的目标就是打造一个人均年收入3万元的小康村。"

啊哈，仅仅几年就设定如此高的目标，这需要胆气、谋略，关键是需要干劲。我粗略匡算，凭直觉这个目标已经达到了。清一色的砖瓦房掩映在青山绿水中，蜿蜒的水泥路修到家门口，小汽车黄牛一样卧在房前屋后，村民衣着打扮像城里人一样时尚，满脸皱纹的大妈熟练地刷二维码，松树台散发出富庶的气息。

"三楞山"富硒水果是宁城苹果的新贵，成为地标性品牌，赤峰市名优特农产品，一度成为健康水果的引领，备受消费者青睐。

"为什么不叫百花谷苹果？"

我觉得既然富硒苹果在百花谷起家，百花公主的名声又如此响亮，依此注册商标更名正言顺，而在其他乡镇，都以宁城苹果冠名。

"究竟取百花谷还是三楞山，开始哥几个也争论一番，最后还是选定三楞山。这个名字大气响亮，喻义站得高、看得远。"

刘云祥的语气中透出一股坚定与自信。而此时，我们就站在三楞山脚下。三楞山又称百花峰，是松树台的制高点，整个山体林草葱郁，不时有残破的灰砖陶片散落，山坳的臂弯里百花公主墓地遗址周围，又有了新的墓地。思绪走出历史深巷斑驳的门槛，遥看被果树覆盖的百花谷霜重色愈浓，饱满的富硒苹果在阳光下熠熠。从百花谷到富硒园，诠释的不仅仅是时光演进的过程，还有一种力量的涌动和冲击，这种力量的源头是由松树台人实干以及坚持不懈的精神动力赋予的。望着年过六旬的刘云祥，两鬓霜白，但他的精神依然矍铄。他坚信实干，积小成于大成。在做地摊生意那几年，他几乎每天早上鸡叫起床，披星戴月回家，他的眼睛经常红红的，真是艰苦卓绝。我蓦然想起18世纪俄罗斯一位文学泰斗说过的话："决心就是力量，信心就是成功。"刘云祥和他的兄弟十几年锲而不舍的奋斗，实际上给这片土地注入一种精神，当精神动力转化为物质动力时，土地就有了新的蕴涵与高度。目前，松树台村并非一业为主，养牛、设施农业、林果，是全村经济快速发展的三驾马车，在乡村振兴的大道上砥砺前行。

北方地区水果在10月中旬采摘封园，但百花谷的富硒苹果能延后半个月收获，以至于我们在立冬的前几天走进百花谷时，红红的苹果还挂在枝头。满坡满谷的果树都蒙着白色网状的纱罩，有如搭起的凉棚罩住所有果树，远看更像悬浮在百花谷的浮云或贵妇人头上的遮阳帽。在车上我们对纱罩的功能做出多种猜想，下车后问过刘云祥方知，防冰雹用的。刘云祥说，冰雹是果农最大的威胁，每年都来几场。一场冰雹过后，苹果被砸成麻子坑，再好的苹果也成等外品了。

秋末的阳光懒洋洋的，微风里裹着苹果的香味，在果树林中漫步，呼吸润透心脾的新鲜空气，绝对是一种享受。我在半山腰见到刘云珍。15年前，他栽下第一棵果树时40出头。当年三哥鼓动他栽果树时，他一点儿信心都没有，甚至说三哥已经腰缠万贯在城里生活得好好的，多余回村受累。现如今他家有20多亩地上种着1000多棵果树。他家的果树有些稠密，行走时要拨开树枝。

"还是没有经验，当年栽树时以为多一棵树就多收果，现在明白过来又舍不得砍了。砍一棵树比割肉都疼。"

"今年收入多少？"

"二十多个吧。"

刘云祥微笑着看着小弟，分明是质疑的神情，刘云珍马上补充道："三十多个。"富裕起来的农民连货币计量单位的称谓都变了，一万不叫一万，叫一个。他家的四合院掩映在绿荫中，满院堆满红灿灿的苹果，已经装箱的准备发往外地。须知诸如刘云珍这样的果树专业户，在松树台村不是种植规模最大的。紧随刘氏兄弟种植果树的农户，腰包都鼓了起来，后来者居上，回想起来简直就是一场梦。如今，松树台村富硒苹果注册了"三楞山"商标，有了自己的身份证。百花沟苹果合作社为广大果农提供信息、销售服务，推出电商网购平台。

生活中不能没有诗和远方，刘云祥聪慧的大脑又在新的高点上深度谋划。他说，百花谷的苹果不能满足于丰收，还要深谋远虑，注入更多文化元素。当年宁城是大辽文化最兴盛的地区，辽文化在这里源远流长，神秘的百花公主在民间流传甚广，以辽文化为载体，打造独具特色的苹果文化，百花谷的富硒苹果还能走得更高更远。文化搭台，经济唱戏，向来如此。

"如何打造呢？"品尝着富硒苹果，我饶有兴趣地问。

"方法有很多种，但主要的要靠文化部门和文化人。"2019

年8月29日，松树台村举办了首届富硒苹果文化节，松树台村歌舞队自编自演的节目明显带有苹果的味道，县乌兰牧骑也来助阵，各届名人以苹果为题现场挥毫泼墨、吟诗作曲，策划百花公主歌舞剧……小小的松树台村从没有这样热闹过。"三楞山"富硒苹果由此声名大噪，苹果文化在路上。经国家专业部门严格检测，松树台村百花谷的富硒苹果25项指标全部检测合格，成为消费者放心的健康水果，并被北京奥组委指定为冬奥会专用苹果。

离开百花谷背对着夕阳，回望富硒园色彩丰富，错综成一幅浓墨重彩的油画，昭示着生活的美好与远方。来采访的每个人都精选了一个又红又大的苹果。此时的苹果已成为艺术品。

"当我心情烦躁或有解不开的心事时，只要在果园里走一走，顿时心情舒畅。"

百花谷成了刘云祥的心灵栖息地。这些年，他处理完城里的业务，总是忙里偷闲来这里转一转。老伴虽然开始时极力反对，可既成事实后还是来百花谷帮他打理。她在城里开着一家超市，个子不高，面色白皙，看样子比实际年龄要小，里里外外手脚不闲，进进出出的顾客拉动着她的注意力，我们只能紧随她的脚步移动采访。

"尽管这样，我还是不支持他，多大岁数了。"

刘云祥坦率诚实。他说最初他去百花谷做项目，只是想带一带乡亲们。靠改革开放政策，他手里有了些钱，可家乡还是老样子，他心里不落忍。怀着这种朴素的情感，他回到故乡，回馈生养他的土地。他最体谅贫穷的人，可能是因为他饱尝了没有钱的滋味。当年，他中途辍学实属生活所迫，可心底里他是渴望读书的。1977年恢复高考时，初中都没读完的他竟然想去试试，是父亲劝阻了他，父亲说即使考上了家里也供不起。他热心公益，尤其对教育捐助向来慷慨。几年来，他先后为学校捐款捐物10多万元。去翁牛特旗亿合公镇办事,他为幼儿园捐献100套被褥和一些衣服学习用品,合计6万多元。得知幼儿园有2个孤儿,他立即承诺抚养他们。中途辍学的经历是他人生中最大的缺憾,因此他对教育格外关注,他的子女都受到高等教育。家乡的一位贫困户的儿子考上大学,他一次性对其捐助学费。后来,他承诺只要松树台村的孩子考上大学,他每人奖励1000元。

迈过腊月二十三的门槛,过年的氛围就一日浓似一日,河北电力设计院行政总监刘晓杰与爱人王金准备回娘家过年。他们要提前走几天,帮助父母为敬老院的老人包饺子。刘晓杰是刘云祥的女儿,中国政法大学毕业后去唐山工作,女婿刘金在唐山大学任法学教授。在他们回赤峰前,父亲已经为大城子敬老院的老人准备好了年货,杀了一头猪,购买了牛羊肉、白条鸡、鸡蛋、面粉、植物油,甚至找人写对联,忙得不亦乐乎。最后一项就是包饺子,这一惯例从刘晓杰上大学时就开始了。一个总监,一个教授,配合得融洽,女婿连续擀了几天面皮,手上都起了茧子。每年,他都拿出1万元资助这家敬老院,连续了10年。作为回报,敬老院每年春节都为他家点播一部电视剧,除夕夜,一家人看着电视常常热泪盈盈。

一个人想要成功,除了勤劳与刻苦,还要有人格魅力,有一颗感恩的心。小时候,他家兄弟多,粮食经常不够吃。舅舅给他家送来2袋炒面。2袋炒面吃完,母亲用面袋给他缝制了一个书包。那2袋炒面他至今不忘,有了钱后对舅舅家百般照顾,只要舅舅张口,有求必应。滴水之恩,涌泉相报。

他不仅是位成功的企业家,他诚实的人格魅力也是有口皆碑。2002年10月5日,刚从外地送货回来的刘云祥疲惫地躺在床上,他的门窗市场信誉太好了,建筑商纷纷订货,他送货上门4天里就睡了半宿觉。此时,他最大的心愿就是实打实地补足睡眠,但还没睡着电话又响了。热水镇一处在建的住宅楼需要他生产的门窗。他二话没说装上车就走。到热水镇卸完货已太阳落山，购货方为他预订了酒店。想到第二天还要送货，他谢绝了对方的热情款待星夜返回，走到三座店时又困又乏，迷糊中把车开到了路下。醒来时，周围聚了十几个人，他想站出来腿上却传来一股钻心的痛，怎么也站不起来。

"你撞人了，知道不？"

围观的人提醒他，刘云祥瞄一眼旁边的确躺着一个人，是个女的。

"先救她。"

刘云祥不假思索给交警打了报警电话，两个人同时被送进县医院。刘云祥腰椎骨折，他问：" "那个人怎么样？"他惦记的首先是被他撞伤的人。医生告诉他，她没事，通过住院治疗可以治愈。刘云祥人缘好，来看望他的亲朋好友络绎不绝，病房里的保健品、鲜花和水果多得装不下。他对家人说，把吃的东西给那位姑娘送过去，她孤身一人，怪可怜的。伤者是安徽黄山人，此地没有亲人照顾她。他自己下不了床，特别叮嘱护士，多关照一下那位安徽女子。住院期间，那位得到无微不至的照顾，刘云祥承担了她的全部治疗和护理费用。伤愈出院时，安徽女子来和刘云祥道别。

"刘大哥，谢谢你，你是个好人。"

回望来时路，虽然走得辛苦，可靠勤劳获得的财富让他心里踏实。

一年一度的松树台采摘节是富硒苹果的推介和销售平台。在绿色食品备受推崇的今天，很多人慕名而来，全市各主要媒体争相报道，百花谷也因此进入高光时刻。站在高处，秋阳艳照，绿蔼中的松树台村格外精致，流露出富庶殷实的面孔。从百花谷到富硒园，绝不是一个简单的演进过程,是生态意识的觉醒和大自然理性的回归。我蓦然想起一则金苹果的故事,一位小伙子在密林中救活一位美女,美女无以报答,送给小伙一个苹果树苗后便走了。小伙子把幼苗栽在山坳里,结出的苹果硕大浑圆,色泽饱满,乡亲们摘不净、吃不完。国王知道后下令把苹果树移植到他的庄园里。奇怪的是,苹果树不再结果,国王也生了大病。小伙向国王谏言:"你有悖民意,私欲过重,这是因果报应。"国王遂下令把苹果树移回山坳,果树再次开花结果,枝繁叶茂。此时,我们就站在百花公主陵墓遗址旁,心中暗忖,或许那个美若天仙的公主就是送树苗的人。

富硒苹果富了健康,富了生活,也富了他的人生。刘云祥担任赤峰市龙头企业协会副会长和果品协会会长。他的责任与担当不仅仅是百花谷,而是更多的富硒园。

"老万微语"背后的脱贫故事

王樵夫

努鲁尔虎山脉北麓,北纬41.8°,当第一缕曙光,照射在富饶的大黑山腹地,一株株菌芝在山林中破土而出……

从1997年以来,时任国务院总理的温家宝3次来到内蒙古赤峰市敖汉旗考察,并一再强调生态环境建设不能动摇。几十年过去,敖汉人没有辜负温总理的期望,经过长期的不懈努力,目前,全旗有林面积达561万亩,森林覆盖率42.22%,成了闻名全国的生态敖汉、绿色敖汉。2002年,联合国授予敖汉旗"全球500佳"环境奖。

而今的敖汉旗层层梯田绕山而转,水保坑、蓄水沟、闸谷坊布满山川,巍峨壮观,给秀美山川增添了新画卷。绿色敖汉的千山万壑,野生菌产量惊人,仅贝子府镇年产量就达750吨。

小蘑菇,大梦想。敖汉旗贝子府镇农民万春峰在小蘑菇上做起了大文章。他在3年的时间里,总投资2.2亿元人民币,建成千亩食用菌扶贫产业园。至2022年,该产业园已成为自治区最大的食用菌种植产业园及中国北方食用菌营销集散地,实现产值2亿元。

一、从需要做的事开始，然后去做不可能做的事

内蒙古敖汉旗万家菌业有限公司位于国家级自然保护区大黑山腹地的敖汉旗贝子府镇，总面积460亩。2018年，公司筹建时，法人代表万春峰在心里寻思，自己要做的事业，需要父老乡亲的支持，将来发展壮大了，自然也会惠及千家万户，而且自己又姓万，于是，万春峰申请注册了敖汉旗万家菌业有限公司，注册资金500万元。

公司筹建之初，即与上海市农业科学院食用菌研究所签约合作，从河北省聘请了食用菌业内专家出任公司技术总监，组建了业内一流的技术团队与管理团队，完全按照现代企业运营模式科学管理，为产业发展提供坚强的技术与管理保障。同时，他与北京、上海、福建、河北、新疆等地经销商建立了固定的供销合作关系，确保销路畅通，注册了鲜品商标"阿茹娜"、食用菌深加工商标"大黑山香菇"与"菇里香"，打造了自主品牌。此后，他又建立了万家菌业党支部和由有3个省市18个相关支部组成的敖汉旗贝子府镇千亩食用菌扶贫产业园党建联合体，共建共融、共享共赢，着力打造百年富民企业。

截至目前，公司已经拥有140多名在职员工，完成投资4500余万元，建成食用菌生产大棚210栋，完成水、电、路、菌棒生产车间，菌种研发中心，保鲜库，食堂，宿舍，办公大楼等生产生活基础设施建设；建设完毕并投产占地面积60亩食用菌深加工园区暨内蒙古赛恩吉雅生物科技有限公司；与克力代村正在筹建120亩香菇生产基地；与碧桂园集团签约合作，投资1800万元成立内蒙古碧萬弘农业有限公司，建成碧桂园集团在敖汉旗最大的投资项目——碧万弘食用菌扶贫产业园。项目达产后，年销售额达500万元以上，

带动130个贫困户脱贫致富。现又与敖汉旗政府签约，正在筹建万亩食用菌栽培及万吨食用菌系列产品深加工项目，2021年，完成投资2.2亿元人民币。

这个建立不满3年的私人企业，走过了怎样的艰难创业之路？万春峰，这个土生土长的农民，是怎样自己率先脱贫，尔后又带动乡亲们脱贫致富的？让我们从他的一则则微语的背后，寻找生动鲜活的答案……

二、如果你不出去闯一闯，你会以为眼前就是世界

1993年秋天，眼瞅着高三要开学了，可是，万春峰愁眉苦脸地坐在院子里，家里仅有的几只鸡围着他打转。家里的粮囤都没有粮食，鸡哪能从溜光的院子里找到吃的？从万春峰念小学时起，他们家在村子里就是出了名的贫困户，每年的口粮都不够吃。现在，大哥结婚分家另过，姐姐也出嫁了。这个家，只剩下年老体迈的父母，还有一个上学没钱、垂头丧气的他。

母亲又出去了。在万春峰的记忆里，每逢开学，母亲最不情愿做但不得不做的一件事，就是挨家挨户地为他借粮、借钱。万春峰是家里的老疙瘩，父母希望他能考上大学。

母亲回来了，一句话也没说。万春峰到现在还记得母亲的沮丧。不用问，借钱又碰了壁。年年借钱，亲戚和邻居都怕了他们家。常年有胃病的父亲瞅到老伴的样子，一句话也没说，披着衣服躲出去了。

万春峰躺在炕上，他想，自己上学没钱，即使勉强读完高中，顺利考上大学，毕业后也不一定能找到一份好工作。而念大学的昂贵学费，还得靠母亲出去借。万春峰一想到将来母亲借钱的情景，再看看眼前的困境，他下定决心不去念书。

但是，回家干啥？他觉得也要有一个规划。他从杂志上看到一个种药材的广告，于是，他与广告上的人联系，买来了种子，种了2亩多地，精心侍弄。虽然出了苗，但是不知是技术不行，还是种子不好，没有得到回报。他种药材失败了。万春峰纳闷。药材种植的每一步，他都是完全按照要求做的。比如种药材的土，万春峰亲自用筛子筛了个遍。

传统农业这条路走不通，万春峰不甘心，开始寻找其他出路。

他想，得出去走一走，说不准，会闯出一条路来！

三、一个不想蹚过小河的人，自然不懂如何远涉重洋

万春峰辍学的消息早就传到了邻村的同学家。同学的父亲就给万春峰捎来信，让他去他们家一趟。万春峰念书的时候，寒暑假经常去这个同学家玩。一来二去地，和同学的父母都熟悉了。同学的父亲看中了这个脸色白净却有些腼腆的小伙子。出来进去，他瞅出万春峰身上有一个优秀的品质：仁义能干。

二人见面，老人开门见山："我家新买了一辆车，你可以拿去开，但有一个条件，必须来我们家做上门女婿！"

万春峰听得有点蒙。他自小就喜欢车。就当前来说，开车，自然是最好的出路。但是，让他万万没想到的是，那个自己平时碰面就随着同学一起叫"姐姐"的人，竟然要成了他的妻子！万春峰脸红了，半天说不出话。最后，他唯唯诺诺地说："婚姻大事，得回家问父母。"

万春峰的父母一听喜出望外。因为对方的家境特别好，是当地的头等富户。如果和人家成了儿女亲家，他们家简直是高攀了。

万春峰的父母托人去提亲，半年后，举办了一个订婚仪式。大约过了7个月后，他和妻子结婚了。

"我的老岳父是我做生意的直接教授。"回想起当年做买卖的日子，万春峰深有感触，"我现在所有的生意经，都是和岳父学的。"

有了媳妇这个好帮手，万春峰如虎添翼。除了给各个商店送货外，万春峰和媳妇开着车，拉着大米、白面，走乡串户，用日用品换农民家里的玉米，然后再把玉米卖到北票市大黑山鹿场，赚取中间的差价。除此之外，他俩还拉上满车的货，去各个乡镇赶集市。天长日久，他和媳妇发现了一个问题，只要一下雨，货就从老家拉不出来了。冬天，车还会陷进冰窟窿里。

赚钱受天气的影响太大了。万春峰毅然决然地租下了贝子府镇卫生院的一排瓦房办起了批发零售商店。这里临近国道，交通便利。他们忙里偷闲还种着地，养着结婚时分得的几只山羊，小日子红红火火地过起来了。

在下乡送货的过程中，为了防止三轮车上的货物颠簸丢失，万春峰的媳妇扭着头，一直往后瞅，长年累月，颈椎落下了严重的后遗症。

当时，农村各个村子都有一些小商店，但是他们没有交通工具，万春峰就负责给他们送货，从中赚取一点差价。尤其是每年的夏秋季节，啤酒成了畅销货。但是，三轮车在平道上能拉30箱啤酒，行驶到上坡，因为马力小，就拉不上去了。万春峰只好在梁底下卸下15箱，拉到梁顶上，卸下来，空车返回来，拉上梁底下的啤酒，再到梁顶上把原来的装上，每一件啤酒可以赚3元，跑一趟，可以赚90元。装车、卸车特别累，万春峰为的是多挣点钱。有时，起早贪黑，能跑2趟。当半夜回到家，他一头栽到床上就睡着了。他回忆道："多亏年轻，睡一觉，睁开眼，又可以满血复活……"

想到当年艰难的一幕，万春峰满脸带着笑容。

冬天天气渐渐转凉,三轮车每天早晨都打不着火,启动不了车。所以,他每天都要早起1个小时,用来摇车。每次等把车摇着,他已大汗淋漓。

他一直坚持着干到1998年春天。

农村跑车的人越来越多,信息日趋发达。做小买卖竞争激烈,利润越来越低。当时,万春峰又琢磨了新门路。他想,如果去赤峰买一辆出租汽车,既能赚钱,又结交面广,多认识人,还不赊账。于是,他拿出多年积攒的6万多元,又向老岳父借了2万多元,买了一辆二手的夏利出租车。

万春峰举家搬到了赤峰市红山区。虽然跑出租车不赊欠,但是由于人生地不熟,有些打车人不知道要去的地方怎么走,而恰巧万春峰也找不到,这给初到赤峰的万春峰带来极大的不便。出租车司机每天起早贪黑地工作,风里来雨里去,没有周末休息的概念,很少有家人一起吃饭的时候,更别提陪妻子出去逛街了。亲朋好友相聚,更是少之又少。长时间窝在驾驶室里,每天要在车水马龙的闹市跑个200千米以上,不但需要强健的体魄,而且要精力高度集中,吃饭也不准点。跑完了一天的车,回到家里,他经常累得几乎瘫在床上。为了赚点辛苦钱,给孩子更好的教育环境,给妻子更好的生活,他一天工作十几个小时,还担惊受怕,因为交通违章或者被乘客投诉,都可能给他带来损失。他说:"那一段时光,付出了很多努力,忍受了很多的孤独和寂寞,只有自己知道。"

完成了一定的原始积累,万春峰决定回到家乡创业。他先后在贝子府镇创建了敖汉旗凯峰液化气有限公司、恒远供热公司、贝子府自来水公司3家公司。万春峰在微信里总结那段经历:"每一个优秀的人,都有一段沉默的时光。那一段时光,付出了多少努力、忍受了多少的孤独和寂寞,只有自己知道。不抱怨、不诉苦,而当日后提起这段时光,连自己都会被感动。"

可以说,万春峰发财了,致富了,"个人可以算是提前达到小康了",但是,他总是在想,怎样才能为还没有脱贫致富的家乡父老做点事情。

四、我就是做蘑菇的,不光种,还要深加工

贝子府镇位于敖汉旗东南部,地处努鲁尔虎山脉北麓,位于大黑山国家自然保护区,与辽宁省北票市交界,县道老宝线纵穿南北、国道305线横贯东西,地理位置优越,交通便利。总面积737平方千米,其中耕地面积24万亩,林地面积57万亩,草地8万亩。森林覆被率达到51%,保护区内层峦叠嶂,树木葱郁,鸟语花香,风景秀美,是一个天然、开放的动植物园。这里盛产野山食用菌,品类多、产量大,年总产量可达500万公斤以上。这些来自大黑山国家级自然保护区高山深处的野山菌,以其纯天然、零污染、营养丰富、色香味俱佳的特质,早已走俏长城内外。优越的地理环境和水温气候,极利于优质鲜菇种植,也为行业引领者——万家菌业的崛起,奠定了坚实的基础。

食用菌产业是一项绿色无污染、高效朝阳产业,不与人争粮、不与粮争地、不与地争肥、不与传统农业争农时,非常适合农户小规模生产。农户经营,人工成本不做计算,收入更高。万春峰有信心,在自身发展壮大的同时,引领带动农户建大棚、产香菇,努力实现家家上项目、户户都增收。

为利用好这一个得天独厚的自然资源,寻找适宜农民稳定增收之路,万春峰瞄准了这个商机,几次积极向贝子府镇党委、政府领导汇报。恰逢2017年末,贝子府镇党委、政府确定产业扶贫战略,提出建设食用菌扶贫产业园,带动推广人工栽培食用菌,强力发展集中、集聚、集约高质量的现代农业。万春峰多次跟随贝子府镇组织的考察团，到省外的河北平泉、辽宁朝阳。市内的宁城、松山、巴林左旗，旗内的四道湾子、金厂沟梁镇等食用菌人工种植基地和食用菌加工营销企业进行实地考察，深入调研了食用菌低、中、高端人工种植生产模式，种植技术要点，生产效益及风险指数，食用菌深加工企业生产流程，国内外市场前景以及食用菌产业发展与精准脱贫结合、致富百姓的经验。镇党委多次组织社会各界人士讨论分析，多次召开专题党委会论证研判。最终镇党委、政府理智、慎重、创造性地做出了发展食用菌产业、建设食用菌产业示范区的决策。同时，镇党委、政府决定选好带头人。在当地领导的心中，万春峰事业心强、视野开阔、思路清晰、经济实力雄厚，是一个有爱心、能干事、能成事的农民企业家，作为食用菌产业的领军人当之无愧。

万春峰也紧紧抓住这个为家乡父老脱贫致富贡献力量的机会，全身心投入发展食用菌产业之中。最终，在镇党委的支持下，企业制定了"通过野山菌深加工，打造品牌，提升知名度；通过食用菌种植、野山菌精深加工，致力打造食用菌特色小镇，努力把食用菌产业发展成为农民增收致富的主导产业，制订了兴建一方产业、发展一方经济、富裕一方百姓"的发展思路。

万春峰主动担当，不负众望，挑起了引领产业发展的重任，多方筹措资金，成立了敖汉旗万家菌业有限公司。2018年初，万春峰注册了敖汉旗万家菌业有限公司，开工建设贝子府千亩食用菌扶贫产业园。

五、让绿色产业润泽敖汉大地每一位勤劳的人民

不忘初衷，做实良心企业。万家菌业是在各级党委、政府的关怀和支持下发展起来的，因此，万春峰义不容辞地承担起助力脱贫攻坚、实施乡村振兴战略的神圣职责。公司成立万家菌业脱贫攻坚办公室，采取"四个帮扶、一个带动"的模式，即"帮扶无劳动能力的贫困户实现稳定增收、帮扶有劳动能力的贫困户实现稳定增收、帮扶无能力投资的农户零投入稳定增收、帮扶无产业项目村壮大村级集体经济、带动群众发展庭院经济，"认真实施带贫减贫、脱贫帮扶工作。按照"统一菌种、统一菌棒、统一技术、统一管理、统一销售"的"五统一"模式管理运营，科学规划、有序发展，把产业园建成脱贫攻坚基地、三产融合基地、新产品、新技术试验示范基地、科技培训推广基地，打造富民强镇主导产业。

在建设园区的同时，公司全力扶持和带动有能力、有意愿的贫困户和一般农户，发展庭院经济和设施农业，使食用菌种植在全镇有序、快速、全面铺开。公司采取"三包一指导"的方式，支持带动群众发展食用菌生产项目庭院经济，引领带动群众在房前屋后或庭院中建大棚产香菇，推动香菇种植产业在全镇全面铺开，做大做强。

"贝子府村一直都是传统的农作物种植模式，辛苦不说还得靠天吃饭，大伙只能是年吃年用，日子难有起色。用钱救济只能帮一时，但帮不了他们一辈子，所以必须得先改变他们老旧的思想，再改革种植模式，让老百姓自力更生。"万春峰决定变输血为造血，变被动为主动，变他帮为自救，通过食用菌产业平台，发展一方经济，带动群众发展庭院经济。一是在产业园外建棚种植香菇的，都要经过万家菌业专门的种植技术培训，保证农户遵守正规的操作技术规程。二是包菌棒供应，不让农户承担菌棒接种、发菌养护的技术风险。各户种植香菇的菌棒，全部由公司合作社进行接种发菌转色，合格后发放给农户。农户只负责菇棚的日常管理和香菇采摘。

三是包产品回收。香菇生产出来以后，万家菌业将统一按市场价格进行回收，并保证香菇销售的价格和利润，维护群众的合法利益。四是指导生产经营。万家菌业对上项目群众的香菇生产，全程进行技术、管理指导服务，手把手传帮带，确保上项目户家家都盈利、户户都挣钱。确保农民收入有保障、稳增长、可持续，增强农民的集体意识、合作意识、市场意识，推动食用菌产业规模化、组织化、市场化发展。经镇党委、镇政府协调，将171户1371名贫困人口的产业发展引导资金，集中投入万家菌业。万家菌业每年向这些贫困户按规定发放资产收益资金和企业分红资金，使其从中受益，年均发放受益金10万余元，还从京蒙协作、北京海淀区对口帮扶资金中每年拨出49万元用于贫困户帮扶发展。

同时，公司遵循"优先安排有劳动能力或半劳动能力贫困人口相应岗位就业"的基本原则，积极吸纳贫困劳动力到园区就业，帮扶政策倾斜，为其投保安全意外险，工资优先发放，食宿减免，年终福利慰问，设置钟点工、计件工等便捷岗位。截至目前，万家菌业已安排1000余人次贫困人口在园区内稳定就业，月工资均能达到1800~3000元，年收入10000元以上。2018—2022年，成功帮扶146名贫困人口脱贫，实现了"安排就业一人，稳定脱贫一户"的帮扶目标。此外，万亩食用菌栽培及万吨食用菌系列产品深加工项目达产，实现年产值2亿元；安置3000人稳定就业，人均劳务收入10000元以上；带动1000个建档立卡贫困户稳定脱贫致富，为全旗脱贫攻坚、乡村振兴提供产业支撑。

对有经济头脑、有意发展食用菌生产项目却因经济基础薄弱或没有土地、本人不能建大棚培育香菇的农民，万家菌业优先招到企业中，培训后让他们在园区内承包食用菌生产大棚种植香菇。待回收香菇时，再向菌棒赊销贫困户按比例分批次扣除菌棒成本。每承包1亩食用菌生产大棚，农民纯收入可达2万元以上。同时，万家菌业还设立96040元专项资金积极帮扶有劳动能力、有意愿的6个贫困户，在自家房前屋后建设大棚，公司负责菌棒供应、技术指导及产品回收。

公司联合党委成员单位刘家湾子、月明沟、王家营子等村，主动将壮大集体经济扶助资金投入产业园，由万家菌业在产业园内建设食用菌生产大棚，生产经营，每年给村里分红4万元以上，保证了各村集体经济稳定持续壮大，破解了部分村集体经济薄弱又无力发展壮大集体经济项目的难题。

在万家菌业的带动和影响下，贝子府镇的食用菌产业已经按照计划从示范园内走向园区外、走向周边乡镇。本镇克力代村3个农户建设食用菌生产大棚6栋，生产香菇5万棒；口琴村建设食用菌产业党员示范园，建设大棚8栋，生产香菇7万棒，每亩可获纯利润4万元左右，带动起从事食用菌种植的投资2000万元的荣晖农业、投资500万元的率丰农业、投资500万元的菇友农业、菌香福地等食用菌种植实体或合作社。万家菌业又与兄弟乡镇贝子府镇的丰收乡合作，建设起9座食用菌生产大棚，还为该乡8个贫困户建设食用菌生产大棚。

万春峰的"老万微语"里记载着这样一句话："男人的骨气在骨头里，而不是在拳头上！良心是我们的企业文化！"

为不断提升香菇的科技含量，公司与上海农科院食用菌研究所签约合作，进行专站研究香菇行业的技术前沿，先后研发了"敖香1号"，引进了"申香215""浙香6号""七河2号"等区域特色香菇新品。针对敖汉旗的气候特点，选育的"敖汉香菇"，菌龄短、抗寒、抗逆、子实体优质、生物学转化率不低于90%。万春峰说："下一步，我们将着力打造蘑菇酱、蘑菇胶囊、蘑菇罐头等休闲食品,还会打造以大黑山蘑菇为主的火锅底料等系列调味品,力求建成中国北方最大的香菇生产、最大的食用菌加工基地和最大的食用菌产品集散地。"

万春峰与每一位菇农,一同铸就"敖汉香菇"的梦想和骄傲。

万春峰说:"一枝独秀不是春,百花齐放春满园。脱贫攻坚虽然已经结束,但是在未来的乡村振兴道路上,将一如既往地为乡亲们办事,这是我的心愿。"

被人们称为老万的万春峰其实不老,他40多岁,干成了大事,大家高看他,称呼里自带一个"老"字。老万长得很年轻,看上去不到40岁,肤色白净,身材高挑,谈吐斯文,像个读书人。走进敖汉旗万家菌业扶贫产业园,他和员工们一样,换上从头到脚包裹严实的白色工作服后进入一座工厂,有5600平方米的加工车间、3000平方米的冷藏车间。眼前的景象让我们惊呆了:全部现代化的加工流程,从冲洗到速冻、烘干,再到包装基本上都有计算机控制,厂房里一尘不染,没有噪声和异味。走出厂房,取下口罩,一股烘烤香菇的味道刺激着我们的嗅觉和味蕾。敖汉旗的菌菇从这里发往全国各地。

崛起在那片黑土地

顾长虹

盛夏七月,踏进阿荣旗音河达斡尔鄂温克民族乡,一定会被这里的丰盈、富饶、美丽深深吸引。阡陌纵横的田野,劲头十足的黄豆秧,一行行一溜溜,郁郁葱葱,生机盎然。微风拂过,翻翻闪闪的圆叶,彰显着作为主人的骄傲与盛情;连绵起伏的群山,携手而眠,慵懒地伸向看不到尽头的远方;团团簇簇的柞树群分明傲慢地侵占山的伟岸,像霸道的情人依山缠绵,布满它们宽阔的胸膛;牧野田园式的村庄,白墙蓝瓦,绿树红花,散落路旁,总让人怀疑是否走进了电影里的天堂。草是崭新新的嫩,水是崭新新的碧,树是崭新新的绿,花是崭新新的艳,天是崭新新的蓝……漫山遍野的葱郁啊,油亮亮的,绘成了这片黑土地上最靓丽的风景画。

一、绿海中的红色摇篮

为这幅优美的风景画执笔描摹的乡领导们,为打赢脱贫攻坚最后的胜利,整日奔波在田野乡间。音河达斡尔鄂温克民族乡人大主席鄢世忱在富吉培训基地,热情地欢迎高明霞老师等一行人的到来。他用洪亮的男中音,为大家讲解了富吉培训基地作为音河乡的总体情况。

坐落在阿荣旗音河达斡尔鄂温克民族乡富吉村的富吉培训基地,早于2013年建成投入使用,七八年时间里,先后被确定为自治区农村牧区实用人才带头人培训基地、呼伦贝尔市农村党员干部培训基地、自治区农牧民教育培训示范基地。2019年,又被呼伦贝尔市委组织部确定为满洲里国门党建学院现场教学点,被清华大学确定为乡村振兴远程教学站教学点。别看深处边疆,一点也没耽误富吉培训基地发挥作用。

正是因为他们办得出色,引起多方关注。在内蒙古自治区农牧厅和市委、旗委组织部的关怀支持下,培训基地于2019年对基础设施进行了升级改造,使基地面貌焕然一新,功能更加齐全;又成立了由乡党委书记肖青鹤同志为组长的基地工作领导小组,下设办公室。乡领导们公认的"多面手"鄢世忧主席,自然兼起了这一重任,张罗起重新布置基地的各项具体工作。他先是在旗委组织部的指导下,带领几位同事先后到满洲里国门党建学院、河南省濮阳市农村党支部学院,针对基地管理、课程开发、品牌打造、师资配备、教学管理、展馆设计等方面考察学习。回来后,仅用15天时间,他制定出培训指南,对基地基本情况、教学设施、师资力量、课程设置、教学日程、实践教学、教学资源、教学布局、培训掠影等11个方面进行详细整理,同时形成了一整套基地规划设计方案。

首先,他将"农村党员干部培训基地"10个醒目的红色大字,镶嵌于楼顶。茫茫碧野,绿浪翻滚,二楼顶层处铺排的10个红色大字,如高高扬起的五星红旗,直入云霄,气壮山河。这是党的旗帜,这是党的基地。多少优秀的农村干部经过这儿的洗礼后,重新定位,奋力起航,投入热火朝天的新农村建设的大潮中。

为了使富吉培训基地的培训理念更加醒目，鄢世忧一改往日基地的风格，将党旗置于一楼刚踏入大厅时的门厅上方。鲜艳的党旗，入门即见，寓意着基地是在党的领导下，开展各项培训的。步入大厅，立刻会沉浸在一种庄严的氛围里。近50平方米的大厅内，被两侧各延伸出来的2块墙垛子划分成里外2个部分。外面部分布置简单却意义重大。左侧一面墙壁上，分上下2行，写有"基层党组织是乡村振兴的主心骨"几个红色大字；右侧一面墙壁上写有"实施乡村振兴人才是关键"的一行红色大字。这样的设计意在指明富吉培训基地两方面的培训体系，一方面承办农村党员干部的培训工作；另一方面承办农村实用人才培训工作。

一楼的大厅两侧墙体中间的2个垛子也是别有洞天。这2个方形垛子将基地的党群馆和民俗馆巧妙地"隐藏"其中。在迎门那面左右墙垛上竖刻"唯有学习　方能进步"8个红色大字，简单大气，激人奋进，大有一种来此处若不学习，枉此一行的气势，大概"润物细无声"就是这种感觉吧。

再往里走，垛子相视的2面墙上，分别刻着"才者，德之资也；""德者，才之帅也。"采用黑体字竖写，让人顿生敬仰之感。这句话意在重视德的培养，基地要培养出德才兼备的人才。

过了垛子，右侧展示的是"培训五大品牌"，即责任担当、美丽乡村、产业振兴、红色教育、民族团结等5个方面。因为阿荣旗是英雄王杰的故乡，基地将他"一不怕苦二不怕死"的精神，作为党性教育的品牌；而音河乡是达斡尔族和鄂温克族两个民族聚居的地方，民俗教育必不可少。左侧展示的是基地的办学定位——立足呼伦贝尔，面向内蒙古自治区，放眼全国，争取达到国家级规范化培训基地的标准。再往里走，挂的是基地已经被任命的牌子，其中"农村牧区实用人才带头人培训基地"这块牌已经被国家农业部确定了培训编号为05011，充分说明了基地的级别。另外5块牌匾分别为"内蒙古自治区农牧民教育培训示范基地""呼伦贝尔市党员干部教育培训基地""清华大学远程教学站""满洲里国门党建学院现场教学点""农村牧区实用人才带头人培训基地——呼伦贝尔农牧局认定"。6块牌子，6个阵营，6个不同方向的奋斗目标。有人说党建工作枯燥无味，那是他心中还未装满对党的忠诚与热爱。不然当你静静地站在大厅里，环顾四周，面对每一项寓意深刻的设计，你定会明白党永远在心中的激动与自豪。

安装于大厅最里面的电子显示屏上正滚动播出基地昔日培训的风采。看着学员们身着迷彩服、手举红旗在田地间迈着激昂的步伐，作为一名共产党员，有谁能不心潮澎湃？

在大厅的最里面，有一个学员们交流会客的小厅，它还有一个风雅的名字，叫"学友茶吧"。沙发茶几摆放的格局给人一种创业谋事的气度；旁边的橱柜里陈列着学员和当地特色农副产品的合影，彰显着学员的实力；三个紧握在一起的"手"形象地寓意着基地、党支部、学员"手拉手　心连心"一体化的内涵。鄢世忱介绍说："基地要与党支部互联互通、党支部要与学员互促互进、学员要与基地互帮互助，真正使培训达到实际、实用、实效的效果。"

2019年，富吉培训基地共成功举办了3期全国农村实用人才培训班，其中第二期培训班有来自吉林龙井和昌图的50名学员，有内蒙古自治区的50名学员，共计100人。恰好赶上了"七·一"党的生日，他们在一楼大厅举行了庄严的重温入党誓词仪式，所有党员同志们，举起右手，隆重宣誓：

"我志愿加入中国共产党，拥护党的纲领，遵守党的章程，履行党员义务，执行党的决定，严守党的纪律，保守党的秘密，对党忠诚，积极工作，为共产主义奋斗终身，随时准备为党和人民牺牲一切，永不叛党。"

激昂的宣誓，豪迈的壮语，嘹亮的声音，正穿越音河达斡尔鄂温克民族乡的上空，传向祖国的四面八方。那一刻，作为培训基地的组织者，鄢世忧的眼睛是湿润的。为制定培训指南而付出的不眠之夜，为安排学员吃住而跑前跑后的不辞辛劳，为合理设计教学内容而邀请名师的奔波劳碌……在这一刻，是那样值得。

二、工作落实在每一个细节里

"扶贫必扶智"，扶智就是扶知识、扶技术、扶思路。2019年4月才接手培训基地工作的鄢世忧，用1年多的时间，将培训基地打理成帮助和指导贫困群众提升脱贫致富综合素质的智力高地。

国家在2014年推行的脱贫攻坚计划，如一股温暖的春风，吹向了祖国的大江南北，吹到了音河达斡尔鄂温克民族乡。乡党委明确由鄢世忧担当脱贫攻坚工作的分管领导，协调推进脱贫攻坚各项工作。

接手工作开始，鄢世忧没急着入户，却先研究上级下发的文件。干活不由东，累死也无功。没把政策吃透，等于没找到工作思路。他一边学政策一边下村入户掌握各村屯现状，经过一段时间的努力，他对全乡的贫困状况有了全面的了解，也为今后开展脱贫攻坚工作打下了基础。

为了掌握第一手资料，他带领全乡包扶干部走村入户，摸底排查，测算评定。2015年末，全乡共识别符合贫困标准的贫困户757户1817人。通过1年的努力，2016年全乡脱贫356户834人。在摸排过程中，他发现全乡已经走在发家致富前列的大有人在，能带动全乡走向致富路的产业也不少，若是充分运用起这个资源，何愁百姓不富裕啊！音河达斡尔鄂温克民族乡脱贫攻坚这盘棋如何下得精准有效，鄢世忱早在心里盘算好了棋局。鄢世忱和镇委、镇政府一是建立健全领导组织，二是成立旗乡村三级帮扶网格化管理，三是积极构建大扶贫格局，四是要求驻村工作队履职尽责，五是推进产业发展促进精准脱贫。

他确立了"围绕产出做产业"的发展思路，推行的第一招便是借力阿荣旗鑫缘白瓜籽产销专业专业合作社。说起位于富吉村九三站的阿荣旗鑫缘白瓜籽产销合作社，总让人想起安徽省小岗村悄悄研究土地承包的事。所谓合作社，肯定是合作关系，阿荣旗鑫缘白瓜籽产销专业合作社的成立，自然也离不开几个人的合作。更要得益于音河乡这方宝地山坡地多，特别适合种植白瓜子。20世纪90年代，任乡长的吴玉霞在村民谢玉军的建议下，前去天津考察并引进了白瓜子种子。回来后，她确定以富吉村为实验村种植。等到秋收的时候，百姓的脸上乐开了花儿。一垧地能收入五六千元，对于20世纪90年代的音河达斡尔鄂温克民族乡来说，可不是小数目，村民们争着抢着在自己家地里摆上胖乎乎的大白瓜或者大棕瓜。

棕色的属于角瓜，产子，也叫葫芦子；白色的叫白瓜，产白色的子，统称为南瓜子。卖起来区别不大，种起来区别也不大。锄地、拔草、收瓜、打子，一样的程序，一样得辛苦劳作，经济效益却比其他农作物多很多。百姓们种的越来越多，销售量越来越大。村民张积峰发现了一个重大商机：百姓们秋收后的白瓜子入了仓之后，都被小商小贩们走村串户收走了，多少钱一斤得人家说了算。小商小贩们喜笑颜开地拉走一车车白瓜子，说是又转给别人进行深加工，再卖到出口商手里。这一收一卖，不知道中间赚走了村民们多少钱。如果村民们自己收，自己卖到出口商手里，那赚的可不止眼前这个数了！想法挺好，想做成，得有足够的资金，凭张积峰一个人，根本不行。一贯能张罗事的张积峰，想到了找人合伙。

说干就干，张积峰把村里有些积蓄的几个大户李宪文、孙书久、孙书仁、梁洪详、陈建国喊到家里，谈了自己的想法。没想到，一拍即合，大家都认同这个市场行情，先别算计能不能赚大钱，只要不赔钱，先干起来再说。大家热情似火，能多拿的多拿，能少拿的少拿，账本本写清楚就行。坚信大家只要拧成一股绳，一定能成事。2011年7月，由8人组成的阿荣旗鑫缘白瓜籽产销专业合作社风风火火地成立了，当年便赚回了成本，这不就意味着合作社成功了嘛！做大事的人，从来都是稳扎稳打，他们几人不是沉浸在成功的喜悦里，而是乘胜追击，继续扩大规模，设置收购场地，将走村串户式收货慢慢变成集中式收货，如果有愿意送货过来的，当即收货入库，更方便。

收货送货的过程，张积峰见识越发多起来，他发现如果引进深加工设备，加工完再卖成品还能增加收入。在这个事情上，几人又达成一致。张积峰第二年便从韩国引进了58万的设备。有了新设备，成品瓜子直接卖给出口商，大大提高了利润空间，也形成了完整的产业链条。随后大家继续投资，先后引进了5台进口设备，形成了白瓜子产业基地。从2013年形成规模化作业开始，到2015年合作社成立，阿荣旗增产增收近1亿元，他们被评为"国家级百强示范社"；同时，也带动扎兰屯、甘南、莫旗等周边旗县地区，一起投进白瓜子的种植产业中。2016—2017年，外商收购价格有所回落，但是合作社依然按照之前的价格收购百姓们的瓜子，所产生的损失都由合作社承担。用张积峰的话说："咱们成立合作社，不就是为了让老百姓都富起来嘛。合作社有这个能力承担，那就担起来。几家富起来那不算富，乡亲们腰包都鼓起来了，我们几个就没白张罗这个事。"

本乡本土有这么大一家龙头企业，在脱贫攻坚这项重任里岂能不发挥作用？鄢世忱早盘算好了这盘棋。当他把扶贫工作的计划和张积峰等人一说，大家积极响应。他们说，合作社的初衷就是带领大家致富，现在有乡政府扶持政策引导，合作社哪有不积极配合的道理。很快他们便在富吉村、长发组、前音河组的贫困户中间推出"扶贫种子工程"，即免费为贫困户提供白瓜子种子，由贫困户种植，不但给予技术上的指导，还负责派人监督贫困户种植的质量，确保所有瓜子保质保量地成长，待秋收后，再以每斤高于其他村民2毛钱的价格回收，保证每家每户每垧地收入达到1.2万左右，当年即可脱贫。

  带动贫困户脱贫可不是鄢世忱最后的目标，吃透扶贫政策的他，针对很多村年轻人外出打工、家里留守老人无法耕种而撂荒的实情，大胆向合作社推荐"土地流转"这一政策。将合作社经营得井井有条的张积峰几人，深刻领会了鄢世忱的大格局意识，不但领着乡亲们融资收购白瓜子、进行分红赚钱，而且果断做出决定，同意尽可能多地将土地进行流转。发展到2018年，流转的土地达到1745亩。他们依据地形特点，从流转后的土地中，选出适合种白瓜的山坡岗地，继续推行"种子工程"，即合作社出土地和种子，由贫困户出人力和机械设备，一起种白瓜子，秋后收入利润五五分成。大面积耕种，机器化作业，仅2019年和2020年两年，他们流转的土地，一垧地利润达到9000元，各自分得4500元。哪家贫困户只有一垧地呢？每到秋天，家家赚得盆满钵满，脸上都笑开了花儿。而剩余的土地，一部分由合作社成规模地种植黄豆，并进行深加工；另一部分种植中草药苍术，直接卖给太极药业集团，利润更为可观。

  开车行驶在田野间的公路上，望着阡陌纵横的大片土地，一排排泛白的黄豆叶随风摇曳，多像大海里卷起的层层浪花儿，更似撒着欢儿的娃娃们跳着欢快的舞蹈……再也没有一块荒芜的耕地，再也没有一处杂草丛生的田地，再也没浪费一寸土地。

除了种植白瓜，阿荣旗有着多年的柞蚕养殖历史，已经有很多人依靠养蚕发家致富。近几年来，阿荣旗稳扎稳打，实实在在地践行"绿水青山就是金山银山"的发展理念，加大蚕场管护力度，科学化、规范化地建设蚕场，严格按规定确定蚕场更新面积，通过严格控制放养量和食叶量、狠抓柞林资源保护，使柞树变成蚕农"摇钱树"，实现了经济效益和生态效益双丰收。车辆沟村贫困户李世杰在养蚕这件事上，更是实实在在地感受到了扶贫政策的好，感受到了帮扶干部鄢世忱主席对百姓的关心。

那天天色将晚，接我的车子正好路过李世杰家。司机说趁着太阳还没落山去他家蚕场还来得及，不然第二天就要往回折20多千米，太浪费时间。早已等着我们的村书记见到我们，简短介绍村里情况后，开门就朝车子走去。我还忐忑自己没有换运动鞋如何登山，村书记却说："开车上去，走着去得啥时候能到。""开车登山？能上得去吗？"曾经在阿荣旗生活过的我，对阿荣旗的山还算了解，虽不算陡峭，但也属高山啊，我带着满满的好奇心坐进了车里。车子开出村子，绕着山根，沿着两道车辙，盘旋而上。大概加大马力行车十几分钟后，车子将我们带到了村后的山顶上。下了车子，真有一种一览众山小的感慨；远处的群山被大片大片的阴云笼罩着，连绵的峰峦似有一层薄纱覆盖，绿得深沉而忧郁，显得更苍茫了。自半山腰处开始铺展开的田地，纵横交错；一行行已经吐樱的玉米，随风摇曳，正忙着传递爱的种子；一垄垄黄豆秧圆圆滚滚地掀着叶浪，此起彼伏，一副谁也不能阻挡它们的架势；更有一片片像遭人遗弃般委屈的土地，看起来什么都没有种的样子。村书记大概看出了我的疑惑，赶紧说："那可不是撂荒，而是重用呢，贴着地皮长的都是中草药苍术。土地流转后,好多大户都在上好的土地里种下了苍术,这也是扶贫一大特色产业。"话还没说完的村书记,低头指着我眼前的一块土地说:"你看,这块地里种的就是苍术。"我才发现,从远处看着像什么都没种,其实贴着地皮有矮矮的苍术苗。阿荣旗的地理条件恰好适合种植苍术,所以实行土地流转的村子,土地大户均与太极药业签订了合同,作为扶贫的一个大项目,在村民们中倍受推崇。

  站在山顶向西远望,富饶的土地让人感慨万千。转过身来到山后,看到的却是另一番醉人的画面:方圆百里的东山坡上,一丛一丛的柞树幼苗,像城市马路边被修剪过的榆树球,团团簇簇,绿意盎然。为了养蚕,农户将高大的柞树放倒,留下树根发出新芽,胖乎乎的蚕宝宝就在这一丛丛的柞树嫩叶中生长,完成4次蜕皮,吐丝作茧,完成它们伟大的一生。贴近山顶处的窝棚赫然入目。那是用塑料布遮挡的人字形窝棚。门口那面迎风飘扬的五星红旗,在这青山间显得格外醒目、庄严。这个窝棚就是贫困户李世杰家临时搭建的。这片柞树丛里,放养着他近10斤的蚕卵。若是今年收成好,他又能赚个十万八万的。

  自幼就在车辋沟村长大的李世杰,虽已40多岁,仍一身单薄,让人怀疑他是不是经常吃不饱饭。大草帽下被遮住的半个脸庞,烙着山风蹂躏的痕迹。他说他家是2015年立卡的贫困户,本就不富裕的家庭,赶上1998年水灾,颗粒无收不说,积攒的柴垛也被冲走了,没吃的、没烧的,农村的日子似乎就没了热乎气。恰在这时,父亲突然得了脑血栓,住院治疗全都是借的钱。2年多下来,彻底掏空了这个家。一贫如洗的时候,爱人无怨无悔地嫁给了他,让他觉得还有指望。结婚就开始还账的小两口,日子一直紧巴巴地熬到了2个女儿长大成人。看着人家养蚕他们也想试试,但没有本钱。

鄢世忧在第一轮入户调查的时候，就发现了李世杰家的情况，给他们建了卡，送来了扶持资金。2015年，李世杰用扶贫资金买了蚕子，第一年除去各种费用，剩下了3000多元。这可乐坏了他们夫妻二人。趁热打铁，第二年，第三年，二人一直坚持养柞蚕，家里的2垧多地能种苍术的也种上了，能种点口粮的就种点，日子发生了翻天覆地的变化。他逢人就夸党和政府的扶贫政策救了他们全家。

三、他们带了个好头

李世杰家正是养柞蚕贫困户的一个缩影。在鄢世忧的帮扶下，扶贫干部们注重因地制宜、因户施策，将养蚕的贫困户彻底带出了贫困的行列。而此时的鄢世忧，将第三部棋又放在了音河达斡尔鄂温克民族乡特有的吉雅泰休闲农业风情园、勒莫格日民宿风情园、达斡尔鄂温克民俗馆3处旅游景点。当我踏进吉雅泰休闲农业风情园的时候，着实吃惊，不断感慨"读万卷书不如行万里路"！

坐落在音河达斡尔鄂温克民族乡富吉村的吉雅泰休闲农业风情园，首先以其可以举办大型婚礼的植物园打动了我。我说的可不是露天的植物园，而是长着南方植物、挂着香蕉串的植物园。500平方米左右的果树产业观光体验园，整体是由温室做成的，室内绿色的南方植物、生机盎然。掩映其中的雅间被各种植物切割成了不同感觉。身临其间的人们，抬眼即见串串葡萄，伸手即可摸到香蕉树的枝干，玻璃栈道下的绿色让人不忍踏上去。坐在绿植下开怀畅饮，既可享受本桌的开心，也可兼得邻桌的快乐。而足可以摆下50桌的大厅，更让人体会到了现代化温室大棚的先进。

风情园主人于佳程热情地向我介绍起她和她老公创建这个风情园的故事。

女主人身材纤细，看起来也就30不到的漂亮脸庞，怎么也不能让我想到她的儿子已经17岁在读高一，女儿也上小学三年级。丈夫张明兴和她都毕业于呼伦贝尔艺术学校。于佳程毕业后选择回到故乡扎兰屯就业，男朋友为了陪她，依然放弃了回家乡赤峰。他们为了让日子过得更好一些，开始当钢琴家教，每个月50元。终于熬得有了点积蓄，他们便在扎兰屯市里办了第一家金帆艺术班。没想到异常火爆，很快第一家工作室就不够用了，于是，他们扩大到第二家、第三家。还有人建议他们周一到周五办幼儿园，周末办艺术班。

聘请老师、招收工作人员，没几年工夫，他们将艺术班办得风生水起。不但在扎兰屯有3家艺术学校，又在阿荣旗设立2家，真正地将培训事业做大做强了。

但答应要给爱人一个薰衣草花海的张明兴，一直记得自己的承诺。偶然一次机会，他和朋友到了音河达斡尔鄂温克民族乡，发现这里的绿水青山着实让人喜欢。考虑未来发展，考虑绿化行业有前景，最主要是这里可以满足他种下一片薰衣草花海的愿望，于是他果断成立了蓝天绿化有限责任公司，栽下了一大片树林，种下了薰衣草花海。政府看到他把原本的草甸子治理得井井有条，建议他开发旅游。一向能干的张明兴听取了建议，多方筹资，很快建起了总面积81.36万平方米的吉雅泰生态农业产业园，集种植、养殖、农产品产销全产业链、生态观光、都市休闲、康体娱乐、文化展示等为一体的大型旅游场所。

占地这么大的风情园，仅靠他们夫妻二人怎么能经营得过来呢？首先在鄢世忧和驻村干部们的建议下，园区积极响应党的号召，助力打赢脱贫攻坚这一仗，推进美丽乡村建设，每年吸纳安置附近村屯农民工80人左右，15%为贫困户，给他们提供工作岗位，扶持他们走出贫困的行列。给员工做饭的香云，因为家里地少，她家被列入贫困户。村里给她安排到风情园工作。尽职尽责的香云，非常珍惜这份工作。可能因为多日起早，平日也很辛苦，2018年9月3日中午，她突发心脏病晕厥过去。得知这一情况的张明兴夫妇，并没有因此而取消她的工作岗位，而是安排住院观察2天，确认无大碍后，又让她回家休养20多天，才允许她继续返岗。"张总夫妇对我们这些贫困户的关心，我们只能用好好工作报答他们了！"采访过程中，好几个受益的贫困户工作人员抢着和我说："我们养的羊送他们这儿，价格比市场价要高；我们种的蔬菜送过来，看都不看，也给高价；他们还给我们提供挣钱的机会，人得懂得感恩啊！"

人心都是向善的，鄢世忧和乡领导干部们，更是牵挂着百姓们的日子。抓好旅游景点带动贫困户发展这盘棋之后，鄢世忧和乡领导们心里盘算好的第四步棋则是养殖业。生活在农家院落，谁家不养个鸡鸭鹅狗，谁家牛羊成群也不是出奇的大事。但新立村刘春华养羊的故事，一直被乡里人传为佳话。

2013年春天，对于刘春华来说简直像天塌了一般。因为感情不和等诸多原因，她生活了十几年的家散了。刘春华带着上了初三的女儿回了娘家。把孩子送去学校读书，她拎着一个皮箱登上了南下广西的火车，她想出去闯一片天地给她前夫和村里人看看。外面的世界很精彩，现实生活很无奈。一没文凭二没能力无论到哪里除了遭白眼，就是被嫌弃。南方不行，她又跑到了北京，心想怎么也是北方，应该能好找活干。听说北京南边好找活，她冒蒙去了大兴，终于在一家私企找了个包食宿的管库房的活。一个月3200元钱的工资，刘春华心想虽然少点，也够她供孩子读书用了。

"那种日子，别提了，白天黑夜都是自己一个人，食堂的饭哪有自己做得好吃呢，孤独寂寞的感觉，好像能把人逼疯了。"刘春华说到这儿声音已然哽咽起来，我赶紧安慰她，听她继续讲下去。正当刘春华把电脑知识学得有点眉目的时候，原本成绩居于上游的女儿说什么也不上学了。家没了，本就愧疚的刘春华觉得女儿就是她唯一的希望，女儿不读书简直要了刘春华的命。她买了张火车票飞奔而回，对女儿又是骂又是打，女儿依然无动于衷。蹲到地上号啕大哭的刘春华，觉得日子一下失去了方向。

弟弟妹妹实在看不下去，东挪西凑了14万元钱，鼓励姐姐买羊。刘春华也觉得这是个好办法。她用14万元抓回了80多只好母羊。她第一件事先是让女儿天天出去放羊。她要求女儿白天背着干粮带着水，阴天下雨时带着雨具，不到晚上不许回家。坚持了半个多月后，女儿有些服软，想回去读书。怕伤了孩子的自尊心，刘春华给她换了个学校。还没等去上学，原来学校的班主任盖艳娥老师听说了此事，一个电话打了过来："你赶紧让那不听话的家伙给我回来，除了我这儿，哪儿都不能去！落下的课我给她补！"责怪中分明带着深深的关爱。孩子一听班主任老师的声音，眼泪噼里啪啦地掉了下来，第二天背着行李就去找老师了。

刘春华这颗破碎的心总算找回来点安慰。孩子有了着落，这群羊得管啊！整理一下行装，刘春华便和妹妹一家赶着羊进了大山里。支上竹竿撑起塑料布，搭个塑料窝棚就是住的地方了。这羊一放就是一年。

"那罪遭的，别提了。有一次正赶上大夏天，出门赶羊的时候，我妹让我带着雨衣，我说大晴天的不可能下雨，赶着羊就走了。结果进了山没多久，下起了瓢泼大雨，天地都混到一块了。我蹲在地上，号啕大哭，那一刻死的心都有了，心里在想这哪儿是一个女人过的日子啊！身上的羽绒马甲，浇透以后里面的水不往外流，只能脱下来拧……"我听着刘春华的诉说，心里感慨万千。

放了1年羊的刘春华,几乎过着与世隔绝的日子,整个人的状态都不对劲了。担心她的父母和弟弟妹妹都心疼她,说什么也让她再找个人一起过日子。还真让他们说着了,村里一直单身的小伙子上门来提亲。老妈语重心长地对刘春华说:"你得知足,小伙子人好,是村里公认的。你再错过了,可不好再碰上这样的了。"面对身材单薄、身高不到1.7米的眼前人,刘春华心里还是晃了一下前任个头1.8米、200多斤的样子。但禁不住家人的劝说,第二天便随小伙子去民政局登了记。回来她便赶着这群羊,带着一身债务去了小伙子那四处透风的家,开始了新生活。

"人不可貌相,人和人得处,虽然再嫁的时候心里有些委屈,但生活起来才发现,自己是多么幸运,我老公对我的好村里人有目共睹。"一口一个老公地喊着的刘春华,幸福之情溢于言表。自从嫁了过去,二人同心协力,虽然2014—2015年羊的行情不是特别好,但做事一向执着的刘春华坚信一定会好起来的。她趁着价格不高,反而换了一批质量好的基础母羊。待到2017年,他们终于迎来了属于他们的春天,她一下卖出了17万元的羊,不但还清了所有贷款,还买了一辆小汽车。

刘春华养羊赚了钱,出了名,再也不用遭人白眼。那些说他俩过不长的人也都闭上了嘴。此时,恰逢村里给贫困户下拨的贷款到了账。这笔贷款原本就是用于扶持贫困户。秋后保本返款后,利润贫困户分红。这笔钱交给谁用,能不能拿回来钱,可是大事。一直背着贷款的刘春华,是第一批建档立卡的贫困户,她养羊获得成功,一下提醒了村干部。鄢世忧和驻村工作队的干部们一起开会研究后,一致决定将这笔钱交给刘春华,让她继续扩大养羊规模。大家相信,这钱到了她手里不可能瞎了,秋后一定能拿到分红。

刘春华面对大家的信任,二话没说,勇于担当。这还不算,村里扶贫工作材料多,一直找不到合适的人整理,大家又想到了刘春华,选举她当村上的组织委员。因为有库管那段工作经历,面对电脑她并不陌生。她又一口答应了下来。有贴心的老公管理羊群,她相信自己干得了这个活。于是,村里人经常会看到背着笔记本赶着羊群的刘春华,席地坐在羊群后头办公的身影。

生活往往就是这样,越努力越幸运。这群羊经常给他们带来意想不到的惊喜。有一天,刘春华在沟塘边放羊,丈夫打电话说:"有只羊下了3个羊羔!"没过半个钟头,又打来电话,"又有一只羊下了4个羊羔!"没过多久,电话又来了:"媳妇儿,你快回来吧。又有一只羊下了,一下子增加了11个羊羔,我自己实在伺候不过来了!"挂了电话的刘春华,骑上摩托车就往家跑。雨后山路泥泞,一个不小心摩托车将她甩出去十几米远,她顾不得那么多了,爬起来骑上摩托车继续往家跑。她想着,刚出生的小羊羔必须人工喂奶,万一耽误了,岂不是太可惜了……

日子越过越红火的刘春华,没让贫困户们失望,大家都拿到了该有的分红。在山坡上迎着夕阳赶着300多只羊,刘春华顾长的身影散发着幸福的光辉。羊群里撒着欢儿的小羊羔,蹦蹦跳跳地围着羊妈妈打转转,时不时发出咩咩的叫声,这是一幅多么感人的画面啊!似乎在告诉所有人,只要肯努力,贫困肯定会被你抛在遥远的山后。村里于2016年识别的贫困户40户97人中,9户享受菜单扶贫,已顺利脱贫。养牛最多的人家达到了66头的规模。养马的、养鹅的也都发展壮大,大家受刘春华的影响,干劲十足,逐渐走出了贫困户的行列。而刘春华更是早早退了那张"明白卡"。

鄢世忧逐村逐户走访的时候发现很多外出打工人家的院落因无人打理,蒿草竟长到一人多高,实在荒凉。若是一家还勉强能接受,一个村子多家院落出现这样的情况,就会让人觉得没了希望。

长期下去,老年人无人照顾,年轻人更不想回乡,村里还谈什么发展啊!鄢世忧主席看着田地里大片的苍术,一下想到了在各家的院子里种上中草药,如苍术、芍药、金莲花,那情景该有多好啊!有人花高价回收药材不说,最主要的是这些药材长起来后,大朵大朵的芍药花儿争相开放,红的、白的、粉的……满院飘香,满村飘香,满乡飘香,一幅多么美好的乡村美景图啊!

他的创意得到乡村领导的一致认可,他给这项策划取了个很好听的名字——打造"微药园"工程。所谓"微"体现在种植面积小、规模小,也寓意着中草药种植刚刚起步,意在调动贫困户的积极性,种一分地不嫌少,种一亩地不嫌多。16名帮扶干部,给这些贫困户买了药种,买了书,有时间就去家里指导。全村符合种植条件的63个贫困户都有"微药园"。用鄢世忧的话说,"微药园"实现了3个效益:一是经济效益,卖药材赚钱;二是环境效益,农村人口外出,庭院荒芜,长蒿草,显破败,种上药好管理,改善环境;三是社会效益,让种植户勤劳致富。大家忙起来了,就没闲工夫东家长西家短了。尤其63岁的王国臣,家里没"微药园"的时候,闲得总是攀比个没完,不是嫌村上给他少了,就是挑给谁多了,没事就去村部说他的不满意。自从有了"微药园",他每天拿个小板凳,坐在园子里侍弄他那8分地的药材,又是浇水,又是除草,又是施肥,忙得不亦乐乎,把那挑毛病的"活"早忘脑后去了。

作为音河达斡尔鄂温克民族乡人大主席,作为领导班子成员,鄢世忧就是这样一腔热忧扑在百姓们的幸福路上。修整"微药园"的农户家里,会看到他推着单轮车一车一车地把土拉回家;白瓜子基地修建厂房的工地里,会看到他拿着手写的意见表一张一张地给大家讲解;养殖户扩建牛棚的施工现场,会看到他指挥抹水泥的工人多抹上几下……

经过几年的不懈努力，音河达斡尔鄂温克民族乡在党政领导班子的带动下形成了"淀粉做大、南瓜做强、五荒披绿、圈圈牛羊、木耳遍养、稻麦飘香、培训强基、旅游兴乡"多种产业并存的发展格局。截至2020年7月，未脱贫贫困户仅剩3户，贫困发生率下降为0.08%。没有谁会随随便便成功，音河达斡尔鄂温克民族乡这片黑土地上，勤劳的人们在乡领导们的带领下，正日益崛起，奔向属于他们的美丽乡村，为建党100周年献上了最珍的贺礼。

被星星围住的阿丽玛

顾长虹

我们乘坐着绿皮小火车,从大兴安岭密林深处的满归出发,一路奔向呼伦贝尔大草原。深秋的大草原竟是满眼凄黄,我心中不禁涌起阵阵失落,掩饰不住地蔓延到眼神里。我这点小情绪当然没能逃脱阿丽玛聪慧的眼睛。她侧头看了我一下,并没有说话,而是在手机中打开一个链接,然后递到了我的眼前。

于是,蒙古族特有的呼麦和长调缓缓地从手机里传了出来,接着,手机屏幕徐徐拉开了一幅无与伦比的画卷:莫日格勒河畔、玛拉盖哈达山脚下丰美的绿草地,随着起伏的山坡优美地延伸着,延伸着,直到与那瓦蓝瓦蓝的天相接。那醉人的绿啊,肆无忌惮地铺满了我的双眼,铺到了我的心坎里,盖住了我刚刚那一点不该有的失落。忽然,满眼的绿草地上,一长队棕色骏马迎风飞奔而来,高高扬起的马头、随风飘舞的马鬃,俨然奏出一曲奔腾着的欢歌。继而两队,一群,两群,一片,一大片……一瞬间,莫日格勒河畔,万马奔腾,奋勇向前,气壮山河,似乎它们要跨越整个草原。

一、金凤凰的家依旧是草原

这些画面，是2011年7月12日陈巴尔虎旗那达慕大会当天万马奔腾的盛况。为了实现这一盛况，阿丽玛的父亲花费了半年多时间。因为担心马在奔腾过程中会受伤，牧民们开始并不支持。

阿丽玛的父亲呼特仁嘎是陈巴尔虎旗马业协会主席，为了完成这个心愿，他前后走访了660多户牧民。他告诉牧民他要跟大家一起找回昔日"万马奔腾"的壮观场面，给草原的后代留下珍贵的记忆。他还给他们讲解经营好每一个小家，才会拥有一个国泰民安的伟大国家的道理。后来，牧民们终于被他的执着感动了，拉着帐篷，带着儿女，甚至有的不远几百千米，辗转多日来到莫日格勒河畔，上演那一场空前绝后的盛况。这场"万马奔腾"活动，顺利地打破了大上海吉尼斯纪录，为呼伦贝尔大草原铸造了又一座丰碑。

然而，正当大家还沉浸在"万马奔腾"成功的喜悦中时，呼特仁嘎却突发心肌梗死，于2011年8月1日凌晨，永远倒在了莫日格勒河畔。

听到消息的牧民们放下套马杆，跳下马鞍子，纷纷赶往呼特仁嘎的身边，为他送去最后的哈达。

而远在安徽读书的阿丽玛最懂得父亲的心愿，她在冥冥之中听到了父亲的召唤：要回到草原，这里的人们需要你。阿丽玛怀着对父亲的思念，毅然放弃城市里的大好前程，一心奔向草原，担起陈巴尔虎旗东乌珠尔苏木专职妇联主席的重担，巡着父亲的足迹，开始每日奔波在千里北疆，用她的实际行动，传承着父亲爱草原胜过爱生命的家风……听着阿丽玛讲述父亲生前的故事，我对于这一对父女开始有了新的认识。

老舍曾如此描写陈巴尔虎旗的大草原："在天底下，一碧千里，而并不茫茫。四面都有小丘，平地是绿的，小丘也是绿的。羊群一会儿上了小丘，一会儿又下来，走在哪里都像给无边的绿毯绣上了白色的大花。那些小丘的线条是那么柔美，就像只用绿色渲染，不用墨线勾勒的中国画那样，到处翠色欲流，轻轻流入云际……"老舍先生的陈巴尔虎草原吸引了天南海北的游客来到这里寻找梦中的绿草如茵，来体验丽日蓝天下的策马奔腾。。

然而，从2016年开始，呼伦贝尔域内降水偏少，温度偏高。满洲里市、新巴尔虎左旗、新巴尔虎右旗、陈巴尔虎旗、海拉尔区以及鄂温克旗的高温干旱情况最为严重。没有牧草，冬天大量羊群死去，牧民们的生产生活受到严重破坏。这样的情况，一直持续到2017年夏天，仍然没有改变。

那年，我的两个朋友，一个从江西宜昌，另一个从福建厦门不远千里来到呼伦贝尔大草原，就想听牛马低吟，看蓝天白云与草地相连……可是，当我陪着她们踏进陈巴尔虎旗金帐汗旅游景点时，看到的却是斑驳裸露的沙土地，发黄干枯且几乎紧贴地面才寻得见的一层草皮，可怜得直让人揪心。

按照往年，七月的草原正应该芳草萋萋，似麦浪翻滚，可她们不仅没见到照片上的绿草如茵，还被突然刮起的大风卷着的沙土，打得脸生疼……没能如愿以偿躺在草地上拍照的厦门女孩，一个劲儿抱怨网络都是骗人的……其实，她们哪里知道，呼伦贝尔大草原从2015—2017年，已经连续3年如此干旱，当然难见昔日的绿草如茵。

回到陈巴尔虎旗工作的阿丽玛对这片草原太熟悉了。2017年11月，遵照党的十九大精神，陈巴尔虎旗迅速组建脱贫攻坚工作队深入基层。阿丽玛便被下派到海拉图嘎查担任书记及第一书记、驻村扶贫工作队队长，成了全旗唯一的最基层的女书记、女队长。

二、既然我选择了你们

阿丽玛知道一项艰巨的任务摆在了眼前。作为一名女同志深入牧区工作，会有太多不便，阿丽玛的困境可想而知。可在草原上长大的阿丽玛一直记得父亲从小教给她的话："我们额日根家族从来都不说'不！'"

虽然工作局面一时开展不顺，但阿丽玛不急不躁，她相信"在天上圈星星"的父亲一定会默默地帮助她。阿丽玛刚一上任便开着妈妈的车子，飞奔在各个嘎查之间，了解着各种贫困情况。经过1个多月的奔波，阿丽玛理清了海拉图嘎查位于东乌珠尔苏木西南部和北部所有的土地面积、植物种类、河流数量等，弄准了15个贫困户的具体分布。

阿丽玛负责的海拉图嘎查南北跨度大，南部扎哈地区被称为"南海"，北部胡列也吐地区被称为"北海"。"南海"和"北海"的牧民因为划分草场一直心有芥蒂，而嘎查的28名中共党员又因草原连续干旱导致牛羊缺少草料而焦虑，人心涣散，党员之间并不团结，党建工作相对落后，支部作用并不大。了解这一情况后，阿丽玛认识到只有让党员充分发挥带头作用，嘎查工作才能稳步提升，才能继续打好脱贫攻坚这一仗。阿丽玛深知一个道理：帮人帮到底，扶人先扶心。她知道得让牧民们从内心深处懂得国家政策的好，让党员们齐心协力往前奔。于是，阿丽玛果断决定，召开党员大会，把党员的心先拢齐。

阿丽玛第一次来海拉图嘎查的时候，一眼就发现旗杆上的国旗在风吹日晒中已经褪去了光鲜亮丽的神采。国旗可是国家的象征，若是让边境线对面的外国人发现我们的国旗这个样子，这怎么行呢。在召开党员大会之前，阿丽玛特意去了一趟"北海"，为嘎查活动室换上崭新的国旗。因嘎查活动室面积太小，基础设施也相对落后，"南海"的牧民也要多走很长的路程。阿丽玛决定将上任后的第一次党员大会设在东乌珠尔苏木政府会议室召开。

那天是2018年3月12日，阿丽玛怀着急切的心情等待着党员们从草原深处赶来。她早早地将会场擦拭一新，担心辛苦赶来的党员们口渴，又在每个座位上摆了水。下午2点左右，党员们三三两两地走进会场。当年近70的查嘎乐基奶奶步履蹒跚地拄着拐杖，走进会场的那一刻，阿丽玛激动得眼泪围着眼圈打转。因为她深知查嘎乐基奶奶要儿子开着车拉着她，冒着大风，蹚着没有路且满是白雪的草地，从几十里外赶到会场有多不容易。阿丽玛赶紧让她老人家坐在前面，并给查嘎乐基奶奶施以蒙古族最尊贵的礼节。

阿丽玛上任后的第一次党员大会就这样隆重召开了。会上，阿丽玛向党员们传达完党的十九大会议精神又将嘎查的党务工作进行了系统的规划和安排。阿丽玛就这样雷厉风行地展开了她作为嘎查书记兼第一书记的工作。

开始还对阿丽玛存有怀疑的嘎查老党员，也被阿丽玛侃侃而谈的风采折服了。一直在嘎查起着重要作用的老党员巴亚尔图在会上直接表态："阿丽玛，你在苏木妇联工作做得好，我早有耳闻。今天你主持咱们党员大会，这么亲民、接地气，老哥哥我信服你，以后咱们嘎查的工作，只要你书记说一句话，我能做的二话不说。"听此，阿丽玛眼圈里的眼泪再也含不住了。查嘎乐基奶奶更是拉着阿丽玛的手说："多好的娃娃，又漂亮又能干，像你的爸爸。丫头你好好干，只要你一心为我们着想，奶奶都给你投赞成票。"

而阿丽玛也趁这个机会，与党员们坐在一起深入了解基层情况。在党员们离开之前，用来沟通思想和安排党务的微信联络群已经建立起来了。

老党员们给阿丽玛吃了一颗真诚而沉重的定心丸，她没有任何理由不努力。为了将工作做得踏实有效，身兼数职的阿丽玛决定，亲自走访嘎查113户牧民家，了解每一户家庭的实际情况。海拉图126万亩草原，阿丽玛要走个遍，这可不是一件容易的事。就在3月末的一天，阿丽玛接到旗委通知，旗长特木日胡是海拉图嘎查的帮扶领导，那一天他有会议走不开，便安排秘书阿斯如带队到海拉图嘎查下户。

阿丽玛和他们约好分头行动，下午在旗里汇合后，阿丽玛便朝南奔牧民家里。而朝路口北行的旗委秘书一行，到了晚上8点多，仍不见回来的消息，电话更是打不通。这可急坏了阿丽玛，更急坏了旗里的领导们。冬天里的大草原上，肆虐的白毛风不消几个小时，就能夺人性命。一场大雪过后，乌云遮日的天空苍茫得没有边际，地上没人膝盖的白雪更是一眼望不到头。曾经的国道没了踪影，曾经的羊场小路更寻不到痕迹。出行的人们要么得用重型推土机推出一条道路，要么只能踩着没过膝盖的大雪步行。而秘书一行人，大概就是行进在推土机推出来的路上，不小心卡在路边的大雪地里了。

阿丽玛急得团团转，拿起车钥匙想亲自去找，旗里领导不让她一个女同志贸然前行。机智的阿丽玛一下想起微信群，赶紧在群里喊话："谁家距离旗委秘书的车子行走的路最近，能不能想办法赶过去救援？"党员大会上给阿丽玛说丫头有事给老哥哥打电话的巴亚尔图，立刻在群里回话："阿书记别着急，听你说的情况，他们应该距离边境不远，我们这就去部队，让他们帮忙用大型铲雪车开路，这样能多争取点时间。"阿丽玛看到嘎查的老党员第一时间支持自己的工作，激动的心情真是溢于言表。1个多小时后，巴亚尔图打来电话说，他和另一个党员巴特日朝克图一行人马上进入无信号区，让旗领导放心，等他们救援回来一定先给他们回电话。

　　草原的夜晚沉寂而神秘，偶尔传来的几声狼叫，让人胆战心惊。不知道旗委秘书他们到底怎么样，所有的人都不想回家。时间就在滴答滴答的声音中走着。这样的等待煎熬且漫长，把人的心揪得生疼生疼的。终于在凌晨1点多，阿丽玛的电话响起了铃音，旗委秘书回话：他们的2个车已经被安全救回，就近在牧民家里休息了，明天再返回。原来，晚饭前，苏木的达格日勒图就已经安排附近的牧民去救援，谁知在他们距离旗委秘书的车只有几十米的地方，车子也陷进了雪地，2个车上的人只能遥遥相望，毫无办法，只能等着救援。

　　这一场生死大救援，一直都在阿丽玛建的微信群里直播着，当安全救回的好消息在群里公布的时候，所有党员的心也终于放下了。大家因为一起度过了一个紧张而揪心的夜晚，心与心走得更近了，深深地感受到了党和人民时刻在一起的真切，感受到了牧民之间彼此牵挂的真情，更感受到了现代化的沟通方式——微信群的便捷。这一次事件也给了阿丽玛提示：要充分利用好微信群这个阵地。于是，阿丽玛无论多晚，都要把笔记的内容，发在微信群里，便于党员及时记好笔记。党员们记完笔记也马上拍照片发到群里。各个党小组如果有什么需要，大家也在群里及时反馈；更是在微信群里交流和汇报各种学习活动。海拉图嘎查的党建工作，就这样有条不紊地展开了，像一盏引领海拉图嘎查113户牧民的航灯，照亮了牧民们前行的决心。

　　深秋的草原，被写满收获的金黄铺展得焕然一新。当想象中的无边碧绿换成满眼的金黄，心情也随着满世界的金黄荡漾开去。秋风略过，落叶随舞，更是平添一份草原的神韵。无数个草捆子，像点缀在黄色沙滩上的珍珠，一个又一个，一溜又一溜，一片又一片,随便拿起相机拍哪个角度,都是一幅浪漫的写意。一坡坡,一山山,无尽地延伸着、连接着,像秋天的诗句,一行行,肩靠着肩,脸贴着脸,浪漫、柔美,且富有旋律,诗中有画,画中有诗。

曾几何时,陈巴尔虎旗大草原并没有这样美好。

2015—2017年,3年连续干旱,草地上草是干枯的,牛马羊的饲料是靠国家救济或者买来的,牧民们的脸是凝固的。本来地处边境线附近的海拉图嘎查,因为边境补贴是按照户口簿上的人口数每人每年补助3000元,已经超过了国家规定的扶贫标准——人均年收入2952.42元。这意味着海拉图的牧民其实已脱离贫困线,似乎并不需要进行"脱贫攻坚"工作了。

事实上却完全不是这样:2018年3月到4月期间,通过入户调查,阿丽玛发现因病致贫、因白灾致贫、因经营不善致贫的贫困户很多。这些贫困户要么因病拖垮了家庭;要么因为雪灾导致没有草料,牛羊饿死大半;要么借高利贷,利滚利债台高筑,有的甚至欠款十几、二十几万了。这可真算是脱贫攻坚的"大户"了。

虽然实际情况如此,但贫困户是不能随便认定的。阿丽玛带领脱贫攻坚队的队员,根据旗委、旗政府和旗扶贫办的精神,按照苏木"识别到人、帮扶到户、落实到位"的要求,严格执行贫困户识别程序,重新确定贫困户。

巴图家的情况比较复杂。原来巴图想多养一些牛羊,增加一些收入,好改善儿女读书的条件。因此,他与牛羊多的大户签订了代养牛羊的协议,商量好代养牛50头、羊100只,代养1年后,牛羊按照原数送回,羔仔归巴图所有,草料由巴图负责。谁知,巴图签订了协议后,陈巴尔虎旗大草原就迎来了百年不遇的干旱,还一旱就是3年。干旱导致草原没有那么多牧草,要养活这么多牛羊,就得买草料。而草料的价格因为稀缺也比往年贵很多,巴图哪里有那么多钱。

就在巴图愁眉不展的时候，常年在草原上放高利贷的粮店老板刘玉强找上门来。禁不住劝的巴图听信了刘玉强的"高利贷理论"，很快与他签订了20万元高利贷，利息是5分。巴图满心以为秋后草场有个好收成，能还上贷款。结果，连续干旱，巴图没了退路，只能让高利贷继续叠加，不但本金还不上，连利息也"滚"了进去，债已经由20万累加到近30万。巴图被压得喘不过气来，整日以酒消愁，竟然养成了酗酒的毛病。妻子根本管不了他，抱怨连天，日子如坠冰窖，凄冷无比。

看到巴图这样的生活状况，阿丽玛没有急于做什么，而是多次来到巴图家里，跟他沟通，帮他树立生活的信心，不让他继续酗酒。同时，她与队员们想了一个万全之策：去信用社帮巴图贷款，将高利贷置换为银行贷款，遏制住利滚利的恶性循环。

敢在草原上给牧民放高利贷的人，用牧民们的话说"都不是一般人"。他们的心或许被天上的乌云染黑了吧。对那些已经走投无路的牧民，他们不伸出援助之手，却雪上加霜，用利滚利的方式，轻松拿走巴图辛辛苦苦1年赚的几千元钱。面对放高利贷这种违法行为，阿丽玛决定先正面找刘玉强谈判，看看能不能免一部分，如果不能免，把利息由5分降到合法范围内的2分，也能帮巴图省上几万的利息；如果刘玉强不配合，那就走法律程序。在走访过程中，阿丽玛已经知道草原上的高利贷一半都出自刘玉强这位开粮店的大老板之手。他这么黑心，怎么可能免利息呢？这场谈判，阿丽玛面对的困难可不小，可阿丽玛不服气，不去试试怎么就知道不行呢？

为了对付这位黑心的老板，阿丽玛提前做了一些功课。她先是带着巴图去了苏木的农村信用社，如实跟信用社主任说了巴图的情况，又帮他找来亲戚做担保人，先从信用社贷出了20万元。有了这

20万元，阿丽玛心里就有底了。她还跑去司法所，对司法所所长斯琴高娃说明来意。斯琴高娃所长答应得爽快："阿书记一心为牧民做实事，我这援助律师肯定跟上你的步伐，保证配合到位。"阿丽玛见律师这么支持自己的工作，心里更有底气了，让队员继续走访牧户，只身一人踏进了刘玉强的家。

得知来意的刘玉强，翻开柜子，拿出一沓子欠条，语气特别强硬地说："当初签合同也没人逼他吧，这白纸黑字都是他自己写的，你想让我降低利息，凭啥？"

"就凭你放高利贷是违法行为！"一向都是笑呵呵与人相处的阿丽玛，杏目圆睁，丝毫没有退让。

刘玉强根本不吃阿丽玛这套，还振振有词："说我犯法，你有什么依据，你拿出证据来。"

阿丽玛看刘玉强揣着明白装糊涂，掏出手机直接拨通了电话："司法局吗？斯所长，您好！我在粮店老板刘玉强家里，这里需要您的法律援助。您现在可以过来吗？"

没一会儿工夫，援助律师斯琴高娃便站在了刘玉强面前。她看了看桌子上的欠条，义正词严地盯着刘玉强说："你这不是违法行为，那什么是违法行为？根据最高人民法院《关于审理民间借贷案件适用法律若干问题的规定》第二十六条的规定，如果约定的利率超过年利率36%，超过部分无效。借款人可以要求出借人归还已收取的超过年利率36%部分的利息。"

接着这位律师像机枪一样，哒哒哒对着刘玉强列举一系列因高利贷还不起而产生的恶性案件，直讲得刘玉强一惊一惊的，刚才那趾高气昂的架势，一下子没了踪影。

斯琴高娃见他有了怯色，赶紧给了阿丽玛一个示意的眼神，突然站起来一拍桌子："巴图家这么困难，你于心何忍？阿书记这是帮你，你再不配合，等到司法介入你就有地方去了。"话还没说完，斯所长的手机突然响起，她接起电话急匆匆地跟阿丽玛打了个招呼，便离开了刘玉强的家。

阿丽玛趁势拿起那些欠条，握在手里，然后拿出存有信用社贷款的银行卡，对刘玉强说："现在你有2个选择，要么现在立刻拿到本金，之前的利息一笔勾销；要么继续利滚利，本金加利息你都拿不到，只能捧着一堆欠条而已！如果你敢做出违法的事情，我立刻申请司法介入。"

见到银行卡的刘玉强眼睛一亮，3年了，撒出去的本金拿不回来，他也急得团团转，态度立刻软了下来，问："你这卡里真的有钱？"

"当然，我作为脱贫攻坚第一书记，怎么可能骗你？"

"好，好，好，阿书记我算服了你了，你把本金给我，然后我只收2分利息，而且绝不是利滚利，这总可以吧？"

阿丽玛见刘玉强答应得这么痛快，见好就收，收回那一堆欠条，让巴图另外签订了一份合法的欠条给刘玉强。这一次"战役"阿丽玛成功获胜，一下子给巴图省了好几万元。

斯琴高娃躲在大门外没有走，见到阿丽玛走出刘玉强的家立刻迎上询问："怎么样，成了吗？我刚才配合得还可以吧？"

阿丽玛立即给斯琴高娃竖起大拇指："简直天衣无缝。你一进屋子，我看他就心里没底了。你这气势再一上来，他立刻'缴械投降'了。法律就是一把利剑，任再胆大的人也得服从！"

"太好了，下次继续！"2个年轻人因拿起法律的武器为牧民做了实实在在的事，兴奋得拍起了手掌。

有了第一次的经验，阿丽玛很快找到了给第二个"大户"——给其木格放高利贷的夫妻。原来这对夫妻的丈夫是公职人员，手头有积蓄后就想到了放高利贷赚钱。当阿丽玛找到他们的时候,丈夫开始也是振振有词:"你们讲法律又能怎么样,老百姓们之间的事,谁也没逼着谁,根本不需要你们掺和。"

"作为公职人员,你还敢放高利贷,如果提起诉讼,你的工资将会被永久停发。"斯琴高娃所长义正言辞。

妻子吓得在一旁赶紧搭话:"你看看这欠条,哪有几个是他的名字,都是我的名字。写他名字的,我们不要利息,算帮其木格家了。没写他名字的,你们总不能扣他工资吧?"

阿丽玛立刻应道:"你敢说这不是他的钱吗?身为公职人员的家属,怎么可以这样强词夺理!难道看着其木格家这个状况,你就忍心拿他们家的钱?"

经过律师和阿丽玛的积极配合,开始还振振有词的这对夫妻认识到了自己的问题,很快就同意3年的高利贷免去前两年的,第三年拿回本金,象征性地收了合法的2分利。

阿丽玛脱贫攻坚战的第二仗依旧打得漂亮。短短1个多月,5个高利贷"大户"顺利"攻坚"了2户。这给了阿丽玛足够的信心和勇气。单位没有公车可用,阿丽玛也顾不得妈妈舍不得新车的心情,又奔向了下一个"大户"的征程。

那天中午,当她走到"北海"的牧民朝乐门家的时候,又累又饿。阿丽玛就喊着同行的苏木同事一起把车停在了朝乐门家的大门外。同事们一看到3条大狗汪汪叫着飞奔而来,吓得赶紧关上了打开的车门,却被眼前的一幕惊呆了:只见阿丽玛的车窗竟然被3条大狗团团围起来,它们抬起爪子使劲拍打着车窗。

阿丽玛似乎知道它们要干吗,轻轻摇下车窗。一条黑色的大狗,竟然伸出爪子就往阿丽玛的身上扑,舌头还使劲够着阿丽玛的脸,一副"不达目的誓不罢休"的架势,直看得同事们惊讶无比:

"它们怎么对阿丽玛那么好呀，难道它们也喜欢美女呀？"看到同事们诧异的眼神，阿丽玛下了车，挨个抚摸这3个"大家伙"，说："来的次数多了，它们跟我就熟悉了。"

进到牧民朝乐门家里，大婶已经给他们煮起了面条。当挺着大肚子的公务员白嘎丽给大家端来面条的时候，阿丽玛关切地问："距离预产期还有多久？"

"还有半个月。"白嘎丽说得特别轻巧，好像怀孕的不是她一样。

阿丽玛神情却严肃起来："咱们草原上的天气变得比小孩子的脸都快，万一早产咋办？万一赶上白毛风，出不去咋办？你赶紧收拾收拾东西，跟我走。"

白嘎丽的老公还有些迟疑，一看到阿丽玛坚决的眼神，便陪着白嘎丽乖乖地回屋收拾东西去了。同事们打趣："阿书记时刻不忘自己是妇联主席。"

原来白嘎丽只是来亲戚家串门，就这样被阿丽玛"顺便"给带回了旗里。结果阿丽玛的决策十分正确，白嘎丽没几天就生了，还是难产，若是在草原上生产，后果可想而知。

五月份的草原，积雪融化，有些小草芽着急地探出头，看着新奇的世界。忙忙碌碌的阿丽玛，在去往牧户家的时候，被11个草原姐妹截住了前行的路。听说新上任的嘎查书记是一位一心为牧民着想的女书记，还是苏木的妇联主席，她们特意在半路等着她，想让阿丽玛给她们也分上草场，摆脱"黑户"的帽子。原来这11个姐妹，都是没有草场的"黑户"。要么是当年草场确权的时候，正好不在家；要么是出去上学，家里并不知道也可以给孩子分到草场；要么干脆就是家长给忘了。导致她们有的成家以后，名下仍然没有草场，就像农民没有自留地一样，总觉得自己活得没有尊严。她们一心指望阿丽玛能帮助她们解决这个问题，从此过上有尊严的日子。

阿丽玛得知这一情况后，一边让11个姐妹正常走法律程序，向嘎查提交申请，说明具体情况；一边召开领导班子会议，研究如何解决这一问题。海拉图嘎查是拥有126万亩草场的大嘎查。牧民们主要的生活来源也都依靠草原。生活中，牧民常常会因为草场所属问题而产生纠纷，甚至大打出手。还有因外来人员占有草场，而引发牧民不满意等问题。这11位牧民姐妹草场确权的问题，正好暴露了历史遗漏问题。面对这样的实际情况，阿丽玛带领嘎查"两委"及驻村工作队深入草原走访调查，并亲自监督对已清退的草场、人员，清退后的管理、使用情况，进行了全面检查。包括对集体草场的租赁使用情况、相关合同、租金缴纳、设施建设等情况都做了详细的笔录和影视资料。

有了第一手资料，身为苏木专职妇联主席，阿丽玛当然懂得拿起法律的武器、维护妇女权益的重要性。很快，嘎查领导班子便达成一致意见：把嘎查的公用草场，分给11个妇女每人1000亩，还通过嘎查牧民大会共同签订了草场确权书。拿到确权书的姐妹们，激动地掉下了眼泪，握着阿丽玛的手说："阿书记是真心为牧民着想，和你爸爸一样，是真心对咱们牧民好。"

奔走在草原上的阿丽玛，虽然展开工作才短短几个月，却已经取得很多牧民的信任。当草原初绿、牛羊撒欢的时节来临的时候，每年一次的高考也到来了。阿丽玛一直关注的图亚终于如愿以偿，考上了自己理想的大学。可是她却为上学的学费而犯起了愁。原来图亚的爸妈因草场纠纷与人发生争执，犯了故意伤害罪，双双入狱。看到图亚的困难，阿丽玛向乡亲们发出了号召。大家一看阿丽玛在带头捐款，纷纷为图亚捐款。没过多久，阿丽玛与嘎查"两委"一起将大家为图亚凑的8660元学费交到孩子手上,并将其纳入低保户而努力着。

2018年的陈巴尔虎旗大草原,一别往日的干旱模样,地上的草儿像憋足了劲的壮小伙儿,伴着一场场春雨,就那样肆意地疯长起来。无边无际的翠绿,迎着晨光,像是刷了一层金粉,被风一吹,掀起了碧波金浪。各色各样的野花,这里一丛,那里一片,沐浴着阳光,在广阔的草原上争奇斗艳,散发着浓郁的芳香。而伴着草儿疯长的其实还有一样草原的宝贝,那就是各种中草药。奔波在草原上的阿丽玛,不是在"南海"走访,就是在"北海"调查。但她是女孩子,住在牧民家里实在不方便,忙完工作无论多晚,都要返回旗里的家中陪伴妈妈。

无边的大草原,给了阿丽玛无尽的力量和勇气。她觉得冥冥之中,爸爸就在天上陪伴着她、保护着她。6月末的一天,她开车行驶在"北海"的途中,见点点亮光在草原上一闪一闪的,时而紧贴地面,时而又高高悬挂起来。这引起了阿丽玛的注意:"不好!是狼群!可狼群不会站那么高。是灯光!是爸爸说过的趁着天黑挖药根的人!"

阿丽玛连犹豫的时间都没给自己留,一脚油门就把车开到了那群人跟前,下了车一个箭步冲到带头那个人眼前,抡起胳膊一巴掌打得他一个趔趄摔倒在地。"你们这群草原的败类,让你们挖药根!只要我阿丽玛看到你们,没得商量,就是打!"阿丽玛嘴上喊着脚上又踢了过去。打得那个带头的人爬起来一个劲儿告饶,同伙的几个人完全被阿丽玛的身手吓蒙了,扔下手里的工具就想逃。

阿丽玛一把捡起地上的工具,指着眼前这几个外地模样的人:"一个个都把鞋脱了放我车上,把手背到身后,来祸害我们草原还想跑,想得美!"阿丽玛说着话的工夫,打给派出所的电话已经拨出去了。

　　原来，无垠的大草原上，有着丰富的药材资源。每年这个时候，都会有人雇佣大批外地民工到草原上挖药根。每挖起一根药材就会把草原上的土地翻起。药根拿走了，一个小沙丘似的土堆也出来了，留下的坑像老鼠挖的洞一样。如果这时候吹起大风，小土堆上的土会逐渐被吹走，草原逐渐沙化，赶上干旱的年头，沙化的速度会更快。阿丽玛从小就受爸爸的影响，只要看到挖药根的，马上制止。学过散打的阿丽玛，珍惜草原胜过自己的生命。这几个家伙被阿丽玛吓住了。一直等到派出所的车开到跟前，阿丽玛才松了一口气。

　　有了这一次经验，阿丽玛趁势集合了奥都、苏宁、满都拉、吴尼亚日等年轻的牧民和工作队，深夜潜伏在草丛里，关上车灯，等待那些非法挖药根的坏人。果然这些人以为辽阔的大草原无人管理，抡起镐头挖起来。就在这时，阿丽玛率领一行人冲上去，人赃俱获，转交给公安局。

　　在阿丽玛的感召下，更多的牧民加入"拒绝采挖药材，维护草原母亲"的行列，正义的队伍越来越大。我问过阿丽玛："面对这些不法分子，你不害怕吗？"她说："生在这片草原，保护她就是我的使命。"很快，草原上又传开了：海拉图嘎查的女书记还会武功。吓得那些挖药根的组织者都放出风来：再也不去"海队"了，那女侠太吓人。

三、我们就是最亲的人

　　一分耕耘一分收获。整日奔波在草原上的阿丽玛，展开工作才短短几个月，各个方面均初见成效。一见到阿丽玛的车子开过来，牧民们一定会留她在家里坐一会儿，喝上一碗奶茶。若是到了查嘎乐基奶奶家，奶奶就会拉着阿丽玛的手，摸摸阿丽玛漂亮的脸庞，说上一句"多漂亮的娃娃，还这么能干，咱们海拉图嘎查飞出了一只金凤凰。"说完这句话，她还要让阿丽玛坐在她身边，虚寒问暖，拉起家常。阿丽玛用她对牧民们的真心，换来了实实在在的诚意。就连牧民家里的狗狗们，见到阿丽玛的车，从几十米外就开始飞奔迎接，见了阿丽玛也要扑上去表达自己的欢迎之情。

牧民们对阿丽玛的好，更给了阿丽玛动力，她没有理由让自己有任何懈怠。经历了3年干旱的呼伦贝尔大草原，终于迎来了自己的丰收年。2018年7月20日，在胡列也吐海拉图嘎查"巴彦顺布尔"敖包暨牧民那达慕大会隆重召开了。看着水草丰美、绿毯如茵的大草原，看着牛马羊悠闲地踱着方步，看着莫日格勒河又恢复了往日的神韵，阿丽玛不禁想起爸爸组织的"万马奔腾"。

农历六月初，又到了牧民们祭敖包的日子。阿丽玛早就知道被干旱的气候压得喘不过来气的牧民们，特别想好好祭一次敖包，祈求一年风调雨顺、五畜兴旺；特别想好好召开一次那达慕大会，庆祝一下今年的大丰收。原来阿丽玛是在一次走访牧户的时候，得知海拉图嘎查已经30年没有举办自己的那达慕大会了。说者无意，听者有心。心系牧民的阿丽玛那时候就下定决心，一定为海拉图嘎查的牧民们组织一场盛大的那达慕大会。

为了让嘎查的牧民们过一个开心的节日，细心的阿丽玛精心策划了多个奖项。首先是对新一代优秀年轻牧民给予奖励，希望他们永远保持积极向上的心态，用智慧和勤劳创造更好的生活；接着又对老一代革命工作者颁发奖状，给他们披上彩带，彩带上写着大大的"牧民贡献奖"，奖励他们用青春岁月奠定了嘎查"两委"扎实的工作，为草原、为家乡奉献了自己一生的辛勤汗水。一群大学生，3位获得市、旗级蒙古族搏克冠军的运动员，写了几十首词曲的作曲家诺敏、歌手萨仁朝克图，获得蒙古族手工艺最佳牧民奖的匠人，每天做着最平凡的事情的草原上的母亲代表，都被请到了台上领奖……

只要会唱歌的牧民，都自告奋勇拿起话筒，尽情地唱啊、跳啊……旗里的乌兰牧骑更是为大会献上了一个个精彩的节目；1968年的知青也特意回来参加此次那达慕大会，还特意献上了自己的画作。急不可待的摔跤手们，等不到他们歌声的结束，就已经拉开了摔跤的架势。那达慕大会必不可少的"男儿三艺"比赛就这样开始了。大人们忙着摔跤比赛，小孩子们也不示弱，就在场地的角落里，支起了摔跤的架势，一本正经地比起来；而少儿骑马比赛，更是掀起了赛场一波又一波的高潮；再小一点儿的娃娃，还不会摔跤，也不敢骑马，就跟着爸爸搬凳子，给主席台送过去。所有参会的人们，都被现场的欢乐气氛感染着，个个扬起幸福的笑脸。

没人在意比赛的结果，没人计较奖品的多少，就这样开心地看着、笑着，连90多岁的老人，也拄着拐杖扬起幸福的笑脸。

看着那达慕上兴奋又幸福的乡亲们，29岁的阿丽玛躲在一个蒙古包后面，久久地仰望着天空，泪水情不自禁地流了下来。

采访完阿丽玛的那天晚上，我们两人走在空旷的草原上。我问阿丽玛累不累。许久，她没有回答，我转过身，看见她正痴痴地望着天上的星星。阿丽玛指着天上的星星动情地说："累了就看看天上的星星，你看，阿爸正在为我鼓劲加油，他在告诉我，个人累点都是应该的，如果每一个共产党员都不计较得失，踏踏实实地做好自己的工作，那我们的国家一定会越来越繁荣昌盛！"

我看到了阿丽玛眼角的泪水，我想那是坚强的眼泪，那是不服输的眼泪，那是深爱着草原母亲的眼泪，那是更爱自己伟大祖国的眼泪……

憧景篇

·憧憬篇·

在兴安盟扎赉特旗,我们听的最多的是"稻梦星空"。第一感觉,这个概念好像是当下流行的沉浸式剧场。当我们来到好力保镇,看见一片无垠的绿色稻田,溽热的空气中弥漫着米香。引领人说这就是"稻梦星空"。我们登上十几米高的3层观景台,万亩稻田尽收眼底,稻海绿茵丛中呈现红色的天安门图案,下面是深褐色的大字"祖国,我是你的骄傲",转向另一面,若干卡通图案"米宝宝"跳跃在稻海的微澜中。有人惊呼:"这是农田吗?"这分明是一块儿巨大的绒毯,上面编织着精美的图案,绒毯边缘镶着各色花边。午时的阳光下,我们进入了梦境。稻田里坐落着造型各异的木屋,依照北斗七星的布局排列,远处各色"花边"是环绕万亩稻田的千亩花海,有紫色的薰衣草、红色的玫瑰、黄色的郁金香……行走在花海中,确有"忽逢桃花林","忘路之远近"的心境。扎赉特人自豪地说:"古有桃花源,今有稻花源。"曾经是国家级老少深度贫困区的扎赉特旗2019年4月脱贫,走上了美丽乡村建设的头阵,在大地上绣出一片锦绣。引领人希望我们留下来,夜晚时体验仰望星空、谛听蛙鸣的稻田梦境,我们留下了一个遗憾,把诗意栖息稻田的田园梦境保存在心里,努力呈现在纸上。

我们进入坐落在好力保镇"科技服务中心"后,更是惊奇。现代化的实验室里,巨大的3D荧屏演绎着水稻的成长过程,水温、土壤营养系数变化在计算机屏幕上显示着。原来,创作"稻梦星空"

的工厂在这间大约1000多平方米的实验室里。它融云计算、人工智能、互联网等现代科技为一体，农民的土地以股权方式加入其中。人们可以足不出户通过手机链接就可以收获丰收。在我们看来，这座梦工厂就是想象中的沉浸式剧场，它不仅上演着米宝宝的成长历程，也在上演着农民几千年追求的幸福梦。

我们离开兴安盟和呼伦贝尔市，经过乌兰察布市，最后来到鄂尔多斯市，横贯内蒙古自治区东北端、中西部，再向西南端，一路寻找脱贫攻坚战的典型人物和每一个为这场伟大的战役贡献力量的人们。他们都是这个时代的典型形象。我们在记录他们的同时，一再感受着追梦人的理想。

1200年多前，满怀忧国忧民情怀的"诗圣"杜甫，期待"安得广厦千万间，大庇天下寒士俱欢颜，风雨不动安如山"的民生，向往"秦城楼阁烟花里，汉主山河锦绣里"的盛世。一代又一代仁人志士，为了这样的人世境界追索和奋斗，前赴后继。

今天，梦，不再是期待。

梦想无止境，追梦人的脚步不会停顿。

·憧憬篇·

魅力乌审

李彦军　娜仁高娃

行走在毛乌素沙地，近距离感受新时代"牧区大寨"乌审召，只见处处生机盎然，绿色生态气息扑面而来，一幅宜居、宜业、宜游的生态文明建设美好图景，正在绿色乌审这片广袤的草原上铺展开来。

毛乌素沙地是我国四大沙地之一，横亘内蒙古鄂尔多斯市南部、陕西省榆林市北部、宁夏吴忠市盐池县东北部。国家林业和草原局提供的最新监测数据显示，毛乌素沙地总面积为3.8万平方千米，鄂尔多斯市占68.9%，榆林市占28.4%。

拥有天蓝、地绿、水净的美好家园，是每个人的梦想。昔日乌审旗瀚海黄沙、沙尘肆虐，多少文人笔下都痛心疾首地记录过这片土地的贫瘠和严酷，也怀着无限的敬意记载宝日勒岱、殷玉珍等战天斗地的平凡英雄的不平凡的业绩。如今乌审旗宛如丑小鸭变成了美丽的天鹅，神话般的传奇赋予这块土地无限的魅力，几代治沙英雄追索的梦想，不就是建设富民乐生的一片沃土吗？

一、大美乌审召

在鄂尔多斯高原东南部、毛乌素沙地东北部,有一片沙乡深处的风景、一处安居乐业的桃源,如同一段悠远的牧歌在此飘落,这就是"大美乌审召"。

乌审召镇位于乌审旗最北部,全镇总面积2000平方千米,下辖3个社区、7个嘎查村、41个牧业社,总人口15500人(其中农牧业人口8844人)。

"出门一片黄沙梁,一家几只黑山羊,穿的烂皮袄,住的柳笆房。""黄沙滚滚半天来,白天屋里点灯台。行人出门不见路,一半草场沙里埋。"这是乌审召过去百姓生活的真实写照,民谣中的情景已成往昔。

面对黄沙弥漫、风起沙移的残酷现实,以一代治沙女杰宝日勒岱为代表的乌审召各族干部群众,趟沙开路、问沙要绿,在浩如瀚海的毛乌素沙地掀起了一场绿色革命,通过铲除醉马草、"前挡后拉""穿靴戴帽"、兴建草库伦等方法,劈沙山,治恶水,植树种草,改造沙漠,建设草原,发展畜牧业生产,逐步改变牧区落后面貌,创造和发展了"治理沙漠、建设草原"的独特经验。

1965年12月2日,人民日报发表了郭小川的长篇通讯《牧区大寨》,一下子使这个名不见经传的小地方闻名全国,成为治沙造林的典范。乌审召镇也因此成为中国"绿色文化的圣地"。

勤劳淳朴的乌审召各族人民始终把防沙治沙、生态建设作为求生存、图发展、谋富裕的根本大计来抓,前赴后继地投入改善环境、绿富同兴的伟大实践中,书写出了一部荒漠化治理的绿色史诗。

几十年来,乌审召镇坚持以生态建设为立镇之本,不断扩大可利用草场面积，使饲草料基地稳产高产，实现了划区轮牧、林茂草丰、牛羊肥壮、畜牧业实力提升等。产业以畜牧业为主，农畜结合，主要养殖的牲畜为细毛羊、肉牛，主要种植的农作物和饲草为玉米和苜蓿。

近年来，还注重培育了一批现代农牧业发展带头人，建有奶制品深加工厂、养殖合作社、农机合作社、劳务公司、肉羊养殖示范户、草原建设示范户等农牧家乐示范户。

依托交通优势，按照集中连片种植的方式，实施镇区、园区绿色优质"菜篮子"工程和红葱种植业，及以四、五社为中心的生猪、土鸡养殖业；同时，依托土地和水电资源，发展特色种养殖业，注册了种养殖合作社，打造了"中乃红葱""中乃土豆""中乃羊肉"等绿色品牌；积极发展特色种养业，加生大土鸡、生猪、红山药等土特农畜产品的生产。

乌审召镇大力发展现代设施农业，已建成并投入运营的螺旋藻养殖企业有4家；同时，引进鄂尔多斯市轩赫农林牧开发有限公司，开展设施农业园区、特色农业生产区、特色农业观光休闲区、特色养殖区、无公害种植区、高档苗木种植基地和瓜果采摘区的现代设施农业项目。

乌审召镇牢牢把握"双百亿工程"建设目标，推进园区产业不断发展壮大与循环发展。目前，有内蒙古博源联合化工有限公司、内蒙古苏里格天然气化工有限公司、内蒙古毛乌素生物质热电有限公司和内蒙古远兴江山化工有限公司等7家规模以上企业、7家规模以下企业。

乌审召镇以天然气化工为龙头，以煤化工、盐化工、碱化工为互补，已形成科技含量高、资源消耗低、环境污染少、经济效益好的生态型循环经济。

乌审召镇不断完善城乡统筹示范区基础设施建设，规范螺旋藻养殖企业落地实施，规划建设现代设施农业及特色农业产业园，解决城镇居民及周边地区绿色蔬菜匮乏现状；走农牧业集约化道路，推进草原示范户工程建设；通过开展劳动职业技能培训，发挥优质矿泉水资源优势，引进大型饮品加工企业，开展饮品与农畜产品深加工及绿色餐厅加工工程等；建立劳动密集型和技术含量较低企业，利用浩勒报吉综合物流基地，鼓励农牧民设立商铺，扮演农畜产品经纪人等角色，主动开发市场，多渠道解决搬迁转移农牧民安置就业问题，实现社会服务均等化。

乌审召镇镇区已建成面积2平方千米，距离乌审召化工项目区7.5千米，镇区街道4横3纵，宾馆、商铺、超市等现代服务业体系完善；这里乌寒旗、鄂托克旗、杭锦旗、伊金霍洛旗4旗交汇，2条柏油路（察锡线、新西线）横纵贯穿全境，阿小线（阿蒙其日格至小壕兔）和乌嘎线（乌审召至嘎鲁图）2条高等级公路接通荣乌高速与包茂高速，东乌铁路过境长达30千米。

全镇6个嘎查村已实现通电全覆盖工程，镇政府所在地与5个嘎查村活动阵地之间实现柏油路或水泥路连接，阿小线至巴音陶勒盖嘎查4千米水泥路连接线已建成通车；按照"全域乌审城乡统筹"发展思路，镇党委、政府投入巨资，先后开工建设了乌审召镇绿洲社区、国有工矿企业棚户区改造项目以及干部职工集体宿舍和食堂建设项目。同时，乌审召镇还建成自来水厂与大暖公司，切实保障广大居民用水、取暖需求；建设污水处理场，加强环境保护。

乌审召镇定时举办查玛舞文化节、"乌仁海奇"剪羊毛大赛及那达慕大会，传承中华优秀传统文化；成立嘎查村、社区艺术团队，开展百日消夏广场等娱乐活动，为艺术爱好者搭建展演舞台，丰富广大人民群众业余文化生活。

乌审召镇加强基础设施建设，完善公共设施，以"一场"（文化体育活动广场）、"一厅"（便民服务大厅）、"三室"（卫生室、图书室、警务室）建设为重点，构建镇社区公共服务网络；大力发展镇社区文体事业，满足人民群众多方面、多层次、多样性的精神文化需求；强化社会保障，关注弱势群体，继续抓好城镇五保、低保、孤儿、残疾人、贫困大学生和大病救助工作，做到应保尽保，应救必助；推进医疗卫生体制改革一体化，继续完善新型农村牧区合作医疗和城乡居民养老保险制度；积极争取推行转移农牧民社会保障工作，切实解决就业问题；将解决就业、再就业工作放在优先位置上来考虑，千方百计解决4050人员就业难题；创新就业思路，拓展就业渠道，突破就业瓶颈问题，拓宽培训业务，加入市场要素，实现平稳有序的就业。

2016年10月1日，乌审召镇乌审召嘎查组织本嘎查300多名妇女成功举办了纪念中华人民共和国成立67周年暨首届妇女专题活动，通过开展免费为19位高龄妇女发放衣物，表彰奖励一批嘎查"优秀妇女干部""好婆婆""好媳妇"等先进典型个人，邀请知名心理学家举办专题讲座，举办刺绣等手工艺品展示、农牧民创业园物资交流活动、传统文体比赛、知识竞赛、农牧民文艺比赛及颁奖晚会等活动。

充满现代气息的乌审召镇，致力构建和谐民生。全镇农牧民在升学、就业、居住、医疗、养老等多方面都分享到了改革发展的丰硕成果，幸福指数不断提高。

乌审召镇地域辽阔，多为固定半固定沙丘，流沙滩地相间分布，225万亩草场被流动沙丘分割成零星片状；滩地富含水分，牧草生长旺盛，是当地主要放牧场。现有耕地面积5.73万亩，林地面积143万亩；全镇生态治理总规模已达181万亩。

乌审召地下水位浅,全镇境内有大量天然湖面和湿地,这些湖面曾一度遭受附近企业污染,但这两年得到良好治理,2016年就有大量天鹅飞来在此处栖息。

由于长期坚持植树造林、绿化沙漠,植被得到有效改善,绿化面积不断扩大,从前到处凸起的沙巴拉尔低矮了许多,有的地方近乎成了平原。乌审召本来盛产沙柳和沙蒿,如今乌审召庙四周树木成荫,一些过去长沙蒿的地方长出了柠条。

乌审召镇牢牢把握生态是最大基础的实际,大力恢复草原生态;以"点连线,线成片"的理念,依据土壤等因素恢复植被。经过努力,乌审召镇植被覆盖率达74%,森林覆盖率达33.3%,形成了一片绿意盎然的生态景象。因此,乌审召镇荣获了"全国绿色名镇""市级园林绿化示范城镇"等荣誉称号。

乌审召镇,因境内有乌审召庙而得名。乌审召寺又称"甘珠尔经庙",始建于公元1577年,自治区级重点文物保护单位。乌审召寺建筑造型独特、保存较为完整,扎荣嘎沙尔是全世界仅存的三座稀世宝塔之一。召寺宗教底蕴深厚,设有萨尼德(宗教哲学院)、栋克尔(教学、天文、历法学院)、珠德巴(密宗学院)、曼巴(医学院)等4所学术性机构。乌审召庙是鄂尔多斯四大佛教寺庙之一,以乌审召庙为核心的乌审召旅游区在2006年通过了国家AAA级旅游景区评审。

乌审召镇现有牧家乐、农家乐16户,分别从事手工艺品制作、文物保护收藏、文艺创作、文化传播、旅游接待、民族歌舞、赛马、射箭、搏克及保护和传承非物质文化遗产的文化户。

乌审召镇几乎家家户户都有擅长说拉弹唱的文艺人才,因此,需要表演一些适合游客观看的歌舞和器乐节目时,他们随叫随到,及时表演。

2016年12月28日，乌审召镇巴音陶勒盖嘎查贝勒牧民文化发展中心的16位牧民代表参加了第二届全国少数民族原生态民歌展演总决赛，在160多名各民族选手中脱颖而出，获得了器乐组银奖、舞蹈组优秀奖的好成绩。巴音陶勒盖嘎查贝勒牧民文化发展中心主要表演民乐、舞蹈、唱歌、小品、马头琴等，在镇党委、政府和嘎查"两委"的大力支持下，先后参加了多次市级以上比赛，取得了优异成绩。

乌审召镇人杰地灵，先后诞生过牧区大寨代表人物宝日勒岱、体育名将哈斯劳、著名影星巴德玛、著名歌星玛希、兽医学科学家哈斯苏荣、著名学者巴泽尔等杰出人才。

潮平两岸阔，风正一帆悬。乌审召镇已成为乌审旗经济发展最快、最具活力的苏木乡镇，也成为鄂尔多斯"美丽乡镇"中靓丽的一张名片，荣膺"全国低碳旅游示范地"称号，成为中国美丽乡村建设中融汇了"生态保护型"和"草原牧场型"2种先进模式的鲜活样本。

二、斑斓乌兰陶勒盖

乌兰陶勒盖镇位于乌审旗中东部，南与陕西省榆林市接壤，西与嘎鲁图镇相邻，东与图克镇相接，距旗政府30千米，区位优越，交通便捷，兰嘎一级公路、府深线、榆乌线、新恩陶铁路穿境而过。全镇总面积1389平方千米，下辖8个嘎查村（社区）36个农牧业社，户籍人口3313户8185人，常住人口1848户5327人。

乌兰陶勒盖镇是一块资源富集的宝地。境内蕴藏着丰富的天然气、煤炭、方沸石、矿泉水等非金属矿产资源。天然气探明储量达1万多亿立方米，是我国最大的世界级整装大气田——苏里格气田的主产区。远景储量达2亿吨的特大型方沸石矿世界罕见。优质煤炭储量达1000亿吨。绿色无公害农畜产品和林草资源丰富。

近年来，乌兰陶勒盖镇在旗委、政府的正确领导下，锐意改革，开拓创新，牢牢把握绿色乌审转型发展新任务，充分发挥区位、资源及产业优势，以美丽乡村建设为主抓手，着力构建"一核一圈两区"的经济社会发展布局。全镇上下呈现出经济社会平稳发展、民族团结进步、社会文明和谐、人民安居乐业的崭新局面。

将稳定工业发展作为保障增长的重要基础，多措并举强化对企业的扶持和服务，实现了工业稳定增长、结构逐步优化。牢固树立开园区、镇区一盘棋的思想，联合打造发展平台，加快优化产业布局，做好协调服务，扎实推进重点工业项目建设，装备制造、煤炭物流、天然气化工、新材料、新能源等一批项目投产运营，巴彦高勒煤矿、乌兰陶勒盖集运站等重点工业项目稳定运行，世林化工技术改造升级有序推进，全镇新型工业化之路不断开阔。同时，围绕工业企业积极发展汽车运输、维修保养、餐饮娱乐、商超配送等一体化服务，拓宽农牧民增收渠道，促进农牧民梯度转移、稳定就业。以乌兰陶勒盖集运站为中枢，逐步发展煤炭、化工、建材物流；配套发展汽车维修站、搬倒装卸服务，饭店、停车场、加油站及商贸服务网点等其他服务业，形成以煤炭物流为龙头、相关配套服务业为支撑的专业服务集聚区。

推进农牧业产业结构调整、实施农牧业供给侧结构性改革作为农牧业发展的重要基础，实现了农牧业增效、农牧民增收。近年来，乌兰陶勒盖镇大力调整农牧业产业结构，适应农牧业供给侧结构性改革要求，立足实际，不断提升绿色优质农畜产品供给能力，形成农牧民收入多元增长、持续增长的良好局面。逐步建立北部鄂尔多斯细毛羊养殖主产区和南部生猪养殖核心区。全面开展土地草原确权登记颁证工作。不断创新产业发展模式，拓宽农牧民致富渠道，打造"乌兰陶勒盖手工"品牌，培育手工创建户26户，设立10万元的"手工业创业微投"资金，加大对手工业户的支持与鼓励，形成农牧民收入多元增长、持续增长的良好局面。捆绑涉农涉牧资金，设立乌兰陶勒盖"重点产业扶持资金"，集中投向"皇香"生猪、鄂尔多斯细毛羊养殖新增户和示范户。全镇已建成农牧业合作社42家，自治区级产业化龙头企业1家、市级产业化龙头企业10家，发展现代草原畜牧业示范户164户，整合利用土地9000余亩，培育打造现代农业基地5000亩，畜牧业存栏总量达18.5万头（只），"苜蓿猪、梁地羊"等特色养殖产业前景广阔，绿色无公害农畜产品和林草资源丰富，是自治区著名商标"皇香"牌生猪养殖发源地和核心区。

将旅游产业作为转型发展的重中之重，加快推进全域旅游发展模式，着力构建"两区一线"旅游发展格局，实现旅游产业提升、品牌深化发展。乌兰陶勒盖镇生态环境优越，文化旅游资源丰富，映天的马兰花、秀美的漠中草原、水色怡人的甘霖乌素、曲奇浩瀚的文贡芒哈沙漠都印刻着乌兰陶勒盖的地域符号，展示着这片热土的靓丽秀美。全镇森林覆盖率和植被覆盖度分别达到37%和83%，2015年，荣获市级"园林城镇"称号。2017年，乌兰陶勒盖镇紧紧抓住"全域旅游突破年"契机，发挥立地优势，着力构建"两区一线"旅游发展格局。"两区"，即北部以书敖包为中心，辐射努图克动植物博物馆等特色文化旅游点，建设鄂尔多斯婚礼体验基地，打造生态养生观光体验区；南部以甘霖乌素景区为核心，以胜利村"空中牧场"为重点，带动周边3个村全域旅游发展，打造乡村生态旅游观光体验区；"一线"即以塔前线为主线，贯穿南北两区，链接文贡芒哈沙漠、塔玛哈来滩、马兰花观赏基地等，建设"牧野彩虹"文化旅游体验长廊，绘制出全域旅游集中体验黄金线，为打造更具魅力的全域旅游目的地奏响了序曲。2017年上半年，成功承办了乌审旗庆祝内蒙古自治区成立70周年暨第七届中国·萨拉乌苏民间艺术节系列活动及2017年全旗"三下乡"集中示范活动启动仪式、庆祝内蒙古自治区成立70周年——"魅力乌兰陶勒盖　美丽乡村游"系列活动，全镇特色文化活动异彩纷呈，全域旅游核心吸引力显著增强。

书香之源——巴音希利嘎查。这里有全国闻名的毕力贡仓蒙古文图书馆、书敖包，对乌审旗、鄂尔多斯市乃至内蒙古自治区书香文化发展起到了极其有利的影响。

幸福草原——巴音高勒嘎查。这里有曲奇浩瀚的文贡芒哈沙漠，美丽的漠中草原、马兰花观光基地，蜿蜒流淌的希布尔河，清冽甘甜的西布尔泉，历史悠久的乌兰陶勒盖敖包和乌兰陶勒盖庙。

空中牧场——胜利村。这里有优越的自然生态环境，水域广阔的河口水库。站在胜利村观景台，一幅"空中牧场"的美丽画卷展现在眼前。

农牧结合区——前进村。这里是城乡统筹发展的示范地，社会和谐、人民幸福。

小美之地——跃进村。这里生态环境优良。休闲垂钓佳地跃进水库就坐落于此。

"皇香"品牌起源地——红旗村。这里环境优美、草木成荫，有四季常青的沙地柏自然保护区，是自治区著名商标"皇香"牌生猪的发源地。

文明社区——查干塔拉。这里是市级园林城镇驻地，街道整洁，民风和谐。

乌兰陶勒盖镇将城乡建设作为优化发展的重点任务，着力加强美丽乡村和特色小城镇建设，城乡统筹发展水平进一步提升。

全面开展美丽乡村建设，不断优化农村牧区发展环境。2015年以来，全镇累计实施危房改造1035户，农牧户整修1402户，安全饮水工程1505户，街巷硬化工程及道路建设147.48千米，农网改造升级144.35千米，安装广播音响设备7套，发放数字电视机顶盒786个，建成标准化卫生室7处，新、改、扩建嘎查村文化活动阵地及自然村文化室9处，建成便民连锁超市9处，社会保障实现应保尽保。扎实推进小城镇建设，规划有序、注重品质精细化城镇建设；全面完成镇区主要道路贯通，绿化亮化和管网、供气、供电、污水、垃圾处理等基础配套设施，城乡一体化发展进程不断加快。

民生幸福作为务实发展的根本导向，统筹推进各项事业发展和依法治理，实现了民生改善、社会和谐。民计民生保障有力，每年至少落实8件以上普惠全镇群众的民生实事。全力推进精准扶贫工作，有效落实"六个一批""六个精准"扶贫机制。2016年，实现国家标准线下42户83名贫困人口稳定脱贫，市级低保线下103户270名低收入人群人均增收20%。不断巩固民族团结、和谐良好局面，大力争取医疗保险代缴、补助政策。人民武装、妇女儿童、青少年、工会、计生、卫生等各项事业取得新进展。全面提升社会服务管理水平，扎实抓好安全生产、环境保护、信访维稳、食品药品安全等重点工作，社会大局保持和谐稳定。持续推进深化改革，编制完成《乌兰陶勒盖镇胜利村土地新型合作经营改革试点实施方案》，试行土地整合合作化经营改革发展新模式；研究制定《乌兰陶勒盖镇深入推进"党建+"工作实施方案》，进一步创新党建引领发展工作机制；制定《乌兰陶勒盖镇推进小微企业创新创业基地建设实施方案》持续助力大众创业、万众创新，为创业人员搭建有利平台；制定《乌兰陶勒盖镇增强服务能力建设工作实施方案》，推行服务群众"三项机制""四联四进工作机制"，不断改进和提升服务群众水平。

坚持将党的建设作为引领发展的重要核心,深化党风廉政建设,为全镇经济社会发展提供坚强的组织保障。在推进各项工作中,乌兰陶勒盖镇坚持以党建带全盘、用党建统全局,持续践行党的群众路线,深入开展"两学一做"学习教育,研究制定"党建+"工作机制,将抓党建与促发展、惠民生结合起来,取得了实实在在的成效。持续推进"乡风文明大行动",充分利用集市贸易、重要活动组织"六提倡六反对"宣传教育活动。认真落实意识形态责任制,引导党员干部进一步牢固树立"四个意识",研究制定党员"七带头七不准"行为准则,全面建成"老村长故事汇"党员干部教育基地,提升党员队伍整体素质,增强党员干部在意识形态领域的先锋带头作用,持续开展农牧民素质提升大宣讲活动和"美丽乡村·'四美'在农牧家创评活动"等主题活动,提升全民素质,发挥群众在意识形态领域的重要作用。同时,切实加强党风廉政建设,持续改作风,提升工作效能。严格落实"一岗双责""两个责任"。深入贯彻从严治党有关要求,严格执行中央八项规定,进一步健全反腐倡廉制度体系,加强党员干部教育管理,引导党员干部进一步增强"四个意识",坚决维护党中央权威,强化执纪监督问责,不断巩固党员干部的廉政意识。全力促进党务公开,接受党内外广泛监督。

乌兰陶勒盖镇牢固树立和贯彻落实新发展理念,紧密结合建设"美丽乡村、魅力乌兰陶勒盖""发展目标,坚持一圈两区"经济社会发展布局,主力突破工业服务、产业培育、全域旅游、美丽乡村、脱贫攻坚、民生保障、维护等重点工作,坚决守住发展、生态、民生底线,凝心聚力,真抓实干,全力推动经济社会持续健康较快发展。

三、神韵苏力德

素有"中国·三乡文化"之美誉的苏力德苏木，是一块人才辈出、群英荟萃的育人家园。可雅特部落大将以骁勇善战闻名天下，蒙古族诗人贺希格巴图挥毫泼墨尽显霸气，革命烈士奇国贤有胆略、有骨气，深受各族人民敬佩爱戴。"千年古刹"陶日木、自治区级文物保护单位"文公梁古墓群"、红色革命根据地"朝岱大圈圐"等文化遗址，承载了这方热土厚重的历史积淀和灿烂的文明，可谓人杰地灵。

南邻秘境峡谷无定河，北依大漠风情毛乌素，东邻旗府重镇，西壤鄂托克，草原明镜陶利河南北贯通，11个嘎查村54个农牧业社如珍珠般镶嵌在472万亩的这片富裕的土地上，1.2万农牧民守望相助、和谐共处。

站在新的历史节点，建设美丽中国的宏伟蓝图，再一次让神韵苏力德热血沸腾。勤劳聪慧的1.2万农牧民满怀希望与憧憬，开始了共建大美新牧区、共享富裕文明的追梦之旅……

近年来，苏木党委、政府严格执行上级党委、政府重大决策部署，统筹推进"五位一体"总体布局，协调推进"四个全面"战略布局，全力打造大美新牧区，建设神韵苏力德。

苏力德苏木是乌审旗唯一一个以发展农牧业为主导产业的特色牧业苏木。在推进经济建设过程中，苏力德苏木坚持稳中求进的工作总基调，以提高发展质量和效益为中心，以推进供给侧结构性改革为主线，坚决守住发展、生态、民生底线，主打生态、养生"两张牌"，构建以农牧业为主导，同时与文化旅游业和经济林沙产业深度融合、循环发展为一体的"一区两带"产业发展格局，合力打造"三大基地"，推动经济社会持续健康发展。

农牧业产业呈现出规模不断加大、质量不断提升、效益日益明显的发展态势。从主要畜种来看，以肉牛、细毛羊、生猪为主要畜种的农牧业产业规模逐年提高，总存栏量达到37.6万头只，成为全旗肉畜饲养、肉食供销重要基地。从养殖模式来看，养殖主体逐渐由单一性、分散性养殖趋向于合作社、家庭牧场、企业养殖，先后引进了以丰和日丽、和牛投资有限公司、察罕苏力德游牧旅游开发有限公司、乌审旗沙产业开发有限公司、蒙祥肉业、世鑫泽农牧林水开发有限公司、乌审旗毛乌素枣业研究所等为典型的大型农牧业开发企业8个，大力培育本土企业、专业合作社、农畜产品购销协会和家庭产业示范大户，累计培育本土企业3家、种养殖专业合作社115个、农畜产品流通协会5个、高效益家庭牧场118户、农机专业合作社5个，其中包括乌审旗文公希礼农畜产品开发有限公司、乌审旗朝岱农牧业专业合作社、乌审旗沙尔利格农机示范专业合作社在内的50多个经营主体示范引领作用日益明显。从产业化发展水平来看，全苏木有规模型种植专业合作社15家，农机合作社5家，种植与饲养机械化率分别达到67%、55%，产业化发展水平加速提升。从种植业总量来看，耕地质量趋于高产优质型，地块斑点趋于集中连片型，种植类型趋于农经结合型，先后整合培育出了朝岱3万亩现代农牧业示范基地和沙尔利格2.5万亩有机农业示范田，农作物播种面积达到19.2万亩，粮、饲、经作物比重为7.5:1.5:1。

文化旅游产业呈现出多点开花、特点鲜明、元素丰富的发展态势。结合全旗"一河三园"文化旅游产业线路布局，主动融入地域特点、文化特色、民俗风情等元素，先后开发出了东西2条旅游线路，培育出包括陶日木庙民族文化主题景区、五畜文化旅游圈、毛乌素沙漠旅游公园、鸟岛休闲娱乐区、沙尔利格枣园、陶利马兰花湿地、乌兰温都尔治沙园区等25个景点。同时，推动局部区域文化旅游产业提档升级，累计培育五畜文化、雕刻、刺绣、演艺、体验、教育等特色文化名户60多户，扶持特色农牧家乐42家，文化旅游产业大放异彩，成为全旗全域旅游重要目的地。

经济林沙产业呈现出试点推进、三效兼赢、快速增长的发展态势。以种植红枣为主要林种的经济林产业发展迅速，社会效益、生态效益和经济效益全面突显。引进大型经济林企业1家、红枣种植合作社1家，协调成立毛乌素枣业研究所，建成红枣种植示范基地2处2000亩、红枣生态产业园1处19000亩，带动62户农牧民发展红枣产业3700亩，成为全旗经济林产业建设典范。

全苏木一盘棋，共圆中国梦，美丽牧区变得清晰而亲切。

建设美丽乡村的目标，为苏力德苏木加快农村牧区现代化建设、缩小城乡差别带来了新的机遇。

美丽乡村建设，是苏力德苏木全面提升小城镇水平的重要组成部分，也是关键环节，他们以宜居、宜业、宜游、和谐、活力乡村为目标，以加强环境整治、发展生态经济、改善生活条件、完善公共服务、倡树文明新风为重点的"美丽乡村"示范嘎查村（社区）创建活动全面启动，一幅饱蘸时代气息的美丽画卷在绿色乌审草原徐徐展开。

乡土情怀，永远是褪不掉的底色。在"美丽乡村"建设过程中，苏力德苏木紧紧围绕"保护"和"发展"两大主题，着力打造特色民俗村寨、旅游文化名村、产业发展大村，让农牧业更强、农牧区更美、农牧民更富。

在开展"美丽乡村"建设当中，苏力德苏木先后将朝岱嘎查、陶尔庙嘎查列入旗级示范点，将陶利嘎查、纳林河村、沙尔利格嘎查、蘑菇滩村列为重点打造对象，引领带动塔来乌素嘎查、呼和芒哈嘎查、通史嘎查、宝日呼岱嘎查、昌煌嘎查"美丽乡村"建设。

对重要出入口通道、嘎查村标识、街道标识、广告宣传牌匾等进行精心设计，体现乌审文化特色。实现"10+x"建设内容，在完成10项规定动作的基础上，推动完成棚圈整修、街景亮化、村社绿化、主导产业、院落庭院美化、环境卫生整治等自选动作。

尊重历史，留住乡愁，赋予美丽乡村深深的内涵。历经沧桑的陶日木庙、瑞云寺至今香火萦绕、经纶常转，散落在嘎查村的齐国贤旧居、百年古树、文公古墓群等文物古迹得以珍惜保存，整洁大气又具有鲜明民俗文化特色的沙尔利格和陶利小城镇建设让人耳目一新，国家级特色民俗村寨陶尔庙和沙漠风情、察罕苏力德旅游景区、巴嘎高勒风光、万亩马兰花等掩映在美丽的苏力德中部草原上，成为家门口的景点。

亮丽的风景、美丽的村庄、富足的心灵、悠长的余韵……美丽乡村让嘎查村变成一座座"盆景"一片片"风光"，让人流连忘返。

今天，当我们游走在独具特色的苏力德大地上，酒未沾唇便已醉三分。村级活动场所漂亮整洁，牧民新居各具特色，民风政风淳朴清新，柏油马路通村入户，医疗、教育、金融等公共服务设施一应俱全，农牧民生产生活条件有了质的飞跃。东部原生态文化旅游景区尽显游牧文化的深厚底蕴——察罕苏力德生态游牧旅游区荣膺国家AAAA级旅游景区，"千年古刹"陶日木、"草原哈达"陶日木淖尔、户外探险胜地苏里格沙漠公园坐落于国家级特色民俗村寨陶尔庙嘎查，"五畜"文化已成为一个区域的产业名片；中部高效益家庭牧场核心产业发展区彰显出强劲的产业发展实力——马兰花草原沁人心脾，草原和牛美誉扬，"呼和芒哈"让人惊叹大自然的鬼斧神工，牧区主导产业核心模式"高效益家庭牧场"成效突显，以种植红枣为主的经济林产业不断壮大，林下经济产业迎合了新时期生态建设大趋势；西部沿无定河北岸现代农业观光带是大自然美景与人类文明碰撞出的结晶——万亩良田越野平川、静谧秘流鸟语花香、巴嘎高勒绿荫涌动、"大圐圙"遗址激励着我们不忘初心、继续前进；高标准的特色农业产业园和现代化果蔬种植大棚、规模化畜牧养殖基地，源源不断的为农牧民创造财富。

在这里，一条沙沟就是一片林，一条河流就是一片绿、一个嘎查就是一道风景。

如今的苏力德苏木，在美丽乡村的点缀下，初步形成以东部原生态旅游、中部体验采风、西部观光休闲为特色的全域旅游品牌，"亮丽旗府西出口"的名片越来越响亮。

未来，苏力德苏木将结合产业发展现状和产业发展基础以及丰富的资源优势，聚焦实体经济，深化转型发展，大力发展富民产业，提升美丽乡镇建设品质，力争打造成在全旗范围内具有绝对影响力的产业发展"三大基地"和美丽乡镇升级版，实现宜居、宜业、宜游、和谐、活力。

如诗如画的美丽乡镇，让心灵栖息的精神家园，点缀在神韵苏力德的草原大漠之间，梦想之花便会自然绽放。我们相信，在旗委、政府的坚强领导下，1.2万农牧民一定会用自己的双手，让美丽乡镇开出更加艳丽的花朵。

科学发展，绿色崛起。美丽乡镇苏力德，在路上。

四、用爱照亮前行路

"小康路上，不让一个残疾人掉队！"走进美丽的乌审草原，我们感受到了这种温暖和力量。

乌审旗残疾人的幸福生活是一首飘在绿色草原的诗。

残疾人是一个相对弱势的群体，但他们都是社会大家庭的平等成员,也是人类文明发展的一支重要力量。鄂尔多斯市乌审旗现有残疾人4541人,乌审旗残疾人事业承载着广大残疾人的向往和期盼,凝聚着残疾人及其亲属的厚望与重托。

据乌审旗残联理事长谢飞军介绍,乌审旗大力实施"政策扶贫、就业扶贫、教育扶贫、康复扶贫、住房扶贫、保障扶贫、社会扶贫"工程,下大力气解决残疾人"两不愁三保障"突出问题,全旗建档立卡贫困残疾人97户111人全部实现高质量脱贫。

"问需响应式"服务仿佛一缕缕阳光、一股股甘泉,温暖滋润了残疾人的心田。

时不我待,只争朝夕。

经过一次次的构思打磨、研讨论证,乌审旗结合残疾人实际,创新提出了"问需响应、精准施策、政策联动、精准帮扶、激发动能、社会动员"六措并举的残疾人脱贫攻坚工作思路。

乌兰陶勒盖镇巴音敖包嘎查牧民额尔登朝格图夫妻俩均为智力残疾人,家庭生产资料少,无子女,自己又患有慢性病。

结合额尔登朝格图家的实际情况,旗、镇、嘎查三级和包联单位深化"量体裁衣"式残疾人服务,为他家加大了医疗扶持救助力度,通过帮助建设棚圈、发展奶牛养殖、销售奶食品增加收入,为他俩争取公益性岗位安置就业等一系列精准脱贫务实举措,助力脱贫增收。

"现在生活过得安稳踏实,我们知足了。"

待到日落西山,我们该离开嘎查返回嘎鲁图镇,额尔登朝格图的脸上露出一个大大的笑容,一边笑一边盛情邀请我们留下来吃晚饭,谢飞军婉拒了。

脸上有微笑,眼里有光芒,心中有温暖。一瞬间,一股暖流涌上我心头。

无定河镇王窑湾村八社村民刘录平身残志坚，通过饲喂苜蓿草+乳酸菌提高生猪生产性能、增强免疫力，生产高品质生猪和猪肉产品，大力发展集绿色饲草种植、益生菌生态猪养殖、屠宰销售为一体的农牧业开发公司，实现了增收致富。

刘录平从2009年开始养殖生猪，2017年被旗残联确定为残疾人自主创业户，2018年被市残联确定为残疾人自强创业示范户，如今已发展到年出栏育肥猪1000多头的规模，成为当地的规模养猪大户、勤劳致富带头人。

谢飞军介绍，2020年全旗累计扶持残疾人自主创业户87户、创业示范户7户、党员志愿服务扶贫助残25户，落实创业扶持资金294万元，通过自主创业户和示范户辐射带动贫困残疾人发展农牧业生产，增加经营性收入，充分激发残疾人"自我造血"能动性，为残疾人脱贫和投身乡村振兴提供政策"红利"。

康复一人，解脱一家，脱贫一户，温暖一方。"精神残疾人住院康复补贴2000元/月，服药者每人补贴1000元/年。很多患者并不了解这些政策，我不仅要让他们知晓这些政策，还要让他们享受上这些政策。这些补贴对一个残疾人、一个残疾家庭是帮助更是生活的希望。"王利平说。残疾人证是残疾人残疾身份的唯一合法证明，是残疾人享受国家政策和各项服务的重要凭证。他要让符合评残的残疾人都办理残疾人证，及时享受国家的政策，在经济上减轻一个家庭的负担，从内心点燃走下去的希望与信心。

2020年11月14日，天还没亮，王利平就早早起床，再次仔细翻看每一名准备评残鉴定的精神病人相关资料，然后一个一个打电话，告诉他们赶紧准备6点准时出发。这天他要领着8名精神病人到鄂尔多斯市第四人民医院进行复查和评残鉴定。像这样领着残疾人到医院就诊、鉴定，他平均每月要往返两三次。

王利平出生于1970年，是鄂尔多斯市乌审旗嘎鲁图镇南丁小区一名朴实的群众，也是肢体三级残疾人。16岁时，意气风发的王利平玩耍单杠时不小心掉落，两只胳膊严重摔伤，导致胳膊肌肉萎缩，不能从事重体力劳作，也因此收入微薄、生活拮据。2010年，按照生态移民政策，王利平一家从老家嘎鲁图镇呼和淖尔嘎查搬迁至南丁小区；2012年，他担任嘎鲁图镇呼和淖尔嘎查与呼和陶勒盖嘎查残疾人专职委员；2016年，他为智力精神残疾人提供无偿服务。他个人累计花费4万余元为2000余名残疾人免费提供各类服务5000余次。还有部分精神残疾人康复治疗完全依靠他忙前跑后。王利平一直没成家，与70岁的老母亲相依为命。

甘于奉献，不计得失。王利平自己生活也很艰辛，可他还是从微薄的收入中挤出一部分帮助与他一样的苦难人。

爱者，乃深厚真挚之感情也；仁者，乃心之德爱之理也。为了更好地为残疾人提供服务，真正为残疾人办实事、做好事，宣传、解读惠民政策，有针对性地提供帮助，鼓励他们积极面对生活，王利平常常到残疾人、精神病患者家里，与他们聊天谈心，了解其病情与需求，不是亲人胜似亲人。

走进乌审旗爱心牧民养殖专业合作社，合作社负责人希吉尔向我递上了一杯地道的酸奶。

该专业合作社主要为残疾人提供牛、羊、玉米、牧草的采购和供应，销售合作社成员生产的产品，引进新技术、新品种和包装加工销售奶食品等，带动周边11名残疾人加入合作社。

希吉尔介绍，成立合作社后，乳制品、牛羊肉的销路也更广阔了，不少客商前来预订奶皮、酸奶、风干肉等，以后大家的收入会越来越高。

2019年以来，乌审旗积极探索实施区域化推进残疾人致富工程，鼓励和扶持有条件的残疾人创办小微企业、合作社率先发展，带动周边残疾人家庭推广应用新技术、新品种，集中连片推动产业发展，建立残疾人创业孵化机制，真正为残疾人解难事、办实事、做好事。

对残疾人创办的企业、合作社及残疾人示范户，能够影响带动周边残疾人家庭10户以上的，乌审旗残联根据带动残疾人家庭数量和实际成效给予10万元以下资金扶持；对有劳动能力、具备一定基础条件、自愿参与并按要求实施项目的残疾人家庭，给予2万元以下资金扶持。

依托图克镇达汉庙农机合作社、乌审旗爱心牧民养殖专业合作社和乌审旗绿凭种养殖有限责任公司，建成图克镇达汉庙嘎查残疾人肉牛养殖和无定河镇王窑湾村残疾人生猪养殖2个项目区，辐射带动残疾人家庭40多户，2019年参与项目实施的残疾人家庭户均增收2万元以上。

依托宗平农机合作社推进无定河镇爱心农机助残项目区建设，投入资金20多万元，为14个嘎查村购置10台揉草机和10台颗粒机，为残疾人在饲草料加工方面提供无偿服务，使无定河镇1400多名残疾人受益。

图克镇达汉庙农机合作社无偿为达汉庙嘎查16户残疾人家庭提供春种秋收农机服务，有效解决了残疾人耕种难题。

"探索推行'企业、合作社、示范户+残疾人就业'的区域化发展模式，既扩大了企业和合作社的用户群，又拓宽了残疾人就业创业渠道，实现了经济效益和社会效益双丰收，为广大残疾人铺就了致富路。"图克镇扶贫办主任萨如拉说。

残疾人脱贫难，难在就业技能少、就业能力弱。乌审旗大力开展针对残疾人的职业技能培训，采取技能培训与项目实施相结合的方式，残疾人就业创业技能培训班帮助残疾人学得一门真本领、取得一技之长。

"残疾人需要什么样的培训，残联就要提供什么样的培训服务，把残疾人就业和发展生产结合起来，实现全链条帮扶。"谢飞军自信满满地说。

乌审旗立足当前、放眼长远，把加强残疾学生和贫困残疾人子女教育作为摆脱贫困的一项重要内容来抓。2020年，在全面实施好教育资助的基础上，乌审旗开展"携手同行、共圆梦想"扶残助学志愿服务活动，引导社会力量关心关爱、扶持帮助残疾学生和贫困残疾人子女完成学业，31名学生得到社会爱心人士和组织的结对帮助，扶残助残在乌审草原蔚然成风。

在一项项惠民利民的政策下，在一次次精准有效的帮扶下，乌审旗4541名残疾人正携手走在通往幸福生活的康庄大道上。他们的生活越来越好，他们的脸上洋溢着笑容。大家心中有一个共同的感慨："日子越来越有滋味，生活越来越有盼头，真是幸福满满。"

五、美丽乡村共同体

眼下正是春耕生产的农忙时节，种粮500余亩的大户，按说应该天天忙得手脚不闲，可乌审旗无定河镇的吴月雷日子过得却很悠闲，当起了"甩手掌柜"。

有人瞅着着急，会主动过去问上两句。吴月雷的回答，总能让大家安心："咱是产业化联合体的一分子，备耕、播种、管理、收获、销售由连发种养殖专业合作社负责。这样一来，粮食的卖价高，每亩地的投入还降了不少。"

吴月雷所说的乌审旗现代农业产业化联合体，是紧密型农企利益联结机制的重要创新模式，连接龙头企业、农牧民专业合作社、家庭农牧场等经营主体96家，辐射带动种植基地23.8万亩、农牧户2158户5399人。

这相当于在无定河镇画了一个圈，从一村扩大到了一域，擘画多村富、共同富的美丽蓝图。

一个美丽乡村共同体的蓝图，正在绿色乌审这片美丽富饶的草原徐徐展开。

中国最美乡镇、全国生态文明先进镇、全国产业融合发展示范镇、中国乡村旅游最佳目的地、全国休闲农牧业旅游示范镇、中国有机产业发展示范镇……近年来，一大批"国字号"平台先后落户无定河镇，这是对该镇"三农"发展水平的肯定，也是该镇打造产业化联合体样板先行区的底气所在。

古老厚重的乌审草原浩瀚无际，美丽的萨拉乌苏河碧波荡漾，绿色毛乌素蕴含铿锵律动……素有"塞外小江南"之称的无定河镇，23个品种10万亩生产基地获得国家有机认证，是鄂尔多斯市有机认证品种最多、面积最大的乡镇，是乌审旗现代农业产业化联合体的发源地。

无定河镇党委书记王广平介绍，提出"以产业化联合体为引擎打造乡村振兴样板"的目标之前，无定河镇做了大量的调研论证和理性分析。可以说，这既是主动担当作为的具体体现，更是基于无定河镇优势的科学决策。

作为鄂尔多斯市确定的两河（黄河、无定河）流域现代农业的发展重点区域之一，近年来，无定河镇依托现代农业发展优势，选择河南村、小石砭村、大石砭村、萨拉乌苏村、红进滩村、王窑湾村6个村探索开展产业化联合体试点工作，建立区域化党建联合体服务中心，采用以"企业+合作社+家庭农牧场"组织运营模式，把党组织建在产业链上，推动党建资源转化为发展资源、党建活力转化为发展活力,实现多村富、共同富,达到"党建强、发展强"的"双强"效果。

规模化集约化经营不强、要素间融合程度不高、利益联结机制不紧密、土地利用效率不高、带动农牧民增收致富能力较弱……这一系列问题制约和影响着无定河镇现代农业的发展。

为一揽子解决这些问题,无定河镇坚持"政府引导、市场主体、多方参与、合作共赢"原则,深入推进"一带一园一区"产业发展格局,探索构建以"龙头企业为核心、农牧民专业合作社为载体、家庭农牧场(户)为基础"的产业化联合体,让各类生产要素按市场规则进行契约式衔接,把农牧业经营主体联结成利益共同体。

2019年7月,乌审旗宏丰粮油购销有限公司联合农牧民合作社、家庭农牧场、种养殖大户等近百家经营主体,在平等、自愿、互惠互利的基础上,通过签订合同、协议和制定章程,组建了乌审旗现代农业产业化联合体。

"龙头企业专心搞市场,农牧民专业合作社专心搞服务,家庭农牧场和种养殖大户专心搞生产,各施专长。"乌审旗宏丰粮油购销有限公司董事长王治军说,联合体成员还为农牧户统一提供种苗、农资、农机、技术等服务,通过股份合作、订单合同、服务协作、流转聘用、价格保护、产业延伸等模式带动农牧民增收致富,推动传统的"一家一户、一村一社(合作社)"的单打独斗向新型的"联村联企、抱团发展"的转变。

走进无定河镇王窑湾村育苗基地,见到王窑湾农产品销售有限责任公司负责人高世军正在指挥技术人员进行育苗,前来拉运种苗的村民络绎不绝。高世军说,随着日光温室规模的不断扩大,温室种苗的需求也在迅速增长。

"育苗基地育的苗生长快、成活率高、病虫害少。"前来拉运黄瓜、西红柿种苗的种植户朱永宝说。

"以前种蔬菜,想怎么种就怎么种,价格时高时低。"内蒙古鼎舜农牧业科技有限公司办公室负责人王儒泉说,"加入产业化联合体后,不再盲目生产,规避了滞销风险,保证了蔬菜品质。"当前投入生产的已有50个温室大棚,今年种的40亩辣椒、35亩黄瓜、20亩西红柿供不应求,每天销量达3～4吨。

联合体与传统的"公司+农户"有何不同?"在传统的合作模式中,企业、合作社与农牧户之间关系松散,往往导致企业所需的原材料供应与农牧民专业合作社的服务对象不稳定、单个农牧户市场议价能力不强等问题。"鄂尔多斯市农牧局总农艺师李兰介绍,产业化联合体把龙头企业、合作社、家庭农牧场和种养殖大户等经营主体联结成一体化现代农牧业经营组织联盟,通过参与联合体,企业获得可靠的原料来源、农牧民专业合作社获得稳定的服务对象、农牧户收入得到保障,实现了"1+1+1>3"的产业发展聚变效应。

如今,在波澜壮阔的乡村振兴大潮下,多元化培育联合主体、多路径延伸产业链条、多方位促进紧密联结、多渠道完善利益共享的紧密型农牧业经营组织联盟在无定河镇日益发展壮大。乌审旗产业化联合体犹如一艘新型的"联合航母"在无定河流域徐徐启航……

"我们发挥联合体融合功能,推进生产、经营、销售一体化,创新助农服务方式,打通惠农助农'最后一千米'。"内蒙古博大实地化学有限公司董事长刘忠义说。

他给我们算了一笔账:公司研制的测土配方肥,经过充分的市场调研和实际试用,以无定河镇农牧民广泛种植的大田玉米为例,

"定制肥"可以提高亩均产量超过200斤。按照近几年市场最低行情0.8元每斤计算,每亩实际增收在160元左右。当前加入产业化联合体的农牧民共有耕地超过20万亩,仅试用测土配方肥一项,农牧民节本增效达3200万元。

乌审旗永顺农机服务专业合作社抱团打造玉米种植基地,利用自身资产抵押担保,联合20户合作社成员贷款230万元,垫付资金为38个合作社成员提供生产资料,形成了资金融合。合作社的部分机械设备由企业投资购买,也有家庭农牧场(户)带机入社,形成了资产融合。企业与合作社对家庭农牧场(户)的生产进行技术指导服务,形成了技术融合。合作社通过对家庭农牧场(户)生产的玉米、马铃薯、西瓜等农产品进行严格检验后,统一使用合作社品牌,形成了品牌融合。

"联合起来有了规模和体量,通过降本节支实现增效增收。"乌审旗永顺农机服务专业合作社理事长纪广军告诉我,科学的生产决策传导到种植、加工、运输、贮藏、销售等环节,促进了供给侧与需求端的有效匹配,这种分工协作模式多方共赢,关系稳固而融洽。

众兴农牧业专业合作社负责人吴峰说:"今年准备租300亩土地种植胡萝卜,新建一处冷链仓库,引导带动周边农牧民种植经济作物。"

"加入了联合体,我们这些种植户就像找到了'靠山'。这个'靠山'不仅能够提供种植技术指导,产品能提高质量,而且能够让我们的农产品不再为销路犯愁,更不用担心价格波动。"无定河镇大石砭村村民曹克明说。

紧密型的利益联结机制是产业化联合体的主要特征之一。

乌审旗宏丰粮油购销有限公司等龙头企业具有资金、人才、技术等方面的优势，主要承担制定规程、创建品牌、市场销售等职责，并以优惠的价格向家庭农牧场（户）提供种苗及农牧业生产资料，以高于市场的价格回收农畜产品。

乌审旗永顺农机服务专业合作社、乌审旗瀑布洼种植专业合作社等农牧民专业合作社上联农牧业企业，下接家庭农牧场（户），发挥中介纽带作用，按照农牧业企业要求为家庭农牧场（户）提供产前、产中、产后服务。

家庭农牧场、种养殖大户主要是按照农牧业企业要求进行标准化生产，向企业提供安全可靠的农畜产品，从而提高经济效益。

如此一串，从生产到加工、销售、流通的产业链条就形成了，通过建立合同契约联结、生产要素融合、互利共赢发展机制，产业化联合体各成员形成"你中有我、我中有你"的一体化发展格局。

运粮车辆川流不息，生产线上机器轰鸣，机械臂在上下摆动……这是我们在乌审旗宏丰粮油购销有限公司看到的收粮场景。"我们从2020年10月28日开始收购玉米，每天平均收购1000吨左右玉米，联合体成员销售玉米每公斤溢价0.04元，贫困户销售玉米每公斤溢价0.06元。"中粮贸易有限公司业务员刘新亮说。

无定河镇小石砭村脱贫户彭太山是产业化联合体成员之一。前些天，他将2020年收获的3.5万公斤玉米，出售给乌审旗宏丰粮油购销有限公司。"玉米共卖了7万多元，每公斤卖价比市场价格高0.06元，这就多卖了2100多元。"彭太山高兴地说。

"产业化联合体实施粮食收购联合体成员溢价2%、贫困户溢价3%的惠民政策，在玉米销售这一环节中，加入产业化联合体的农牧户户均增收3000元以上，得到了实实在在的收益。"无定河镇政府工作人员李涛说。

无定河镇积极推动脱贫攻坚与乡村振兴有效衔接，将符合条件的贫困户全部纳入乌审旗现代农业产业化联合体,全镇14个村集体经济年经营性收入全部突破10万元,82户214名贫困人口全部脱贫。

为了带着农牧民干、帮着农牧民卖、领着农牧民赚、让职业农牧民挖潜生产性收入、让更多农牧民依靠工资性收入、让全部农牧民都有财产性收入,乌审旗现代农业产业化联合体不仅想方设法助力农牧民富起来,还将致富的桥梁延伸到周边苏木乡镇和旗县等多地。

值得一提的是,无定河镇加快实施农牧区电商工程,开设电子商务线下体验店,"绿色乌审无定河馆"入驻淘宝平台,同时大力实施农产品冷链物流工程,王窑湾农产品物流园区、庙滩农贸市场、红进滩冷链物流投入运营,堵嘎尔湾玉米烘干厂及收储中心、蔬菜花卉冷链存储物流项目建成投运,以无定河镇为核心、辐射带动周边苏木乡镇和旗县的产业化联合体已然形成良好发展格局。

六、欣欣向荣的猪产业

走进乌审旗王窑湾村养猪合作社,5000平方米的养猪棚显得很是气派。刘忠平夫妇是闲不住的人,先后数次通过产业扶持贷款,轰轰烈烈干起了养殖,这一干就是14年,现有1600只存栏猪,不仅鼓了腰包,还慢慢发展成乌审旗养殖产业示范户。

"这些标准化养猪棚是最近2年刚建成的,养猪年收入可达200万元。今后要继续严把质量关,延长产业链条,与肉联加工厂建立长期稳定订单合作关系,加大养殖规模。"刘忠平脸上洋溢着幸福的笑容。

农牧业只有实现规模化,才能产生高效益。无定河镇大力推进农业结构调整,加快发展规模化种养殖业,精心培植龙头农畜产品加工企业和种养殖大户。

边步祥是王窑湾村村民，他告诉我，他种35亩玉米、15亩苜蓿，年内可出栏羊200只、猪100头，预计总收入10万元左右。据无定河镇负责人介绍，像边步祥这样的养殖户每个村有30多户，而全镇共有行政村14个。

王广平介绍，为了使种养殖户与市场有机对接，无定河镇还大力发展经纪人队伍、运销大户、合作社等，提高农牧民进入市场的组织化程度和农业综合效益。全镇已建成种养殖合作社8个，培育扶持乌审旗建中地方产品开发有限公司等龙头企业3个，带动了规模种养殖户近千户。

无定河镇坚持以市场为导向，以农业科技创新为支撑，以产业化联合体为平台，走出了一条数量、质量、效益共赢的发展之路。

在此基础上，无定河镇将产业化联合体与脱贫攻坚、环境整治、矛盾化解、乡风文明等工作有机结合，规范设置产业化联合体成员准入门槛，督促农牧民转变观念、自主管理，充分发挥乡村治理的引领、管控作用，"英雄无定河，红色策源地""美丽庭院""传家风、立家规、树新风"等一批具有乌审特色的知名品牌展示着"绿富同兴"的发展诗章。

产业化联合体为农牧户分享农业产业发展成果、促进乡村振兴开辟了一条新途径。但当前乌审旗现代农业产业化联合体正处于发展的初级阶段，同不少联合体一样面临着资金短缺、抵御自然和市场风险能力弱等诸多困难。

"这些问题正在逐步得到解决，目前协调农行乌审旗支行、河南信用社等银行发放'惠农贷'2亿元，满足产业化联合体经营主体差异化资金需求。"无定河镇党委委员冯殿忠介绍，镇里已安排专项资金支持农业产业化联合体发展，重点支持联合体利益机制建设。同时，在河南村、萨拉乌苏村试点开展高标准农田建设项目2.3万亩、耕地修复治理深翻耕项目1万亩、智慧农业项目500亩，落实项目资金2873万元；提高农业保险标准，玉米在原保额每亩6元的基础上提高到12元，进一步提升抵御风险能力。

"构建'联村、联企、联户'机制，引导现代农业各类新型经营主体健康发展，让职业农牧民挖潜生产性收入，让更多农牧民依靠工资性收入，让全部农牧民都有财产性收入，实现'强村、壮企、富民'，为农牧业和农牧区发展注入新动能。"王广平说，"如今，无定河镇近百家新型经营主体，是引领一、二、三产业深度融合发展的先行者，已成为落地现代农业元素、带动农牧区增收和引领乡村振兴的主力军，为打造产业化联合体发展样板探明了路径、积累了底气。"

在采访中，我了解到，美丽乡村共同体已经不只是一张蓝图，它正在如火如荼地实施中，正在一步步变成现实。

无定河镇坚持走生产、生活、生态"三生融合"发展道路，践行绿水青山就是金山银山的理念，从美丽生态、美丽经济到美好生活，在实践中探索绿色发展道路，将发展产业与保护生态相结合，走出了一条生产发展、生活富裕、生态良好的文明发展道路，交出了一份美丽与发展双赢的"无定河答卷"。

产业与联合融通，美丽与发展双赢。

乌审旗现代农业产业化联合体已经起步，绘就了美丽乡村共同体的底色，相信未来会更加美好！

·憧憬篇·

抱上"金鸡"捡"金蛋"

李彦军

黄河为弓,长城作弦。

从旧石器时代"河套人"文明的发祥地到革命年代无数仁人志士前赴后继革命老区。千百年来,位于鄂尔多斯西南部的鄂托克前旗敖勒召其镇犹如一颗被遗落沙地的明珠,静待大放异彩。

这块土地上的人们祖祖辈辈都在劳动和生活中渴求美好的小康梦。然而在千百年后,有这样一群人,他们披荆斩棘、励精图治,在精准扶贫的春风吹拂下——誓叫穷壤换新天!

一、栽下梧桐树,引来金凤凰

室外寒风凛冽,而内蒙古鄂尔多斯市鄂托克前旗敖勒召其镇雅什木都精准脱贫产业园活动室内却暖意融融。三五成群的农牧民你一言我一语地围绕"产业发展与精准脱贫"话题展开讨论,原来这里正在召开一场别开生面的"算账会"——敖勒召其镇精准扶贫"农企合"利益联结座谈会。

会上,内蒙古人人益清真食品有限责任公司养殖场场长杨振福详细介绍了家庭牧场科学养殖模式,帮大家算科学养羊的投入产出账,就怎样降低养殖成本实现利润最大化和相关技术问题进行解答。

企业进村入户,与嘎查村结对子、与贫困户接链子,给合作社搭台子、为农牧民引路子,敖勒召其镇探索创新"镇有龙头企业带动、村有特色产业支撑、户有合作机制联结"的多元共赢发展模式,鼓励引导企业"带着干起来"、贫困户"跟着动起来",逐步构建多元主体参与、多方利益联结、多点合力攻坚的社会化大脱贫格局。

我随同镇人大主席薛承河走进雅什木都易地扶贫搬迁居民点,看见总面积为2150亩的居民点规划整齐有序,240亩住宅区、210亩养殖区、1700亩种植区合理布局,道路干净整洁,呈现出一派欣欣向荣的景象。

据薛承河介绍,敖勒召其镇易地扶贫搬迁项目是镇里组织实施的重点项目之一。该项目由马场井居民点和雅什木都居民点组成,实施年限为3年,对马场井村、漫水塘村2个村的贫困户202户515人实施易地搬迁。目前项目已全部完成,马场井居民点转移贫困户95户227人,雅什木都居民点转移贫困户107户288人。每个居民点都通了天然气,自来水,有宽带入户、广播电视户户通工程,配套完善街巷硬化、便民超市、公共厕所、环卫设施等基础设施。

薛承河笑着对我说,当地人将这种做法称为"党委领导,政府搭台,易地搬迁'挪穷窝'"。

"在产业配套方面,结合立地条件,每户分配占地350平方米的养殖棚圈1处。"

"在马场井居民点每人分配占地面积0.5亩的小拱棚1处,在雅什木都居民点每户配套经济林30株、每人分配饲草料基地3亩。"

"在民生保障方面，实施扶贫就业技能培训工程，让每个农牧民掌握1~2门农业实用技术，努力实现培训一人、脱贫一户。"

"在此基础上，我们积极开展助学、助医、送温暖等关爱行动，支持贫困户参与新农合、新农保……"

谈起"挪穷窝"的具体做法，健谈的薛承河如数家珍，俨然一名专家。

进入雅什木都精准脱贫产业园，展现在眼前的是一座座标准化养殖棚圈，一条条宽阔平整的水泥路。这里自动化养殖设备、饲草料库等一应俱全。

在推进产业扶贫过程中，敖勒召其镇找准"靶向"，精准发力，突出贫困群众有股可入、有事可做、有利可获的导向。

企业、合作社通过吸纳贫困户，把贫困户没能力经营的土地和棚圈资源整合起来，既解决了基础设施和产业工人短缺问题，降低了投入和生产成本，又可以规模化发展，有效对接大市场。

贫困户通过企业、合作社带动，在家门口就可稳定就业，实现"低成本"创业目标，改变了面对市场小打小闹的局面，增强了抵御市场风险的能力，与企业、合作社建立紧密的可持续型利益联结机制。

易地搬迁"挪穷窝"，还要多点发力"拔穷根"。

"雅什木都精准脱贫产业园为公司发展标准化规模化养殖创造了有利条件，我们采取'公司+合作社+基地+农牧户（贫困户）'的经营合作模式。2018年9月开始，陆续投放肉羊进行养殖。目前，园区内存栏肉羊1000多只，计划投资1500万元建设标准化养殖示范区，投放精品羔羊1万只，预计年出栏3万只、销售收入3千万元，可带动贫困户200户脱贫致富。"内蒙古人人益清真食品公司执行董事呼兵介绍说，"结合居民点群众劳动技能和发展意向，公司与贫困户签订共建协议，聘请专职人员进行科学养殖，引领辐射带动农牧户增收致富奔小康。"

"在党支部的帮助下，居民点已有25户农牧民和企业签订5年的养殖棚圈租赁合同，企业每年给农牧民支付租金。"扶贫产业党支部书记周子贤说，"党支部发挥桥梁和纽带作用，主要是协调企业和农牧民的关系，既要引导群众算好账、理好财，又要帮助企业管好人、谋好业，尽可能让企业带动更多贫困户增收致富。"

栽下梧桐树，引来金凤凰。"百企帮百村"行动开展以来，内蒙古人人益清真食品公司发挥企业带嘎查村、带合作社、带贫困户、带资金的"四带"模式，组成"你中有我、我中有你"的利益联结共同体。

"人人益清真食品有限公司来了以后，雇我在这里喂羊，一个月工资4500元。对于我家来说，这可是一份高收入。"63岁的官占山高兴地向我谈着收入情况。

"去年第一批出栏的66只山羊让我挣了9000多元，马上还有80多只山羊可以出栏。"在实地走访过程中，马场井易地扶贫搬迁居民点的李怀兴向我估算着今年卖羊的收入。

敖勒召其镇本土企业宏野农牧业公司，采取"企业+基地+贫困户"的经营模式，对搬迁户的110个拱棚进行资源整合、规范化管理、规模化种植，并优先返聘搬迁户到拱棚务工，帮助解决就业问题的同时又能让他们学习种植技术。

在这一租一聘间，农民就有了2份收入。宏野农牧业公司先后返聘贫困户192名，年人均工资收入2.1万元，公司每年为搬迁户发放拱棚租赁费9.6万元。

敖勒召其镇坚持借助外力和引导激发内生动力并举，输血与造血并重，精准扶贫与乡村振兴相结合，将"百企帮百村"打造为互利共赢的长效机制，大力开拓农牧民增收渠道，让农牧民群众既能抱上"金鸡"又能捡上"金蛋"，走出一条创新发展的脱贫致富之路。

如今的马场井易地扶贫搬迁居民点，新房整齐划一，道路四通八达，大棚内生机盎然。蔬菜拱棚里，城里来的技术员正在为农民传授最新的种植技术；电脑屏幕前，电子商务让农牧民足不出户就把生意做到千里之外……

易地扶贫搬迁换来了群众脸上的幸福笑容，回荡在这块土地上，千百年来的致富心愿终于不再是梦！

二、老牧区的新鲜事

春到草原，万物复苏。

阳春三月，草原上到处可见忙忙碌碌的身影，当地的人们正在积极地投入火热的乡村振兴、决战决胜脱贫攻坚的伟大事业中。

在深入采访过程中，我们不断被一些新鲜事儿吸引着、感动着。

鄂尔多斯市鄂托克前旗昂素镇昂素嘎查牧民阿拉腾瓦其尔一直是当地的养殖大户，家里有5000多亩草场、600多只羊和十几头牛。家里3口人，独生子已经在呼和浩特市参加了工作。他每年卖牛羊的纯收入就有40余万元，不愁吃不愁穿，有一辆小轿车、一辆小货车。在嘎查里，他属于那种让人羡慕的"好活人"（意为生活舒适）。

可就是这个养了半辈子牛羊的"好活人"去年突然请回了几个外地人，而且在原来种饲草料的地种上了一些树苗苗，说是叫什么"钙果"。嘎查里的牧民对此非常不理解，纷纷说他放下舒服日子不过找难受了、瞎折腾。

大家说的也是，放着安安稳稳的挣钱日子不过，反而去冒险做自己没做过的。阿拉腾瓦其尔说他也理解周边牧民们的这些说法。

但他有他的打算。他现在的牧业生产规模已经到了发展的"天花板"，收入不可能再有大的增长，今后的每一天都是前一天的重复。

"我才刚过50岁，在牧区还算年轻的，还有闯一闯的条件，想发展一些新的挣钱项目，没准儿能走出一条更好的路子来呢。"阿拉腾瓦其尔说。

这两天，他和山西的果树专家在微信上详细聊了好多次，对70亩的钙果和16亩的油桃进行了技术咨询。现在苗木长势很好。按照专家的预估，他家今年的钙果可以收入30万元左右。

去年开春，阿拉腾瓦其尔还花了近2万元买了一把三弦、一把扬琴，家里接上了无线网络，建了一个有乌兰牧骑队员参加的学习群。这段时间，他和妻子娜仁其木格每天宅在家里练习，玩得不亦乐乎。

与阿拉腾瓦其尔相比，鄂托克前旗城川镇马鞍桥村的牧民白志明"玩"得更大。

2018年，他看到当地饲草料供应不足、牧民劳动强度大、养殖规模难以继续扩大等问题，在农牧业技术人员的指导下，筹资500万元，建起了一个牧草饲料加工厂，将玉米秸秆、柠条、苜蓿草等8种原料加工成颗粒饲料。目前，他的工厂日产量15吨，每吨价格约1300元。

城川镇副镇长王伟算了一笔账，以毛重50~70斤的绵羊为例，普通饲料育肥需90天，饲喂白志明生产的颗粒饲料只需80天，节省饲料钱50元。更重要的是，饲喂颗粒饲料将牧民单人生产力提升了4倍左右，也就是说，饲喂普通饲料现在每个劳动力可以养

200~300只羊，喂颗粒饲料能达到800~1000只。这对提高当地牧业生产规模是一个非常重要的支持。

鄂托克前旗的领导告诉我们，现在鄂托克前旗的牧民都开始认真思考养什么、种什么，怎么养、怎么种的问题了。旗委、政府为了更好地引导农牧民、服务农牧民，将原先每年年初召开的农牧业工作会议提前到前一年11月份开，会前派专人调研市场需求，会中请来农牧产品经纪人、外地农贸市场老板进行现场预测需求、签订合同。

"算精细账，应该是鄂托克前旗农牧业生产的一场革命。"辛晓瑞说。

三、回乡的年轻人

牧区生活的单调和辛苦，让许多牧民的孩子非常迷恋大城市的繁华与热闹。这些年来，鄂尔多斯草原上年轻的牧民子弟们在银川、呼和浩特甚至北京、深圳等地打工的不在少数。每年年根儿回到草原的他们春节一过就纷纷回到打工的城市，开始了周而复始的生活，只能在醉酒后的歌声里一遍一遍地吟唱着故乡。

近年来，随着脱贫攻坚和乡村振兴战略的深入推进，家乡的不断富裕和创业机会的增多，让越来越多的牧民子弟选择返回家乡发展。

清晨，当第一缕阳光洒在草原上的时候，巴尔斯走进自家的羊棚里，开始了一天的忙碌。饮羊、喂牛，打扫棚圈，虽然现在饲喂都实现了自动化，但由于养殖的牛羊数量多，也够他忙乎好一阵子的。

巴尔斯是昂素镇巴彦乌素嘎查温贡牧业社牧民斯仁扎布的小儿子，今年刚刚30岁，是一个"90后"。2007年高中毕业后，他在驻北京的部队里服役3年，复员后，在呼和浩特市一家民营企业打工，给老板当司机。

虽然待遇也不错，工作也不累，但是2015年，巴尔斯还是谢绝了老板多次挽留的美意，决定回到家乡从事牧业生产。

"每年春节回家，看到家乡发展得越来越好，养殖也能挣到大钱，觉得自己干总比给别人打工舒心些。再说，父母年龄也大了，3个姐姐都在外地工作，需要我回来照顾。"巴尔斯说。

巴尔斯现在养着300多只羊、8头牛，还种着70多亩水地，去年的牧业收入20余万元。他今年准备结婚，女朋友也是同一个嘎查的，两人相约要在草原上干出一番事业来。

20岁就离开家乡跑运输的宋建军今年举家迁回了老家昂素镇巴彦乌素嘎查，这让64岁的老父亲宋培智着实高兴了一段时间。孙子离家时还是个孩子，现在都17岁了。这几年，老宋家的生活芝麻开花节节高，每年纯收入30多万元。今年过年，老宋备了许多食物，准备请上周边邻居好好庆贺一下儿子回乡放牧。老宋说，这几年党的政策好、承包的草牧场又30年不变，自己年龄一天天大了，实在是有些力不从心了，如今儿子回来接过牧羊鞭、继承草场承包权，一家人幸福美满地生活在一起，多好！

据鄂托克前旗委宣传部副部长张红艳介绍，2019年，全旗外出打工的年轻人有近200人回乡从事农牧业生产。

"近年来，当地人居环境、生产条件和道路交通等持续改善，原先偏远的牧区现在和外界连接得越来越紧密，使创业机会不断增加，人口不断回流。同时，这些回乡的年轻人，也带回了发展的新理念、农牧业生产的新技术。"辛晓瑞说。

四、不甘落后的女人们

多少年来，在牧区，男人放牧养殖，女人操持家务。除此之外，牧民几乎再没有什么新的生产生活方式。然而，这两年，这一切都在悄无声息地改变着。

今年55岁的苏雅其其格和其他牧民的妻子一样，多年来一直和丈夫一起，在昂素镇巴彦乌素嘎查放牧养殖。前几年，不甘围着锅台转的她学着当起了月嫂。要知道，在牧区，伺候人的营生是大家瞧不起、没人干的。但倔强的苏雅其其格根本不在乎别人怎么看，反而把这件伺候人的营生做得风生水起。2019年1月，通过考试，她拿到了全国职业人才认证管理中心颁发的"高级母婴护理师"职业证书，成了当之无愧的月嫂。

1年多以来，她在呼和浩特、包头、锡林郭勒等地当月嫂，每月收入1万多元。不仅如此，她还带着五六个徒弟，兼着月嫂经纪人。由于她踏实肯干又爱干净，找她当月嫂的人非常多。每天都有好几个雇主发微信联系她，让赶紧去。

与苏雅其其格住在同一个嘎查的牧民斯庆达利也是一个很有能力的女牧民，今年57岁。前年，她的丈夫因病去世，2个孩子都已在外地参加工作。家里平常只有她和90岁的老阿妈一起生活。

丈夫去世后，斯庆达利一个人撑起了这个家，放牧种地样样不误。要强的她还学会了开拖拉机、改良种羊。这几年，她家的纯收入每年都在30万元左右。

斯庆达利家建了一个种羊改良站，为当地牧民提供优质的杜波种羊。她家现在育有100多只种羊。这些羊从人工授精到接生管护，再到饲养售卖，都是她一个人完成。每年仅卖种羊一项，就可以给她带来近20万元的收入。

"只要有决心,就没有做不成的事。"斯庆达利对她现在的生活很满意。

在鄂托克前旗境内的省道317一个服务区内,有一间大约300平方米的屋子。在一般人眼中,这里应该是超市、饭店、旅店等营业赚钱的地方。我在这里却看到,几个蒙古族中年人正在泼墨挥毫,写起了书法。

今年41岁的唐孟克是当地远近闻名的电焊工,手艺高超。他每年仅电焊一项就收入10余万元。然而许多人不知道的是,他还是一名"画家""书法家"。

近年来,这里的牧民兴起了"家风家训"热,几乎每户牧民家里都在客厅醒目的地方挂着一副装裱精美的家风家训,内容都是热爱祖国、与人为善、勤劳智慧、尊老爱幼等。

每隔半个月,唐孟克都要与同嘎查牧民阿拉腾布拉格等几人来这里,给牧民书写"家风家训",顺便切磋下技艺。

"我们不靠这个挣钱,只是想让牧区生活增添一份艺术气息。"生活富起来的唐孟克今年还准备在旗府所在地举办一场个人书法绘画展。

·憧憬篇·

陈共和王雅茹的幸福生活

刘金梅

一、饮马河东陈共和

乌兰察布市丰镇市东园村的一天开始得很早。早上5点，62岁的陈共和就起来披了一件衣服出门。出门时，他轻轻地把门带上，蹲在大门口抽根烟，咳嗽几声，清清嗓子，灵醒了，转身回到草料房。

草料房不足10平方米，坐东朝西，是一间厢房，当地人叫小房子，堆放杂物用的。陈共和家的小房子兼做加工车间，存储着玉米、麻神（胡麻炸过油后的残渣）和数量不多但码放整齐的成捆干草料。

推开门，墙角处是一套多功能小型粉碎机，能磨面，把玉米颗粒加工成玉米面；也能粉碎草料，把秸秆、干草等粉碎成面粉状。陈共和先检查皮带，检查粉碎机进口和出口，再把一个白铁皮材质的大洗衣盆，放在粉碎机出口处的面袋子下，接通电源，开电闸，摁下红色开关键。"轰"一声，粉碎机启动，空转了两三分钟后，陈共和从墙角的大缸里盛出满满两瓢玉米粒，倒入料槽，粉碎机的噪声顷刻间由尖利变为凝重，像嘴里塞满饭还想着说话的淘气大男孩儿，声音混杂而沉闷。料槽里的玉米粒从中间慢慢坍陷，漏斗一样，玉米颗粒下沉，越来越少，越来越少。与此同时，黄澄澄的玉米面从面袋子里滑出来，白铁皮材质的大洗衣盆里逐渐堆积起一座面粉山。陈共和抖落着面袋子，听声音感觉差不多了，站起身来，准备给料槽加料，突然，肩膀被一只手摁住。

陈共和不用抬头，就知道是老婆王雅茹。王雅茹直奔玉米缸，盛出一瓢来，添加到粉碎机的料槽里。王雅茹添料，管进口；陈共和负责抖落面袋子，管出口。十几分钟后，白铁皮材质做成的大洗衣盆里，玉米面粉堆积成一座小山。

"行了行了，够了。"陈共和大声喊，说话的调门高过粉碎机的高速运转声。

"喊啥喊，我知道，看见了，又不是没长眼睛。"王雅茹白了丈夫一眼。

"烧水了？"

"烧好了。我说你声音小点行不？人家刘老师还没醒呢。"

"刘老师早醒了。"我笑着说，"你俩起得可真早。"

"不早能行呢？鸡叫第三遍不起，猪也得哼哼起你。这一大早的，二三十张嘴，都等着呢。"王雅茹一边说着话，一边回屋里端烧好的开水。

正房台阶上有一只双耳锅，陈共和把新磨好的玉米面倒进锅里，再抓两把麻神面，用双手搅拌。王雅茹倒水，陈共和搅拌，夫妇俩配合默契，就像在草料房里，王雅茹投玉米，陈共和摊平磨出来的面粉一样。

这是东园村贫困户陈共和、王雅茹夫妇的寻常一天。时间坐标：2020年5月20日。彼时，太阳已经从山坳里爬出来，院子里洒满新磨出来的玉米面粉一样黄澄澄的光。新鲜的玉米面、麻神面的香味经开水的冲泡发散开来，冲击着人和牲口的味觉。小白狗哼哼唧唧跑过来，绕着饲料盆转圈圈，被王雅茹用腿阻隔着；三五只褐红色的母鸡，叽叽咕咕，绕着人和双耳锅转圈圈；一只大白鹅，嘎嘎嘎叫着，长长的脖颈越过鸡，在王雅茹的裤腿处磨蹭；黑白花色的母牛，头越过牛圈栏杆，忽闪着好看的大眼睛张望着，不时发出一声两声的"牟"叫；猪最激越，警笛一样拉长声调，有起伏地拼尽全力吼，就像挨刀子被杀时一样惨叫着，叫累了，哼哼一小会儿，忽然就另起调调，继续吼叫。

"先喂猪还是先喂牛？"

"啊呀老妹子，没听说过嘛，会哭的孩子有奶吃，先给叫得最响的。"

猪叫得最响，牛只能靠后了。怪不得比喻埋头苦干的人叫老黄牛，牛真的是实诚！我脑子里开始跑马，需要拽紧缰绳，赶紧把自己拉回来。

"陈大哥，你是从啥时候开始养猪的？"

"大前年年初，就是，2017年年初，盖了猪圈，买了5个猪娃子，都是好品种，太湖黑猪、杜洛克公猪。第二年，2018年，变成了13个，卖了8个，留下5个。正赶上这两年猪肉行情好，一年比一年价格高。卖小猪娃子，比卖猪肉还合适呢。我始终保留5个猪的数儿，中央电视台还说，菜不能放在一个篮子里，得有个平衡。

其实，起初呀，我们是先养牛的。

2016年，我们被定为贫困户，政府给了1头牛。我又买了3头，2年半，就下了小牛，3个小牛里2个小母牛，舍不得卖，现在一共有5头大牛，2头小牛，有1头母牛又怀孕了。前几天去看了看今年的行情，四五个月大的小牛犊，卖1万块钱也打不住呢。

这两年猪肉贵，猪娃子也能卖个好价钱。腊月，一个猪娃子才1000多，到了正月，一个1300。卖10个，你算算，那收入，苦点累点，也值了。再说回牛，一头小牛犊子，没断奶时卖4000多，再往大了养，不值钱了；一头犍牛（公牛），万数多呢。母牛下母牛，3年下5头，我这7头牛，到了明年，就都能下小牛犊了，呵呵，那该是个啥光景！"

老陈一边干活儿一边念叨他的生意经，越说越美，自己都笑出了声。

我跟着老陈的思路盘算：正月，10个猪娃子卖出去，1万多。5头小牛卖出去，2万多，总共3万多的收入，够一年所有张嘴等吃喝的牲畜们的饲料本钱，连人的生活费也够了。再有进项，那可都是净收入。我心里也亮堂起来，替老陈夫妇高兴。

"2016年买牛，2017年买猪，都是自己的钱？"

"哪有那么多钱！大头全靠贷款，小头靠向兄弟姊妹借。人家政府也扶持呢，咱也得自己刨闹着。这就好比是爬坡，有人后面推你一把、拉边套帮你一把，主要还得是你自己发力，日子才能越过越欢实呢。有人推，也有人拉，你自己不想发力，那都是瞎张罗，没用的。

我们现在，借个人的钱都还了。借银行的钱，还没还完。2016年买牛，贷款1万元，第二年还了，又贷款买猪。去年贷款3万元，翻修猪圈、重整牛棚，又盖了这个草料房，存储冬天的草料。人吃马喂的，夏天好过，冬天都得靠积蓄了。65岁以后，政府就不给咱贷款了，怕咱们没有偿还能力，我得为3年以后做好打算吧，先搞好基础建设。"

"你现在是富裕户，3年以后还用贷款吗？不用了吧，卖猪娃子卖牛犊,就能挣不少钱呢。"

"要不说呢,这两年多受点苦,攒点积蓄,只要还能动弹,就不闲着。碰到这样的好政策、这样的好时候,你想过好日子,人家也出钱出力,支持你过好日子,但凡是个明白人,勤快点,没道理过不好。老妹子,你说,是不是这么个理?"

"是是是。道理是这样,有一点我还是想不明白,你思路清晰、能说会道,人也勤快,这么就成了建档贫困户了?"

"说来话长呢,刘老师。"

陈大哥不叫我老妹子了,改口叫刘老师,语气也正式了起来。

嫂子王雅茹安顿我先去洗脸,她把早饭做好了,说陈大哥还得把牛放出去,耽误不得。

安顿好猪,安顿好鸡,安顿好母牛、鹅、狗,才轮到人吃早饭。

早饭简单,自己家蒸的开花馒头,一碟子芥菜丝,煮鸡蛋,一人一袋牛奶。牛奶和馒头在笼屉里热着。

一只白猫悄无声息地蹭过来,卧在王雅茹的身边。嫂子把自己杯子里的牛奶倒在手掌心里,猫很快舔舐干净了,抬起头"喵呜"叫着。嫂子把嚼碎的馒头放在自己的手掌心里,猫探头闻了闻,缩回脖子闭眼假寐。嫂子在手掌心里又浇了一点点牛奶,猫伸出舌头舔了舔,接着用力舔,把牛奶吸食干净、馒头渣剩下了。

"蛋清,我这个,给它。"陈大哥冲着老婆说。

"就你惯的,馒头不吃,莜面不吃,尽吃肉,吃鸡蛋清,可挑剔了,蛋黄还不吃呢。"

"我的蛋清也给它。"我跟嫂子说,在小猫小狗面前,我没有丝毫抵抗力。

上午9点多,陈大哥赶着自家的几头牛往外走。将几个尿素编织袋扔在牛背上后,也不知道他从哪儿摸出一把镰刀在手里攥着。镰刀把黑黑的,刀刃抢眼的亮。

我要跟着陈大哥放牛去。嫂子追出大门外,递过来一个宽沿遮阳帽,天蓝底色上点缀着小白点花纹,有长长的飘带,系在脖子里还能飘下来做装饰。

嫂子说:"天热,一会儿就晒成烧猪肉了。这帽子是俺二姑娘给买的,多少管点用呢。"

我谢过嫂子。放眼望去,天瓦蓝,没有一丝云彩。空气干搓搓的,能听到地面的小草窸窸窣窣响。有小草长出来了,鲜嫩翠绿,躲藏在经年的荒草下,现在还只有连脚面都盖不住的高度。

"这地方,本来就十年九招灾的,不是风灾,就是旱灾,再不就是冷蛋子冰雹,靠天吃饭不容易呢。"我说着。

"刘老师,你还挺了解我们这儿的。"

"我就是这儿的人,喝饮马河水长大,你家河东,我家河西,能不了解嘛。"我笑着说。

马河饮,即东河湾,依然是我梦中反复回放的桃花源。这是我心里想、没说出口的话。

丰镇老城区的布局特别,建在一块小盆地里。背靠北山,东边饮马河水冲开一条狭长河谷,向南向西一马平川。丰镇城,就建在饮马河西的平整地带。饮马河东,陡然耸立的一块高地,被当地人称为东山。东园村30户人家整体搬迁,就是从河谷山根处,搬到了面南向阳的东山山坡上。东园村建新村前,先打了井。有了水,整村搬迁才有可能。告别辘轳取水、肩挑回家、水缸储水的吃水方式,改用机井取水、管道输送、拧开水龙头就能吃水的便捷方式,是这个村整体搬迁的先决条件。从此,东园村30户村民享受到了自来水的便捷和卫生,摆脱了到一里地外取水、没力气就吃不上水、做不了饭的原始生活方式。

"谁也没想到,山坡上能打出水来。祖祖辈辈在山根下住,就是为了吃水方便。建新村了,机井真就打出水来了。"老陈独自感慨着。

"是呢,谁能料到,我们会有现在这样子的生活呢。"我也感慨。

小时候娱乐方式少,除了上学,夏天的一半时间,我们把自己交给了东河湾;除了刮风下雪,冬天的三分之一时间,我们也把自己交给了东河湾。夏天,我们在那里洗衣服、耍水,冬天,我们在那里打冰球、滑冰车。为了抢地盘我们还和东园村的孩子们有过混战,东园村的孩子们过河来打酱油买醋,又成为似曾相识的老朋友。饮马河发大水,两岸人家一起遭灾;饮马河干旱断流,两岸庄稼地同时歉收;饮马河水量丰沛又无洪涝,整个丰镇市都会迎来丰收年。一条饮马河,承载了太多人的喜怒哀乐与往事辛酸。

东河湾是饮马河途径丰镇城一段的俗称,属于海河水系。饮马河发源于丰镇三义泉乡小天村南,流经丰镇城东,在明长城遗址附近入山西大同后,改称御河。御河汇入桑干河,桑干河下游改名为永定河,归属海河水系。现代作家丁玲写过长篇小说《太阳照在桑干河上》,山西境内的桑干河因此而出名。中学语文老师讲饮马河时,讲过这一段河流名称的变迁,我因饮马河汇入桑干河而自豪。现在想来,山川河流的名称变化,其实没什么可自豪的。让我们念念不忘的,是我们对它的情感。饮马河,她是我们的母亲河。我们不叫母亲河的官名、学名,我们只叫她的乳名、小名,东河湾。我们都是喝着东河湾的水长大的丰镇人。

现如今站在东山上,看着山脚下的饮马河,看不到波光粼粼,只看得见一条绿色绸带蜿蜒匍匐在山脚下,有牛羊在中间移动,斑斑点点。如果不是两座大桥横跨河岸,初来乍到的外地人,怎么也想象不出,眼前这条绿色绸带,她曾经是一条河;更不敢想象,看不见水流的砂石河渠里,也曾经浊浪滔天。

"有水,真有水呢。不信,你下来瞅瞅?"老陈在河渠里喊我。

牛放后山找草吃。我和老陈下山,到东河湾里割青草。老陈出门的时候,就换好了一双高腰雨鞋。天旱草不高,露水却大。没过半个小时,老陈的两条裤腿全湿了。他是怕冷落了我,一边割草,一边说话,说的都是他的养牛经。

"光靠精饲料,真养不起那些牛。咱自己辛苦点,割了青草当夜料用,能省不少钱呢。你算算,一头牛,自己吃草遛弯儿不算,每天3斤玉米也打不住。玉米3斤4块钱,还要买配料,买添加剂;一头小牛犊子,一天也得喂1斤多精饲料;母牛生了小牛犊子,吃的量翻2倍。你说说,这光是牛要吃饱一项,就要支出多少钱呢。要不说,我在这河湾里割草,多大的露水,都得来,为个啥?为了牛吃得好,为了省点饲料钱呗。咱人穷,命贱,有的是力气,也只有力气了。你说也奇怪吧,人的力气,睡一觉,又有了;一分钱没有,那可得难倒多少英雄汉!"

"话说到这儿了,陈大哥,我还是想问你:你思路清晰、能说会道,人也勤快,怎么就成贫困户了?"

陈共和停下手里的活儿,上岸,蹲在我的旁边,掏出他的红梅烟来,自己点上,深吸一口,不吐烟圈,漫漫咽到肚子里去,吐口痰、清清嗓子,才开了口。

"穷呗——不穷,咋就一辈子没娶过老婆呢。"

二、王雅茹找上门来

"我今年62，1959年4月的生日。兄弟6个，我排行老二。我们一共兄妹7人。最小的妹妹，子宫癌，2015年走了，留下1个女儿。子宫癌呀，一场大病，2次发作，一夜回到解放前！从得病到人走，也不是一年两年的事儿，断断续续，时好时坏……不说她了，说我。

我17岁给农业社喂牲口，19岁学会耕地，20岁当兵。那时，我们到唐山种水稻。我们九连四排，负责放水，每人100亩，放了3年水。后来3个月，开插秧机。第五年全训1年，在营地，遇到发大水，差点淹死。25岁复员回来，紧接着农业社解散，就是农村土地承包到户。家里买了骡马，种地，跟着老掌柜的，养了六七年骡马，自己种地，也给人耕地。"

"老掌柜的是谁？"

"父亲，我大。"

"噢。对不起啊。"

"没事儿。家里兄弟们多，老掌柜的也愁呢。那可不比我现在，喂牛喂猪，每天要吃的。我们兄弟们多，6个儿子，除了要吃要喝，还要娶媳妇。娶媳妇就得盖房子，要不，往哪儿娶？连个遮屁股的地儿都没，谁家女子，会跟你？我当兵期间，老大娶了媳妇成了家。我转业回来，给老四、老五娶了媳妇。那时候，娶媳妇先盖房，哪有砖瓦呀，后墙垒石头，内墙脱土坯。兄弟们1年有3个月，都在脱土坯、砌墙。要不就是上后山去，开山打石头。为了找到好石材，后来我们买了四轮车、空压机。你也知道，东山上的玄武岩，不成材的片石多，有黑疤的石材多，能成型的少。不好的石材，拉回家盖房子，成型的、好的，卖了赚点零花钱。后来国家禁止放炮了,开山卖石头的工作,就停了。

一是国家政策不容许,二是我们,也真干不动了。10多米深的石头坑里,打眼儿、放炮,炸掉不成材的石料,一块一块,把没用的废石头清理出去,继续打眼儿,放炮,继续找成型的料。苦重就不说了,出不了料,卖不出价钱。有时候,兄弟几个人,连续几个月,都在白忙活。

后来,大嫂的姐姐拉缀着,我去包头打工了。老三、老四、老五,陆陆续续,都去包头了。再后来,老二,就是我,和老六,留在本地,去黑石头厂,切割石材。丰镇有两年黑石头红火,我们给人家干活,伺候黑石头厂,每个月挣得不多,应付日常开销还是没问题的。

这人啊,活一辈子,总会叫你啥事都要经历一遍。这就是人们所说的人生吧。

黑石头厂,也就是有名的丰镇大理石厂,每个月发三四百块钱,吃点喝点,供个日常开销,日子还是挺好过的。我妹妹病了,子宫癌,大夫要她都切了,切除干净了,她偏不。手术2年后,又复发了。这大手术要花钱,欠的饥荒还没还清呢,又复发了。我挣的钱,都贴补他们了。

也没咋尽过孝。老父亲,我们老掌柜的离世了。那时,我正在四子王旗乌兰花镇打零工,给工程队浇制马路牙子。一个电话,跑回来,人已经没了。和我妹妹,前后脚的事儿。家里能有多少积蓄,够这么两出子花费呢?娶媳妇,拿啥娶?

后来,我在薛家湾打工,安装电线杆的铁塔基座。有一回,从塔上掉下来,摔断了4根肋骨。在医院住了半个多月,回家养病。那时候,还住在山根底的旧土房里,每天一睁眼,就得吃、就得喝,家里有老母亲,能洗洗涮涮,能做口饭吃。但我得去担水……

每天,我挣扎着爬起来,到一里地外担水,担少半桶水,走一路歇一路,歇个10来次。10来天后,这身子骨,就硬落点了。有一天去担水,半路碰上村主任了。那时候,东园新村正在打机井,准备盖房。主任叫我去新村工地,开搅拌机,有点事儿做,也能补贴个家用,手里一个子儿都没有,不像话。

村主任,那确实是照顾咱们呐。开搅拌机这种清闲活儿,没用他家亲戚,就用我了,这不是照顾,还能是啥!后来经过投票选举,我被定为精准扶贫对象。我也没想到,我还能好得这么利索。你看看,这脸上、前胸、后背,留了挺多疤,难看是难看了点,也不影响干活儿。咱人是老了,没力气了,起个猪圈割点青草这点苦,还能受得了。"

老陈撩开背心露出筷子长的伤痕,蚯蚓一样匍匐在胸口。

我笑:"咱家嫂子,不嫌弃你的伤疤难看呀?"

陈大哥呵呵乐。

"你和嫂子,你俩啥时候结婚的?"

"2016年底。听说我摔个半死,她就来了。也是2016年,我被识别为因病致贫的贫困户。这2016年,坏事儿好事儿都赶一块儿去了。"

"她就来了?"我笑着追问了一句。这里面有故事呀。

陈大哥呵呵乐,说:"该回去了,我把三轮车开过来。这些青草,够今儿、明儿两天吃的了。"

电动三轮车功率足够大。从东河湾回家,经过一段沙土路、一段沼泽路、一段30多度斜角的水泥爬坡路。发动机"突突突突"响,车体却平稳匀速,没有丝毫颠簸感。从车斗上跳下地,我由衷夸赞:"陈大哥,牛啊!你的开车技术,还真行,有两把刷子呢。"

陈大哥摆摆手，先熄火，后从车上往下搬青草。

嫂子王雅茹已经听到她家三轮车的动静了，迎出来，帮忙卸货。我俩合力，把车斗里的青草袋子往院子里抬。他站在车厢里，往下卸货，我和嫂子往院子里运送。

嫂子接过了我的话头，说："这个老陈呀，你别看他瘦，个子也不高，是一把好苦力。啥东西经他手，都给你弄得妥妥的。那一年，在我老家朔州，也是在一个工地上，电工、木工、焊工，他都能拿起来比画两下。有谁遇到啥麻烦事了，都找他。"

"心灵手巧——嫂子，你就是看对我们陈大哥的心灵手巧了吧？"

我这么说，嫂子羞红了脸。她低头，用手拨弄开额头前的一缕头发，嘴角漾出一汪柔情蜜意。

"中午饭好了。先吃饭，还是先铡草？"嫂子岔开了话题，问老陈。

"先铡草。趁新鲜支棱着，好操作。草一打蔫儿，没骨头了，机器也不好收拾。我这儿也快，说不定刘老师没洗漱完，我就先铡完了。"陈大哥一边说，一边去准备铡草了。

院子里铡草机的声音震天响。

嫂子打开电视，调到中央台。我洗漱，她听新闻。大家都各自忙完，才坐到炕上。等我们端起饭碗时，已经到《今日说法》节目了。

"要说呀，咱们这生活，真是好过多了。现在不愁吃不愁穿，村干部、乡干部，就怕大家有个灾灾病病的，隔三岔五过来问询，当干部的，也都不容易呢，一点也不比我们养牛养猪省事，你说对不，刘老师？"嫂子问我。

王雅茹是山西山阴县人，说的一口朔州话。

桑干河从山阴县蜿蜒穿过，已经不是在丰镇境内饮马河的样子了。桑干河畔长大的女子，和饮马河畔长大的汉子，理应有所区别。

朔州话语速快、咬字紧，说话时吞音现象严重。嫂子的话说完，我需要在脑子里回放一下，重新回味加工，才能大致猜测拼接出她话里的大意。

"是是是，我们也一样。养猪养牛，当村干部当乡长，开饭店做买卖，教书写书，事不同理同，想做好，都得操心、都得下功夫呢。"我频频点头并附议。

嫂子遇到知音，抢过话茬说："老话说得对着呢。天上就没有掉馅饼的美事儿，不经过九九八十一难，哪有那么容易能取到真经呢。"

我笑了："快说说，你和陈大哥的爱情故事，是不是也经历了九九八十一难？"

"刘老师，快别拿我们寻开心了。"陈大哥动作果真快，铡完青草，顺便在院子里洗漱了。大洗衣盆里有嫂子一上午晒好的热水。陈大哥一边擦脸擦手一边阻止我的提问。显然，他不想让嫂子说他俩之间的事儿。

我赶紧申明："我不开玩笑，就是想听听，嫂子，一个山西朔州人，怎么就嫁到我们内蒙古来了？还是在陈大哥落难、摔断四根肋骨的时候。这不就是爱情的样子吗？"

"就是。不是我，换个别人，谁还能在你摔成半个残废的时候，上赶着跑来，伺候你吃、伺候你喝的？"

王雅茹真的是个痛快人。脸上不藏心事，肢体语言丰富，对丈夫的爱就写在脸上、蕴藏在声音里。

"就是，2016年底，我来的。当时，他在我们那儿打工来着，我们在一个工地上班，就认识了。我47岁离的婚，前夫是个酒鬼，酗酒、打人。每天看见他，醉醺醺的，我心里烦。他不在家里喝酒，就出去要钱，十天半个月不回家。就他（前夫）那样的，再给我100万，我也不稀罕，不想和他过了，熬不出去！

我现在跟上他（陈共和），没钱，有一个馒头，分两半吃，一碗稀粥，两个人一起喝，心里亮堂。以前呢，家里有个三长两短的，找不见个人，也指望不上。不如他，挣一块钱、挣十块钱，都给我。我想花就花，不想花就攒着，由着我，心里舒坦。他从没骂过我，也没动过我一根指头，所以，我到这儿，是心甘情愿的。你刚才问我，嫌不嫌弃他丑。凤凰好看不？凤凰再好看，它由不得你，说飞就飞了，要它有啥用？我今年57岁了，耗不起了，就想安安稳稳过几天消停日子，吃苦受累咱不怕，心难活，日子才难过呢，天都是灰的，没颜色，有啥意思呢。

他打工去了我们那儿，一住三四个月，我看着这人挺好的。回去和奶大、奶妈说，奶大、奶妈说，让我自己看着办。我看着挺好的，就跟着他来了。

来前知道他家里兄弟多，来了才知道，一个都指望不上。来都来了，自己咬着牙过呗。我们养牛养猪，还养过鸡。每天5点多起来，晚上10点多上炕睡觉。二三十亩地里，玉米呀、胡麻呀都种。耕地、耙地、点种子、起山药，我以前哪儿干过这些活儿呀，都是现学。家里地里，都等着我呢，闲不下来。"

"真是辛苦！"我感慨着。我是农村长大的，知道地里活儿有多苦重，也知道家里活儿有多熬人。

"我们这种人，坐不住的。"陈大哥看我截住了嫂子的自言自语，赶紧接过话头，"劳动惯了的人，闲不住。哎——你不看看你的粥咋样了？"

· 憧憬篇 ·

"啊呀妈呀，我的亲姑奶奶呀。忘了，我的粥！"嫂子呼喊着，冲到堂屋里去了。

等王雅茹去厨房，稀粥已熬成稠粥了。她兑水，重新点火，重新熬。这是奶牛和母猪的餐外加餐，一天三顿，下奶用的。就像给生小孩的产妇多喝流食一样，给奶牛和母猪加食稀粥，是陈共和、王雅茹夫妇的养殖经验之一。

吃完，我帮着收拾饭摊子、洗锅。

陈大哥抽了根烟，在炕上坐了一会儿，算是歇了晌。不一会儿，他下地穿鞋，披了件衣服，就去地里了。一边出门一边跟我念叨："今年天旱，谷粟没种进去。玉米种了，七湾八拐的，长出来的苗不全，看着心寒，可不想去地里呢。不想去也不行呀，牛还在后山呢。刘老师，你别跟着我们瞎忙活了，你快上炕，歇歇腿，展展腰吧。"

还真是。从早晨起来，我就跟着他们家里家外跑，就没闲过，双腿沉甸甸的，脚变大了，感觉自己的鞋盛不下自己的脚，双手也有点肿胀。

回头看看王雅茹，她正在给乳牛、母猪加餐小米粥。我想象着她刚刚来到东园村，第一次养牛、第一次买回3头小猪养、第一次看到母牛产仔、第一次看到母猪生产时的样子，还有这小院儿里曾经有过的100只小鸡、13个小猪仔、8头牛时的热闹样儿。

我蹲在房檐下的台阶上，逗引着那条小白狗，把我们中午吃剩下的米饭，分开几次，扒拉到青石台阶的低洼处。小白狗一点也不认生，吃完了，还用舌头舔舔嘴角，看向我，小尾巴使劲摇晃，示意我，它还想吃。大白鹅也摇摆着走过来，想分一杯羹。母鸡们陆陆续续蹭过来，排成一行，走两步停一停，机警地左顾右盼着，它们不是怕狗，也不是怕鹅，也不像是怕我不给它们吃的样子，只是机警着，左顾右盼。

"嫂子，要喂鸡吗？"

"不用喂，你们回来前我就喂过了，饿不着它们，草地里蚂蚱多得是！"

"才5月份，就有蚂蚱了？"

"十年九旱，我们这地方，没灾不旱的年景少嘞。"

我是丰镇长大的人，这个自然清楚。十年九旱不说了，夏天容易有冰雹，雹走一条线，每年都会有冰雹过后颗粒无收的庄稼地。远的不说，我印象最深刻的是1996年7月18日、8月11日，三义泉乡的2次雹灾。我嫂子是三义泉乡人，嫂子的弟弟是村主任。村里人蹲在地里抚摸残破的庄稼的照片我看过，庄户人家的绝望，是通过弯曲的背影传递出来的。第二年，也是8月12日，大营村、车黄夭村受雹灾。1998年7月12、13日2天，丰镇连降大暴雨，京包铁路中断行车10多个小时，110国道多处被冲毁，这是水灾。1999年，春旱连着夏旱、秋旱，全县因干旱未捉苗30.7万亩，占总播面积26.6%，死苗面积5.1万亩，占总播面积4.4%。因干旱导致大面积虫害发生，全县有51.3万亩农田遭虫害，3.5万亩因此改种。这都是记载在丰镇县志里的。为了这次调研，我翻看过相关资料。这么早就有了蚂蚱，让人心里不安呢。

"咱们不说这个了，堵心。"嫂子说，"换个话头子，说点高兴的。陈共和不想我多说，我再给你说点你喜欢听的。"

"我呢，也是上过学的人，2年技校，2年艺校，也有过工作。"

"以前的艺校，分配工作，分配在卫生防疫站了，给人打针。我怕打针，又去了工厂，在机床上做钳工。后来，工厂不景气，发不出工资，大家各自找活路，我就开始打零工。家里过得不顺心，还要拉扯3个孩子，一晃，大半辈子过去了。明年，我就不用自己交社保了，就能拿到养老金了。现在一年交2450元，拿到养老金的时候，每个月能拿3500还是3600，我不太清楚，反正挺多的。"

"嫂子，你有过工作，应该是连续计算工龄的吧？养老金应该比别人多。你说你57，应该是55周岁就能拿养老金了吧？"

我急了，生怕她不知道这些，错过了。

"我知道，大姑娘给打听着呢。我说的是虚岁，腊月生日，虚2岁呢。"

"那，你来内蒙古，孩子们没意见，他们不反对？"

"他们反对啥？我把他们拉扯大了。大姑娘成家了，有自己的幸福生活了。二女儿在太原，没成家，也有对象了。儿子还上着学。你就说我，没个自己的家，老来老去，靠着女儿女婿活，能行不？我可不想！我还想有自己的幸福生活呢。"

"嫂子，你，多长时间回一次老家？"

"老家只剩俺奶大、奶妈了，一年也回不了几次，不想回去。大姑娘给我们装了网线，有空就打视频，说说话。前两天奶妈还问我，手咋啦？我说，割草割的，划破个小口子，没事儿，好着呢，不用惦记我。"

"孩子们来看你？"

"是呢，大姑娘前几天刚走。

我上学那会儿，啥都学过，跳舞、梆子戏。现在老了，学过啥也不行了。现在，每天喂猪、锄地、放牛，20多亩地，也顾不上想过去那些事儿了。看手机，也是看看别人家怎么给牛配料，咋能让母猪不得病，都是些牛啊猪的视频。我姑娘看见了，还数落我呢：'每天对着牛看，还没看够。手机是让你玩、让你开心的工具，你呢，还是看牛。'"

这是一个有故事的女人，一个有头脑的女人，一个有力量的女人！她和我拉着家常，手脚一直没闲着。

牛放出去了，正好收拾牛圈起牛粪。王雅茹手里的铁锹上下翻飞，将牛粪一锹一锹铲起来，一锹一锹装进手推车里，推运出去，整车倾倒进粪坑里，再一锹一锹装土，运回来，整车倾倒，将地面摊平。手推车推到墙角处，倒立，刀枪入库马放南山的感觉。摘掉头上套着的塑料袋，摘掉手套，拍打拍打衣服上的尘土，在院子里倒水，洗漱。洗脸盆里的水是晒好的。房檐下放着1个大洗衣盆，3桶水，一溜排开，足够1天用。

王雅茹一边讲述自己的流年过往，一边干着体力活儿。

我的敬佩之情油然而生，很快，就汹涌澎湃如滔滔江水了！

我一时间找不到合适的词语来形容自己的心情，脑子里快速闪过陈大哥年轻时当兵的形象。我在心里，扎扎实实地给嫂子，给王雅茹，行了一个标准的军礼，替陈大哥，也替我们女人！

王雅茹这个女人，她能拿得起，也能放得下；她能弯得下腰，也能做决断；她是她自己命运的主人！

"陈大哥多有福啊，遇到你这样的女人！"我由衷赞叹着。

嫂子屁股撅起，低头弯腰，忙着在院子里洗漱，不一定听见了我这句感慨万千的话。

晚饭我们一起下厨。大家都是上了年纪的人，吃不动了，熬稀粥，吃热馒头，切芥菜丝，用葱花香油做调味拌着吃。稀粥人喝，乳牛喝，刚刚下过仔的母猪也喝，满满一大锅，去火，也解渴。

只要人在屋子里，电视就一直开着。陈大哥和嫂子更关注新闻。

正是两会期间，新闻报道的是，药降价了，更多救命药被纳入新医保目录；四川南江：脱贫攻坚，扎实推进，消费扶贫带动农户稳定增收;广东:广州中欧班列正式实现往返双向运行。

嫂子一边吃饭一边说话,发表着自己的感慨。

"叫我说呀,我们国家,还有政府,一心想着百姓。咱小老百姓,咋能不说人家的好呢。你看看我的牛,看看我的猪,不是共产党,我们能有这样的好生活?就拿我俩举例。老陈工伤,起不了床,成贫困户了。第一年,政府给了1头牛,还补助了2000元的饲料钱,我们自己养了一头猪,政府又给补贴了700元。2年过去了,第一头母牛下了3个牛犊,牛犊又下牛犊、猪也下了好多猪娃了。母牛我们舍不得卖。这犍牛,养到六七个月大,一头1能卖1万多了。你再算算,这牛的寿命,能活个十二三年吧。母牛下母牛,三年下五头,我们这7头牛,到了明年,可就都能下小牛犊了,啧啧啧,那时候,会是个啥光景呢!"

"啥光景?小康光景,富裕光景。"陈大哥转头问我,"你说我说得对不对?"

"对着咧——还得是你们'小两口'勤勤恳恳起早贪黑不停动弹才有的回报呀。"

"净灰说咧,有我们这么大岁数的'小两口'吗?"嫂子嗔怪着。

"我也是第一次见像你们这个年龄的"小两口"。60左右,婚龄3年,一心养牛,脱贫致富。不靠儿女,全凭双手。前半生为亲人付出,后半生开启生活的新状态。有爱情,好着呢,是真好!"

我是由衷感慨。人活着,不在于年龄,在心劲儿。嫂子王雅茹有追求幸福生活的心劲儿,陈共和大哥有一辈子藏在心中的愿景。爬坡得遇助推手,向贫困户倾斜的所有优惠政策和帮助过他们的人,都是协助他们翻越命运那堵高墙的助推力量。这股子力量强大,足以让陈共和王雅茹夫妇过上他们想过的幸福生活。

后 记

高明霞

  《看北疆锦绣中——内蒙古脱贫攻坚纪事》是我们团队共同完成的一部长篇报告文学。我们的心愿是真实地讲述脱贫攻坚战中那些平凡奋斗者的故事,为这场波澜壮阔的山乡巨变留下一份纪念。

  2019年5月,内蒙古自治区党委宣传部和内蒙古作家协会将书写内蒙古脱贫攻坚报告文学的任务交给了内蒙古大学文研班的师生,并纳入内蒙古文学重点作品创作工程,由内蒙古大学文学与新闻传播学院教授、文研班指导教师高明霞和内蒙古大学文学与新闻传播副教授、文学博士、文研班班主任鄢冬担纲。内蒙古文联副主席包银山对该书的选题和写作思路提出了十分具体的指导意见。我们团队的成员有内蒙古艺术学院影视戏剧学院副教授、作家、内蒙古大学第一届文研班学员刘金梅,鄂尔多斯市杭锦旗乌兰牧骑创作员、作家、内蒙古大学第一届文研班学员娜仁高娃,赤峰市《百柳》杂志执行主编、内蒙古作家协会副主席、内蒙古大学第八届文研班学员王樵夫,内蒙古日报社《北方新报》记者、作家、内蒙古大学第八届文研班学员张泊寒,兴安盟兴安日报社文教部主任、高级编辑、作家、内蒙古大学第九届文研班学员董一鸣，呼伦贝尔市根河满归中小学教师、作家、内蒙古大学第九届文研班学员顾长虹，鄂尔多斯市融媒体中心编辑、作家、内蒙古大学第九届文研班学员李彦军，锡林郭勒盟多伦县自由作家、内蒙古大学第九届文研班学员刘慧刚。值得一提的是赤峰市老作家陈秀民，在驾车陪同我们采访的行程中主动加入这个集体。他虽然不是文研班的成员，但是受那些脱贫路上感人的故事影响，凭着钟爱文学事业的热情，与我们一路前行。

交付书稿之际，感谢内蒙古自治区扶贫办政策法规处葛林处长给予我们的政策指导；感谢各盟市旗县相关部门给予我们的大力支持，为我们的采访和写作提供了十分便利的条件；感谢内蒙古大学文学与新闻传播学院院长魏永贵教授，他亲自安排并参与了采访活动，对本书的写作提出许多宝贵意见。特别感谢著名作家海德才先生认真阅读了书稿，提出非常详细的修改意见，为提升作品的质量贡献了智慧。应该致谢的人和单位很多，不一一赘述，谨以作品表达大家共同的情怀。

脱贫攻坚是一本写不完的大书，有讲不完的故事。我们从近百万字的素材和笔记中淘沥近30万字，经过若干次磋商，反复修改。付梓之际，几多忐忑，几多遗憾，都交与读者。

高明霞

2022.10.20